Ma compil

FICHES BAC

Tout le tronc commun

Philosophie
Katy Grissault

Histoire-Géographie
Laëtitia Benbassat
Frédéric Fouletier
Adèle Gaillot
Pascal Jézéquel
Servane Marzin
Garance Ouazine
Johann Protais
Alain Rajot
Évelyne Soumah
Cécile Vidil

Enseignement scientifique
Christian Camara
Claudine Gaston
Karine Marteau-Bazouni

Anglais
Roselyne Bouillot Vieira
Christelle Brouteele

Espagnol
Antoinette de Jorna

Allemand
Cécile Brunet
Noémie Keunebroek

Nathan

Crédits photographiques :

p. 154 © Underwood Archives/Leemage ; p. 172 GAMMA RAPHO/Keystone ; p. 176 DR ; p. 180 Eslami Rad/Gamma-Rapho ; p. 218 plainpicture/NOI Pictures/Pierre Espardeille.

Responsable éditoriale : Raphaëlle Mourey
Coordination éditoriale : Julie Langlais assistée de Maria Tasso
Édition : Mirna Bousser, Fanny Morquin
Conception graphique intérieur : Julie Lannes
Schémas : Pascal Marseaud, Coredoc
Composition : Facompo
Couverture : Clémentine Largant
Fabrication : Kévin Magar

Sommaire général

Exos interactifs

Téléchargez l'appli **gratuite** *Nathan Live* et **flashez** la couverture pour accéder à de nombreux **exercices supplémentaires.**

L'organisation du nouveau Bac

1

1 Le calendrier

- **Les premières épreuves du nouveau Bac ont lieu au 2e trimestre de Première** dans le cadre des évaluations communes de contrôle continu. Pour l'enseignement scientifique et l'enseignement de spécialité non poursuivi en classe de Terminale, il n'y a qu'une seule épreuve de contrôle continu au 3e trimestre de Première.
- **Les épreuves anticipées du Bac en français ont lieu en juin** pour les élèves de Première.
- **Une deuxième session d'évaluations communes du contrôle continu** est mise en place durant le 3e trimestre de Terminale.
- **Les nouvelles épreuves finales ont lieu fin mars** pour les élèves de Terminale.

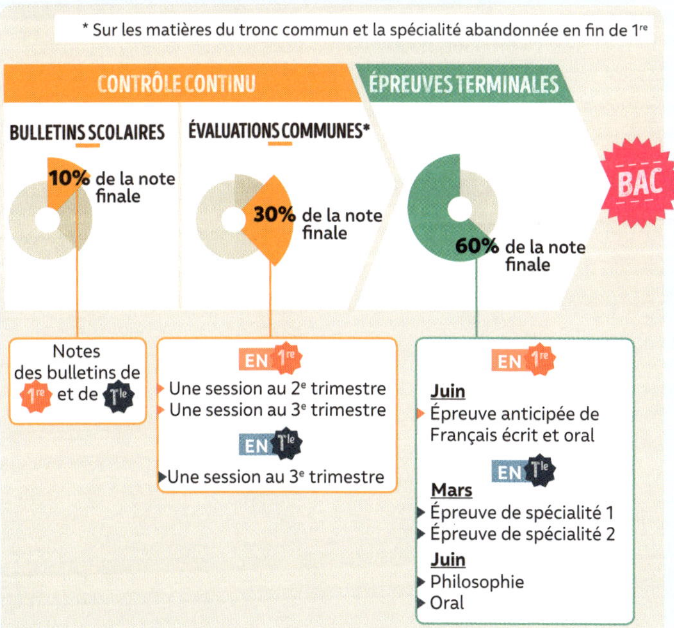

2 Le cycle terminal de Première et de Terminale

A 3 spécialités en Première, 2 spécialités en Terminale

- À la fin de l'année, les élèves de Première décident de **ne pas poursuivre une des trois spécialités** choisies en début d'année.
- **La spécialité non poursuivie est évaluée en fin de Première** par une évaluation commune de contrôle continu (l'ensemble des épreuves de contrôle continu compte pour 30 % de la note finale).
- **Les deux spécialités conservées en Terminale sont quant à elles évaluées par une épreuve finale** en fin de Terminale. Cette épreuve se déroule en mars ou avril.
- Par ailleurs, **toutes les notes des bulletins scolaires de Première et de Terminale de l'année comptent pour 10 % de la note finale.**

B Le grand oral

- Cette épreuve, d'une durée de **20 minutes**, se réalise **devant un jury** et porte **sur deux questions** préparées pendant les cours de spécialités choisies par l'élève en Terminale.
- **Elle se déroule en trois parties** : la présentation du projet, un échange à partir de ce projet, et un échange sur le projet d'orientation de l'élève.
- Le grand oral permet d'évaluer la capacité de l'élève à analyser et mobiliser des connaissances, ainsi que son aptitude à communiquer à l'oral.

L'épreuve de Philosophie

2

Modalités et exigences de l'épreuve de philosophie au baccalauréat.

1 Remarques d'ordre pratique

- L'épreuve de philosophie se déroule au mois de juin. Les copies et les feuilles de brouillon vous sont fournies. Vous n'avez pas le droit d'apporter de calculatrice. Il vous faut seulement de quoi écrire.
- Vous devez arriver muni(e) de votre convocation et d'une pièce d'identité.
- Durée de l'épreuve : **4 heures**.
- **Coefficient : 8.**
- L'épreuve de philosophie est une **épreuve écrite. Trois sujets au choix** vous sont proposés, deux sujets de dissertation et un texte à expliquer. Chacun des trois sujets renvoie à au moins une des notions au programme. Attention, il s'agit bien de trois sujets distincts, et vous ne devez traiter que l'un de ces trois sujets.
- L'épreuve orale est une épreuve du second groupe, que vous n'aurez à passer que si vous allez au rattrapage, c'est-à-dire si à l'issue des épreuves du premier groupe vous obtenez une moyenne entre 8 et 10.

2 Les exigences de l'épreuve

- Que vous choisissiez la dissertation ou l'explication de texte, les exigences sont les mêmes. Vous aurez réussi l'épreuve si :

– Vous avez montré que vous avez **cerné le sujet** (le sens de la question pour la dissertation, le propos du texte pour l'explication).
– Vous avez su vous **interroger** et mettre en évidence un **problème** philosophique.
– Vous avez produit un écrit **clair** et **cohérent** qui aboutit à une **solution** au problème dont il est question.
– Vous avez su bien **argumenter** vos propos, les justifier et pas seulement les affirmer ou les illustrer par des exemples.
– Vous avez **exploité vos connaissances** (philosophiques et générales) dans le cadre du sujet, et avez évité la récitation de cours qui n'apporte rien à l'analyse du sujet (les propos hors sujet).

piège à éviter

Un **problème** n'est pas simplement une question, mais la mise en opposition d'au moins deux thèses sur un même sujet. C'est ce qui fait que la réponse n'est pas évidente.

3 Quelques conseils généraux

- **Rendez une copie lisible :**

– Attention au matériel que vous utilisez pour rédiger votre copie : certaines encres, trop claires, rendent parfois la copie illisible.
– Soignez l'écriture et la présentation. Aérez votre copie. Au baccalauréat, ce sont des feuilles à petits carreaux qui vous sont fournies. N'écrivez pas sur toutes les lignes, cela rendrait difficile, voire impossible, le travail de votre correcteur.

- **Respectez les règles de communication écrite :**

– Soignez l'expression et l'orthographe : lorsqu'elles sont défaillantes, les idées deviennent souvent confuses, voire incompréhensibles.
– Soulignez les titres des œuvres que vous citez, mais pas les noms d'auteurs ou les citations. Les noms propres doivent comporter une majuscule et les citations doivent être mises entre guillemets.
– N'utilisez ni abréviation, ni schéma : rédigez entièrement votre devoir.

- **Prenez le temps de bien choisir votre sujet :**

– Ne vous déterminez pas d'emblée à choisir le texte (ou la dissertation) sans avoir eu connaissance des sujets. Vous devez choisir en fonction de votre compréhension et de l'intérêt que vous portez aux sujets.
– Lisez attentivement les trois sujets avant de vous déterminer et ne changez pas de sujet en cours d'épreuve.
– Consacrez 10 à 15 minutes au choix du sujet (pas plus, sinon vous risquez de manquer de temps).

- **Relisez votre copie.** Certes, il est compréhensible qu'à l'issue de quatre heures d'épreuve on n'ait qu'une envie : sortir de la salle. Cependant, trop de copies non relues témoignent de négligences peu honorables pour un candidat au baccalauréat : fautes d'orthographe importantes, expressions incompréhensibles, oublis de mots (parfois parce qu'on a effacé et oublié de réécrire), ou inversement, un même mot réécrit deux fois à la suite... Autant de fautes d'inattention qu'une relecture attentive vous permettra d'éviter.

L'évaluation d'Histoire-Géographie

3

1 Comment s'organise l'évaluation ?

- **Durée de l'épreuve** : 2 heures.
- **Caractéristiques de l'évaluation** : l'évaluation en Histoire et Géographie a lieu au 3e trimestre de l'année de Terminale.

L'évaluation se compose de deux parties distinctes : la première consiste en une question problématisée ; la seconde est soit une analyse de document(s), soit la réalisation d'une production graphique.

Les deux parties de l'évaluation doivent être obligatoirement traitées l'une ET l'autre. Si la première partie du sujet porte sur l'Histoire, la seconde porte sur la Géographie et inversement.

- **Notation** : L'évaluation est notée sur 20 points : 10 points en Histoire et 10 points en Géographie.

A Première partie : réponse à une question problématisée

- Il s'agit d'une réponse rédigée et construite : le style télégraphique est à bannir, l'argumentation doit s'inscrire dans un plan rigoureux en deux ou trois parties.
- Vous devez démontrer vos capacités d'analyse et mobiliser votre esprit critique. Il convient de prouver votre aptitude à sélectionner les connaissances sur le sujet à traiter et de les organiser de manière à répondre à la problématique de la question. Il s'agit dans tous les cas de faire une démonstration et d'aboutir à une conclusion explicite.

B Deuxième partie : analyse de document(s) ou réalisation d'une production graphique

- **Concernant l'analyse du ou des document(s)**, le titre, la consigne et, le cas échéant, une note explicative doivent vous permettre de construire votre raisonnement et de répondre à la problématique.
- **Concernant la production graphique**, il peut s'agir de produire un croquis à partir d'un texte géographique en prenant appui sur le fond de carte fourni avec le sujet, ou toute autre représentation graphique (schéma, organigramme...) à partir de consignes spécifiques.

2 Quels sont les critères d'évaluation de ma copie de Bac ?

- L'évaluation d'Histoire et de Géographie a pour objectif d'évaluer votre capacité à :

– **mobiliser**, au service d'une réflexion historique et géographique, **des connaissances fondamentales** pour la compréhension du monde et la formation du citoyen ;

– rédiger des réponses construites et argumentées montrant une maîtrise correcte de la langue ;

– exploiter, organiser et confronter des informations ;

– analyser un document de source et de nature diverses ;

– comprendre, interpréter et pratiquer différents langages graphiques.

- Il convient d'apporter un soin particulier à la réalisation de la production graphique. N'oubliez pas de vous munir du matériel nécessaire (règle, crayons de couleur, gomme, crayon à papier...).

- **Organisez-vous efficacement :**

– **5 minutes pour lire les sujets dans leur intégralité** ;

– **55 minutes pour l'Histoire et 55 minutes pour la Géographie** : 15 minutes pour le travail préparatoire au brouillon (rédaction de l'introduction et de la conclusion) et 40 minutes pour la rédaction du développement.

– **5 minutes pour relire l'ensemble de la copie.**

L'évaluation d'Enseignement scientifique

4

1 Comment s'organise l'épreuve ?

- **Durée** : 2 heures.
- **Coefficient** : 2,5.
- **Caractéristiques de l'évaluation** : l'évaluation d'Enseignement scientifique se passe au 3e trimestre de l'année de la classe de Terminale. Elle porte sur l'ensemble du programme de l'enseignement scientifique de la classe de Terminale, en dehors du projet expérimental et numérique.

Le sujet de cette évaluation est un des sujets des évaluations communes de contrôle continu de Terminale, issu de la banque nationale de sujets.

Chaque sujet, constitué de deux exercices interdisciplinaires, précise si l'usage de la calculatrice est autorisé. Toute formulation des questions est envisageable, de la question ouverte jusqu'au questionnaire à choix multiples. Chaque exercice présente une cohérence thématique et porte sur un ou deux thèmes du programme.

- **Notation** : l'évaluation est notée sur 20 points. Chacun des deux exercices est noté sur 10 points.
- **Organisez-vous efficacement** :

– **5 minutes pour lire le sujet en entier.**

– **55 minutes pour chacun des deux exercices**, soit : 15 minutes pour le travail préparatoire au brouillon et 40 minutes pour la rédaction.

– **5 minutes pour relire l'ensemble de la copie.**

2 Quels sont les critères d'évaluation de ma copie de Bac ?

- **Cette évaluation a pour objectif d'évaluer les connaissances et les compétences figurant au programme de l'Enseignement scientifique** pour la classe de Terminale, en lien avec ses trois objectifs généraux de formation :

– comprendre la nature du savoir scientifique et ses méthodes d'élaboration ;

– identifier et mettre en œuvre des pratiques scientifiques, notamment à travers l'utilisation de savoirs et de savoir-faire mathématiques ;

– identifier et comprendre les effets de la science sur les sociétés et sur l'environnement.

- **Le sujet évalue les compétences suivantes** :

– exploiter des documents ;

– organiser, effectuer et contrôler des calculs ;

– rédiger une argumentation scientifique.

Chaque exercice évalue plus particulièrement une ou deux de ces compétences.

Les évaluations de Langues (LVA et LVB)

5

1 Évaluation commune de contrôle continu 1

- **Quand ?** 2e trimestre de Première
- **Durée** : 1 heure.
- **Caractéristiques de l'évaluation** : l'évaluation est composée de deux parties :

– La **compréhension de l'oral** est évaluée à partir d'un document audio ou vidéo dont la durée n'excède pas 1 minute 30. Le document est écouté trois fois, les écoutes étant espacée d'une minute. Le candidat est autorisé à prendre des notes durant les écoutes. À l'issue de la dernière écoute, il utilise le temps dont il dispose comme il le souhaite pour rendre compte du document oral en français, puis pour traiter le sujet d'expression écrite.

– Le **sujet d'expression écrite** est à traiter en langue cible et se fonde sur une ou deux questions, en lien avec la thématique générale du document choisi pour la compréhension orale.

- **Notation** : l'évaluation est notée sur 20 points, chaque partie étant évaluée sur 10 points.

2 Évaluation commune de contrôle continu 2

- **Quand ?** 3e trimestre de Première
- **Durée** : 1 heure 30 minutes.
- **Caractéristiques de l'évaluation** : l'évaluation est composée de deux parties :

– La **compréhension de l'écrit** est évaluée à partir d'un ou deux textes. Les candidats répondent aux questions portant sur les textes en langue signe.

– Le **sujet d'expression écrite** est à traiter en langue cible et se fonde sur une ou deux questions, en lien avec la thématique générale du ou des documents choisis pour la compréhension écrite. Le sujet peut prendre appui sur un document iconographique.

- **Notation** : l'évaluation est notée sur 20 points, chaque partie étant évaluée sur 10 points.

3 Évaluation commune de contrôle continu 3

- **Quand ?** En Terminale
- **Durée** : 2 heures pour l'écrit et 10 minutes pour l'oral.
- **Caractéristiques de l'évaluation** : l'évaluation se déroule en deux temps :

– L'évaluation écrite est composée de deux parties, l'une consacrée à l'évaluation de la compréhension de l'oral et de l'écrit, l'autre à l'évaluation de l'expression écrite. Les modalités d'évaluations sont les mêmes que pour les évaluations 1 et 2 de Première.

– L'évaluation orale, individuelle, dure 10 minutes sans temps de préparation préalable. Le candidat a le choix entre trois axes culturels au programme sélectionnés par l'examinateur. En tenant, compte du choix du candidat, ce dernier propose des pistes de discussion (deux documents iconographique, ou deux citations, ou un document iconographique et une citation). Le candidat explique en langue cible pendant maximum 5 minutes quel document ou quelle citation illustre selon lui le mieux l'axe choisi et pourquoi. L'entretien est élargi à des questions plus générales.

- **Notation** : l'évaluation est notée sur 20 points. La compréhension (de l'oral et de l'écrit) et l'expression (écrite et orale) comptent à parts égales.

Philosophie

Sommaire

Lue Relue Apprise

Philosophie

Sommaire

Lue Relue Apprise

L'art : caractéristiques

6

Lue Relue Apprise

Comment distinguer l'artiste de l'artisan ? Qu'est-ce qui caractérise en propre l'artiste génial ?

1 Artiste et artisan

A Art et technique : deux domaines d'abord confondus

- ***Ars*** en latin, et ***technè*** en grec, qui ont respectivement donné *art* et *technique*, ne sont à l'origine **pas distincts** et signifient tous deux « **savoir-faire** », « **habileté** ». On parle ainsi de « l'art d'être grand-père », de « l'art de cuisiner » ou de « l'art de peindre ».
- Art et technique sont des activités spécifiquement humaines, des domaines **culturels** dans lesquels l'homme produit à partir d'une matière première et **humanise la nature brute**. Pour **Hegel**, dans l'art et dans la technique, l'esprit impose sa forme à la matière et crée un monde **artificiel**.
- Ce n'est qu'au XVIIIe siècle que l'on distingue art et technique, la technique renvoyant aux **arts mécaniques** (relevant du travail manuel) et l'art à toute activité du domaine des **beaux-arts** (architecture, arts graphiques et plastiques...), dans lesquels le génie et la main doivent concourir.

B Spécificités de l'art par rapport à la technique

ART	TECHNIQUE
• **Création** (nouveauté, originalité, unicité)	• **Production** (réitération du même)
• Œuvre d'art **autotélique**. Pas de but pratique.	• Production d'un objet **utile**, visant une autre fin que soi.
• Mise en œuvre du **génie**. Le savoir-faire ne suffit pas.	• Le **savoir-faire** suffit : application de règles préétablies.
• Œuvre comme défi au temps, **intemporelle**.	• Production **éphémère**, destinée à être utilisée, usée, et à disparaître.

lexique

Autotélique : du grec *auto*, « soi-même », et *telos*, « fin ». Ce qui est à soi-même sa propre fin, ce qui ne vise pas un autre but que soi-même.

2 Le Génie

A Le génie selon Kant

- Ce serait principalement le caractère génial de l'œuvre d'art qui la caractériserait en propre et permettrait de la distinguer du produit technique ou de l'œuvre sans intérêt. Mais comment comprendre le génie ?
- Pour **Kant**, les beaux-arts (qui visent la beauté) sont « les arts du génie ». Or, « seules les choses dont la connaissance la plus complète ne suffit pas à donner l'habileté nécessaire à les produire appartiennent à l'art. » (*Critique de la faculté de juger*). Le génie ne se contente pas d'appliquer des règles préétablies, mais se donne à lui-même ses propres règles sans pour autant pouvoir les expliquer ou les transmettre : on reconnaît ici le caractère **mystérieux** du génie, qui serait un **don**. Kant le définit comme « la disposition **innée** de l'esprit par laquelle la nature donne ses règles à l'art ». Le mot « génie » dérive du latin *genius*, « divinité présidant à la naissance » : idée de don divin, mystérieux.
- Le propre du génie selon Kant est qu'il manifeste un « libre jeu de l'imagination et de l'entendement ». Ni pur délire (dans lequel l'imagination est seule présente), ni œuvre scientifique (qui soumet l'imagination à l'entendement), l'œuvre du génie manifeste la liberté de l'esprit, le concours parfait de deux facultés de l'esprit.
- Caractéristiques du génie selon Kant :

– son **originalité** : souvent, les artistes commencent par imiter leurs maîtres, puis ils trouvent leur style ;
– il ne peut exprimer rationnellement son œuvre, il est **obscur à lui-même** ;
– ses œuvres servent de **modèle** aux générations futures, aux artistes à venir.

B Nietzsche : le génie désacralisé et rationalisé

- **Nietzsche**, au contraire, voit dans l'œuvre géniale le résultat non d'un don inné, mais celui d'un **travail intense**.
- Si l'on préfère croire en l'origine innée du génie, c'est pour se déculpabiliser de ne pas avoir fait aussi bien, et parce que l'œuvre nous apparaît comme parfaite, achevée. Nous ne soupçonnons pas tout le travail qu'elle a demandé. **Loin d'être irrationnel, le génie est tout à fait explicable et résulte d'une volonté à toute épreuve.**

À quoi sert l'art ? 7

Lue Relue Apprise

Une œuvre d'art est vouée à être exposée, admirée, du moins contemplée. Mais est-ce son unique fonction et son seul but ?

1 Rôle de l'art du point de vue de l'artiste

A L'art pour l'art

- **Kant** distingue **l'art libéral** (art véritable, désintéressé, qui exprime la **beauté libre**, celle qui ne vise pas l'utilité) et **l'art mercenaire** (art dévié de sa nature, qui vise un profit dont la **beauté** n'est qu'**adhérente** : non recherchée pour elle-même, secondaire).
- On peut distinguer **art véritable, pure création** désintéressée, et **art de divertissement**, soumis à l'effet de mode, qui vise à plaire et n'a qu'un succès éphémère. **L'art ne devrait avoir d'autre but que lui-même, en tant que création d'objets ayant une valeur esthétique.**

B L'art comme expression de la spiritualité

- Par l'activité artistique, l'homme transforme la nature, la spiritualise et l'humanise.
- Pour **Hegel**, l'art répond au **besoin** qu'a l'esprit (pour prendre conscience de lui-même) d'imposer sa loi au monde.

C L'œuvre : une imitation ?

- **Platon** voit dans l'œuvre de l'artiste **une copie de copie mensongère :** ainsi, le lit peint par l'artiste est une copie d'un lit particulier qui n'est lui-même que la copie imparfaite de l'Idée de lit. Nous éloignant des essences, l'art engendre l'**illusion**.
- Au contraire, pour **Aristote,** l'imitation est source de connaissance, ce qui explique l'attirance que l'homme éprouve pour les œuvres d'art : « c'est par l'imitation qu'il acquiert ses premières connaissances, c'est par elle que tous éprouvent du plaisir. » (*Poétique*).

2 Rôle de l'art du point de vue du contemplateur

A L'art, dévoilement du réel

- **Hegel** admet que l'art appartient au domaine de l'apparence. Mais l'apparence n'est pas illusion, elle est **manifestation de l'être.** L'artiste n'imite pas la nature, il révèle de manière sensible une vérité : « l'imitation ne peut produire que des chefs-d'œuvre de la technique, jamais des œuvres d'art. » (*Esthétique*).

- Pour **Bergson**, à cause du langage, qui est inapte à traduire la réalité (→ fiche 22, p. 65), nous avons une vision utilitaire, générale et donc réductrice du monde. **Seul l'art peut dévoiler le réel, exprimer l'indicible**. Par l'œuvre, qui est toujours unique, l'artiste exprime un état d'âme singulier. **L'art nous apprend à avoir un regard non utilitaire sur les choses.**

B L'art, expression de la beauté

- L'art vise avant tout à susciter **le plaisir esthétique** en exprimant la **beauté**. **Le jugement de goût** est le jugement par lequel on affirme : « c'est beau », ou « c'est laid ». Peut-on prétendre à l'universalité lorsqu'on émet un jugement de goût ?
- **Les goûts sont divers** : « tous les goûts sont dans la nature ». Le **relativisme** s'impose en ce qui concerne l'évaluation des œuvres d'art. Si nos goûts dépendent de notre culture, de notre éducation, de notre vécu, ils divergent, et ce qui est beau pour l'un ne le sera pas pour l'autre. C'est ce qu'affirme **Hume** : « l'éducation, la coutume, le préjugé, le caprice et l'humeur modifient fréquemment notre goût. » (*Essais esthétiques*). Ainsi, « beauté et valeur sont purement relatives ».
- **Kant** au contraire distingue **les goûts** (personnels, variables), dont la satisfaction, intéressée, renvoie à **l'agréable**, et **le goût**, compris comme « faculté de juger d'un objet ou d'une représentation par une satisfaction dégagée de tout intérêt », dont la satisfaction a pour objet le **beau**.
- **Le goût : un sens commun permettant de juger justement d'une œuvre indépendamment de tout intérêt.** Quand je dis « c'est beau », je prétends, à juste titre, à l'universalité. Si de fait nous ne nous entendons pas toujours sur la beauté, c'est peut-être parce que le goût, comme toute faculté, doit être éduqué et développé. « Le beau est ce qui plaît universellement sans concept » (Kant, *Critique de la faculté de juger)*, sans qu'on puisse objectivement le justifier, contrairement à un jugement de connaissance.

> **citation**
> « Avoir du goût, c'est n'avoi[r] pas de goûts » (Dufrenne) : *les* goûts, relatifs, doivent s'effacer lorsque l'on veut juger la beauté par *le* goût, faculté universelle.

Hegel, *Esthétique*

Œuvre-clé

L'*Esthétique* est un ensemble de leçons sur l'art publiées à titre posthume que Hegel a professées de 1818 à 1829. Il y analyse le statut de l'art, et plus particulièrement les conditions et la légitimité d'une réflexion sur l'art.

L'auteur

- Né à Stuttgart, **Georg Wilhelm Friedrich Hegel** (1770-1831) étudie la philosophie et la théologie au séminaire de Tübingen. Faute de vocation, il renonce à une carrière de pasteur et se dirige vers l'enseignement. En 1807 paraît *La Phénoménologie de l'esprit*, œuvre qui s'efforce de dévoiler la rationalité qui est à l'œuvre dans l'histoire.
- Professeur titulaire à la chaire de philosophie de l'Université de Heidelberg, il rédige *La Science de la logique* (1812-1816) et le *Précis de l'Encyclopédie des sciences philosophiques* (1817), exposé des points fondamentaux de son système.
- Appelé à la chaire de Berlin, celui que l'on surnomme **le « professeur des professeurs »** jouit d'un grand prestige. La plupart de ses cours seront publiés à titre posthume à partir de ses manuscrits et des notes prises par ses étudiants : *Leçons sur l'histoire de la philosophie* (1833-1836), sur l'*Esthétique** (1832), *Leçons sur la philosophie de la religion* (1832), et *Leçons sur la philosophie de l'histoire* (1837). Durant la dernière année de sa vie, il exercera les fonctions de recteur de l'université de Berlin.
- Fondateur d'un véritable système philosophique, **Hegel est l'un des penseurs les plus influents du XIXe siècle**. Insatisfait des conséquences du système kantien, il élabore une vision nouvelle du monde qu'il qualifiera d'idéalisme absolu.

Problématique générale de l'œuvre

- **L'art est la manifestation de la vie de l'esprit**, et c'est ainsi qu'il doit être pensé, dans son rapport avec la totalité de l'histoire. **Hegel rompt avec la tradition philosophique qui voit dans l'art une simple imitation de la nature**, et montre que la beauté artistique est bien supérieure à la beauté naturelle.

Thèses essentielles

- **Toute œuvre d'art* est union du spirituel et du matériel**, en ce qu'**elle comporte une forme**, élément sensible, matériel, **et un fond**, élément intelligible, spirituel. La domination de l'un des deux éléments permet de distinguer dans l'histoire de l'art trois grandes périodes caractéristiques du déploiement de l'Esprit.
– La première période est celle de **l'art symbolique**, que caractérise l'architecture. Elle s'étend de la civilisation indienne ancienne à la haute Antiquité grecque. La matière, imposante, y domine le spirituel.
– Vient ensuite **l'art classique** (au Vᵉ siècle av. J.-C. à Athènes), qui manifeste l'équilibre parfait du spirituel et du matériel au travers de la sculpture notamment.
– Enfin, **l'art romantique** (XIXᵉ siècle) voit advenir la supériorité du spirituel que manifestent par excellence la musique et la poésie.
- **Il n'y a de beauté que pour un esprit qui la contemple.** Ainsi, la beauté naturelle n'est saisie comme beauté que parce qu'elle est prise en charge par l'esprit, parce que l'esprit y entrevoit son propre reflet. Si le chant de l'oiseau nous ravit, si nous le jugeons beau, c'est parce qu'il ressemble à une douce mélodie, et non l'inverse.
- La beauté naturelle est immédiate, elle n'a pas conscience d'elle-même, alors que **l'œuvre d'art est un moyen par lequel l'esprit s'extériorise et prend conscience de lui-même. Là est sa supériorité** : « n'importe quelle mauvaise idée qui passe par la tête d'un homme est néanmoins plus élevée que n'importe quelle production de la nature, car elle possède toujours spiritualité et liberté. »
- La beauté artistique, loin d'être copie, imitation plus ou moins parfaite de la beauté naturelle, est la **manifestation sensible de la vérité**. Elle exprime l'incarnation sensible de l'Idée qui se déploie en elle.
- **Néanmoins, l'art est « quelque chose du passé ».** Il est voué à être dépassé par des formes culturelles plus spirituelles évacuant le sensible : la religion puis, en dernier terme, la philosophie.

Les concepts clés

- **Esthétique :** science du beau dans l'art, pour Hegel. De manière plus large, ce terme désigne aussi la partie de la philosophie qui traite de l'art en général.
- **Œuvre d'art :** union du spirituel (l'idée, le « fond ») et du matériel (la matière, la « forme »).

La conscience : définitions et problématiques

10

Lue Relue Apprise

La conscience est traditionnellement considérée comme le propre de l'homme. Mais que désigne cette notion ? Quels sont les problèmes qu'elle engendre ?

1 Définitions

A Définition générale

- **La conscience est ce par quoi nous prenons acte de l'existence du monde et de notre propre existence.** Du latin *cum* (« avec ») *scientia* (« savoir »), elle est ce savoir que l'homme a de lui-même, de ses pensées, sentiments et actes, ainsi que du monde autour de lui.
- **Alain** définissait ainsi la conscience : « C'est le savoir revenant sur lui-même et prenant pour centre la personne humaine elle-même, qui se met en demeure de décider et de juger » (*Définitions*, 1953).
- La conscience de soi est à l'origine du **sujet** (→ fiche 12, p. 35), elle est ce qui permet de dire « je ».

B Distinctions : les divers aspects de la conscience

- On distingue généralement :

– **La conscience psychologique** : intuition plus ou moins claire que l'esprit a de lui-même et du monde qui l'entoure.

– **La conscience morale** : capacité qu'a l'homme de faire retour sur ses pensées et actions pour les analyser et les juger en fonction des valeurs morales.

> **piège à éviter**
>
> Il n'y a pas deux consciences, mais bien **une faculté unique** qui opère dans deux domaines différents.

- La conscience psychologique comporterait des degrés :

– degré le plus bas → la **conscience spontanée (immédiate)** : présence immédiate de l'homme à lui-même au moment où il pense, sent, agit...

– degré le plus haut → la **conscience réfléchie** : conscience de soi en tant qu'être conscient, distinct de ses actes et du monde. Capacité **de faire retour** sur ses pensées et actions pour les analyser, les réfléchir, les juger. Toutefois, cette dernière distinction est problématique : toute conscience n'est-elle pas également conscience de soi ?

2 Les principales problématiques

A Peut-on se fier à la conscience ?

- La conscience permet à l'homme de **se mettre à distance du monde et de lui-même**, de se questionner. Elle fonde donc notre rapport au réel, notre connaissance et notre morale : est-elle fiable ?

- Le problème s'accroît quand le sujet se prend lui-même pour objet : comment accède-t-on à la conscience de soi ? Cette conscience peut-elle être **objective** ? (➜ fiches 11, 18 et 19 ; p. 31, 55 et 57). Les **autres** ne nous jugent pas toujours comme nous nous jugeons nous-mêmes : est-on objectif vis-à-vis de soi-même ? Il faudrait alors distinguer **conscience de soi** (je sais que j'existe) et **connaissance de soi** (je sais qui je suis).

B La conscience : grandeur ou misère de l'homme ?

- La conscience permet à l'homme d'agir autrement que par **instinct** : elle fait que la réaction humaine n'est pas toujours prévisible ni même adaptée. Si l'instinct est un mode d'action efficace et adapté à la situation, la conscience en revanche peut être source d'erreurs et de mauvais choix.

> **lexique**
> **Instinct** : comportement inné, commun à une espèce, mode d'adaptation inné à l'environnement extérieur.

- Pour **Pascal** : « l'homme est un roseau, le plus faible de la nature, mais c'est un roseau pensant » (*Pensées*). Par la conscience, l'homme se sait à la fois **misérable** (il est peu de chose dans cet univers immense) et **digne** (il *sait* qu'il n'est pas grand-chose). Il y a **ambivalence de la conscience**.

C Conscience et liberté

- **Sans conscience, pas de liberté, ni de moralité.** N'est immoral qu'un acte **volontairement** et donc consciemment commis. La conscience fait de nous des sujets de droit, possédant droits et devoirs. Elle est source de liberté (l'acte inconscient n'est pas maîtrisé donc non libre).

- « Posséder le "Je" dans sa représentation : ce pouvoir, écrit **Kant**, élève infiniment l'homme au-dessus de tous les êtres vivants sur la terre. Par là il est une **personne** », et donc un être **responsable** devant autrui et devant les tribunaux.

- Mais la conscience est aussi source de **remords** (« avoir mauvaise conscience ») lorsque nous agissons mal, et nous fait souffrir **contre notre gré**. La conscience est-elle source de liberté, ou obstacle à la liberté ? (➜ fiches 19 et 24, p. 57 et 71).

Le problème de la nature de la conscience

11

Lue Relue Apprise

La conscience confère au sujet une unité et est condition de possibilité de la connaissance. Mais elle n'est pas à l'abri de tout soupçon.

1 De quelle nature est la conscience ?

A Le cogito cartésien

- **Descartes** entreprend dans les *Méditations métaphysiques* (→ œuvre-clé, p. 37) une remise en cause de son savoir, afin de le fonder sur des bases solides. Il trouve dans le **cogito** (« je pense ») le modèle de toute vérité.
- « Cogito, ergo sum » : « je pense, donc je suis » est la première vérité, évidence, qui nous est accessible par **introspection**. Puisque je pense, je suis, et rien ne peut remettre en cause ce savoir de mon existence en tant que substance pensante. La conscience désigne l'esprit, pure transparence : **toute pensée est consciente pour Descartes**.

> **lexique**
> **Introspection** : réflexion intérieure que le sujet mène sur lui-même.

B Kant : la conscience comme pouvoir de synthèse

- Pour **Kant**, la conscience n'est pas une substance, elle est un **acte**, par lequel s'opère l'unification de la diversité. Par la conscience, je sais que c'est moi qui fais ou pense ceci ou cela, j'unifie les informations qui me viennent de l'expérience pour les ramener à un même sujet, moi, qui sais que je sais. Ainsi, Kant montre que le **« je »** unifie toutes nos représentations.
- La conscience est condition de possibilité de la connaissance, de l'unification du divers des représentations.

2 La conscience comme engagement

A Husserl : la conscience comme intentionnalité

- La conscience n'est jamais conscience pure, **elle est toujours conscience de quelque chose**, elle n'apparaît qu'en se rapportant au monde. Elle n'est donc pas une substance, mais **une visée intentionnelle**, comme l'affirme **Husserl** avec la notion d'**intentionnalité** : « le mot intentionnalité ne signifie rien d'autre que cette particularité foncière et générale qu'a la conscience d'être conscience de quelque chose. » (*Méditations cartésiennes*).

- Avoir conscience de cette maison c'est la viser comme présente. La conscience se comprend comme relation, éclatement vers le monde. Elle lui donne **sens**.

B Bergson : la conscience est synonyme de choix.

- Nous n'avons pas constamment conscience de tout ce qui nous entoure. La conscience que nous prenons du monde est orientée par nos attentes, besoins, intérêts... En ce sens, la conscience, **attention au monde**, peut être considérée, avec **Bergson**, comme « synonyme de choix » : elle est « un pont jeté entre le passé et le futur », ce qui sélectionne les informations utiles à l'action présente, mémoire utile.

> **citation**
> « Retenir ce qui n'est déjà plus, anticiper ce qui n'est pas encore, voilà donc la première fonction de la conscience. » Bergson, l'*Énergie spirituelle*.

- Si la conscience n'effectuait pas ce choix, notre esprit serait constamment encombré, empêchant toute action.

3 Mais la conscience n'est-elle pas source d'illusions ?

Longtemps considérée comme fondement irréprochable de la connaissance, et comme totalité du psychisme, la conscience apparaissait comme pure transparence à laquelle tout était accessible. Mais l'objectivité de la conscience peut également être interrogée.

A Spinoza : une conscience créatrice d'illusions

- Loin d'être une sorte de lumière intérieure, la conscience engendre nombre d'illusions, qui procèdent de ce qu'elle est partielle. **Nous ne connaissons pas les vraies causes de nos actions**, et nous en déduisons illusoirement notre liberté. Examinant tout à partir de nous-mêmes, nous avons l'illusion d'être au centre de l'univers.

B Marx : la conscience de classe

- La conscience serait selon Marx **déterminée par la position sociale de l'individu dans la société**. Chaque individu interprète les phénomènes en fonction des intérêts de sa classe sociale. La conscience n'est donc pas neutre, elle est produite par les conditions matérielles d'existence du sujet et varie historiquement avec elles. « Ce n'est pas la conscience des hommes qui détermine leur existence, c'est au contraire leur existence qui détermine leur conscience. » (Marx et Engels, *L'Idéologie allemande*).

La conscience, fondement du sujet

12

Lue Relue Apprise

La notion de « sujet » est polysémique et discutée : à quelle réalité renvoie-t-elle ?

1 Étymologie et définitions

● Le terme *sujet* vient du latin *subjectum* qui signifie « ce qui est jeté sous », « ce qui est en-dessous ». Cette étymologie suggère l'idée d'un fondement, d'un soubassement.

● Voici les différentes significations de cette notion :

– **Sens grammatical** : ce dont on affirme quelque chose, ce à quoi se rapporte un prédicat (ou attribut). Par exemple, dans la phrase « Socrate est philosophe », « Socrate » est le sujet et « philosophe » est le prédicat.

– **Sens logique** : une substance, **une réalité** stable servant de support aux prédicats. « Le sujet est ce dont tout le reste s'affirme, et qui n'est pas lui-même affirmé d'une autre chose » (**Aristote**, *Métaphysique*, Z, 3, 1028a).

– **Sens métaphysique** : l'esprit connaissant, la conscience comme substance, le *cogito* (**Descartes** : « je pense, donc je suis ») ; ou encore le « je », principe qui unifie toutes nos représentations, condition de possibilité de la connaissance (**Kant**). Selon **Schopenhauer**, « ce qui connaît tout le reste sans être soi-même connu, c'est le sujet. » (*Le Monde comme volonté et comme représentation*).

– **Sens moral** : la personne, être moral et responsable, capable d'évaluer ses actes en fonction du bien et du mal et de les maîtriser. C'est le sens que lui donne **Kant** : « posséder le Je dans sa représentation : ce pouvoir élève l'homme infiniment au-dessus de tous les autres êtres vivant sur la terre. Par là, il est une personne. » (*Anthropologie du point de vue pragmatique*).

– **Sens juridique et politique** : celui qui possède des droits et des devoirs. Responsable devant la loi (un sujet de droit), ou inversement le sujet de l'autorité politique : celui qui lui est soumis (être assujetti).

2 Le problème de l'unité et de l'existence du sujet

A Présentation du problème

● Être sujet, c'est être **conscient** de soi et du monde, origine, **auteur**, **maître** de ses actes et pensées. C'est être capable de dire « je », de rapporter à soi ses pensées et ses actes. Cela suppose donc une **identité** du sujet qui demeure malgré le temps qui passe et les qualités qui varient.

- Dire « je », c'est se rapporter en effet à une unité stable et immuable. Le sujet serait **ce qui persiste** malgré les changements qui s'opèrent sur lui (il vieillit, change d'opinion, de statut social…).
- Mais n'est-ce pas une **illusion** que de dire « je » en considérant que derrière ce « je » subsiste une seule et même personne ? Tel est le **problème de l'identité personnelle : qu'est-ce que le moi ?**

B Les remises en cause du sujet

- **Nietzsche** voit dans nos **usages langagiers** l'origine de la croyance en l'existence d'entités immuables qui ne sauraient réellement exister. Si nous croyons en l'existence du sujet, notamment, c'est à force d'utiliser dans le langage le « je » comme support de nos pensées et actions. Or, le réel est bien plus riche que ce dont nous avons conscience, la conscience classe et mutile le réel. Le « je » n'est qu'une **illusion.** « C'est la croyance à la grammaire, on suppose des choses et leurs « activités », et nous voilà bien loin de la certitude immédiate. » (*La Volonté de puissance*)
- **Hume** remet en cause l'unité du « moi », **inaccessible** en tant que substrat de nos perceptions : « Je ne peux jamais me saisir, *moi*, en aucun moment sans une perception et je ne peux rien observer que la perception. » (*Traité de la nature humaine*)
- **Freud,** découvrant **l'inconscient**, remet en cause la maîtrise que le sujet peut avoir de lui-même et son unité : la conscience ne constitue qu'une infime partie de l'esprit, et le sujet est bien plus complexe que ne le considérait **Descartes**. C'est alors **l'autonomie** du sujet qui est à interroger (→ fiche 19, p. 57).

citation

« La recherche psychologique […] se propose de montrer au moi qu'il n'est pas maître dans sa propre maison. »
Freud, *Introduction à la psychanalyse*.

Descartes, *Méditations métaphysiques*

Œuvre-clé

Dans les *Méditations métaphysiques* qu'il rédige en 1641, Descartes invite le lecteur à faire avec lui le chemin qui mène de la destruction des opinions reçues à la reconstruction du savoir.

L'auteur

- **René Descartes** (1596-1650) fut d'abord élève des Jésuites, puis il devint soldat, et fit à ce titre de nombreux voyages, afin de s'instruire dans « le grand livre du monde ».
- En 1619 lui apparaissent sous forme de songes les prémisses de sa **méthode**, moyen d'unifier les connaissances et de **fonder une science universelle**. Il décide alors de consacrer sa vie à la science, et s'installe en Hollande, afin d'éviter la censure.
- Descartes est sans aucun doute **le fondateur du rationalisme moderne** : il affirme la supériorité de la raison, source de toute connaissance. Guidé par une méthode rigoureuse, le **sujet** peut accéder par ses propres lumières à la vérité.
- Œuvres principales : *Règles pour la direction de l'esprit* (1628), *Discours de la méthode* (1637), *Méditations métaphysiques* (1641), *Principes de la philosophie* (1644), *Traité des passions de l'âme* (1649).

Problématique générale de l'œuvre

- Descartes entreprend dans les *Méditations métaphysiques*, **une remise en cause de son savoir**. Au cours des six méditations qui constituent l'œuvre, il mène une expérience de pensée qui le mènera à **reconstruire le savoir sur des bases solides**. « Ces six *Méditations* contiennent tous les fondements de ma physique. » (*Lettre à Mersenne*, 28 janvier 1641)
- La question de départ : de quoi puis-je être absolument certain ? Ayant acquis de nombreuses connaissances, je suis en droit d'interroger leur véracité. Qu'est-ce qui est **indubitable*** ?
- La méthode : un **doute hyperbolique*** qui mène à remettre en cause toute affirmation qui ne soit pas absolument certaine.

Thèses essentielles

- Descartes, dans la première méditation, met en **doute** l'existence de toute réalité matérielle (car les sens peuvent être trompeurs, et rien ne m'assure que je ne suis pas en train de rêver) et la véracité même des vérités mathématiques (il se peut qu'un malin génie me trompe lorsque je crois que deux plus trois font cinq).
- Dans la seconde méditation, Descartes trouve dans le **cogito*** (« je pense ») la pierre de touche modèle de toute vérité : « cette proposition : *Je suis, j'existe*, est nécessairement vraie, toutes les fois que je la conçois en mon esprit. » Ce qui est indubitable, c'est la **conscience** que le sujet a de lui-même.
- L'homme est à la fois esprit, **substance pensante**, et corps, **substance étendue**. L'esprit est plus aisé à connaître que le corps, et est source de connaissance. **L'expérience du morceau de cire** montre que **les sens n'instruisent pas** : si l'on chauffe et refroidit un morceau de cire, son apparence change, alors que l'esprit sait bien qu'il s'agit du même morceau de cire. Ce n'est donc pas par les sens que nous percevons ce morceau de cire, mais par l'esprit qui saisit sa permanence. **La perception est « une inspection de l'esprit ».**
- De la preuve de l'existence de Dieu, Descartes conclura à notre pouvoir de connaître la vérité en se fondant sur **la clarté et la distinction, critères du vrai**. Ainsi peut-il réhabiliter la réalité matérielle que la première méditation avait mise en doute.

Les concepts clés

- **Métaphysique** : ensemble des principes qui fondent la connaissance. Les *Méditations métaphysiques* constituent donc un effort pour établir les principes de base sur lesquels toute science doit s'appuyer.
- **Indubitable** : ce dont on ne peut absolument pas douter.
- **Doute hyperbolique** : doute exagéré. Une affirmation ne sera retenue comme vraie que si elle est indubitable. Même si elle est très probable, on ne l'admet pas. C'est un doute **provisoire**, chez Descartes, puisqu'il s'agit d'un moyen pour accéder à la vérité.
- **Cogito** : littéralement, « Je pense ». Le cogito désigne la conscience, synonyme chez Descartes d'esprit, puisque toute pensée est consciente (ce que Freud remettra par la suite en cause avec l'affirmation de l'existence de l'inconscient psychique).

13 Le devoir

☐ Lue ☐ Relue ☐ Apprise

Moral, institutionnel ou juridique, le devoir définit toujours ce qui doit être, ce qu'il faut faire.

1 Le devoir est de l'ordre de l'obligation, non de la contrainte.

● Le devoir est un ordre qui s'impose à nous, d'un point de vue moral (« tu dois respecter autrui ») ou juridique (« tu dois payer tes impôts »). Il nous oblige, mais ne nous contraint pas :

Obligation	Contrainte
D'ordre moral	D'ordre matériel, physique
Choix possible : on peut refuser de faire son devoir.	Pas de choix : lorsqu'on est contraint, on ne peut faire autrement.

● Si le devoir peut être perçu comme une contrainte, d'un point de vue philosophique, il relève plutôt de l'obligation, laquelle présuppose la **liberté** du sujet : je *dois* respecter autrui, mais je *peux* ne pas le faire.

● Le devoir n'est pas spontané : si je dois, c'est que je ne fais pas spontanément. Sauf à dire que le devoir est devenu une habitude, une seconde nature à laquelle on obéit spontanément sans en avoir conscience (exemple : dire « bonjour »).

● Si l'on ne respecte pas les devoirs que dicte la loi juridique, on peut à terme être l'objet d'une contrainte : si je dois payer mes impôts, je peux refuser de le faire, mais à terme l'État me contraindra à le faire (par un prélèvement sur mon compte par exemple). **Rousseau** note que, si les hommes ne respectent pas les lois émanant de la volonté générale, « on les forcera à être libres », c'est-à-dire à respecter les lois pour garantir la liberté qu'elles leur confèrent.

2 Pourquoi fait-on son devoir ?

A On fait son devoir par intérêt.

● On obéit aux lois d'abord **par peur de la punition**. Les lois énoncent des devoirs parce que spontanément, l'homme n'agit pas toujours comme il le devrait, sinon les lois seraient inutiles. Si, à l'état de nature, « l'homme est un loup pour l'homme », ainsi que l'affirme **Hobbes**, les lois sont nécessaires pour garantir la sécurité, et si on leur obéit, c'est parce que la raison nous fait bien voir que c'est **dans notre intérêt**.

- Au livre II de la *République*, **Platon** fait référence à **la fable de l'anneau de Gygès** : un berger ayant découvert une bague magique susceptible de le rendre invisible aux yeux des autres, en profite pour commettre l'injustice, celle-ci semblant a priori plus avantageuse que la justice pour celui qui peut la commettre impunément. **On ne ferait donc le bien que par souci du regard des autres et par peur des représailles si l'on fait le mal.**

B Le devoir : une fin en soi

- Néanmoins, **Socrate** affirme que « nul ne fait le mal volontairement ». Nul ne peut vouloir le mal s'il sait que c'est un mal. Si, donc, une faute est commise, c'est à l'ignorance qu'on la doit, à la bêtise de celui qui se trompe sur ce qu'est le bien. Par conséquent, **le respect de la justice doit passer par l'éducation**. On fait alors son devoir **par respect pour la justice**, parce qu'elle est en elle-même un bien.
- **Kant** distingue deux sortes de devoirs :

1. Ceux que l'on respecte **en vue d'une fin**, conditionnés donc par la situation dans laquelle on se trouve et, surtout, par le but recherché. Ce sont des impératifs hypothétiques. Ils se formulent ainsi : « si tu veux X, tu dois Y ». Par exemple : si tu veux réussir ton examen, tu dois travailler. L'action vise un intérêt et n'est pas de l'ordre du devoir véritable.
2. Le devoir moral véritable est **bon en lui-même**, inconditionné et universalisable. C'est **l'impératif catégorique**. Il dit « tu dois », et ce, quelle que soit la situation. Par exemple, tu dois respecter autrui.

- **Kant** note aussi qu'**agir *conformément* au devoir, ce n'est pas encore agir *par* devoir :** dans le premier cas, on ne contredit certes pas les principes de la morale, mais on peut y trouver un intérêt, et l'action n'est pas purement morale. En revanche, agir par devoir consiste à respecter la loi morale pour elle-même, indépendamment de nos intérêts personnels. Là est l'action vraiment morale et qui relève du devoir véritable. Reste qu'on ne peut jamais être certain qu'une action soit purement morale : on peut toujours imaginer un intérêt caché à l'origine de l'action.

Le devoir du point de vue de la morale

14

Lue Relue Apprise

Comprendre ce qu'est la morale n'est pas chose aisée. Faisons le point sur les divers aspects de cette notion.

1 Définitions et distinctions essentielles

A Définitions premières

- Du latin *mores*, mœurs, **une morale est un ensemble de règles de conduite et de valeurs propres à un groupe ou à une société** (par exemple, la morale chrétienne). Elle définit le bien et le mal et prescrit des droits, des devoirs et des interdits en vue de réguler les actions des hommes.
- La morale, d'un point de vue philosophique, s'entend comme **l'ensemble des principes et des règles de conduites que l'homme doit respecter en vue du bien**.
- **Le sujet moral** est une personne, c'est-à-dire un être responsable (pouvant répondre de ses actes), capable de distinguer le bien du mal.
- **Une vertu** est une qualité morale. Être vertueux, c'est agir moralement.

B Distinctions essentielles

- **L'éthique est la théorie raisonnée de la morale, son étude.** On parle aussi de diverses éthiques pour désigner les règles propres à une profession ou à un domaine (l'éthique du médecin, par exemple).
- **La morale définit des obligations, non des contraintes. La contrainte implique une absence de choix et l'impossibilité d'agir autrement. L'obligation, elle, peut être transgressée.** Si je suis contraint de rester enfermé dans une cellule, je peux en revanche, de fait, ne pas secourir celui qui est dans le besoin. La charité est un devoir qui m'oblige, mais que je peux ignorer. La morale, ainsi, suppose la liberté : la réalisation de l'obligation (l'action morale) vient du sujet lui-même, non d'une contrainte externe.
- **L'autonomie est à distinguer de l'indépendance.** Être indépendant, c'est se suffire à soi-même, d'un point de vue matériel, sans forcément être moral. En revanche, est autonome celui qui obéit aux principes d'ordre moral et sait se limiter de lui-même.
- **Être immoral, c'est aller à l'encontre de la morale, et faire le mal.** En revanche, **être amoral, c'est être indépendant de la morale**, ne pas être en lien avec elle (ainsi, pour **Machiavel**, la politique est amorale, se détache de la morale, ce sont deux domaines bien distincts) → œuvre-clé, p. 53.

2 En quoi consiste le bien ?

A Le plaisir

- On nomme « **hédonistes** » les doctrines qui font du plaisir le souverain bien. La morale épicurienne, ainsi, voit dans un usage raisonné des plaisirs le moyen de bien vivre. Cela suppose de vivre selon sa nature, en évitant les tensions du désir et toute souffrance. Dans ce but, **Épicure distingue trois sortes de désirs** :

1. Les **désirs vains** (par exemple, le désir de richesse) sont source d'angoisse, ils ne sont ni naturels (ne répondent pas aux besoins de notre nature) ni nécessaires (nous pouvons nous passer de les satisfaire). Ils doivent être abolis : désirer toujours davantage n'est que source de désarroi et de troubles.
2. Les **désirs naturels et non nécessaires** (par exemple, le désir d'un plat savoureux) sont à satisfaire avec prudence et modération.
3. Les **désirs naturels et nécessaires** (par exemple, la faim) doivent être satisfaits.

- Il s'agit donc d'**atteindre le bonheur par une simplification de la vie**, en renonçant à tout ce qui est vain et superflu. La morale vise ici le bonheur.

B La vertu

- Pour les **stoïciens**, le bien consiste dans l'exercice de la vertu. Il faut **vivre en accord avec la nature et maîtriser ses passions**, véritables maladies de l'âme. Le sage stoïcien doit comprendre et accepter la nécessité qui règne dans la nature. Le stoïcisme propose donc une morale **ascétique**, supposant une maîtrise des penchants les plus bas.

> **Lexique**
> Est **ascétique** une vie austère, qui se prive de tout plaisir superflu.

- Quant à **Aristote**, il **considère le bonheur comme le souverain bien**. Tout homme cherche à être heureux. Pour être heureux, il faut être vertueux, c'est-à-dire vivre en accord avec son essence. Or, le propre de l'homme étant la raison, la vie vertueuse est une vie conforme à la raison, axée sur le juste milieu, sans excès ni défaut. Par exemple, le courage est une vertu dont l'excès est la témérité et le défaut la lâcheté.

- Toute morale antique se donne pour fin de bien vivre et ne constitue pas une fin en soi. **Kant** montrera qu'une action vertueuse l'est en elle-même, lorsqu'elle provient de la bonne volonté, et non en fonction de ses conséquences. Seule l'intention compte : **une action morale est faite simplement par devoir, par respect pour la loi morale, et non en vue du bonheur**.

Pourquoi l'homme fait-il son devoir ?

15

Lue Relue Apprise

Si l'homme a une conscience morale, c'est parce qu'il a conscience du mal et de l'écart qui existe entre ce qui est et ce qui devrait être. Mais sur quoi cette représentation du devoir-être se fonde-t-elle ?

1 Les deux sources de la morale selon Bergson

- Pour **Bergson**, nous devons distinguer deux sources de l'acte moral, et donc deux morales différentes :

La morale sociale (morale « close »)	La morale véritable (morale « ouverte »)
Elle trouve sa source dans la pression sociale, dans la nécessité, pour la société, de maintenir son ordre. Elle est fondée sur l'instinct social naturel.	Elle est fondée sur le sentiment moral d'admiration du héros dont l'action dépasse les frontières du groupe et vise l'homme en général.
L'obligation est vécue comme une nécessité à laquelle on obéit par habitude.	L'obligation est accomplissement de soi en tant qu'être humain.
La morale n'a pas ici de vraie justification, elle a une origine, mais pas de véritable fondement.	La morale relève d'un élan d'amour envers l'humanité et vise ici à l'universalité.

- La morale close apparaît comme pression, source de soumission de l'individu à la société et à son ordre, elle unit un groupe souvent par opposition à un autre et relève de la particularité dans laquelle la valeur de l'humain n'est pas reconnue pour elle-même.
- En revanche, la morale ouverte est expression de la liberté de l'homme et provient du sentiment d'obligation que nous ressentons devant tout être humain, qu'il appartienne ou non à notre culture.

2 La morale kantienne : une morale du devoir

- Pour **Kant**, la morale ne peut se fonder sur le sentiment, qui relève de la subjectivité et de la particularité. Elle suppose la raison par laquelle nous accédons à l'universel.
- Kant s'oppose aux morales du bonheur érigées par les philosophes antiques (stoïciens, épicuriens, Aristote...), qui prétendent que la vie vertueuse est une vie heureuse, et relèvent d'**impératifs hypothétiques**. Un impératif est hypothétique quand il vise une fin, quand il est conditionné, et s'exprime sous la forme suivante : « si tu veux ceci (être heureux), alors agis de telle manière ». Or, d'une part, il n'y a rien de moral à vouloir son

propre bonheur, et d'autre part, faire son devoir ne rend pas forcément heureux. La moralité doit donc être distincte de la recherche du bonheur.

- Être moral, c'est plutôt obéir à **l'impératif catégorique**, impératif purement moral qui dit « tu dois », et ce, quelles que soient les circonstances (il est inconditionné). Il exprime alors l'universalité de la loi morale. La première formulation de l'impératif catégorique est : **« Agis comme si la maxime de ton action devait être érigée par ta volonté en loi universelle de la nature. »**
- L'action moralement bonne est d'abord l'action désintéressée, l'action accomplie avec **bonne volonté**, par pur respect pour la loi morale, indépendamment de tout mobile sensible. Il faut donc distinguer la **légalité** de l'action et sa **moralité** : est **légale** l'action qui est **conforme au devoir**, mais elle peut être immorale si elle est accomplie en vue d'intérêts sensibles (par exemple, un commerçant honnête qui ne l'est que parce qu'il sait qu'il ne peut garder ses clients qu'à ce prix) ; est **morale** l'action qui n'est accomplie que **par devoir**, par seul respect (sentiment rationnel) pour la loi morale.

3 Une morale aux origines douteuses ?

- **Nietzsche** critique la morale judéo-chrétienne et en fait la **généalogie**. Cette morale, qu'il conçoit comme la morale des esclaves, est **issue du ressentiment des faibles envers les forts**, et trouve son origine dans un sentiment qu'elle juge elle-même immoral : la haine.

> **Lexique**
> Faire la **généalogie** de la morale consiste à en dévoiler les origines, à montrer comment elle est apparue.

- La morale des faibles ne se crée que par inversion des valeurs aristocratiques, elle est profondément négative, incapable d'affirmer positivement de nouvelles valeurs : le faible, auparavant considéré sous un jour négatif, est devenu bon, alors que le fort est toujours soupçonné d'être mauvais.
- L'ascétisme ne vise qu'à abêtir le troupeau, à généraliser l'instinct grégaire qui permet la domination sans entrave du christianisme. Pour se consoler de leurs souffrances, les faibles ont inventé un autre monde : un paradis laissant espérer un bonheur possible au-delà de la vie et un enfer réfrénant les instincts qui expriment pourtant la vie même.
- Pour Nietzsche, le bien est ce qui accroît le sentiment de puissance, non l'humilité et le mépris de soi.

Mill, *L'Utilitarisme*

Œuvre-clé

Publié en 1861, cet ouvrage expose une conception utilitariste de la morale et montre que l'utilitarisme ne se réduit pas à un calcul froid, égoïste et inhumain, mais peut être conçu comme fondateur d'une morale altruiste.

L'auteur

- Fils de James Mill, philosophe anglais qui était ami avec Jeremy Bentham, le fondateur de l'utilitarisme*, John Stuart Mill, fut initié très tôt à cette **philosophie qui fonde la morale sur le bonheur**.
- Soumis à un père autoritaire, privé des joies de l'enfance au profit de l'étude, John Stuart Mill fit une dépression lorsqu'il osa se dégager de son emprise. Au terme de cette crise, **il se lie avec Auguste Comte, puis avec Alexis de Tocqueville**. Il découvre l'amour et décide de développer un utilitarisme plus altruiste que celui de Bentham. Il rédige de nombreuses œuvres, dont les *Principes d'économie politique* (1848), l'essai *Sur la liberté* (1859), et *L'Utilitarisme* (1861).
- Militant, élu au parlement de Westminster, **il défend les droits des femmes et des minorités**.

Problématique générale de l'œuvre

- John Stuart Mill est l'un des plus illustres représentants de l'utilitarisme. **Héritier des thèses de Jeremy Bentham, il s'écarte néanmoins de son maître en ce qu'il conçoit un utilitarisme altruiste**, non fondé sur l'intérêt particulier de l'individu, mais sur le bien commun. Sera moral ce qui procure le plus de bonheur au plus grand nombre de personnes.

Thèses essentielles

- **L'utilité, critère de la moralité.** Quel est le critère qui permet de dire qu'une action est morale ou immorale ? Est moral, bon, ce qui est utile, c'est-à-dire ce qui contribue au bonheur du plus grand nombre. Le bonheur est donc, chez Mill, un critère de moralité : c'est parce qu'une action procure du bonheur qu'elle est morale, et non l'inverse, ainsi que le concevaient les morales antiques. Pour Aristote, en effet, c'est parce qu'une action est morale qu'elle est source de bonheur.

Mill, *L'Utilitarisme*

Œuvre-clé

- Mill renverse le rapport bonheur-morale et construit une philosophie conséquentialiste*. **La moralité dépend des conséquences de l'action, et non, comme chez Kant, de l'intention**. L'utilitarisme propose ainsi une troisième conception de la morale qui se distingue de l'éthique de la vertu (morales antiques) et du déontologisme* (morale fondée sur le respect du devoir, comme la morale kantienne).
- **Des qualités différentes de plaisir.** Le bonheur n'est pas un absolu mais se comprend en degrés : il consiste dans une vie faite de beaucoup de plaisirs et de peu de douleurs.
- Mais le plaisir ne s'évalue pas que par sa quantité, il se mesure surtout à sa qualité. **Il y a deux genres de plaisirs : supérieurs et inférieurs.** Sont de qualité supérieure les plaisirs qui relèvent des facultés supérieures de l'individu, des facultés de l'esprit. Sont inférieurs les plaisirs simplement charnels, liés au corps. Ces derniers ne procurent qu'une basse satisfaction, alors que les plaisirs de qualité supérieure sont sources de bonheur et d'une vie digne : « Il vaut mieux être un homme insatisfait qu'un porc satisfait ; il vaut mieux être Socrate insatisfait qu'un imbécile satisfait. »
- Par ailleurs, **ce n'est pas l'intérêt personnel de chaque individu qui doit être recherché en premier lieu, mais l'intérêt général** : Mill développe un utilitarisme altruiste qui considère le dévouement de l'individu au bonheur d'autrui comme la plus haute vertu.
- **Il faut distinguer la satisfaction** (absence de manque d'un point de vue corporel) **et le bonheur** (jouissance de plaisirs supérieurs).
- **Le bonheur n'est pas parfait** : l'être intelligent sait ce qui lui manque, mais il préfère le savoir plutôt que d'être ignorant et de se contenter de plaisirs de bêtes.

Les concepts clés

- **Utilitarisme :** doctrine qui prend pour critère de moralité le bonheur.
- **Conséquentialisme :** doctrine morale qui considère qu'une action est morale ou non en fonction de ses conséquences.
- **Déontologisme :** doctrine qui considère comme morale l'action faite par devoir, indépendamment de ses conséquences (Kant).

L'État

16

☐ Lue ☐ Relue ☐ Apprise

■ Qu'est-ce qu'un État, et à quelles conditions est-il légitime ?

1 Définitions et distinctions

A Les divers sens du mot « État »

• L'État désigne d'abord **l'ensemble des individus soumis à des lois et** à **une autorité communes**. Un État est une société politiquement organisée possédant une autorité souveraine. On parle ainsi de l'État français, de l'État allemand...

• Il renvoie également à **l'autorité politique, le gouvernement et l'ensemble des institutions chargées de faire régner cette autorité** (institutions politiques, militaires, juridiques, administratives...).

B Distinctions essentielles

• **Hegel** distingue **la société civile** de l'État : la première relève de la sphère économique et chacun y recherche son propre intérêt, d'où la présence de conflits et d'une concurrence importante. Le second, relevant de la sphère publique, réalise une unité supérieure. Il est l'institution visant un intérêt collectif (et non la somme des intérêts particuliers).

• Une **nation** est une communauté politique dont les membres sont liés par une histoire, une culture, des valeurs communes. On peut donc concevoir que des États récents ne soient pas encore des nations. **Ernest Renan** définit ainsi la nation : « Une nation est une âme, un principe spirituel. Deux choses qui, à vrai dire, n'en font qu'une, constituent cette âme, ce principe spirituel. L'une est dans le passé, l'autre dans le présent. L'une est la possession en commun d'un riche legs de souvenirs ; l'autre est le consentement actuel, le désir de vivre ensemble, la volonté de continuer à faire valoir l'héritage qu'on a reçu indivis. » (*Qu'est-ce qu'une nation ?*).

2 Origine et fin de l'État

A Une origine naturelle

• **Aristote** définit l'homme comme étant par nature un « animal politique ». En effet, il possède la parole qui lui permet de débattre du juste et de l'injuste et ainsi d'élaborer des lois organisant la société. Or, « la nature ne fait rien en vain » : la conception finaliste d'Aristote l'amène à conclure que l'homme est destiné à vivre avec d'autres dans une société politiquement organisée. La cité est le lieu naturel de l'accomplissement de l'humanité, à condition d'être bien gérée, de viser l'intérêt commun. Si les hommes vivent ensemble dans la cité, c'est en vue du bonheur.

B La politique comme remède au conflit

● Le caractère naturel de l'État a largement été remis en cause par les théoriciens du contrat social. On peut en effet considérer que, si la politique existe, c'est parce que les hommes vivant en société ont besoin d'un pouvoir régissant leurs coexistences. Ainsi, les théoriciens de l'état de nature (état fictif dans lequel se trouve l'homme avant la mise en place de toute institution) ont-ils montré que, sans institution politique, règne la « guerre de tous contre tous » (**Hobbes**, *Léviathan*). Si, par nature, « l'homme est un loup pour l'homme », ainsi que l'affirme **Hobbes** en mettant en évidence le penchant de chacun à considérer avant tout ses intérêts privés, il apparaît nécessaire de mettre en place un pouvoir garantissant à chacun la sécurité et mettant fin à la loi du plus fort.

● L'État reposerait alors sur un **contrat** dans lequel chacun, conscient de ses intérêts, abandonne ses droits à un tiers, le Prince, chargé alors de faire régner la paix civile au sein de l'État. Ainsi Hobbes justifie-t-il l'absolutisme : en vue de la sécurité, chacun se soumet au pouvoir souverain du Prince.

C Le problème de la légitimité de l'État

● **Rousseau** s'oppose à une telle conception du pouvoir politique : l'on ne peut vouloir devenir membre d'un État qui nie ainsi la liberté inaliénable de l'homme. Le contrat ne sera donc légitime que s'il relie tous les membres de l'État, y compris ceux qui représentent le peuple : la **démocratie** s'impose comme régime légitime en tant que c'est le peuple qui exerce la **souveraineté**, et non un maître. Les magistrats ne sont que les représentants du peuple. Les lois qui régissent la vie de chacun doivent alors être l'expression de **la volonté générale**, non celle d'un homme ou d'un groupe d'hommes. La fin de l'État n'est pas tant la sécurité que la garantie de la **liberté** comprise comme non soumission à autrui.

> **Lexique**
>
> **Souveraineté** : autorité suprême.

● Le pouvoir politique, dès lors, ne peut venir de la force : cette dernière est d'ordre physique, et ne peut justifier l'obéissance, le devoir, qui sont d'ordre moral. Si les citoyens s'obligent à obéir, ils ne peuvent être contraints de le faire. Il faut distinguer **autorité** (légitime) et **domination** (illégitime et temporaire).

La politique

Lue Relue Apprise

17

La philosophie politique étudie les modes de gouvernement des États et leur légitimité. Mais la politique est aussi une activité qui suppose un certain savoir-faire.

1 Définitions et distinctions conceptuelles

A Définitions premières

- Du grec *polis* qui signifie « cité », la politique désigne, soit :

1. l'activité qui consiste à gérer les coexistences par le biais des lois et des institutions ;
2. l'art de gouverner la cité, l'État. Elle est alors comprise comme un **savoir-faire** ;
3. la **science** qui concerne la gestion de l'État. Elle est alors un domaine de réflexion au même titre que l'esthétique (réflexion sur l'art) ou l'épistémologie (réflexion sur les sciences).

- Le problème est alors de savoir si l'on peut envisager l'existence d'une telle vision rationnelle de la politique (ainsi que le fait **Platon** dans *La République*), ou si la politique relève toujours d'un savoir-faire devant s'adapter à chaque cas particulier et donc non universalisable, ainsi que l'envisage **Machiavel** dans *Le Prince*.

B Distinctions essentielles

- La sociologie distingue l'ensemble des institutions d'ordre politique de ce qui relève de la sphère économique :

Politique	Économie
Gestion du domaine public	Gestion du domaine privé
But : paix civile ; gouvernement de l'État	But : enrichissement ; gestion des biens

- Néanmoins, de fait, le gouvernement se voit souvent obligé d'intervenir dans le domaine économique pour assurer l'équilibre des forces sociales et la paix civile (lors d'oppositions syndicales et patronales, par exemple).
- **La politique se distingue de la morale.** La morale vise le Bien, alors que la politique vise l'ordre dans l'État et l'instauration d'un tel ordre suppose parfois que l'on emprunte des chemins différents de celui de la moralité. Si, pour **Platon**, le pouvoir politique exercé par les philosophes rois doit se fonder sur l'Idée de Bien et de Justice, et si pour **Aristote**, la politique doit favoriser l'avènement de la vertu, il n'en reste pas moins

qu'elle doit parfois user de stratagèmes, de ruse pour parvenir à ses fins, ainsi que l'affirme **Machiavel**.

2 La politique : art ou science ?

A La politique comme science

- Si la politique est une science, c'est qu'elle relève d'un **savoir théorique universalisable** et donc **applicable indépendamment des circonstances historiques**. Une science politique permettrait alors d'agir efficacement en tout temps et en tout lieu, elle offrirait les clés de la réussite en matière de gestion de l'État. La politique suppose en outre, comme toute science, raisonnement, logique, rigueur de la pensée. On enseigne d'ailleurs les « sciences politiques ».
- **Platon**, dans *La République*, semble définir la politique avant tout comme une science : concevant les conditions de la cité idéale, il fait des philosophes, détenteurs du savoir concernant le Bien et la Justice, les nécessaires dirigeants d'une telle cité organisée en trois classes distinctes : les philosophes-rois qui gouvernent, les gardiens de la cité qui pourvoient à sa sécurité, et les producteurs à ses besoins. Chacun assurant sa fonction, l'ordre règne dans la cité et incarne la justice.

B L'art de gouverner

- Mais l'on parle aussi de « scène politique », rapprochant politique et art : la politique ne peut faire abstraction du réel, et doit composer avec des **situations particulières** peu universalisables et donc peu propices à relever de principes théoriques.
- Ainsi, **Machiavel** conçoit la politique comme un art, un savoir-faire consistant à conserver le pouvoir, fut-ce au prix de la moralité. En tant que technique, elle vise l'**efficacité**, non le bien. Le but premier du prince est d'établir et de conserver l'ordre au sein de l'État, de stabiliser son pouvoir.
- Dès lors, toute norme morale pouvant déstabiliser le pouvoir doit être abolie. Le prince doit savoir user de la violence et de la **force** (agir comme le **lion**) mais aussi de **ruses** (comme le **renard**) pour conquérir et stabiliser l'État. La fin justifie alors les moyens. (→ œuvre-clé, p. 53)

citation

« Que le prince songe donc uniquement à conserver sa vie et son État : s'il réussit, tous les moyens qu'il aura pris seront jugés honorables et loués par tout le monde. » Machiavel, *Le Prince*.

Kant, *Idée* d'une histoire universelle d'un point de vue cosmopolitique*

Œuvre-clé

Écrit en 1784, cet opuscule s'interroge sur le sens du devenir historique et sur la valeur de la croyance au progrès de l'humanité.

L'auteur

- **Emmanuel Kant** (1724-1804), philosophe prussien, eut une vie sédentaire et rigoureusement réglée.
- Professeur d'université, il renouvelle la philosophie par son œuvre conséquente, et reste une référence incontournable.
- **Œuvres principales** : *Critique de la raison pure* (1781, 2nde édition en 1787), *Fondements de la métaphysique des mœurs* (1785), *Critique de la raison pratique* (1788), *Critique de la faculté de juger* (1790), *La Religion dans les limites de la simple raison* (1793).

Problématique générale de l'œuvre

- Une question : peut-on penser qu'un sens est à l'œuvre dans l'histoire ? A-t-on raison de croire au progrès moral de l'humanité, ou doit-on désespérer de l'homme devant le spectacle chaotique et absurde des événements ?
- Un constat : dans l'histoire, « à côté de quelques manifestations de sagesse ici ou là [...], on ne trouve pourtant dans l'ensemble, en dernière analyse, qu'un tissu de folie, de vanité puérile, souvent même de méchanceté et de soif de destruction. »
- Une thèse : un optimisme naïf consisterait à nier le mal alors que le pessimisme conduirait à désespérer de l'homme et finalement à accepter l'existence du mal. Face à ces deux positions, Kant montre la nécessité de faire l'hypothèse qu'il existe une cohérence à l'œuvre dans l'histoire.

Thèses essentielles

- **L'idée de progrès : un espoir profitable**

Le progrès* ne peut être affirmé ni démontré, mais il est nécessaire de le postuler, de l'espérer pour donner sens aux actions humaines.

C'est dans la **nature** que Kant voit le principe moteur du progrès : tout arrive comme si la nature avait un plan secret. Ôtant à l'homme tout instinct, elle ruse et le force à progresser. Elle vise l'avènement de comportements individuels raisonnables et la **paix universelle**, entente générale entre les peuples, par l'instauration d'une « société des nations » administrant universellement le droit.

L'insociable sociabilité

La nature a fait de l'homme un être caractérisé par son « insociable sociabilité » : d'une part, il ne peut vivre seul, mais d'autre part, il refuse les contraintes, rechigne à restreindre sa liberté pour vivre en société et cherche à ce que tout aille dans son sens. Chacun, pour défendre ses intérêts, est poussé à développer ses dispositions naturelles. Cet antagonisme est le moyen par lequel la nature amène l'homme à développer la culture, la société, et, finalement, la moralité.

La politique internationale

Les rapports entre États connaissent le même mécanisme : la guerre, que Kant prédit mondiale, mène à de tels dangers que les États se verront obligés de s'associer par des normes internationales afin d'instaurer une paix universelle.

Citation : « Une tentative philosophique pour traiter l'histoire universelle selon un plan de la nature qui vise à l'unification politique parfaite dans l'espèce humaine doit être considérée comme possible, et même comme favorable à ce dessein de la nature. »

Plan de l'œuvre

- **Introduction** : présentation du projet.
- **Propositions 1 à 3** : idée d'une perfectibilité de l'espèce humaine sur le plan biologique.
- **Proposition 4** : idée d'une perfectibilité humaine sur le plan social.
- **Propositions 5 à 7** : idée d'un progrès en matière de politique intérieure et internationale.
- **Propositions 8 et 9** : conclusion sur l'utilité du projet.

Les concepts clés

- **Progrès** : évolution positive des facultés humaines, notamment de la raison, laquelle vise la moralité. Le progrès implique le développement de l'éducation et de la liberté.
- **Idée :** « concept rationnel nécessaire auquel ne peut correspondre aucun objet donné par les sens » (*Critique de la raison pure*). On peut seulement élaborer une idée d'une histoire universelle conçue comme progrès, car elle n'est pas donnée empiriquement (il n'y a que des histoires particulières, dans l'expérience). Le progrès est l'objet d'un espoir, non celui d'une connaissance scientifique.

Machiavel, *Le Prince*

Œuvre-clé

Face à une Italie déchirée, Machiavel veut penser la possibilité de la fondation d'un État unique et fort. Toute sa philosophie s'axe sur ce projet politique que présente *Le Prince*.

L'auteur

- Nicolas Machiavel (1469-1527) est un haut fonctionnaire chargé de missions diplomatiques dans une Italie ravagée par la guerre civile.
- Soupçonné à tort de comploter contre une autorité politique nouvelle, il est torturé, temporairement emprisonné, et entre en disgrâce.
- Sa retraite des affaires publiques sera pour lui l'occasion d'écrire son œuvre maîtresse, *Le Prince*.

Problématique générale de l'œuvre

- Machiavel élabore dans cet ouvrage une nouvelle conception de la politique : pour lui, elle est indépendante de la morale et de la religion et relève plus de l'art que de la science.
- Comment unifier et stabiliser l'État* ? Quels sont les mécanismes qui permettent de se maintenir au pouvoir ?

Thèses essentielles

- **Une nouvelle conception de la politique**

La conception médiévale du pouvoir politique comme garant de la moralité et de la spiritualité religieuse est remise en cause par Machiavel. **L'autorité politique n'a pas à être fondée sur la religion**, elle acquiert, avec lui, son autonomie.

- **Une politique séparée de la morale**

– Le prince ne doit se soucier que d'une chose : établir et conserver l'ordre au sein de l'État, stabiliser son pouvoir. Par conséquent, toute norme morale susceptible d'entraver ou de fragiliser son pouvoir doit être abolie.
– Néanmoins, Machiavel ne fait pas l'éloge de l'immoralisme. Il ne considère pas le prince comme devant mentir, opprimer, répandre le mal pour le mal... Seulement, lorsqu'une décision est à prendre, c'est l'intérêt de l'État qui doit permettre de trancher, non la morale. **Morale**

et politique relèvent de deux domaines strictement distincts. La politique doit être moralement neutre, **amorale**.
– Le prince doit, comme le lion, savoir user de la violence et de la force. Comme le renard, il doit également savoir ruser pour conquérir et stabiliser l'État. Le politique valeureux est celui qui sait agir à propos, au bon moment, celui qui fait preuve d'audace, de courage, de détermination et de prudence. Telle est sa vertu*.
Citation : « On peut combattre de deux manières : ou avec les lois, ou avec la force. La première est propre à l'homme, la seconde est celle des bêtes ; mais comme souvent celle-là ne suffit point, on est obligé de recourir à l'autre : il faut donc qu'un prince sache agir à propos, et en bête, et en homme. »

- **La politique : un art dans lequel la fin justifie les moyens**

– Machiavel met en évidence le caractère technique de la politique. Les circonstances varient, et le politique doit savoir s'adapter à la conjoncture, se détacher de règles strictes qui pourraient dans certaines circonstances s'avérer inefficaces ou dangereuses.
– En politique, **la fin justifie les moyens**. La fin : la stabilité et l'unité de l'État. Les moyens : tous ceux qui seront nécessaires, même s'ils sont contraires à la morale. Ce qui compte, c'est l'État, et l'on doit être prêt à tout lui sacrifier.
– La politique doit permettre de garantir l'intégrité de la République et de repousser toute ingérence étrangère. Mais Machiavel est réaliste : **le droit** ne peut être le fondement du pouvoir politique, c'est **la force qui conquiert le pouvoir et introduit ensuite le droit.**
– Certes, l'État et les lois garantissent la **liberté**. Mais dans un monde déchiré, la liberté n'est jamais que ce qui résulte de l'élaboration du droit par celui qui sait s'imposer et rassembler.

Les concepts clés

- **L'État** apparaît sous la plume de Machiavel pour la première fois dans l'histoire comme le pouvoir souverain qu'incarne le prince, garant de l'unité et de la pérennité des institutions.

- **La *virtú*** (que l'on traduit par « vertu », mais qui n'a pas de connotation morale) est la valeur de l'homme politique, sa capacité à imposer sa volonté à la **fortune** (le cours aléatoire des événements), à réduire la part de l'imprévisible et à composer avec les circonstances particulières.

L'inconscient

18

Lue Relue Apprise

Au début du xxe siècle, Freud met en évidence l'existence de forces psychiques inconscientes.

1 Distinguer « l'inconscient » de « ce qui est inconscient »

- **Tout phénomène inconscient ne provient pas de l'inconscient**. Par exemple, la respiration est un phénomène la plupart du temps « inconscient », c'est-à-dire « dont on ne se rend pas compte , qui échappe à la conscience », mais qui n'a pas pour autant sa source dans l'inconscient.
- L'inconscient désigne, selon Freud, **une partie de notre esprit inaccessible à la conscience, active et incontrôlée**. Freud s'oppose donc à l'idée classique selon laquelle notre vie psychique se réduit aux phénomènes mentaux dont nous avons conscience.

2 La structure du psychisme selon Freud

A Première élaboration du système psychique

La première topique élaborée par Freud considère l'esprit humain comme formé de trois étages :

- **le conscient** : ce que nous avons actuellement à l'esprit ;
- **le préconscient** : ce qui n'est pas actuellement conscient mais peut le devenir ;
- **l'inconscient** : partie dynamique constituée du refoulé (ce qui est maintenu hors du champ de la conscience, ce que l'on ne veut pas s'avouer à soi-même). Il serait enfoui au plus profond de nous-mêmes, d'où la représentation sous forme d'étages.

lexique

Topique, du grec *topos*, « lieu » : répartition des éléments de l'esprit selon une métaphore spatiale. L'esprit serait divisible en trois zones, que Freud compare à trois pièces d'un appartement.

B Seconde élaboration du système psychique

Face à des difficultés d'ordre théorique, Freud élabore une seconde topique, dans laquelle l'inconscient ne désigne plus une partie du système, mais ce qui qualifie certaines de ses parties. Le psychisme se divise en trois instances, trois pôles :

- **Le Ça** : pôle pulsionnel, totalement inconscient de l'esprit, constitué de **pulsions, de souvenirs et de désirs refoulés** (maintenus hors du champ de la conscience parce qu'ils entrent en conflit, notamment, avec le Surmoi). Il est gouverné par le **principe de plaisir** : désir de satisfaire tous ses désirs le plus vite possible sans se préoccuper de leur réalisme ni de leurs conséquences.

- **Le Surmoi** : constitué de l'intériorisation inconsciente des interdits parentaux moraux et sociaux, c'est l'instance par laquelle se prolonge l'influence parentale. Il empêche l'accomplissement et la prise de conscience de nos désirs lorsqu'ils ne sont pas convenables.
- **Le Moi** : constitué de la conscience et de mécanismes inconscients, il **s'efforce de concilier les intérêts contradictoires du Ça et du Surmoi tout en tenant compte de la réalité.** Il doit maintenir l'équilibre psychique.
- **L'inconscient** n'est plus une partie du système psychique, mais devient **un adjectif qui qualifie le Ça,** ainsi qu'**une partie du Surmoi et du Moi.**

3 Les rêves, manifestations de l'inconscient

- L'inconscient se manifeste chaque jour au travers des **actes manqués** (lapsus, oublis...) : nous ne maîtrisons pas tous nos actes et pensées, ils disent quelque chose de nous sans que nous le voulions.
- Par **l'analyse des rêves,** on comprend comment fonctionne l'esprit. Deux éléments sont à distinguer dans le rêve :

– **le contenu manifeste** : ce que l'on retient du rêve, l'histoire.

– **le contenu latent** : le désir ou le souvenir inconscient qui se manifeste à la conscience de manière travestie, afin d'échapper à la censure. Ce que signifie le rêve.

- Le rêve, manifestation symbolique du refoulé, nécessite donc une **interprétation**.

4 Les apports de la psychanalyse

- **Freud** met au point une méthode thérapeutique, la **psychanalyse**, par laquelle l'on apprend à cerner plus ou moins les racines inconscientes de nos comportements, et à vivre avec.
- **Tout phénomène psychique a un sens,** même ceux qui semblent désordonnés. L'**enfance** joue un rôle prépondérant dans la formation de la personnalité. Pour le psychanalyste, **je suis ce que mon passé m'a fait.**
- Le **langage joue un rôle de premier plan** : tout le travail de la cure psychanalytique repose en effet sur la parole du patient. C'est en parlant que l'on prend plus ou moins conscience de ce qui était auparavant inconscient.

L'inconscient : conséquences et limites de la théorie freudienne 19

Lue Relue Apprise

Ce sont surtout les conséquences de la théorie de l'existence de l'inconscient qui amènent le philosophe à s'interroger : quelles sont-elles ? N'y a-t-il pas des limites à cette théorie ?

1 Conséquences de la théorie de Freud

A L'inconscient : une épreuve pour le sujet ?

Freud conçoit lui-même sa découverte comme la troisième découverte scientifique qui, au cours de l'histoire, inflige à la mégalomanie humaine un grave démenti :

- Le premier démenti fut le fait de **Copernic** (1473-1543) qui, par la théorie de l'héliocentrisme, montre selon Freud que « la terre, loin d'être le centre de l'univers, ne forme qu'une parcelle insignifiante du système cosmique » (*Introduction à la psychanalyse*).
- La seconde théorie qui remet en cause la grandeur de l'homme est celle de **Darwin** (1809-1882) et **Wallace** (1823-1913) : il s'agit de la théorie de l'évolution qui « réduit à rien les prétentions de l'homme à une place privilégiée dans l'ordre de la création, en établissant sa descendance du règne animal » (*Ibid.*).
- Enfin, « un troisième démenti sera infligé à la mégalomanie humaine par la recherche psychologique de nos jours qui se propose de montrer au moi qu'il n'est seulement pas maître dans sa propre maison. » (*Ibid.*).

B Le problème de la connaissance de soi

- Selon Freud, la plupart des actes et des pensées du sujet proviennent d'une source cachée en lui. L'Inconscient déterminerait la conscience. On ne serait alors **pas maître de soi-même**, il serait difficile de se maîtriser, et plus encore de se comprendre ou de se connaître.

> **citation**
> « Le moi n'est pas maître dans sa propre maison. »
> Freud, *Essais de psychanalyse appliquée*.

- Cependant, **la cure psychanalytique** permet de mieux se connaître et se comprendre. En effet, prendre conscience que l'on a un inconscient, c'est déjà avancer vers une meilleure connaissance de soi.

C Le problème de la liberté

- Si c'est la conscience qui fait du sujet un être autonome, capable de se maîtriser lui-même, et donc d'être libre, la notion d'inconscient semble remettre en cause l'idée même de **liberté**, de maîtrise de soi.

- **Sartre** critique, sans la réfuter totalement, la notion d'inconscient : ce serait faire preuve de **mauvaise foi** que d'imputer toute action à l'inconscient afin de se déculpabiliser.
- Mais **Freud** n'appelle pas à une attitude déculpabilisante et irresponsable (qui consisterait à dire : « ce n'est pas de ma faute, c'est « l'autre en moi » qui est cause de telle mauvaise action ») : le sujet a à vivre et à composer avec lui-même, il garde sa part de **responsabilité**.

Lexique

La mauvaise foi, selon Sartre, consiste à se mentir à soi-même pour éviter l'angoisse suscitée par la prise de conscience de notre condition.

2 Limites de l'explication par l'inconscient

- Le statut de la théorie freudienne pose problème. Pour Freud, c'est une théorie **scientifique** dans la mesure où elle semble prouvée expérimentalement : elle permet d'expliquer un grand nombre de phénomènes inexplicables autrement (rêves, hypnose, actes manqués...), et la cure psychanalytique donne des résultats (amélioration de la vie mentale).
- Cependant, on peut reprocher à la psychanalyse de fonder sa théorie de l'inconscient sur une **hyper sémantisation** (c'est-à-dire l'attribution d'une signification à tout fait considéré). Ainsi, **Alain** y voit une idolâtrie des signes : « Le freudisme, si fameux, est un art d'inventer en chaque homme un animal redoutable, d'après des signes tout à fait ordinaires. » (*Éléments de philosophie*).
- Cette hyper sémantisation fait de la psychanalyse un système interprétatif, ou herméneutique, qui en tant que tel apparaît infalsifiable, c'est-à-dire irréfutable. C'est précisément ce critère de **falsifiabilité** que **Popper** considère comme **le critère de scientificité**. Or, la théorie de l'inconscient ne le respecte pas : en effet, *tout* peut être expliqué par elle, et l'on ne peut imaginer un fait qui, s'il se produisait, remettrait en cause la théorie de l'inconscient.
- La psychanalyse peut donc être considérée comme une **interprétation, une herméneutique**, un savoir possible sur l'inconscient, une thérapeutique efficace. Mais ce n'est pas une **science** à proprement parler : l'objet étudié (l'inconscient) n'est connu que par des manifestations (symptômes) symboliques qu'il faut **interpréter**.

Freud, *Sur le rêve*

Œuvre-clé

Publié en 1901, cet essai qui résume *L'Interprétation des rêves* (1899) peut être considéré comme une introduction à la psychanalyse.

L'auteur

- Né en Moravie dans une famille juive, Sigmund Freud vécut dès 1860 à Vienne. Diplômé de médecine en 1881, **il se spécialise dans l'étude du système nerveux. Initié à la méthode cathartique par le professeur Charcot**, qui tente de purifier l'esprit des malades hystériques en leur faisant raconter leurs souvenirs sous hypnose, **Freud poursuit ses recherches sur l'hystérie avec le docteur Breuer**, célèbre neurologue. Tous deux publient en 1895 les *Études sur l'hystérie*.
- **Freud voue sa vie à la psychanalyse** et publie le résultat de ses recherches dans de nombreux ouvrages, dont *L'Interprétation des rêves* (1900), *Psychopathologie de la vie quotidienne* (1901), *Cinq leçons sur la psychanalyse* (1910), *Totem et tabou* (1913), *L'Avenir d'une illusion* (1927), *Malaise dans la civilisation* (1929).
- Menacé par la montée du nazisme, Freud s'exile définitivement en Angleterre en 1938. Il succombe en 1939 d'un cancer de la mâchoire.
- **Père de la psychanalyse**, méthode d'investigation des processus psychiques, Freud affirme l'existence de **l'inconscient*** au sein du psychisme. Constitué de l'ensemble des éléments refoulés*, c'est-à-dire maintenus hors de la conscience, ce dernier influerait sur les pensées et actes du sujet.

Problématique générale de l'œuvre

- Freud entend dans cet ouvrage clarifier le travail du rêve : que se passe-t-il quand nous rêvons ? **Comment interpréter rationnellement le rêve**, quelle méthode utiliser pour donner du sens à ce qui n'en a en apparence pas ? Freud nous présente la méthode psychanalytique à travers de nombreux exemples.

Thèses essentielles

- L'inconscient se manifeste chaque jour, entre autres au travers de ce que l'on nomme les **actes manqués** : lapsus, oublis... Tout a un sens caché, selon Freud : nous ne maîtrisons pas tous nos actes et pensées, ils disent quelque chose de nous sans que nous le voulions.

- Mais c'est surtout au travers de l'analyse des rêves que l'on peut comprendre comment fonctionne notre esprit. En effet, pour Freud, **le rêve est bien plus qu'une réaction cérébrale à des stimuli organiques ou sensoriels**, ainsi que le voudrait l'approche physiologique, **il est la manifestation et l'accomplissement de désirs inconscients refoulés**.
- Mais cet accomplissement est voilé : **on ne rêve pas directement du désir refoulé, il est symbolisé, mis en récit...** Ainsi, deux contenus sont à distinguer dans le rêve : le **contenu manifeste*** (ce que l'on retient du rêve, l'histoire, avec toutes ses incohérences et ses absurdités) et le **contenu latent*** (le désir ou le souvenir inconscient qui se manifeste à la conscience de manière symbolique, afin d'échapper à la censure).
- La **censure** (constituée par le souci des convenances, les idées morales) est un mécanisme inconscient qui refoule les désirs interdits à l'état de veille. Pour l'éviter, ces derniers s'exhibent dans le rêve de façon voilée, symbolique. **Le rêve nécessite donc une interprétation**. Interpréter le rêve, c'est défaire le « travail du rêve », lequel consiste à utiliser plusieurs mécanismes pour échapper à la censure : la dramatisation est la mise en récit des désirs inconscients ; la symbolisation consiste à remplacer un élément latent par un élément manifeste en fonction d'un rapport plus ou moins évident (par exemple, rêver de poissons peut renvoyer à un complexe sur son poids) ; la condensation consiste à symboliser plusieurs éléments latents par un seul élément manifeste. Tous ces mécanismes visent à voiler les désirs inconscients, et le travail de l'analyste consiste à en percer les secrets.

Les concepts clés

- **Inconscient :** part dynamique de notre esprit qui nous est directement inaccessible.
- **Refoulement** : mécanisme par lequel les désirs et souvenirs jugés inavouables sont enfouis dans l'Inconscient.
- **Contenu latent du rêve** : ensemble des désirs et souvenirs refoulés qui s'accomplissent dans le rêve.
- **Contenu manifeste du rêve** : l'histoire telle qu'on l'a rêvée, ce que l'on peut raconter de son rêve tel qu'il nous est apparu.

Qu'est-ce que la justice ? 20

Lue Relue Apprise

Le droit a pour but de mettre fin aux rapports de force, mais réalise-t-il pour autant nécessairement l'exigence de justice ?

1 Le double aspect de la justice

- On distingue deux définitions de la justice :

La justice comme institution de l'État chargée de faire respecter les lois en vigueur dans cet État.	**La justice comme valeur morale et vertu.** Faire preuve de justice, c'est agir en respectant l'égalité de tous.
Elle renvoie au **droit positif** (social) : ensemble des règles instituées, établies par les hommes, en vigueur dans une société.	Elle renvoie au **droit naturel** : ensemble des droits exigibles par la raison. Ce qui devrait être.
Elle définit ce qui est **légal** (conforme aux lois) et illégal.	Elle définit ce qui est **légitime**, juste moralement.
Elle est relative, change d'un lieu à un autre et d'une époque à l'autre.	Elle se veut universelle et invariable, fondée sur la nature humaine, la raison, ou encore la volonté divine.

2 Le droit, fondement de la justice ?

A Le positivisme juridique

- **Le droit positif varie d'une société à l'autre, ainsi que le fait remarquer Pascal** : « vérité en-deçà des Pyrénées, erreur au-delà ». Le droit est une affaire de coutume, de lieu, et ne se comprend que relativement au contexte historique dans lequel il s'inscrit. On a pu en conclure le caractère illusoire du droit naturel.
- **Le positivisme juridique, ainsi, affirme qu'aucun droit naturel n'existe au-delà du droit positif, que seules les lois fondent et définissent le juste.** Ce qui est légal est donc aussi ce qui est légitime, et être juste consiste à respecter les lois en vigueur dans la société. « On ne peut douter, je crois, que l'idée mère, l'élément primitif, dans la formation de la notion de justice, n'ait été la conformité à la loi », note **John Stuart Mill** (*L'Utilitarisme*).
- Intérêt de cette conception : elle soustrait l'idée de justice à des polémiques interminables et permet aux tribunaux d'opérer de façon efficace. **Le sort de chaque citoyen ne dépend pas des opinions de son juge, car celui-ci doit se borner à appliquer la règle édictée par le législateur. Alain** écrit en ce sens que « [...] ce qui est juste, c'est d'accepter d'avance l'arbitrage, non pas l'arbitrage juste, mais l'arbitrage » : **la justice est le respect de la loi et de son application, sans arbitraire ni déformation.**

Si les lois sont appliquées à tous sans exception et de la même manière, nous sommes alors prémunis contre les injustices possibles.

B Le droit naturel : une norme supérieure ?

- Cependant, lors des procès intentés contre les criminels nazis, l'argument selon lequel ces derniers n'avaient fait qu'obéir aux ordres semblait bien fragile. De fait, **nous constatons l'existence de lois qui nous insurgent, et le droit ne semble pas toujours légitime. Il paraît alors nécessaire de distinguer ce qui est légal** (conforme au droit positif) **et ce qui est légitime** (fondé, justifié, exigible par la conscience morale).

- C'est ce que fait **Antigone** lorsqu'elle transgresse les lois établies par le roi Créon et offre une sépulture à son frère en invoquant une loi supérieure à celle de la cité, loi qui relève de ce que l'on nomme le « **droit naturel** ».

- Le droit naturel désigne l'ensemble des droits émanant de la nature de l'homme, ceux que chaque homme est en droit d'exiger en tant qu'il est un homme. Ils sont issus de la raison. **Pour Montesquieu, bien que variables d'un pays à un autre, les lois positives doivent incarner l'exigence morale universelle de la raison**.

Citation

« La loi, en général, est la raison humaine, en tant qu'elle gouverne tous les peuples de la Terre ; et les lois politiques et civiles de chaque nation ne doivent être que les cas particuliers où s'applique cette raison humaine. »
Montesquieu, *L'Esprit des lois*.

C Les conditions de la justice

- L'idée de justice renvoie à celle d'une double égalité :

– **une égalité commutative**, d'abord, qui repose sur la réciprocité, et selon laquelle la justice recommande de donner autant à chacun. On parle alors de justice commutative (égalité de droits et de devoirs : la loi doit s'appliquer à tous sans exception).

– **une égalité proportionnelle**, ensuite : dans son aspect social, la justice renvoie au problème de la distribution des richesses : on doit donner à chacun selon son mérite.

- Il ne suffit pas que les lois soient justes pour que règne la justice. En effet, **la loi, générale, ne peut prévoir tous les cas particuliers**. Le magistrat, dans sa pratique quotidienne, au lieu d'appliquer mécaniquement un règlement, c'est-à-dire de juger seulement selon la lettre de la loi, doit faire preuve d'équité, juger selon l'esprit de la loi, selon les principes qu'elle défend. **Aristote**, mettant l'accent sur l'importance de l'équité, note ainsi que « **l'équitable est un ajustement de ce qui est légal** », un correctif de la loi garantissant l'établissement d'une justice supérieure à celle que prétend incarner la loi.

La justice et le droit

21

Lue Relue Apprise

Pourquoi instaure-t-on des normes et des lois ? Comment garantit-on le respect du droit ?

1 Le droit et le fait : deux domaines distincts

A Le droit a pour rôle de corriger les faits.

- **Le droit est l'ensemble des lois** qui prescrivent des **droits** (ce qu'il est permis de faire) et des **devoirs**. Ces derniers peuvent être positifs (ce que l'on doit faire) ou négatifs, et sont alors des interdits (ce que l'on ne doit pas faire, ce qu'on n'a pas le droit de faire).
- Le droit (du latin *directus*, « sans courbure ») a pour rôle de **rectifier et réguler les faits**. Dans la société, les relations entre les hommes peuvent être conflictuelles, et, sans intervention du droit, la coexistence pacifique menacée. **L'insociable sociabilité de l'homme,** mise en évidence par **Kant,** fait de lui un être comparable à un bois tordu qu'il faudrait redresser par un tuteur. Le droit joue ce rôle de tuteur qui remet l'homme dans le « droit chemin ». On distingue ainsi le droit et le fait :

LE DROIT	LE FAIT
Ce qui devrait être, ce que l'on exige	Ce qui est, ce que l'on constate
On lui obéit par obligation	On lui est soumis par contrainte
Ordre de la moralité	Ordre de la force physique

B Le droit ne peut venir de la force.

- Si le droit a pour rôle de rectifier les faits, il ne peut être issu de ces faits mêmes, mais de la **conscience d'une inadéquation entre ce qui est et ce qui devrait être**. L'exigence du droit manifeste un refus de la violence, du fait brut. Mais comment s'impose-t-il ? N'est-ce pas, de fait, par la force ?
- **Calliclès**, sophiste dialoguant avec **Socrate** dans le *Gorgias* de **Platon**, affirme que le droit véritable découle de la puissance de l'individu : conformément aux lois de la nature, j'ai le droit de faire ce que ma force me permet. Les lois de la cité, secondaires par rapport à celles de la nature, seraient l'œuvre des faibles pour se protéger des forts et n'auraient aucune légitimité.
- Néanmoins, **Rousseau** montrera qu'il est impropre de parler d'un « droit du plus fort » : le fort peut contraindre, mais il n'a à proprement parler aucun droit à cela, car le droit suppose une stabilité et une légitimité que ne confère pas la force. Il faut donc distinguer rapports de

force (qui existent, par exemple, entre des États en guerre) et rapports de droits (régulés par des lois).

● Ainsi, **Rousseau** refuse de considérer qu'un maître s'imposant par la force puisse soumettre ses sujets en prétendant détenir un droit légitime à cela. Si tel était le cas, celui qui pourrait désobéir impunément agirait en toute légitimité. Si la force engendrait le droit, ce dernier disparaîtrait dès que la force cesserait, si bien que « le mot de droit n'ajoute ici rien à la force ».

2 Le droit peut cependant recourir à la force.

A La force garantit l'ordre.

● On dit de l'État qu'il a **le monopole de la violence légitime**. En effet, si le droit ne peut se fonder sur la force, il en use néanmoins pour faire respecter les règles de la société. Ainsi, les forces armées, militaires et policières, ont-elles pour rôle d'assurer l'ordre dans la société (on parle d'ailleurs de « forces de l'ordre »).

● **Rousseau** admet que, si l'homme ne consent pas à obéir aux lois, « on le forcera à être libre ». Si le droit résulte d'un contrat, d'un **pacte social** par lequel chacun s'unit avec tous de manière à ne se soumettre qu'à des lois issues de la volonté générale, le droit garantit la liberté civile (→ fiches 24 et 15, p. 71 et 43). Par l'éducation, la prévention, mais aussi la répression, le droit vise à réguler les comportements humains et à amener l'homme à consentir à ce qu'il doit vouloir, à ce qu'il est raisonnable d'admettre.

B La force comme contre-pouvoir

● Reste que toute loi n'est pas forcément juste : a-t-on alors le droit de se rebeller ? Si, pour **Hobbes**, le souverain a un pouvoir absolu qui exclut toute rébellion, faute de quoi la sécurité ne peut être garantie dans la société, Rousseau, considérant comme primordiale la liberté, considère que **la révolte peut être considérée comme légitime si elle vise l'institution d'un ordre juste garantissant plus de liberté**. On invoque alors un droit supérieur à celui qui, de fait, est institué.

● Ainsi, certains renversements de pouvoirs ou certaines manifestations de force de la part des organisations sociales (syndicats, associations...) se fondent sur **une exigence de justice que le droit peine à réaliser**. La justice est donc, en tant qu'exigence, parfois distincte du droit institué dans une communauté politique (→ fiche 20, p. 61).

Le langage

22

Lue Relue Apprise

Peut-on dire que l'animal parle au même titre que l'homme ? Le langage n'est-il pas étroitement lié à la pensée ?

1 La spécificité du langage humain

A Définitions générales

- ***Un* langage**, au sens large : **un système de signes permettant de communiquer**. On parle ainsi du « langage des fleurs » ou du « langage animal ».
- ***Le* langage,** au sens large : **la faculté de communiquer quelque chose, de s'exprimer**. En ce sens, on peut dire que l'animal a un langage**. Karl Von Frisch**, dans *Vie et mœurs des abeilles*, analyse les danses par lesquelles les abeilles transmettent à leurs congénères la direction et la distance de la nourriture, et en conclut à l'existence d'un langage propre aux abeilles.

B Le langage au sens strict : le propre de l'homme

- **Le langage**, compris comme **faculté pour l'homme d'extérioriser ses pensées**, et comme **instrument par lequel il s'exprime**, comporte des spécificités qui interdisent de le confondre avec le mode de communication des animaux.
- Les animaux communiquent par des **codes de signaux**, éléments **fixes**, **invariables** et **indécomposables** (le même signal renvoie toujours à la même information) appelant non une réponse mais un **comportement**. En revanche, les hommes communiquent par des **langues**, systèmes de **signes linguistiques** propres à une culture.

> **Lexique**
>
> **Signe linguistique** : union d'un **signifiant** (forme acoustique du signe) et d'un **signifié** (concept, idée générale du signe) qui renvoie éventuellement à un **référent** (la chose désignée par le signe). Le langage suppose donc la pensée.

- Le langage est **acquis** et **culturel**, alors que le mode de communication animal est **inné,** relève de **l'instinct** et de **la nature**. Si la langue se transmet par **héritage**, les **codes de signaux** relèvent de **l'hérédité** (transmission génétique).
- Les énoncés humains sont **décomposables** en éléments pouvant diversement se combiner pour créer de nouveaux sens. Le langage est doublement articulé en **morphèmes**, unités de sens minimales de la langue, et **phonèmes**, unités phoniques élémentaires, ce qui lui confère sa **flexibilité**, son **inventivité** et sa **richesse**.

2 Les fonctions du langage

A La communication

- **Le langage permet de dialoguer**, à condition, comme le montre **Habermas**, de respecter des règles de communication : sincérité, intelligibilité, précision, et reconnaissance de l'interlocuteur comme une **personne**. La communication a un **aspect moral**.
- **Le langage rend possible la société. Aristote**, pour qui « la nature ne fait rien en vain », constate que seul entre les vivants l'homme a un langage qui lui permet d'échanger sur le juste et l'injuste afin **d'instaurer des règles nécessaires à la coexistence.**
- Le langage ne doit pas être utilisé à des fins de **domination**, mais en vue de la **vérité**, ainsi que le veut **Platon** : il faut le soumettre à la raison (*logos*, en grec, d'où vient *langage*, désigne un « discours rationnel »).

B Le langage : moyen d'extérioriser la pensée ?

- Pour **Descartes**, « ce qui fait que les bêtes ne parlent point comme nous est qu'elles n'ont aucune pensée » (*Lettre au marquis de Newcastle*). Cela signifie-t-il que la pensée précède le langage ? La diversité des langues et la possibilité de la traduction semblent le confirmer.
- Selon **Bergson**, le langage ne permet pas de dire la réalité vécue : celle-ci est constituée de particulier, alors que les mots sont généraux. Le langage nous habitue à ne voir que l'aspect général du monde, réduit notre **perception** (→ fiche 7, p. 21) et limite notre pensée. Il n'a qu'une **fonction pratique** : ordonner le monde pour une action efficace.

citation

« Nous ne voyons pas les choses mêmes ; nous nous bornons, le plus souvent, à lire des étiquettes collées sur elles » Bergson, *Le Rire*.

- Reste que la pensée sans langage est **obscure** : « c'est dans les mots que nous pensons [...] ; vouloir penser sans les mots, c'est une tentative insensée. » (**Hegel**, *Philosophie de l'esprit*).
- Loin de décrire objectivement le monde, le langage le **structure**. La langue n'est pas un répertoire de mots, mais organise de manière particulière les données de l'expérience. « Apprendre une autre langue, ce n'est pas mettre de nouvelles étiquettes sur des objets connus, mais s'habituer à analyser autrement ce qui fait l'objet de communications linguistiques. » (**André Martinet**, *Éléments de linguistique générale*)

La parole

Lue Relue Apprise

23

Le rapport à autrui passe principalement par la parole. Quelle est sa force ? Est-elle supérieure à l'écriture ?

1 La force des mots

A Les dimensions d'un discours persuasif

● Dans *La* ***Rhétorique***, **Aristote** analyse les dimensions d'un discours permettant de comprendre pourquoi certains discours sont plus persuasifs que d'autres. Tout orateur doit prendre en compte le *logos*, le *pathos*, et l'*ethos* :

lexique

Rhétorique : art de bien parler, de persuader par le langage.

– **Le *logos* est le fond du message, les arguments qui sauront convaincre l'auditoire.** C'est le raisonnement logique. Il fait appel à l'intellect. Il sert à convaincre (➜ fiche repères persuader/convaincre, p. 145).

– **L'*ethos* est la crédibilité de l'orateur**, sa réputation, son charisme, sa capacité à inspirer confiance et à faire bonne impression.

– **Le *pathos* est la forme émotionnelle du message**, la capacité à provoquer des émotions chez le public, à jouer avec son affect. Il sert la persuasion.

● **Un discours réussi sera donc un discours qui manie à la perfection l'articulation entre ces trois dimensions** que sont *logos*, *ethos* et *pathos*. Pour persuader lors d'un discours, **il ne suffit donc pas d'avoir de bons arguments**.

B L'art d'avoir toujours raison

● Dans *L'art d'avoir toujours raison*, **Schopenhauer** expose les stratagèmes que l'on peut employer pour dominer son interlocuteur par la parole. En voici quelques uns :

– **L'homonymie** : prendre un mot dans la phrase de son interlocuteur et l'attaquer par un jugement de valeur étranger à la question. Ex. : « J'adore l'humour noir » ; « Ah l'adoration, voilà un sentiment récusable ! ».

– **Les faux arguments** : retourner les arguments d'un adversaire contre lui plutôt que d'essayer de le convaincre avec de nouveaux arguments. Ex. : « Soyez indulgent, c'est un enfant » ; « Mais c'est justement parce que c'est un enfant qu'il faut être exigeant ! ».

2 Parole ou écriture ?

A La parole a longtemps été considérée comme inférieure à l'écriture

- « Les paroles s'envolent, mais les écrits restent. » Cette expression d'**Horace** manifeste la supériorité de l'écriture sur la parole. Éphémère, cette dernière semble moins solide et moins fiable que l'écriture. On peut, lorsque l'on parle, se laisser emporter par ses émotions et dire des choses que l'on ne pensait pas. L'écriture laisse davantage le temps de la réflexion, de l'analyse de ce qui est communiqué et des moyens de le communiquer.

lexique

Parole : usage verbal (oral) du langage dans une langue particulière. La parole est un acte individuel.

- Les peuples sans écriture ont longtemps été considérés comme inférieurs, voire « sauvages ». **L'écriture serait le signe de la civilisation véritable : elle permet de conserver les traces du passé et ainsi d'assurer la transmission des connaissances d'une génération à l'autre**, alors que les peuples ne connaissant que la transmission orale ne pourraient évoluer, limitant la mémorisation à l'échelle de l'existence individuelle.

B Critiques de l'écriture

- Dans *Tristes topiques*, **Claude Lévi-Strauss** montre que l'écriture ne relève pourtant pas tant du développement de la culture que de celui de la domination politique : « Si l'écriture n'a pas suffi à consolider les connaissances, elle était peut-être indispensable pour affermir les dominations. » En effet, historiquement, l'évolution de l'écriture s'accompagne de celle des cités et des empires et de la formation de classes sociales hiérarchisées.
- Ainsi, l'oralité n'est pas signe d'infériorité et considérer que l'absence d'écriture manifeste un manque de civilisation, voire d'humanité, est sans fondement.
- D'ailleurs, **Socrate** n'a rien écrit, préférant le dialogue vivant permettant un échange véritable plus propice à la découverte de la vérité. Les écrits, à ses yeux, sont fixes et relèvent plus de l'enseignement imposé que de l'occasion de rechercher par soi-même la vérité : ils sont une menace pour la pratique de la philosophie. L'homme qui a la science du juste, du beau et du bien « ne le sèmera pas avec l'encre et la plume en des discours incapables de parler pour se défendre eux-mêmes, incapables même d'enseigner suffisamment la vérité. » **Platon**, *Phèdre*.

Wittgenstein, *Tractatus logico-philosophicus*

Œuvre-clé

Publié en 1921, le *Tractacus* se propose d'analyser le langage et ses limites.

L'auteur

- **Véritable génie**, Ludwig Wittgenstein, né en 1889 à Vienne, se destine à l'aéronautique avant de se passionner pour les mathématiques pures, puis pour la logique, qu'il étudie auprès de Russell, célèbre logicien anglais.
- **C'est sur le front, en 1914, qu'il rédige le seul ouvrage qui paraîtra de son vivant, le *Tractatus logico-philosophicus*.** Universitaire, il fut aussi ingénieur, architecte, brancardier...
- **Homme de caractère, il se décrit comme un aristocrate raté et répudie l'héritage familial qui aurait fait de lui l'un des hommes les plus riches d'Europe.** Lorsqu'il apprend qu'il est atteint d'un cancer, il se désole non pas du diagnostic, mais du fait qu'existe une thérapie efficace, arguant qu'il n'a aucun désir de continuer à vivre. Il succombe en 1951.

Problématique générale de l'œuvre

- **Dans la lignée de Russell**, qui emploie dans ses *Principia Mathematica* la méthode de l'analyse en vue de dégager les atomes logiques, **Wittgenstein s'intéresse à la structure logique du langage* et du réel et au lien logique qui les unit**. Pour mettre fin aux innombrables controverses philosophiques issues d'un mauvais usage du langage, il faut dévoiler la structure logique du langage et comprendre la structure du réel. **Quel est l'usage légitime du langage ? Quel est le statut de l'indicible ?**

Thèses essentielles

- Les problèmes et doctrines de la philosophie sont dépourvus de sens. Ils proviennent d'un mauvais usage du langage. En effet, **le langage est image du monde***. Le monde se compose de faits atomiques, d'**états de choses**, conçus comme connexions d'objets : « le monde est l'ensemble des faits, non pas des choses ». Le fait est l'unité élémentaire de la réalité dans la mesure où l'objet ne se laisse pas atteindre de lui-même. Les propositions du langage, également analysables en propositions atomiques par lesquelles sont reliés des noms, **signes simples** des objets, font apparaître la même forme logique, si bien qu'elles doivent être conçues comme des tableaux, des représentations des faits.

- Par conséquent, **tout ce qui n'est pas description est indicible**. De même que le corps est caché et que sa perception est modifiée par le vêtement, la pensée non descriptive est travestie, pervertie par le langage. **Seules les propositions que l'on peut empiriquement vérifier** (les propositions qui décrivent le monde sans pour autant l'expliquer réellement, à savoir celles des sciences de la nature**) sont douées de sens.**
- Les propositions de la logique (réductibles à des tautologies) et des mathématiques, quant à elles, ne disent rien du monde, n'ayant aucun référent.
- Enfin, les énoncés de la métaphysique, de l'éthique et de l'esthétique, ne représentant pas un état de fait, sont dénués de sens. Mais en disant cela, Wittgenstein ne condamne pas, comme ont pu le croire les positivistes du Cercle de Vienne, la métaphysique.
- En effet, **si l'on ne peut, par le langage, que décrire le monde, il n'en reste pas moins qu'il est possible que celui-ci ait une valeur ou un sens.** Mais ce sens ne saurait être dit, c'est un inexprimable qui ne peut être que « montré » : « il y a assurément de l'inexprimable. Celui-ci se montre, il est l'élément mystique ». Ainsi, **le *Tractatus* marque les limites du dicible et de l'ineffable** et s'achève sur un mysticisme qui appelle au silence : « sur ce dont on ne peut parler, il faut garder le silence ». Par conséquent, **la philosophie doit clarifier la pensée**. Elle « n'est pas une doctrine mais une activité » consistant à éclaircir et délimiter les pensées qui sont troubles et floues. Un projet se dégage, celui de la constitution d'un langage rigoureux et parfait qui éviterait toute équivoque.

Les concepts clés

- **Le monde :** ensemble des faits, de ce qui a lieu et peut être décrit par des propositions vraies.
- **Langage :** il est conçu ici, dans son usage légitime, comme image des faits.

Qu'est-ce que la liberté ? 24

Lue Relue Apprise

Beaucoup voient dans la liberté la possibilité de faire ce que l'on veut. Mais cette définition rend-elle vraiment compte de l'essence de la liberté ?

1 La liberté : le pouvoir de faire ce que l'on veut ?

A La liberté des Anciens et celle des Modernes

- À l'origine, la liberté est **un statut politique** : dans l'Antiquité, est dit « libre » le citoyen, par opposition à l'esclave. En effet, le citoyen n'a pas de maître, il participe activement à la vie de la Cité (action politique) et est affranchi des tâches manuelles qu'effectue pour lui l'esclave (lequel, de ce fait, ne sort pas de l'activité productrice qui le maintient dans le cadre de la **nécessité** biologique). Il dispose de **temps libre** pour développer ses facultés proprement humaines, comme la raison, dans la recherche de la vérité. **La liberté réside dans l'accomplissement de l'homme en tant qu'être humain.**
- Nous avons aujourd'hui une conception plus individualiste de la liberté, distinguant souvent la sphère publique de la sphère privée. Ainsi, **Benjamin Constant** distingue **la liberté des Anciens,** qui consiste dans la participation aux affaires publiques (mais dans laquelle l'individu est soumis au corps collectif), de **celle des Modernes**, qui consiste dans la garantie des jouissances privées.
- Nous considérons en effet comme libre celui qui n'est pas soumis à un maître, qui dispose de lui-même et de ses biens. La liberté s'entend alors comme **absence de contraintes externes et comme pouvoir de faire ce que l'on veut.**

B Liberté et désirs

- **Calliclès**, dans le *Gorgias* de **Platon**, considère comme libre celui qui, échappant aux lois de la cité, peut assouvir toutes ses passions, dusse-t-il pour cela nuire à autrui. La liberté se comprend alors comme puissance. Elle est par conséquent toujours plus ou moins grande en fonction de nos capacités.
- Néanmoins, on ne choisit pas ses désirs, on choisit tout au plus de les assouvir ou non. On ne choisit pas, par exemple, de tomber amoureux (l'expression, d'ailleurs, montre bien qu'ici quelque chose nous échappe). Une vie telle que la décrit Calliclès serait soumission à ses désirs, l'homme y serait **esclave de ses passions** (→ fiche 9, p. 27). La liberté suppose au contraire l'action choisie, non celle que l'on commet spontanément en obéissant à ses penchants.

2 La volonté, source de liberté ?

A La liberté suppose le choix

● La liberté est d'abord l'objet d'une expérience, un sentiment vécu lorsque nous agissons comme nous l'avons choisi, sans ressentir de contrainte extérieure. Contrairement à l'animal dirigé par l'instinct, l'homme a des choix à faire, choix dont il a **conscience**, ce qui fait de lui un être libre.

● Si le choix est possible, c'est, montre **Descartes**, parce que nous sommes doués d'une **volonté infinie**, d'un **libre arbitre** nous permettant de nous déterminer par nous-mêmes. La liberté « consiste seulement en ce que nous pouvons faire une chose ou ne pas la faire. »

Lexique

Libre arbitre : faculté de choisir, de se déterminer par soi-même.
Synonyme de *volonté*.

● Pour **Descartes**, la volonté peut se déterminer d'elle-même sans aucune influence, indépendamment de toute nécessité extérieure. Lorsque nous choisissons, sans raison ni cause, entre deux partis qui nous semblent équivalents, nous faisons preuve de **liberté d'indifférence**.

B Mais un choix éclairé

● Mais la liberté d'indifférence est, selon **Descartes**, « le plus bas degré de la liberté et fait plutôt paraître un défaut de la connaissance qu'une perfection dans la volonté ». La volonté est d'autant plus libre qu'elle se détermine en accord avec ce que sa raison lui présente comme vrai ou bon. **La connaissance est donc un élément essentiel de la liberté.**

● La liberté ne doit alors pas être entendue comme pouvoir d'action spontané et irréfléchi. Elle est plutôt **possibilité d'être cause première d'actes délibérément et raisonnablement choisis** : « La liberté de la volonté ne signifie donc pas autre chose que la faculté de décider en connaissance de cause. Donc, plus le jugement d'un homme est libre sur une question déterminée, plus grande est la nécessité qui détermine la teneur de ce jugement, tandis que l'incertitude reposant sur l'ignorance – qui choisit en apparence arbitrairement entre de nombreuses possibilités de décisions diverses et contradictoires – ne manifeste précisément par là que sa non-liberté. » **Engels**, *Anti-Dühring*.

La liberté est-elle une illusion ?

25

Lue Relue Apprise

L'homme se sent spontanément plus ou moins libre. Mais ce sentiment n'est-il pas illusoire ? D'un point de vue politique, l'État fait-il obstacle à la liberté ? D'un point de vue personnel, le sujet a-t-il conscience des causes qui l'influencent ?

1 La liberté politique

A Les lois nuisent à la liberté.

- Les lois définissent des droits, mais aussi des devoirs et des interdits : elles guident nos actions et limitent nos pouvoirs. Elles apparaissent alors comme un frein à la liberté. Ainsi, le **mouvement anarchiste** considère que l'État nuit à la liberté et doit par conséquent être aboli. En effet, « la liberté est indivisible », ainsi que l'écrit **Bakounine**. Cela signifie que tout ce qui réduit notre liberté (et notamment les lois) l'anéantit : soit l'homme est totalement libre, soit il ne l'est pas du tout.
- Toutefois, les anarchistes ne prônent pas un état de conflits permanent où chacun ne viserait que son propre intérêt sans hésiter à sacrifier celui des autres. Ils considèrent plutôt que chacun devrait savoir se limiter de soi-même sans qu'une force extérieure (la loi) ne les y oblige.
- Reste que, de fait, les hommes sont loin d'être assez raisonnables pour agir ainsi.

B Les lois garantissent la liberté à certaines conditions.

- Sans loi instituée, ce serait la loi du plus fort qui règnerait, et le monde serait en guerre permanente. Selon **Hobbes**, l'État est instauré en vue de garantir la sécurité (→ fiche 16, p. 47).
- Mais **Rousseau** montre que la liberté est inaliénable, et que **la légitimité de l'État réside dans sa capacité à garantir la liberté**. La liberté civile désigne le fait de n'être soumis qu'aux lois, et non à un homme. Pour qu'il y ait vraiment liberté, les lois doivent venir de **la volonté générale**, volonté de tous en vue du bien commun. En ce sens, obéir à la loi sera obéir à ce que l'on doit vouloir, et donc à soi-même.

> **citation**
> « Renoncer à sa liberté, c'est renoncer à sa qualité d'homme. » Rousseau, *Du contrat social*.

2 La liberté du sujet

A L'homme libre est celui qui se détermine par lui-même.

- La liberté du sujet se comprend comme pouvoir de choisir, d'être cause première de ses actes, ce qui suppose la **conscience**. Contrairement à l'homme, l'animal, qui est dirigé par **l'instinct**, n'agit pas librement.

● Selon **Kant**, pour juger la responsabilité d'un homme qui a mal agi, on prend en compte deux aspects : **son caractère empirique** (son vécu) permet de mettre en évidence les causes qui l'ont amené à commettre un acte, et le déculpabilise. En revanche, **son caractère intelligible**, le fait qu'il soit doué de raison, implique sa responsabilité : il aurait pu agir autrement.

B Cette autodétermination n'est-elle pas une illusion ?

● Pour **Spinoza**, la liberté comme auto-détermination est illusion : nous sommes ignorants des causes qui pèsent sur nous et qui nous déterminent. La liberté réside plutôt dans la connaissance des causes qui nous déterminent, dans la compréhension de la nécessité. De même, pour **Épictète**, la liberté, conformité à la nécessité, suppose de comprendre et d'admettre l'ordre rationnel du cosmos (→ œuvre-clé, p. 29).

citation

« La liberté consiste à vouloir que les choses arrivent, non comme il te plaît, mais comme elles arrivent. » Épictète, *Entretiens*.

● Le **déterminisme** est une conception selon laquelle tous les phénomènes sont liés par des relations de causalité. Les sciences mettent en évidence l'existence de nombreux déterminismes : déterminisme naturel pour les sciences de la nature, déterminisme social pour la sociologie, déterminisme psychique pour la psychologie... Nous serions donc soumis à de nombreuses influences et nos actes seraient déterminés par des causes qui nous échappent.

● Reste que la connaissance de ces causes permet de les utiliser en vue des buts que nous nous donnons, et d'atténuer leur influence. La connaissance des lois de la nature, par exemple, permet d'élaborer des techniques par lesquelles nous nous affranchissons de certains obstacles naturels. **La liberté consiste dans la maîtrise de soi et du monde, elle admet alors des degrés**.

● Pour **Sartre**, « l'homme est condamné à être libre », et ce même s'il est déterminé, parce qu'**il a toujours des choix à faire**. L'important, ce n'est pas ce qu'on a fait de nous, mais ce que nous faisons nous-mêmes de ce qu'on a fait de nous. Ainsi un malade peut se choisir résigné, révolté, ou combatif. La liberté réside dans le choix par lequel nous nous construisons (→ œuvre-clé, p. 75).

Sartre, *L'Existentialisme est un humanisme*

Œuvre-clé

Cet ouvrage est le compte-rendu d'une conférence donnée par Sartre à Paris le 29 octobre 1945 pour convaincre de l'humanisme de sa doctrine, l'existentialisme.

L'auteur

- **Jean-Paul Sartre** (1905-1980), philosophe, écrivain et dramaturge français, est un **intellectuel engagé**, un génie infatigable et désintéressé représentant **les défenseurs de la liberté**. Son combat contre les luttes anticoloniales (guerres d'Indochine, d'Algérie, du Vietnam) fait de lui le maître à penser de la gauche intellectuelle.
- D'abord enseignant, engagé dans la Résistance, il renonce à l'enseignement pour se consacrer entièrement au journalisme, et crée la revue *Les Temps modernes*. Avec sa compagne, Simone de Beauvoir, il forme un couple qui a marqué les esprits.
- Œuvres principales : *L'Imaginaire* (1940), *La Nausée* (1938), *Le Mur* (1939), *L'Être et le Néant* (1943), *Huis clos* (1944), *L'existentialisme est un humanisme* (1946).

Problématique générale de l'œuvre

- Dans cette conférence visant à répondre aux accusations de ses contradicteurs qui croient voir dans ses œuvres un anti-humanisme, Sartre présente les principes de l'existentialisme athée, lequel revendique la **liberté** de l'existence* humaine : *« Nous entendons par existentialisme une doctrine qui rend la vie humaine possible et qui, par ailleurs, déclare que toute vérité et toute action impliquent un milieu et une subjectivité humaine. »*
- **L'existence** devient problématique dès lors qu'elle est consciente de sa **contingence** et de **l'absence de valeurs transcendantes** : exister, c'est être **responsable**, **angoissé** par cette responsabilité, et pourtant obligé de l'assumer.

Thèses essentielles

- **L'existence précède l'essence.**

– Les choses **sont** tandis que l'homme **existe** : les choses ont une **essence** avant d'être. Par exemple, ce coupe-papier a été pensé selon sa fonction avant d'être fabriqué.

– En revanche, parce que **Dieu n'existe pas,** l'homme « n'est d'abord rien » : on ne peut d'avance le réduire à une essence préétablie. En lui, « l'existence précède l'essence. »
– L'homme doit s'inventer lui-même au travers du **projet**, véritable dépassement de soi. « L'homme est d'abord un projet qui se vit subjectivement, au lieu d'être une mousse, une pourriture, ou un chou-fleur. »

- **Contingence et responsabilité**

– Puisque l'existence est contingente, **la subjectivité est au fondement des valeurs et des actes**. Une multiplicité de possibilités s'offre au sujet, et il se trouve obligé de faire des **choix** qui orienteront son existence. Chacun est seul **responsable** de ses choix, **il sera ce qu'il s'est fait**.
– Au travers de nos actes, nous donnons à voir l'image de l'homme tel que nous estimons qu'il doit être. « Choisir d'être ceci ou cela, c'est affirmer en même temps la valeur de ce que nous choisissons. » Responsable de soi-même, chacun est également **responsable de l'humanité entière**. « En me choisissant, je choisis l'homme. »

- **Une liberté angoissante**

– Face à la conscience de l'absurdité de l'existence humaine, l'homme est sujet à la **nausée***.
– L'homme est **absolument libre**, mais cette liberté est source d'**angoisse** : elle fait de l'homme un être entièrement responsable de lui-même, **sans excuses** lorsqu'il fait de mauvais choix. Mais elle est aussi ce qui permet à l'homme de se **projeter** dans l'avenir et **d'agir** : *« L'homme est condamné à être libre »*. Condamné : on ne peut pas ne pas choisir. Refuser de choisir, c'est déjà choisir.
– Parce qu'il est difficile d'assumer une telle liberté, celui que Sartre nomme « le salaud » a tendance à se laisser aller à la **mauvaise foi*.** Lâche, il fuit sa liberté en se mentant à lui-même, cédant à l'illusion de la nécessité des événements.

Les concepts clés

- **Nausée** : sentiment de vide qui tourne le cœur, vertige devant l'absence de raison d'être qui génère le sentiment d'être « de trop » et l'angoisse d'avoir à assumer sa liberté.
- **Mauvaise foi** : absence de sincérité envers soi-même, fait de se voiler la face pour ne pas avoir à assumer sa liberté et se déculpabiliser.
- **Existence** : dépassement de soi par soi, notamment par le projet.

Tocqueville, *De la démocratie en Amérique*

Œuvre-clé

La démocratie* nous semble aujourd'hui être le régime politique idéal, mais ne comporte-t-elle pas, comme tout régime politique, des possibilités de dérives ?

L'auteur

- Alexis de Tocqueville (1805-1859) est l'un des principaux penseurs de la Révolution et de la démocratie. Magistrat, il observe le système démocratique qui se développe aux États-Unis et rédige son ouvrage majeur, *De la démocratie en Amérique*.
- Le succès, immédiat, fait de Tocqueville un personnage reconnu : il est nommé chevalier de la Légion d'honneur, est élu à l'Académie des sciences morales et politiques, puis à l'Académie française.
- Il eut une carrière politique intense : il fut député, membre de la commission chargée d'élaborer la Constitution de 1848, et ministre des Affaires étrangères.

Problématique générale de l'œuvre

- Tocqueville, défenseur de la liberté et conscient de la progression inévitable de la démocratie, en analyse les bienfaits et les dangers.
- Il met en évidence les caractéristiques essentielles de toute société démocratique et les dangers qui la guettent : **l'égalité revendiquée par la société démocratique menace la liberté**. Il faut donc s'interroger sur la possibilité d'une société démocratique qui réconcilie liberté et égalité.

Thèses essentielles

- **L'égalité, valeur essentielle de la démocratie**

– Au XIXe siècle, la démocratie progresse, la société change, et le peuple exige **l'égalisation des conditions**. Il n'y a plus de supériorité héréditaire légitime, et l'on voit progressivement disparaître les différences liées à la naissance, les privilèges et les rangs sociaux.
– Mais **l'individualisme*** se développe : chacun jouissant de plus en plus de confort ou pouvant du moins espérer améliorer sa condition, s'éloigne des préoccupations politiques au profit de ses propres ambitions et se replie sur soi. La passion du bien-être matériel, voilà ce qui caractérise les membres d'une société dans laquelle chacun peut espérer une vie meilleure. Ainsi, **chaque individu est amené à se préoccuper davantage de ses propres affaires et de celles de ses proches que de la chose publique**.

Les dangers de la démocratie

– Mais en préférant l'égalité à la liberté, on risque de laisser s'installer **un despotisme*** insidieux. Dans une société égalitaire, les opinions se valent : la **tyrannie de la majorité** risque de s'installer, contribuant à une dangereuse **uniformisation de la pensée** et à l'oppression de la minorité.

– L'individualisme, le désintérêt pour les affaires publiques, le fait que les citoyens se soucient exclusivement de leur tranquillité et de leur confort, nuisent à la liberté politique, qui suppose engagement et risques. Si les citoyens laissent au pouvoir politique le soin de veiller à leur bien-être et à leur sécurité, le pouvoir, centralisé, risque de devenir un tuteur paternaliste dictant opinion et volonté, **un despote doux et régulier,** bienveillant mais infantilisant.

La liberté politique

– Tocqueville ne prône pas un retour au régime aristocratique favorable aux privilèges, mais **un droit à la différence et une véritable liberté politique**. Pour que la démocratie soit favorable à la liberté, le pouvoir social doit être décentralisé, limité par des **contre-pouvoirs**, des **pouvoirs intermédiaires** que réalisent les **associations** (partis politiques, organisations coopératives).

– Le droit d'association, l'indépendance judiciaire et la liberté de la presse (qui ne peut alors plus être utilisée pour manipuler l'opinion) sont les garants de la liberté en démocratie et permettent d'éviter le nouveau despotisme qui menace. Pour assurer en démocratie le règne de la liberté, il faut éduquer le citoyen, le responsabiliser, et lui montrer la nécessité de sa participation aux affaires publiques.

Les concepts clés

- **La démocratie** caractérise toute société qui valorise l'égalité et qui permet à tous de prendre part aux affaires publiques.
- **Individualisme** : « sentiment réfléchi et paisible qui dispose chaque citoyen à s'isoler de la masse de ses semblables et à se retirer à l'écart avec sa famille et ses amis. » Il se distingue de l'égoïsme, « amour passionné et exagéré de soi-même ».
- **Despotisme** : ici, pouvoir tutélaire et paternaliste qui introduit une servitude parce qu'il administre la vie de ses sujets.

La raison

28

Lue Relue Apprise

L'homme cherche à comprendre le réel par sa raison, mais aussi par d'autres moyens.

1 Qu'est-ce que la raison ?

A Définitions

● Du latin *ratio*, « calcul », le terme « raison » peut être diversement défini :
– faculté de **distinguer le vrai du faux et le bien du mal** (Descartes).
– faculté de **combiner des moyens pour arriver à une fin** (résoudre un problème), ou de combiner des jugements.
– faculté d'ordonner, de relier des faits d'abord disparates, de **mettre les choses en relation par un jugement**.

● **La raison comporte deux versants** : elle est dite « **théorique** » ou « pure » lorsqu'elle opère dans le domaine de la connaissance, et « **pratique** » lorsqu'elle s'intéresse aux actions et à la morale. D'un point de vue théorique, écouter sa raison revient à être **rationnel**, alors que d'un point de vue pratique, c'est être **raisonnable**.

B Les caractéristiques de la raison

● Discours rationnel : celui qui donne les raisons de ce qu'il avance et respecte les principes de la **logique**. La raison suit des principes universels qui fondent la cohérence du discours. **Les trois principes essentiels de la raison sont** :
– le principe de **non-contradiction** : une proposition ne peut être en même temps vraie et fausse. On ne peut pas dire « A et non A » (ex. : ce chat est gris et n'est pas gris).
– le principe du **tiers exclu** : une proposition est soit vraie soit fausse, il n'existe pas de troisième solution. Il est nécessaire que « A ou non A » (ex. : soit Socrate est un homme, soit Socrate n'est pas un homme).
– le principe d'**identité** : une chose est identique à elle-même. « A est A » (ex. : Socrate est Socrate).

Lexique

Logique : science du raisonnement qui met en évidence les règles que doit suivre un discours cohérent.

● **Leibniz considère qu'il faut leur ajouter le principe de raison suffisante** (tout a une raison d'être, « rien n'arrive sans qu'il y ait une cause ou du moins une raison déterminante »). On présuppose la rationalité du réel.

● **Quelle que soit la définition retenue, la raison est toujours comprise comme la faculté supérieure de l'homme, celle qui lui permet de connaître le réel et d'y agir de manière cohérente.**

2 Les divers modes d'interprétation du réel

Selon **Auguste Comte**, l'Histoire a un sens, elle est le lieu de l'évolution nécessaire de l'esprit de l'humanité qui progresse selon la loi des trois états. **Les grands moments du développement historique correspondent à trois stades de l'esprit.**

A L'état théologique : l'enfance de l'esprit

● L'homme ne s'est pas toujours rapporté au réel sur le mode de la rationalité. Voulant rendre compte du réel, il a d'abord fait appel au surnaturel. **Ce premier stade de l'esprit correspond à l'état théologique. L'esprit y interprète les phénomènes naturels sur le mode du fétichisme** (les objets, incarnations d'esprits, sont considérés comme doués de pouvoirs et d'intentions), **du polythéisme** (croyance en l'existence d'êtres divins, causes des phénomènes), **et enfin du monothéisme** (Dieu, origine unique de tout phénomène).

B L'état métaphysique

● **Dans ce second état, l'esprit remplace les dieux par des entités abstraites, des concepts arbitraires.** Il détruit les mythes et essaie d'unifier le réel, de le rapporter à un principe unique. La raison manifeste une exigence : unifier les éléments du réel, les expliquer à partir d'une cause première.

C L'esprit positif

● **L'esprit positif ou encore « scientifique » est le troisième stade, celui qui renonce à la recherche des causes absolues** (le pourquoi) **pour s'attacher à celle des lois** (le comment). Il doit décrire comment les phénomènes s'enchaînent les uns aux autres. Le véritable objet de la science, ce sont les faits et leurs relations, non leurs causes ultimes.

● Dans le *Discours sur l'esprit positif*, **Comte caractérise l'esprit positif en développant les divers sens du terme « positif ».** Ce mot « désigne le réel par opposition au chimérique » : l'esprit positif s'attache au réel. Il est utile : il permet de prévoir et donc d'agir par la technique. « Science, d'où prévoyance ; prévoyance, d'où action ».

Le problème de l'origine de la connaissance

29

Lue Relue Apprise

La raison cherche à donner sens au réel, à l'expliquer, l'ordonner, l'unifier par la connaissance. Mais la connaissance vient-elle de l'expérience ou de la raison ?

1 La raison doit se méfier de l'expérience

A L'idéalisme platonicien

- Notre premier rapport au réel passe par les sens (vue, toucher...). Mais nos sens peuvent nous tromper, et voir n'est pas encore connaître.
- La connaissance, explique **Platon**, exige que l'on se méfie des informations issues des sens. La réalité n'est pas le **monde sensible**, qui n'en est qu'une pâle copie. **Par la raison, le philosophe se libère du sensible et accède à l'intelligible, lieu de la vérité.**
- Par exemple, le beau n'est ni une belle jeune-fille, ni une belle marmite, mais ce qu'elles ont en commun, la beauté, dont l'esprit doit dégager l'Idée, par **réminiscence**, en retrouvant en soi les Idées déjà présentes dans l'âme, mais oubliées lors de l'incarnation de l'esprit dans le corps. **Toute connaissance vient de la raison, non des sens.** (→ œuvre-clé, p. 121).

> **lexique**
> Le **monde intelligible** par opposition au **monde sensible** (accessible par les sens) est celui de l'esprit où se trouvent les Idées, réalités véritables.

B Le rationalisme cartésien

- Rationalisme : courant philosophique selon lequel la raison est à l'origine de toute connaissance.
- Tout homme est doué de raison, mais cependant sujet à l'erreur. En effet, « ce n'est pas assez d'avoir l'esprit bon, mais le principal est de l'appliquer bien », ce que nous ne faisons pas toujours. Il faut donc suivre une **méthode**, que **Descartes** fonde sur quatre règles : **l'évidence** (n'admettre que ce qui est indubitable), **l'analyse** (diviser les difficultés), **la synthèse** (aller du plus simple au plus complexe), et **le dénombrement** (récapitulation).
- La raison doit procéder à partir d'idées innées, claires et distinctes. On connaît par **intuition** (vue indubitable par laquelle se présente l'évidence des idées claires et distinctes) et **déduction** (enchaînement logique à partir des évidences).
- Mais l'existence d'idées innées contraint à supposer un monde au-delà de celui dont nous faisons l'expérience, ou un Dieu garant de la conformité entre le réel et nos idées : elle fait appel à des principes métaphysiques dont on serait en droit de douter.

2 L'empirisme

- L'empirisme affirme que toute idée (et par suite, toute connaissance) ne dérive que de l'**expérience** et ne peut prétendre dépasser les limites qui sont celles de l'expérience.
- **Locke** : notre esprit n'est à l'origine qu'une table rase, vide de tout contenu. Ce n'est qu'à force d'expérience et d'habitude que naît la connaissance.
- Mais comment alors expliquer l'existence de concepts de relation dans notre esprit ? La causalité, par exemple, n'est pas donnée par l'expérience : j'aurais beau observer le feu et la fumée qui s'en échappe, je ne verrais jamais que du feu et de la fumée ensemble, non du feu *donc* de la fumée.

3 Le rationalisme critique de Kant

- **Kant** résout l'opposition entre empiristes et rationalistes : « si toute notre connaissance débute avec l'expérience, cela ne prouve pas qu'elle dérive toute de l'expérience. » Elle relève également d'un **travail de l'esprit**. En effet, par la sensibilité, les objets nous sont donnés (dans le temps et l'espace). Par l'entendement (faculté de comprendre et d'ordonner les données de l'expérience), ils sont connus. L'expérience seule, non ramenée à une idée générale, ne constitue pas plus une connaissance qu'une idée ne se rapportant à aucune expérience.
- Nous pouvons tout penser, mais nous ne pouvons pas tout connaître.

Connaître : appliquer un concept (idée générale) à une intuition (expérience).	**Penser** : activité de la raison lorsqu'elle va au-delà de l'expérience.
Concept + expérience	Idée qui dépasse l'expérience.
Entendement + intuition	**Raison** : faculté de désirer (va au-delà de l'expérience).
Limité par l'expérience	Illimité

Conséquence : on ne peut connaître que les **phénomènes** (ce que nous saisissons au travers de l'espace et du temps, par opposition à la chose en soi, inconnaissable).

Qu'est-ce que la religion ? 30

Lue Relue Apprise

Il existe différentes religions, mais s'interroger sur la religion suppose de penser ce qui est commun à toutes les religions.

1 Essai de définition

A Un fait de culture

- La religion est un **fait culturel**. Bien qu'elle puisse prendre des formes extrêmement diverses (il y a *des* religions), il s'agit d'un fait **universel** (pas de société connue sans religion).
- C'est un fait **fondamentalement humain** : la religion est liée à la **conscience** que l'homme a de sa **finitude**. Cette conscience le pousse à concevoir ce qui le dépasse, l'infini.

lexique

Finitude : caractère mortel, fini dans le temps, non éternel.

B Le double aspect de la religion

- Selon **Bergson**, le terme renvoie à deux réalités que l'on doit nettement distinguer :

Deux aspects de la religion	La religion comme institution	La religion comme foi
Deux définitions	• Ensemble de croyances et de rites qui rassemble des hommes dans une même communauté religieuse. La religion est ici une **institution sociale.** C'est ce que Bergson nomme la « **religion statique** ».	• La croyance qui unit l'homme au sacré, à ce en quoi il croit. La « **religion dynamique** », selon Bergson.
Deux sources	• Une **source sociale** : la religion a pour fonction sociale d'unir les hommes, de réguler leurs actions (elle comporte un code de conduite, des règles). • Elle a aussi pour fonction de protéger l'homme de l'angoisse de la mort.	• Une **source spirituelle** : elle est respect et foi, lien entre l'homme et une puissance supérieure. La religion désigne ici l'attitude mystique.
Une étymologie latine discutée	• *Relegere* : « recueillir », « rassembler »	• *Religare* : « relier »

C La croyance en une réalité supérieure

- Toute religion suppose **une croyance en une réalité supérieure**. Cette réalité qui nous dépasse n'est pas obligatoirement un Dieu éternel et créateur (cf. le bouddhisme, par exemple).
- Toute religion manifeste un **essai de dépassement du donné** : le monde, tel qu'on peut en faire l'expérience, ne constituerait pas la totalité de ce qui est.

2 Distinctions essentielles

A Le sacré et le profane

- **Durkheim**, analysant la religion comme fait social fondamental, montre que **l'opposition entre sacré et profane est « la forme élémentaire de la vie religieuse »**, c'est-à-dire l'élément constitutif de toute religion, ce qui la définit et cimente la vie sociale :
– **le sacré** : le domaine ou l'ensemble de réalités (êtres, choses, lieux...) séparés du monde ordinaire dans lesquels se manifeste une puissance supérieure. Le sacré est ce qui est mis à distance, échappe à l'ordre du quotidien, et qui implique respect et précaution rituelle ;
– **le profane** : du latin *pro*, « devant, hors de » et *fanum*, « temple ». Le profane est tout ce qui est de l'ordre du quotidien, de la vie courante, hors du rapport religieux.

citation

« Une religion est un système solidaire de croyances et de pratiques relatives à des choses sacrées, c'est-a-dire séparées, interdites, croyances et pratiques qui unissent en une même communauté morale, appelée Église, tous ceux qui y adhèrent. »
Durkheim, *Les Formes élémentaires de la vie religieuse.*

B La croyance en question

- La religion s'oppose à **l'athéisme** (refus de l'existence de Dieu) et à **l'agnosticisme** (attitude de celui qui ne se prononce pas sur l'existence de Dieu).
- La **religion révélée** se fonde sur une Révélation divine. Ses dogmes peuvent être considérés comme inaccessibles à la raison. En revanche, la **religion naturelle** est l'œuvre de la raison qui conclut à la nécessité d'une cause première de toutes choses (Dieu).
- **Alain**, dans les *Propos*, distingue **la foi** de **la croyance naïve** :
– **la croyance, crédulité**, est une adhésion incertaine provoquée par la peur de se démarquer ;
– au contraire, ce en quoi on a **foi** n'est **pas démontrable**, mais exige une confiance inébranlable. Du latin *fides* (« confiance », « loyauté », « engagement »), la foi est un **engagement lucide**.

Les critiques de la croyance religieuse

31

Lue Relue Apprise

La religion a souvent été dans la ligne de mire des critiques des philosophes. Pour quelles raisons ?

1 Les dérives possibles du religieux

A La religion, lieu de l'irrationnel

- Pour croire, il faudrait mettre volontairement sa raison de côté : « **je crois parce que c'est absurde** », disait **Tertullien.** Dans la religion, **l'irrationnel a une valeur**, il est ce qui dépasse la raison. En effet, **comprendre** quelque chose, c'est le **dominer** : on ne peut comprendre Dieu.
- Le **fidéisme** est une position religieuse qui affirme que l'on ne peut accéder à une vérité religieuse que par la foi. La raison éloigne de Dieu. Ainsi, pour **Kierkegaard,** la foi est un saut irrationnel dans l'absolu qui relève d'une conversion, d'une expérience vécue personnelle, non d'un raisonnement.

B La raison contre la foi

- La **raison**, critique, cherche à expliquer, alors que **la croyance religieuse** se manifeste comme une **confiance** sans condition, sans explication. La **science** s'oppose alors à la religion qui prétend expliquer par l'inexplicable.
- La religion peut mener à des **dérives** lorsqu'elle est comprise comme ce qui remet en cause le rationnel et le raisonnable, par exemple lorsqu'elle incite au conflit, qu'elle est source de **dogmatisme** et, surtout, de **fanatisme**.

lexique

Dogmatisme : attitude qui consiste à rejeter tout doute et toute critique des dogmes auxquels on adhère.

Fanatisme : attitude de celui qui, fort de ses dogmes, cherche à les imposer aux autres par tout moyen, notamment par la violence.

2 La religion : une illusion ?

A Feuerbach : la religion comme idéalisation de soi

- **Pour Feuerbach, la religion est une production purement humaine.** Le divin n'existe pas hors de l'humain, il n'est que la projection imaginaire que l'homme fait de sa propre espèce. Tout dieu est anthropomorphe (c'est-à-dire « de forme humaine », puisque l'homme ne peut se le représenter que semblable à lui.) : « **la conscience de Dieu est la conscience de soi de l'homme** », mais l'homme n'en a pas conscience. Dieu n'est que l'image d'un homme parfait. La religion est une aliénation de l'essence humaine.

B Marx : religion et oppression

- **La religion est « l'opium du peuple** » : elle permet aux hommes de supporter la vie, la misère. Marx la considère comme **un moyen d'exploitation de l'homme par l'homme** : elle empêche la rébellion de la classe exploitée, qui croit qu'un bonheur est toujours possible dans l'au-delà.
- **Outil d'oppression, d'exploitation**, la religion entraîne la résignation des pauvres à leur condition misérable dans l'attente d'un au-delà meilleur. Elle console illusoirement, produit une espérance vaine. « La religion est le soupir de la créature opprimée, l'âme d'un monde sans cœur, comme elle est l'esprit de conditions sociales d'où l'esprit est exclu. **Elle est l'*opium du peuple*.** »

C Freud : la religion, une illusion née du désir

- La religion est également une **illusion** pour Freud. Réponse à une situation de faiblesse, elle comble non la misère matérielle, comme chez Marx, mais **la misère psychologique**.
- C'est une illusion qui provient du **désir d'être protégé** et qui **apaise l'angoisse humaine** : lorsque l'enfant se rend compte que ses parents, qu'il croyait parfaits, ne le sont pas, il est dans un état de détresse. Il projette dans un au-delà les attributs de toute puissance et de toute tendresse qu'il désirait voir ses parents assumer.

citation

« Les idées religieuses [...] sont des illusions, la réalisation des désirs les plus anciens, les plus forts, les plus pressants de l'humanité. »
Freud, *L'Avenir d'une illusion*

- La religion a donc pour effet **de reproduire à l'échelle sociale les relations de l'enfant à l'autorité parentale.** Dieu représente l'image du père parfait. En forgeant l'idée de Dieu, le croyant ressuscite la puissance paternelle.

Spinoza, *Traité théologico-politique*

Œuvre-clé

Publié anonymement en 1670, le *Traité théologico-politique*, dans lequel Spinoza défend la liberté de penser, réfute l'existence des miracles et expose une méthode critique pour la lecture des Écritures saintes.

L'auteur

- Philosophe hollandais, Baruch Spinoza (1632-1677) gagne sa vie en tant que polisseur de verres. Longtemps accusé d'athéisme, ce dont il se défend, il sera autant critiqué qu'admiré.
- Considérées comme profanes, athées et blasphématoires, ses œuvres seront interdites en 1678 par les États de Hollande et de Frise occidentale sous la pression des autorités religieuses.
- **Œuvres principales** : *Éthique*, *Traité politique*, et *Traité de la réforme de l'entendement*.

Problématique générale de l'œuvre

- Quels rapports le théologique et le politique entretiennent-ils ? Quels doivent être les pouvoirs respectifs de la religion et de l'État ? Ces pouvoirs supposent-ils que soit limitée la liberté de philosopher et d'exprimer publiquement ses idées ? Telles sont les questions qui intéressent Spinoza dans cet ouvrage.

Thèses essentielles

- **La critique de la superstition***

– Mal comprise, la religion peut être, dans sa forme la plus naïve, le lieu de préjugés et de superstitions qui sont le fruit de l'imagination. Spinoza rejette l'idée d'un Dieu auteur de miracles.
– L'État utilise la religion de manière illégitime : il s'en sert comme prétexte pour asseoir sa domination et justifier la soumission des individus aux autorités religieuses.
– Les théologiens interprètent les textes sacrés à leur façon, et passent à côté de leur vérité. Spinoza propose « d'examiner l'Écriture avec un esprit neuf, sincère et libre », indépendamment de tout préjugé.
– La véritable religion enseigne la présence de Dieu dans la nature. Loin d'être transcendant, Dieu est partout. L'exigence de foi n'est autre que celle de justice et de charité, d'amour envers son prochain. La religion ainsi comprise concourt à la paix civile et devient l'auxiliaire de l'État.

• « La fin de l'État est la liberté. »

– La réflexion politique de Spinoza pose pour principe que le caractère des hommes est passionné : n'écoutant pas leur raison, ceux-ci trouvent en l'État la possibilité de vivre en paix et libres.
– L'État doit être fort, fondé sur la raison, et, surtout, il doit garantir la liberté et la sécurité de tous : « la fin de l'État n'est pas de transformer les hommes, êtres raisonnables, en bêtes ou en automates, mais au contraire de faire en sorte [...] qu'eux-mêmes usent de leur libre Raison. [...] La fin de l'État est en réalité la liberté. »

• L'exigence de laïcité et la défense de la liberté d'expression*

– Spinoza défend la laïcité, qui suppose une autonomie du politique par rapport au religieux et l'indépendance de la philosophie par rapport à la théologie et à la politique.
– L'État doit assurer les libertés fondamentales des individus, et notamment « la liberté accordée à l'individu de penser ce qu'il veut et de dire ce qu'il pense. » L'individu doit pouvoir vivre sa foi particulière (des cultes divers) à condition que cela ne trouble pas l'ordre public.
– Les diverses opinions, même contraires aux lignes de conduite de l'État, ne peuvent l'ébranler si son pouvoir est légitime, et préviennent les abus de pouvoir. Plus encore, elles sont nécessaires au bon fonctionnement de la société : « la liberté de philosopher [...] ne peut être supprimée sans supprimer en même temps la paix de l'État. » Un État qui supprimerait toute liberté de penser et de s'exprimer se heurterait bien vite à la haine populaire.

• Plan de l'ouvrage :

– préface : critique des figures superstitieuses de la religion ;
– chapitres I à XII : critique de l'Écriture biblique, qui ne peut fonder les institutions politiques ;
– chapitres XIII à XV : les rapports qu'entretiennent foi et philosophie ;
– chapitres XVI à XIX : les fondements de l'État, ses liens avec l'Église ;
– chapitre XX : conclusion sur la liberté de philosopher dans un État libre et le rôle de la religion.

Les concepts clés

• **Superstition** : issue de l'imagination, la superstition consiste à croire à ce que l'imagination produit. Elle est une forme pervertie de la religion.

• **Liberté d'expression** : droit d'exprimer publiquement ses idées, mais à condition que cela ne nuise pas à la paix civile et ne soit pas source d'actes illégaux. Ce qui est exprimé doit provenir de la raison, non de la haine ou de la ruse.

La science

Lue Relue Apprise

32

■ Qu'est-ce qui caractérise la connaissance scientifique ?

1 Qu'est-ce que la science ?

A Caractéristiques de la connaissance scientifique

citation

« La science consiste dans la connaissance universelle. » Aristote, *Seconds analytiques*.

● **Dans la Grèce antique, la science est la saisie du vrai et de ses raisons.** Elle est spéculative. Elles porte alors sur toutes les dimensions du réel, et la philosophie (synonyme de « science » jusqu'au XVIIe siècle) en fait partie intégrante. **L'épistémè vise à répondre à la question « pourquoi ? ».** Par exemple, l'astronome ne cherche pas seulement à saisir les mouvements des planètes mais aussi à leur donner un sens, à comprendre le principe qui est au fondement de ces mouvements.

● **Aujourd'hui, la science vise d'avantage à répondre à la question « comment ? »** qu'au « pourquoi ? ». Elle cherche à rendre compte de phénomènes mécaniques afin de pouvoir expliquer les phénomènes (→ fiche repères expliquer/comprendre, p. 139).

● C'est pourquoi **elle a pour but d'élaborer une connaissance objective qui mette en évidence des lois universelles et nécessaires.**

B Les différentes sortes de sciences

● **Les sciences formelles**, comme la logique et les mathématiques, **reposent sur la cohérence des raisonnements et sont indépendantes de l'expérience.** Leur validité émane de la cohérence de leur raisonnement, de leur conformité aux règles de la logique. Les mathématiques, science hypothético-déductive, reposent sur des constructions de l'esprit (postulats et axiomes).

● **Les sciences de la nature**, telles que la physique et la biologie, **portent sur les objets réels et se rapportent aux données de l'expérience.** Elles réfutent ou admettent leurs théories par le biais de l'expérimentation.

● **Les sciences humaines s'intéressent à l'homme et aux diverses dimensions de son existence.** Elles comportent, entre autres, la psychologie, la sociologie, l'histoire et l'ethnologie. Elles cherchent à modéliser les comportements humains.

2 Les conditions de la science

A La rupture avec l'opinion

● Pour **Bachelard**, le premier **obstacle épistémologique** est l'opinion. « L'opinion pense mal, elle ne pense pas : elle traduit des besoins en connaissances. » (*La Formation de l'esprit scientifique*). Issue d'un regard utilitaire, **l'opinion juge selon les apparences et ne s'interroge pas, alors que la démarche scientifique commence par la capacité à poser des problèmes.**

lexique

Obstacle épistémologique : obstacl présent « dans l'acte mêm de connaître », ce qu'il fau surmonter pour arriver à l'esprit scientifique

● **Sans fondement, l'opinion affirme de manière dogmatique, alors que la science démontre ses théories.** Ainsi, l'esprit scientifique est celui qui sait se méfier de la sensation, du sens commun, de l'habitude et du langage ordinaire, autant de facteurs qui contribuent à la formation de l'opinion. Ainsi, « l'esprit scientifique doit se former en se réformant. » (*Ibid*).

B Le critère de scientificité

● Comment distinguer théorie scientifique et théorie non scientifique ? **Pour Karl Popper, une théorie est scientifique si elle est falsifiable**, c'est-à-dire si l'on peut la tester dans le réel.

● Plus précisément, **la falsifiabilité** suppose que l'on puisse imaginer à quelles conditions expérimentales la théorie pourrait être considérée comme fausse. On doit donc pouvoir imaginer une expérience qui, si elle se produisait, permettrait de dire que la théorie est fausse.

piège à éviter

Ne pas confondre « falsifi qui signifie rendu faux, et « falsifiable », qui veut dir susceptible d'être rendu f Popper ne veut pas dire ic que les théories doivent ê fausses !

● Popper en déduit que **la théorie de Freud**, selon laquelle il existerait en l'homme un inconscient qui serait à l'origine de nos comportements, n'est **qu'une pseudoscience, non une théorie scientifique** (→ fiche 19, p. 57).

Théorie et expérience dans la connaissance scientifique

33

Lue Relue Apprise

Comment s'élabore une théorie scientifique ? Vient-elle de l'expérience ou requiert-elle des connaissances antérieures ?

1 L'expérience source de connaissance

A La théorie procède de l'observation

- Dans une **perspective empiriste** (→ fiche 29, p. 87), on sera tenté de dire que **les théories s'élaborent par induction**, c'est à dire par généralisation à partir d'une série d'observations concordantes. L'induction est un **raisonnement qui tire des lois générales à partir de cas particuliers** et qui a la forme suivante : « si de nombreux A sont observés dans des circonstances variées, et si tous ceux qui ont été observés sans exception possèdent la propriété B, alors tous les A doivent posséder la propriété B. »
- **On part de l'observation des faits**, ce qui semble fournir une base sûre à la science, dans la mesure où l'expérience représente le concret, le solide, le vérifiable. En tant que méthode, l'induction doit respecter des conditions.

B Les conditions de l'induction

- Le nombre d'énoncés d'observation formant la base de la généralisation doit être élevé. Il ne suffit pas d'avoir observé deux chats gris pour en induire que tous les chats sont gris.
- **Les observations doivent être répétées dans plusieurs conditions.** Si je n'observe des chats que dans le noir, tous me paraîtront gris.
- **Aucun énoncé d'observation ne doit entrer en conflit avec la loi qui en est dérivée.** Quand je vois un chat blanc, même si tous ceux que j'ai observés auparavant étaient gris, je ne peux pas affirmer que tous les chats sont gris.

2 Remise en cause du processus inductif

A Les problèmes posés par l'induction

- **Le problème de la légitimité du passage du général à l'universel** : est-on autorisé à passer de la généralité toute relative d'une expérience devenue habituelle à l'universalité stricte de la loi ? Ce n'est pas parce que je n'ai jamais vu que des chats gris que je peux en conclure que tous les chats sont gris. (→ fiche repères : universel / général, p. 148).

● **Le caractère arbitraire des conditions de l'induction** : combien d'observations faut-il accumuler pour en obtenir un grand nombre ? C'est l'observateur qui décide à un moment donné que ses observations sont suffisantes, décision qui présente un risque de subjectivité. **Quelles circonstances doit-on faire varier ?** Il faut éliminer les variations superflues, lesquelles ne se distinguent des variations significatives qu'en ayant recours à notre connaissance de la situation et des types de mécanisme qui y opèrent. **La théorie joue donc un rôle crucial par rapport à l'observation, et la précède.**

B Il n'y a pas de fait brut : l'expérience dépend de théories antérieures

● L'expérience commune est un obstacle épistémologique : **l'observation véritable, en science, doit rompre avec l'opinion**, « se former en se réformant », ainsi que l'écrit **Bachelard**.

● **Le scientifique** ne se borne pas à recevoir des impressions sensibles lorsqu'il observe, il **met en œuvre des théories antérieures, qui l'amènent à interroger le réel**. Il n'y a pas de fait brut, indépendant de toute théorie qui le précède, il n'y a pas d'observation sans questionnement préalable lié lui-même à des théories antérieures.

● La méthode expérimentale telle que la décrit **Claude Bernard** met en avant l'**interaction continuelle du travail de l'esprit et de l'expérience**. Cette méthode comprend **trois étapes** : l'**observation** (non la constatation décousue de faits bruts réunis au hasard, mais l'analyse guidée par un questionnement, qui réunit les faits à expliquer), l'**élaboration d'hypothèses** permettant d'expliquer les faits, et enfin l'**expérimentation** pour tester chaque hypothèse.

Citation

« Dans l'échange entre la théorie et l'expérience, c'est toujours la première qui engage le dialogue. C'est elle qui détermine la forme de la question, donc les limites de la réponse. »
François Jacob, *La Logique du vivant*.

C L'expérimentation est elle aussi empreinte de théorie

● L'expérimentation, ensemble des procédures et des moyens de contrôle destinés à vérifier une hypothèse, est élaborée par le savant et suppose la mise en œuvre de montages techniques appropriés. Elle use d'instruments, qui sont eux-mêmes empreints de théories antérieures. **Il n'y a pas d'expérimentation indépendante de toute théorie.**

Les sciences formelles

34

☐ Lue ☐ Relue ☐ Apprise

Les sciences formelles procèdent par démonstration. Que signifie démontrer ?

1 Les distinctions essentielles

- Du latin *demonstrare*, « montrer en partant de », la démonstration est l'opération par laquelle **l'esprit déduit nécessairement une conclusion d'hypothèses de départ admises comme vraies.**
- **Il faut distinguer une véritable démonstration**, conforme aux règles du raisonnement énoncées par la logique, **et un sophisme**, raisonnement qui donne l'apparence de la validité, mais ne respecte en fait pas les règles logiques. Ex. : « Tous les ânes bon marché sont rares ; tout ce qui est rare est cher ; tous les ânes bon marché sont chers » est un sophisme. **Aristote montre que pour être valide** (vrai formellement, cohérent), **le raisonnement doit avoir la forme d'un syllogisme**. Ex. : « Tous les hommes sont mortels ; Socrate est un homme ; Socrate est mortel ».
- Distinguer les diverses formes de justifications à l'œuvre dans les sciences :

Démontrer	Prouver	Argumenter
Déduire de deux hypothèses de départ une conclusion nécessaire. Objectif : la validité qui ne peut être remise en cause par la raison. Une vérité démontrée est universelle et doit être admise par tout être doué de raison.	**Montrer**, exhiber des preuves (indices matériels) **en ayant recours à l'expérience sensible.**	**Justifier ses idées par des raisons.** Agencer des propositions afin de convaincre son interlocuteur de la thèse que l'on soutient en faisant appel à sa raison, mais sans pouvoir obtenir nécessairement son adhésion.
Sciences formelles (logique et mathématiques)	**Sciences expérimentales**	**Sciences humaines**
Critère : conformité aux règles de la raison.	Critère : conformité au réel, vérité.	Critère : pertinence.

2 La rigueur de la démonstration

A Les mathématiques : le lieu de la démonstration par excellence

• La démonstration se caractérise par **une rigueur de pensée** : elle fait appel aux lois de la raison, et chacun peut la refaire à son compte. Les mathématiques s'imposent comme le mode de pensée par excellence dont **la méthode rigoureuse prémunit contre toute illusion et contre toute erreur**. Elles consistent en démonstrations rationnelles dont la nécessité ne laisse aucune place au doute ni à la subjectivité.

Citation

« Il n'est qu'une façon de s'imposer par une autorité qui n'emprunte rien au dehors, [...] la démonstration. » Jean Cavaillès, *Sur la logique et la théorie de la science.*

B La démonstration est universelle

• Ce qui fait la force de la démonstration, c'est qu'elle n'a pas recours à l'expérience souvent trompeuse, elle se déroule d'elle-même et se définit comme **un discours dont la conclusion est non seulement nécessaire, mais aussi universelle.**

3 Les limites de la démonstration

A Un point de départ indémontrable

• Les mathématiques sont une science hypothético-déductive : toute démonstration mathématique se déroule à partir de principes que l'on nomme « définitions », « axiomes », ou encore « postulats », suivant leur statut. Or, ces principes ne peuvent être démontrés.

• **Pascal** fait remarquer que **vouloir tout démontrer reviendrait à s'engager dans une régression à l'infini** : pour démontrer telle proposition il faut partir de telle autre, qui à son tour devra être démontrée... Et ce, à l'infini : on n'en aura jamais fini de tout démontrer.

B Le problème du rapport au réel

• Formelle, **la démonstration ne nous assure pas de la vérité de sa conclusion**. Ainsi, le syllogisme suivant : « tous les chats ont quatre pattes ; tout ce qui a quatre pattes aboie ; donc tous les chats aboient » est valide, mais n'est pas vrai. **Il faut distinguer la validité**, cohérence formelle du raisonnement, **et la vérité**, qui suppose un rapport de conformité au réel (→ fiche 39, p. 115).

• **Le recours à l'expérience est nécessaire pour établir des vérités de fait**. Par exemple, la proposition « il pleut » ne peut se démontrer.

• Affirmer qu'il n'est de vérité que démontrée, c'est supposer que tout est rationnel et explicable. Ne peut-on pas douter de ce principe ?

Bachelard, *La Formation de l'esprit scientifique*

Œuvre-clé

Dans cet ouvrage publié en 1938, Bachelard s'intéresse à la science et à ses conditions psychologiques.

L'auteur

- Gaston Bachelard (1884-1962) débute sa carrière en tant qu'employé des postes. En vue de préparer le concours d'ingénieur des Télégraphes, il passe une licence de mathématiques. Mobilisé lors de la guerre 1914-1918, il devient ensuite professeur de physique et de chimie. Agrégé de philosophie en 1922, il commence une carrière universitaire en tant qu'enseignant d'histoire et de philosophie des sciences.
- **Considéré comme un sage à la barbe blanche, Gaston Bachelard fut un travailleur acharné à la carrière prodigieuse.** Il reçut le grand prix national des Lettres pour son œuvre qui comprend notamment *Le Nouvel Esprit scientifique* (1934), *La Formation de l'esprit scientifique* (1938), *Le Matérialisme rationnel* (1953), ainsi que *La Poétique de l'espace* (1957) et *La Poétique de la rêverie* (1960).
- **Bachelard oriente principalement sa réflexion sur les méthodes et fondements de la connaissance scientifique** et renouvelle profondément l'épistémologie en s'attaquant aux dogmes de son temps.

Problématique générale de l'œuvre

- **Cet ouvrage**, sous-titré *Contribution à une psychanalyse de la connaissance objective*, **met en évidence les obstacles que rencontre la science** : l'objectivité scientifique n'est jamais définitivement acquise, elle suppose une rupture avec l'affectivité, avec les représentations individuelles ou collectives qui constituent autant d'**obstacles épistémologiques*** qui freinent sa progression.

Thèses essentielles

- **Les conditions psychologiques des progrès de la science.** La connaissance scientifique, loin d'être immédiate, ne progresse qu'en combattant les obstacles épistémologiques, ces représentations qui entravent l'esprit du chercheur dans l'acte même de connaissance.

Bachelard, *La Formation de l'esprit scientifique*

Œuvre-clé

- **Le premier obstacle à surmonter est l'opinion**. Le véritable esprit scientifique est celui qui sait penser contre l'opinion et poser des problèmes, interroger ce que l'opinion croit illusoirement pouvoir expliquer. L'opinion, idée reçue sans analyse, préjugé non interrogé, est fondée sur la recherche de l'utilité (quel est l'effet de… ?), et non sur celle des rapports entre les phénomènes (comment ?). Ainsi, l'esprit scientifique doit s'en libérer afin de pouvoir interroger la nature.
- L'opinion croit savoir. Au contraire, **le scientifique est d'abord celui qui sait qu'il ne sait pas, celui qui a le sens du problème**. La science est une perpétuelle reconstruction, faite de remises en cause et de rectifications permanentes.
- La science commence donc toujours par une question posée à la nature, par une interrogation. **Le scientifique n'est pas celui qui trouve des solutions, mais d'abord celui qui pose les problèmes, remet en cause les idées reçues aussi bien que les théories antérieurement admises** : « l'esprit scientifique doit se former en se réformant ». Il faut purifier la raison des illusions, des mythes qui font obstacle à son objectivité.
- Face aux crises que connaît la science au début du xxe siècle, notamment celles de la relativité et du déterminisme, Bachelard élabore le concept de **coupure (ou rupture) épistémologique*** : la science ne progresse pas de façon continue, linéaire, ainsi que l'affirment les positivistes comme Auguste Comte (→ Fiche 28, p. 85), mais par rupture avec les principes antérieurement admis par la communauté scientifique, par changement radical de méthode et de concepts.
- Toute connaissance s'élabore contre une connaissance antérieure. Ainsi, l'évolution de la science suppose une remise en cause constante des théories actuellement admises : « On connaît contre une connaissance antérieure, en détruisant des connaissances mal faites, en surmontant ce qui, dans l'esprit même, fait obstacle à la spiritualisation. »

Les concepts clés

- **Obstacle épistémologique :** tout ce qui, dans l'acte même de connaissance, empêche la science de progresser (*épistémè*, en grec, signifie « science »).
- **Coupure épistémologique** : remise en cause des théories, concepts et méthodes scientifiques antérieurs.

Le temps

35

Lue Relue Apprise

Cadre de toute expérience possible, le temps, bien que quotidiennement vécu, reste difficile à concevoir.

1 Qu'est-ce que le temps ?

A Un concept difficile à définir

- Même si nous faisons continuellement l'expérience du temps, il est difficile de le définir rigoureusement. « Qui pourrait le définir ? Et pourquoi l'entreprendre puisque tous les hommes conçoivent ce que l'on veut dire en parlant du temps, sans qu'on le désigne davantage ? » (Pascal, *De l'esprit géométrique*).
- Il faut d'abord distinguer *un* temps et *le* temps :

– ***Un* temps** est **ce qui sépare deux événements** (par exemple, le lever du soleil et son coucher). Un temps est toujours fini, limité, mesurable ;

– ***Le* temps** désigne **le changement perpétuel transformant le présent en passé.**

B Deux façons d'appréhender le temps

Selon **Bergson**, le temps peut être considéré de deux manières :

- **Le temps objectif : celui qui rythme la vie sociale**, mesurable, quantitatif, spatialisé (représenté et mesuré sur une montre, par un espace parcouru par une aiguille), découpé (en mois, jours, année...). Il est homogène, (1 h 00 = 1 h 00), nous ne pouvons le raccourcir ni l'allonger. Produit de l'**intelligence**, il permet de coordonner les actions humaines.
- Mais cette conception du temps, trop réductrice, fait manquer une dimension fondamentale du temps que l'**intuition** nous fait découvrir : sa dimension **vécue**. Au temps objectivé, Bergson oppose la **durée, le temps vécu, subjectif**, continu, qui dépend de nos attentes, de nos espoirs, de notre occupation... Ce temps est « élastique » : une heure d'ennui paraît durer « des heures », alors qu'une heure de joie « passe trop vite ».

lexique

Chez **Bergson,** il existe une distinction conceptuelle entre :

- l'**intelligence**, faculté d'adaptation qui vise l'utilité et découpe le temps pour faciliter l'action.
- l'**intuition**, rapport immédiat entre l'esprit et l'objet, qui, au contraire, saisit les choses de façon continue et dans leur réalité même.

2 Les caractéristiques du temps

A Le temps est un flux ininterrompu.

- Il s'écoule sans s'arrêter : « le temps passe ». Mais est-ce le temps ou les événements qui passent ? Car le temps, lui, est toujours là. Tout change, tout est nouveauté. On ne se baigne jamais deux fois dans le même fleuve, selon **Héraclite**. Sans changement, on ne se rendrait pas compte du temps qui passe (comme dans le sommeil).
- On ne peut arrêter le temps. On peut le déplorer, mais si le temps s'arrête, plus rien ne passe, tout est présent, pas de mouvement, ni de changement. Le temps est donc synonyme de **changement**, mais aussi de **vie** (pas de vie sans mouvement).

B Le temps est irréversible.

- Une action commise l'est pour toujours, elle ne peut être effacée. Le temps perdu ne peut donc se rattraper. Cette idée peut amener au **désespoir**, d'autant plus que notre existence est brève : chaque instant qui passe nous rapproche un peu plus de notre **mort**. Mais cette irréversibilité semble nécessaire : elle amène **l'ordre** et donc la possibilité de l'action.

C Le temps : une idéalité ?

- Le temps est constitué du passé, du présent, et du futur. Mais ces trois temps existent-ils en dehors de la conscience que nous en avons ?
- **Saint Augustin** : le passé n'est plus, l'avenir pas encore, et le présent n'existe qu'en tant qu'il s'écoule dans le passé, qu'il tend à n'être plus. Le temps est la **conscience** que nous avons des choses passées, présentes et à venir. Il existe « dans l'âme » sous forme de mémoire (conscience du passé), de perception (conscience du présent), et d'attente (conscience de l'avenir).

> **lexique**
> **Idéalité** : ce qui n'existe que dans notre esprit, en tant qu'idée, et non réellement, indépendamment de nous.

- **Kant** : le temps et l'espace sont des *formes a priori de la sensibilité*, des structures de notre esprit par lesquelles nous ordonnons nos impressions sensibles. On perçoit toujours les choses dans un temps et dans un espace donnés.
- Mais on ne peut nier les changements : le vieillissement, l'usure... semblent exister en dehors de nous. Une idéalité peut-elle nous entraîner vers une réalité aussi tragique que la **mort** ? Pour **Bergson,** même le plus grand philosophe, s'il veut boire de l'eau sucrée, devra attendre que le sucre fonde. La nécessité de l'attente nous montre la **réalité** du temps.

La temporalité de l'existence

36

Lue Relue Apprise

L'homme ne se contente pas d'être ou de vivre, il existe : comment réagir face à l'angoisse de la temporalité de l'existence ?

1 Faut-il déplorer le caractère temporel de l'existence ?

A Le désir d'éternité

- Prendre conscience de son existence, c'est se saisir comme être fini, comme « être pour la mort », comme le dit **Heidegger**, c'est donc prendre conscience de **la caducité de notre existence**, de son caractère tragique.
- Face à **l'angoisse** que peut générer cette idée, l'homme ressent un **désir d'éternité**, qui inspire notamment **la conception cyclique du temps** (mythe de l'éternel retour : tout recommence constamment), mais aussi les **religions** (idée d'un au-delà éternel qui permet de ne pas avoir peur du temps ni de la mort), la **procréation** (l'enfant est une promesse d'immortalité), la **création** (l'artiste est présent par ses œuvres et dans la mémoire de ceux qui les contemplent), et l'idée d'une **mémoire** que les autres ont de nous.
- On se console de la temporalité de l'existence en se pensant éternel. Mais c'est illusoire : on se « **divertit** » au sens pascalien du terme, on détourne son esprit, on le distrait, pour qu'il ne soit plus porté à se soucier de la mort et de la vanité de l'existence.

B L'existence comme projet, l'aspect créateur du temps

- **Heidegger** : l'homme, cet « être des lointains », projette ses soucis et ses rêves sur l'avenir et peut se référer au passé. Il n'est pas englué dans sa situation présente. Tous ses actes présents n'ont de sens qu'en fonction du futur qu'il envisage. Le **projet** donne **un sens à l'existence**. Or, il est réalisable grâce au **temps** qui permet le changement.
- *Être* se dit en deux sens, « essence », ou « existence » :

– **essence** : ce qui constitue une chose, sa nature. Ensemble des caractéristiques nécessaires de cette chose, ce sans quoi elle ne serait pas ce qu'elle est ;

– **existence** : fait pour une chose d'être. En latin, *ex-sistere* : « surgir hors de soi, être avant d'être *quelque chose*. »

L'existence, si on la considère comme première chez l'homme par rapport à l'essence, permet de comprendre la **liberté** et le rapport au temps.

2 Essence et existence

A L'essentialisme

La philosophie essentialiste, prégnante jusqu'au XIXe siècle, affirme **la primauté de l'essence** parce que l'existence est toujours existence de *quelque chose*. Il faut distinguer :

- **L'essentialisme théologique** : les essences, éternelles, existent dans un monde supraterrestre ou en Dieu. L'homme est d'abord une essence à laquelle on donne l'existence. Il est prédestiné. L'existence ne serait alors que l'actualisation de l'essence (➜ Repères : « en acte/en puissance », p. 136). Pour **Platon**, au lieu d'enrichir l'essence qu'elle actualise, l'existence l'appauvrit, elle n'est toujours qu'une incarnation imparfaite de l'essence. Platon distingue **le monde intelligible**, monde des essences, des Idées, modèles de toutes choses, du **monde sensible**, monde des existences. Le monde sensible possède un degré d'être bien réduit parce qu'il est éphémère : la négativité de l'existence est due à sa **finitude** (son caractère mortel).
- **L'essentialisme conceptualiste** : nous avons des idées générales (concepts) représentant l'essence des choses, et non seulement des images particulières. Ces essences ne sont pas dans un monde à part, mais seulement dans les esprits des êtres pensants.

B L'existentialisme

- **Sartre** inaugure l'existentialisme athée qui affirme que l'homme *existe* avant *d'être* quelque chose. (➜ œuvre-clé, p. 75). « L'existence précède l'essence » : à sa naissance, l'homme n'est pas prédestiné, son existence ne consiste pas à dérouler, à actualiser une essence.
- Dire que l'homme existe, c'est dire qu'il va toujours au-delà de lui-même : il n'est jamais quelque chose de figé, il se fait ce qu'il est, il donne un sens à son existence, au travers du **projet**.
- Parce que le temps est condition nécessaire du changement, de la création, il est source de liberté, de projet, de la possibilité de donner un sens à l'existence. Certes, cette liberté, par laquelle chacun porte l'entière **responsabilité** de son existence et assume sa **contingence**, est angoissante : la **mauvaise foi** consiste à nier cette responsabilité, afin de se déculpabiliser. Mais la liberté est source de création de soi par soi. Exister, c'est, au sens sartrien du terme, assumer sa **liberté**.

Lexique

Mauvaise foi : chez Sartre, fait de se mentir à soi-même.

Augustin, *Les Confessions (XI)*

Œuvre-clé

Dans le livre XI des *Confessions*, Augustin s'interroge notamment sur le temps.

L'auteur

- C'est à Thagaste (dans l'actuelle Algérie) que naît Augustin en 354, d'un père païen et d'une mère chrétienne. Il mène d'abord une vie dissolue, qu'il conte dans ses *Confessions*. **Sa vie est celle d'une quête, de la quête de Dieu**, découvrira-t-il plus tard, après avoir cédé aux appels de la chair et aux illusions de diverses croyances qu'il récusera par la suite. **Sa vie sera bouleversée par le néo-platonisme et les thèses de Plotin.**
- **En 386, Augustin se convertit an christianisme.** Baptisé puis ordonné prêtre, il fut choisi par les fidèles d'Hippone pour remplacer leur évêque en 395. C'est avec dévotion qu'il accomplit ses obligations épiscopales. Il n'a de cesse de défendre le christianisme contre les diverses formes d'hérésie que sont le manichéisme, le donatisme, le pélagianisme et l'arianisme.
- Il meurt en 430, en pleine invasion barbare, dans une Hippone assiégée par les Vandales. Ce faisant, il assiste aux prémisses de la chute de l'Empire romain, qui aura lieu en 476.
- Père de l'Église, **Saint Augustin est le premier philosophe chrétien à élaborer une synthèse philosophique et théologique de la pensée antique et de la pensée chrétienne**.

Problématique générale de l'œuvre

- *Les Confessions*, **œuvre littéraire et philosophique aux accents biographiques**, narrent **l'itinéraire spirituel d'Augustin**. Païen sensuel à la vie débridée, en quête d'un objet apaisant ses angoisses et insatisfactions, il marche vers l'objet véritable de l'amour, Dieu. C'est de cette conversion au christianisme et de ses difficultés et apports que témoignent *Les Confessions*. **Dans le livre XI**, partant de la question « que faisait Dieu avant la création du monde ? », **il en vient à se demander ce qu'est le temps**.

Thèses essentielles

- **Le temps : une énigme.** Si, comme l'affirme le monothéisme, Dieu est éternel et, de ce fait, au-delà du temps, comment peut-on concevoir un contact entre cette transcendance et l'homme, soumis au temps et marqué de finitude ? Cette question amène Augustin à mettre en évidence les **contradictions qui surgissent lorsque l'on analyse le temps**.

- D'abord, on ne peut concevoir ce qu'il y avait avant la création du temps, car l'idée même d'un avant suppose l'existence du temps. Ensuite, force est de constater, ainsi que l'écrit Augustin, que nous nous heurtons à des difficultés pour concevoir ce qu'est le temps : « Qu'est-ce donc que le temps? Si personne ne m'interroge, je le sais ; si je veux répondre à cette demande, je l'ignore. »

- **Le temps disparaît constamment.** Ce qui nous fait dire qu'il y a du temps, c'est le fait que les choses passent. Mais force est de constater que le passé n'est plus, que le futur n'est pas encore, et que le présent n'est qu'en tant qu'il vole vers le passé, sans quoi, s'il était constamment présent, il serait l'éternité*. **Augustin en conclut que « ce qui nous autorise à affirmer que le temps est, c'est qu'il tend à n'être plus ».**

- **Le temps est dans l'esprit.** Comment se fait-il que nous parlions de moments plus ou moins longs ? C'est que le temps est **expérience subjective.** Objectivement, le passé n'est plus, le futur pas encore, et le présent n'est que parce qu'il tend à n'être plus.

- La conscience du temps, qui nous fait ressentir celui-ci comme plus ou moins long, n'est donc qu'une **distension de l'âme*** que la mémoire (conscience du passé), l'attention (conscience du présent) et l'anticipation (conscience du futur) rendent possible. « **Il y a trois temps**, le présent du passé, le présent du présent et le présent de l'avenir. Car ce triple mode de présence existe dans l'esprit ; je ne le vois pas ailleurs. **Le présent du passé, c'est la mémoire ; le présent du présent, c'est l'attention actuelle ; le présent de l'avenir, c'est son attente.** »

Les concepts clés

- **Éternel :** ce qui n'a ni début ni fin (et pas simplement ce qui est immortel), ce qui est atemporel.
- **Distension de l'âme :** détente de l'esprit qui se représente ce qui n'est plus et ce qui n'est pas encore, conscience présente du passé (mémoire) et du futur (anticipation).

Le travail et la technique

37

Lue Relue Apprise

Manifestations culturelles, travail et technique sont des moyens par lesquels l'homme transforme la nature.

1 Définitions et origines

A Définitions

- **Travail : activité de transformation de la nature à des fins utiles.** La femme est « en travail » lorsqu'elle accouche, l'ouvrier qui produit et l'élève qui étudie travaillent également.

citation

« Le travail est la modification utile du milieu opérée par l'homme. » Auguste Comte, *Système de politique positive*

- **Technique** : du grec *technè*, « art », « habileté », **tout procédé ou moyen permettant d'obtenir un but prédéterminé**. On parle aussi bien de la technique de la dissertation que de celle du forage d'un puits de pétrole.

B Origines du travail et de la technique

- **Le travail naît de la nécessité, pour l'homme, de produire les biens nécessaires à sa survie.** Il exclut une nature prolifique telle que **Rousseau** la dépeint dans l'état de nature (→ œuvre-clé, p. 83). L'homme doit travailler parce que la nature ne lui fournit pas d'emblée de quoi satisfaire ses besoins.
- **La technique trouve également son origine dans le besoin.** Le mythe de Prométhée auquel fait référence le *Protagoras* de **Platon** raconte que, le Titan Épiméthée ayant oublié de donner aux hommes les attributs nécessaires à leur survie, son frère Prométhée décida de voler à Héphaïstos et à Athéna la connaissance des arts et le feu pour les donner aux hommes. La technique fut alors possible et permit à l'homme de survivre.

C Caractéristiques du travail et de la technique

- Cueillir une pomme sur un arbre pour la manger immédiatement, ce n'est pas travailler. En revanche, ramasser toutes les pommes de cet arbre pour les stocker en vue d'une consommation ultérieure, cela relève du travail **: il y a travail lorsque nous produisons plus que ce dont nous avons immédiatement besoin, en vue d'une satisfaction à venir. Le travail suppose l'anticipation, le projet, l'attente.**
- Pour **Bergson**, l'homme se définit comme *homo faber* (homme qui fabrique des outils) avant d'être *homo sapiens* (homme capable de savoir) : **l'intelligence est d'abord source de technique**. « Pour définir notre espèce [...], nous ne dirions peut-être pas *homo sapiens*, mais *homo faber*. En définitive, l'intelligence, envisagée dans ce qui en paraît être la démarche

originelle, est la faculté de fabriquer des objets artificiels, en particulier des outils. » (*L'Évolution créatrice*).

2 Distinctions conceptuelles

A Travail et loisir

● **Le travail s'oppose au loisir et au jeu** : si le premier, lié à la nécessité, vise des fins utiles et suppose effort, sérieux, pénibilité, les seconds, en revanche, sont de l'ordre du contingent et du luxe, désintéressés (on n'y recherche que le plaisir) et supposent la jouissance.

étymologie

« **Loisir** » se dit en grec *skolè*, qui a donné *école* : le loisir est de l'ordre du plaisir de l'esprit, alors que le travail est de l'ordre de la contrainte du corps.

B Travail et œuvre

● Le travail est d'autant plus dévalorisé qu'il produit des biens **éphémères**, voués à être consommés et donc à disparaitre.

● **Hanna Arendt** propose alors de le distinguer de **l'œuvre**, par laquelle nous produisons les objets **durables** permettant d'habiter le monde, objets destinés à l'usage et non à la consommation (bâtiments, mobilier, œuvres d'art...).

C Technique et art

● Longtemps confondues, l'activité de l'artisan (le technicien) et celle de l'artiste se distinguent par plusieurs aspects :
– la technique recherche l'utilité, vise un but externe/ l'art est désintéressé ;
– l'objet technique est utilisé, usé, éphémère/ l'œuvre d'art est un défi au temps ;
– la **production** technique use de **règles** précises/ la **création** artistique suppose **génie** et **talent** (➜ fiche 6, p. 19).

D Outil et machine

● **L'outil** est pensé puis créé en vue de sa fonction. Il est un prolongement du corps qui le meut et qui en est la force : « l'outil le plus raffiné reste au service de la main qu'il ne peut guider ni remplacer. » (H. Arendt, *Condition de l'homme moderne*).

● En revanche, **la machine** comporte en elle-même sa source d'énergie et se meut par elle-même : « la machine la plus primitive guide le travail corporel, et éventuellement le remplace tout à fait. » (*Ibid.*)

Ambivalence du travail et de la technique

38

Lue Relue Apprise

Le travail de l'homme engendre la technique qui, inversement, détermine les conditions du travail. Doit-on y voir une libération ou une soumission ?

1 Les remises en cause du travail et de la technique

A Le travail : une activité animale et aliénante

- Du latin *tripalium*, « instrument de torture », le travail renvoie à l'idée de **pénibilité** et de **soumission**. La *Genèse* en fait la **punition** du péché originel : l'homme doit gagner son pain à la sueur de son front, et la femme doit enfanter dans la douleur (on parle du « travail » de l'accouchement). **Le travail serait une malédiction.**
- Même si l'on parle aujourd'hui de travail intellectuel, **le travail a longtemps été restreint au domaine manuel, et lié au biologique. Aristote** montre que l'esclave travaille afin que le maître puisse disposer de **temps libre**, avoir une existence détachée des préoccupations animales que sont les besoins, et s'adonner à **l'activité politique (*praxis*) et contemplative (*theôria*)**. Parce qu'il est cantonné à une activité animale, l'esclave ne peut être considéré comme humain : il n'a pas le **loisir** de s'adonner aux activités humaines qui sont celles de l'esprit. **Le travail (*poïèsis*) est une activité animale parce qu'il est lié à la nécessité biologique.**

citation

« Quand les navettes marcheront toutes seules, nous n'aurons plus besoin d'esclaves. » Aristote, *La Politique*.

B Influence de la technique sur le travail

- **Rousseau met en évidence les dangers du progrès technique**, montrant la différence entre l'homme à l'état de nature, qui porte tout entier ses forces avec soi, et l'homme civilisé, perdu lorsqu'il est privé des moyens techniques (→ œuvre-clé, p. 83).
- **La technique, en se développant, transforme le travail qui devient de plus en plus mécanique.** Avec le taylorisme (fin XIXe siècle), on divise les tâches, on proscrit les gestes inutiles pour plus de rentabilité, mais le travail est dans ces conditions moins épanouissant.
- **Marx** critique le travail moderne (ouvriers salariés) en vue de réorganiser le travail en fonction des besoins réels de l'humanité. La forme capitaliste du travail donne lieu à **l'exploitation de l'homme par l'homme** : le travailleur ne possède pas le fruit de son travail, mais reçoit un salaire qui

lui permet de survivre, pour produire encore plus. Il n'est qu'**une force de travail**, une **marchandise qui se vend**. Le travail doit servir à satisfaire les besoins, non à enrichir un chef d'entreprise, sinon, il est **aliénant : au lieu de libérer l'homme, il l'enchaîne.**

2 Technique et travail, sources de liberté

A Le travail comme manifestation de l'humanité

- **Une vision positive du travail** émerge lorsqu'on le considère comme manifestation de l'esprit, moyen de prise de conscience de soi et source d'intégration dans la société.
- **Marx affirme le caractère proprement humain du travail** dans lequel l'homme agit suivant **un projet conscient et volontaire,** subordonnant sa volonté à son projet. Le travail manifeste ainsi l'intelligence. La maison de l'architecte, **pensée** puis construite selon un schéma préétabli, se distingue de la ruche de l'abeille qui résulte d'une activité **instinctive**.

citation

« Ce qui distingue dès l'abord le plus mauvais architecte de l'abeille la plus experte, c'est qu'il a construit la cellule dans sa tête avant de la construire dans la ruche. » Marx, *Le Capital*.

- Pour **Hegel**, le travail diffère la satisfaction des besoins et arrache l'homme à son existence immédiate. Il est objectivation de soi, car on se reconnaît dans ce qu'on produit. Par le travail, l'homme transforme la nature, et affirme sa personnalité et sa supériorité. **L'accès à la liberté et à la conscience de soi passe par le travail.**
- En travaillant, l'homme est **intégré à la société**, reconnu comme une personne (par les autres et par lui-même). Il trouve dans le travail un sens à sa vie.

B La technique libère du besoin.

- **Par la technique, l'homme s'affranchit de la nature. Descartes** y voit le moyen pour l'homme de devenir « comme maître et possesseur de la nature » (*Discours de la méthode*).
- **La technique facilite les tâches et permet de disposer de plus de temps libre** (la machine lave le linge, permettant à la ménagère de vaquer à d'autres occupations). Elle permet à l'homme de ne pas être totalement soumis à la satisfaction de ses besoins.

Marx, *Le Capital*

Œuvre-clé

Marx interroge le travail et le mode de production capitaliste de manière théorique, mais aussi polémique.

L'auteur

- **Karl Marx** (1818-1883), figure incontournable du XIXe siècle, **incarne le militantisme politique et une pensée nouvelle**, alternative à l'hégélianisme dominant son époque. Opposé à la philosophie hégélienne, il se détourne de toute carrière universitaire et devient journaliste, puis rédacteur en chef de la *Gazette rhénane*. Ses prises de position dans les débats économiques et politiques déplaisent aux autorités berlinoises : la Gazette est interdite.
- Établi à Paris, il écrit *Les Manuscrits de 1844*, *La Question juive* et la *Critique de la philosophie du droit de Hegel*. **Il découvre la pensée socialiste, s'engage politiquement et participe aux réunions de la Ligue des Justes, une société communiste.** Il rencontre alors Friedrich Engels (1820-1895) qui sera son collaborateur et fidèle ami jusqu'à sa mort.
- Expulsé de France, **Marx** s'installe en Belgique et rédige *Misère de la philosophie* ainsi que *L'Idéologie allemande* en collaboration avec **Engels**. Tous deux **participent à la création de la Ligue des communistes et élaborent le *Manifeste du Parti communiste*** (1848).
- Exilé à Londres, Marx se consacre à son œuvre et au combat politique : il crée la Première Internationale et aide Engels à rédiger l'*Anti-Dühring*, ouvrage fondateur du marxisme. Parallèlement, il travaille à l'élaboration du *Capital*.

Problématique générale de l'œuvre

- Par une « critique de l'économie politique », **Marx analyse la nature du système capitaliste et dévoile les contradictions qui le sous-tendent**. Il appelle à l'action révolutionnaire visant l'établissement du communisme et l'instauration de l'égalité.

Thèses essentielles

- **L'animal ne travaille pas.** Même si, a priori, l'activité de l'abeille et celle de l'architecte semblent comparables, on ne peut pas dire de l'animal qu'il travaille au même titre que l'homme. Ce que fait l'animal, en effet, est instinctif, alors que, lorsque l'homme travaille, il a **conscience** du but à atteindre et se le représente, ce qui détermine les moyens à mettre en place : « Ce qui distingue dès l'abord le plus mauvais architecte de l'abeille la plus experte, c'est qu'il a construit la cellule dans sa tête avant de la construire dans la ruche. »

- L'animal, parce qu'il transforme la nature instinctivement, le fait spontanément, alors que, **dans le travail, l'homme doit faire l'effort de subordonner sa volonté à son but, et ce d'autant plus lorsque le travail est moins attrayant**. Le travail demande donc un effort sur soi-même et une attention constante.

- **La critique du mode de production capitaliste : le travail aliéné*.** Si c'est par le travail que l'homme réalise son essence, qu'il s'affirme en tant qu'être conscient et capable de volonté et d'effort, en régime capitaliste, **l'ouvrier** n'est pas possesseur de l'objet qu'il produit. **Exploité et déshumanisé**, il **vend sa force de travail. Celle-ci est une marchandise que le capitaliste s'approprie par le biais du salaire, au même titre qu'il s'approprierait une machine.** Le salaire permet seulement à l'ouvrier de régénérer sa force de travail.

- Or, le travail de l'ouvrier produit plus que la valeur de son salaire, permettant au capitaliste de faire du profit. Ainsi, la plus-value provient de la différence entre **la valeur d'échange*** de la force de travail (le salaire) et sa **valeur d'usage*** (la valeur produite par l'emploi de la force de travail). La valeur d'usage étant supérieure à la valeur d'échange, le travailleur est exploité.

- **L'ouvrier vend sa vie, se vend lui-même, et ne conçoit son épanouissement que dans le loisir.** Le travail permet d'autant moins au travailleur de s'affirmer qu'il est divisé, parcellisé et que celui-ci ne se reconnaît plus dans l'objet qu'il concourt à fabriquer. Aliéné, l'ouvrier doit se révolter pour faire advenir une société sans classe qui mette fin à **l'exploitation de l'homme par l'homme**.

Les concepts clés

- **Aliénation :** dépossession de soi-même, asservissement, soumission.

- **Valeur d'usage :** valeur d'une marchandise par rapport à son emploi, son utilité. La valeur d'usage de la force de travail est la valeur qu'elle produit effectivement.

- **Valeur d'échange :** valeur d'une marchandise sur le marché. La valeur d'échange de la force de travail est son prix, le salaire que reçoit l'ouvrier en échange de son travail.

Qu'est-ce que la vérité ? 39

Lue Relue Apprise

Si le philosophe recherche la vérité, c'est qu'elle n'est pas d'emblée donnée et que son accès n'est pas aisé. L'analyse des sens de la notion fait émerger ces difficultés.

1 Les deux aspects de la vérité

A La vérité matérielle

- **On nomme vérité matérielle l'accord, la conformité du jugement à la réalité.** Le jugement « il pleut » est vrai si et seulement si, dans les faits, il pleut.
- Dès lors, pour être sûr de dire le vrai, il faut un **vérificateur** de l'énoncé, pour pouvoir vérifier que ce que l'on dit est conforme à ce qui se passe dans la réalité. Il faut des **preuves**.
- Mais le réel est accessible par **les sens**. Pouvons-nous nous fier à notre perception ? Nos sens peuvent nous tromper (exemple du bâton brisé de Descartes).
- Qu'en est-il des vérités historiques et métaphysiques, celles qui concernent ce dont on ne peut faire l'expérience ? Et des vérités morales, celles qui relèvent de valeurs et non de faits ?

B La vérité formelle

- La vérité formelle, ou **validité,** consiste dans **l'accord de la pensée avec elle-même**, dans la cohérence du raisonnement. Les sciences s'appuient sur ce principe. Il faut pouvoir **démontrer** ce que l'on dit.
Le problème sera alors de garantir le lien entre la démonstration et la réalité.
- De plus, toute démonstration part d'un donné : comment certifier la vérité des propositions de départ ? (→ fiche 34, p. 99).

2 Distinctions essentielles

A Vérité et réalité

- Une chose ne peut être dite, à proprement parler, vraie. Une chose ou un fait seront dits **réels** en ce qu'ils existent. Ce qui est **vrai** ou faux, c'est ce que l'on pense ou dit de la chose ou du fait.
- **La vérité est donc une relation de conformité entre le jugement que l'on porte sur la**

L'astuce du prof

Ne pas confondre :
Vrai caractérise un jugement, est de l'ordre de la pensée et du discours. / **Réel** caractérise ce qui existe, est de l'ordre des faits.

réalité et la réalité elle-même. Elle est de l'ordre du **jugement**, et donc **liée au sujet humain.**

● **Attention à une déviation du langage** qu'il faut bien repérer : quand on dit d'une chose qu'elle est vraie ou fausse, **ce n'est pas la chose en elle-même qui est en fait vraie ou fausse, mais le jugement que l'on pourrait porter sur elle si l'on s'en tenait à son apparence.** Par exemple, de « l'or faux » est bien du cuivre doré réel, et si on le dit « faux », c'est que, si l'on s'en tenait à l'apparence première de l'objet, on en déduirait qu'il est en or. Ce qui est faux, c'est donc le jugement « ceci est de l'or » que l'on pourrait émettre sans analyse plus approfondie. L'accès à la vérité suppose **d'aller au-delà des apparences.**

B Connaissance et croyance

● **Croire consiste à adhérer à une idée que l'on ne peut ni démontrer ni prouver.** On distingue plusieurs modalités de la croyance :
– **l'opinion** : un jugement non fondé. Ce que je pense sans trop savoir pourquoi, sans pouvoir le justifier, et qui peut varier si l'on me montre, par exemple, que j'ai tort. Elle est, selon **Bachelard**, un obstacle à la science ;
– **la foi** : un engagement, une confiance inébranlable en une réalité supérieure inaccessible à la raison humaine ;
– **le préjugé** : un jugement non fondé reçu d'autrui ou de la société. Il manifeste une paresse et une lâcheté de la pensée, une certaine soumission ;
– **l'illusion** : une conception déformée de la réalité qui trouve son origine dans nos désirs ;
– **la conviction** : une certitude intime, plutôt d'ordre moral, qui cependant résiste à toute démonstration ;
– **le postulat** : un principe de base admis en vertu de son efficacité ou de son enjeu. On ne peut le démontrer, mais son acceptation semble nécessaire. Par exemple, la liberté est selon **Kant** un postulat de la raison pratique : il est nécessaire de supposer son existence pour donner sens aux actions humaines et à la morale.

● **La croyance** peut être vraie ou fausse, mais jamais démontrée ni prouvée, alors que lorsqu'il connaît, l'esprit se représente une idée vraie (conforme au réel) qu'il peut justifier. Cependant, **la connaissance évolue** dans le temps (elle dépend des technologies disponibles et de l'avancée des sciences) **alors que la vérité est immuable.**

La recherche de la vérité en question

40

Lue Relue Apprise

La vérité apparaît comme un idéal que tous se proposent d'atteindre, mais est-ce vraiment possible, et est-ce même toujours souhaitable ?

1 Peut-on accéder à la vérité ?

A Le scepticisme

- Scepticisme : école de philosophie fondée par Pyrrhon d'Élis qui considère que l'**on ne peut jamais être certain d'avoir atteint la vérité**.
- En effet, on ne peut se fier ni à ses sens (les sensations sont relatives), ni à la raison (les arguments par lesquels les métaphysiciens prétendent défendre leurs doctrines se valent).

L'astuce du prof

Attention, le scepticisme ne remet pas en cause l'existence de la vérité, mais l'idée qu'on puisse être certain de l'avoir atteinte.

- Le sceptique **Sextus Empiricus** revendique la suspension du jugement, ***l'épochè*** (état de doute) : le vrai est si précieux qu'affirmer quelque chose sans fondement revient à l'offenser. D'où la nécessité de la prudence : « quelque raison que j'aie examinée, dont on se sert pour établir une assertion dogmatique, il me semble qu'il y en a quelque autre opposée à celle-là, qui établit aussi un dogme, et qui est égale à cette première. »
- **Le but du scepticisme est d'ordre pratique :** en s'affranchissant de tout dogme, le sceptique se donne la possibilité d'atteindre l'**ataraxie** (absence de trouble de l'esprit).

B Le dogmatisme

- En tant que position philosophique**, le dogmatisme fonde la possibilité de l'accès à des vérités absolues sur une confiance inébranlable en la raison.** Il faut le distinguer de ce que le langage courant nomme « dogmatisme » : attitude de celui qui fait preuve d'étroitesse d'esprit, refusant de remettre en cause ses convictions et d'entendre les arguments contraires.
- **Platon** refuse le **relativisme** des sophistes selon lequel l'on peut considérer la vérité comme propre à chacun. L'esprit peut s'élever du monde sensible changeant et illusoire au monde intelligible contenant les Idées, réalités véritables. La vérité est éternelle et immuable (→ œuvre-clé, p. 121).

2 Doit-on vouloir accéder à la vérité ?

A La vérité comme valeur

- Doué de **raison**, l'homme semble être fait pour rechercher la vérité, ainsi que le montre **Aristote** : « Tous les hommes désirent naturellement savoir » (*Métaphysique*). L'ignorance et l'illusion, qui s'opposent à la vérité, sont à combattre.
- La vérité apparaît comme un désir, mais aussi comme un **devoir**. Pour **Kant, l'on ne peut moralement vouloir le mensonge** : « Être véridique dans les propos qu'on ne peut éluder, c'est là le devoir formel de l'homme envers chaque homme, quelle que soit la gravité du préjudice qui peut en résulter pour soi-même ou pour autrui. » (*Fondements de la métaphysique des mœurs*). En effet, ne peut être tenu pour moralement bon qu'un principe dont on peut vouloir qu'il devienne en même temps une loi universelle (→ fiche 14, p. 41). Or, le menteur, ne souhaitant pas être découvert, désire qu'autrui le croie sincère, se conformant ainsi à une **maxime** inverse de la sienne (maxime de la sincérité).

lexique
Une **maxime** est une formule qui exprime une règle morale.

B Les soupçons qui pèsent sur la recherche de la vérité

- Selon **Nietzsche,** l'affirmation de la supériorité de la vérité repose sur **une illusion métaphysique** qui consiste à inventer, au-delà du monde sensible (le seul existant pour ce philosophe), **un « arrière-monde »**, celui de la vérité. Cette illusion est négative : elle dévalue le monde sensible et la vie. Il y a en outre **de bonnes illusions, celles qui augmentent en nous le sens de la vie.**

citation
« Vouloir le vrai, ce pourrait être secrètement vouloir la mort. »
Nietzsche, *Le Gai Savoir*.

- Pour **Machiavel**, la politique est à distinguer de la morale, exigeant parfois que l'on use du mensonge. **La fin justifie les moyens.** La fin : la stabilité et l'unité de l'État. Les moyens : tous ceux qui seront nécessaires, même s'ils sont contraires à la morale, comme le **mensonge.**
- **Platon** va dans le même sens : « À ceux qui gouvernent la cité [...] revient la possibilité de mentir, que ce soit à l'égard des ennemis ou à l'égard des citoyens quand il s'agit de l'intérêt de la cité » (*La République*).

L'expérience suffit-elle à établir une vérité ?

41

Lue Relue Apprise

Notre premier rapport au monde est empirique. Nous permet-il de saisir la vérité, ou cette saisie est-elle plus complexe qu'elle ne le paraît ?

1 Théorie et expérience : deux concepts a priori opposés

A L'expérience est liée aux sens

● Du latin *experiri*, « éprouver », « essayer quelque chose », **le terme « expérience » a trois sens** :

1. Ensemble des impressions sensibles, des **informations que fournissent les cinq sens.**

2. « L'**instruction acquise par l'usage de la vie** » (Claude Bernard, *Introduction à la méthode expérimentale*). « Avoir de l'expérience. »

3. En science : procédure mise en œuvre par le scientifique afin de tester une théorie, observation provoquée. On parle alors d'**expérimentation.** « Faire une expérience. »

B La théorie est liée à l'esprit

● En grec, *théôria*, « contemplation », renvoie à une démarche spéculative détachée de l'expérience première que nous avons du réel. **Le terme « théorie » a également plusieurs sens** :

1. Dans le langage courant : **discours spéculatif**, opposé à la pratique et à l'expérience. « Ce n'est que de la théorie. » La théorie semble pouvoir être fantaisiste, alors que l'expérience serait source de vérité.

2. Sens philosophique : **ensemble de thèses logiquement coordonnées et formant un système** (ex. : la théorie freudienne de l'inconscient). En science : **ensemble de lois destinées à rendre compte de l'expérience.** « La théorie de la relativité. » La théorie a pour rôle de dévoiler ce qui dans l'expérience n'est pas directement accessible et explicable. Elle nous apprend à nous méfier de l'expérience première.

2 Problématiques essentielles

A Le problème du lien entre théorie et expérience

● Si l'expérience est le premier rapport que nous entretenons avec le réel, elle semble fonder toute connaissance, ainsi que l'affirme **Locke** (notre esprit serait à la naissance vide de tout contenu, se « remplissant » d'idées au fur et à mesure des expériences). Mais l'expérience est subjective (on ne ressent pas tous les phénomènes de la même manière), singulière et parfois trompeuse (source d'illusions, ainsi que le font remarquer **Platon** et **Descartes**), alors que la théorie se veut objective, universelle et vraie (en accord avec le réel). Doit-on en conclure à une exclusion mutuelle ?

- **Se pose le problème de l'antériorité de l'expérience ou de la théorie dans le processus de connaissance** : si la connaissance semble toujours résulter de l'observation, l'observation pure, en revanche, ne peut rien nous apprendre tant qu'elle n'est pas réfléchie ni analysée. Théorie et expérience sont-elles vraiment dissociables ?
- Comment la théorie, qui est de l'ordre du discours, peut-elle refléter le réel, qui est de l'ordre des faits ? Plus qu'une copie du réel, n'en est-elle pas une interprétation cohérente ? Elle est un modèle d'explication du monde, selon **Einstein**.

citation

« Les concepts physiques sont des créations libres de l'esprit humain et ne sont pas, comme on pourrait le croire, uniquement déterminés par le monde extérieur. »
Einstein et Infeld, *L'évolution des idées en physique*.

B Le problème de la valeur de l'expérimentation

- **L'expérimentation suffit-elle à valider une théorie ?** Dans la mesure où elle est une construction théorique, ne peut-elle pas parfois être faussée, inopérante ? **Karl Popper conseille de parler de confirmation** (terme plus modeste et autorisant une éventuelle remise en cause future) **plus que de vérification.** Une théorie est scientifique si elle est falsifiable, selon Popper, c'est-à-dire si l'on peut concevoir les conditions de sa réfutation par l'expérience (par exemple, la loi de la chute des corps est falsifiable, puisque nous savons que si nous lâchions un objet dans certaines conditions et qu'il ne tombait pas, la loi serait infirmée). Mais cela ne signifie pas pour autant qu'elle doive être considérée comme définitive : cela reviendrait à interdire l'avancée de la science.

Platon, *La République*, livre VII

Œuvre-clé

Dans le Livre VII de la *République*, Platon a recours à l'allégorie* de la caverne afin d'expliquer le rôle du philosophe et sa quête de la vérité.

L'auteur

- D'abord promis à un brillant avenir politique, Platon (427-347 av. J.-C.) rencontre Socrate (le « père de la philosophie »), dont il devient le disciple. Il délaisse ses aspirations politiques et se tourne vers la philosophie.
- Dans ses écrits, il met en scène Socrate en situation de dialogue avec divers interlocuteurs.
- En 387 av. J.-C., Platon fonde l'Académie, école de philosophie au succès immense qui poursuivra son enseignement jusqu'au VIe siècle après J.-C.
- Œuvres principales : *Ménon*, *Apologie de Socrate*, *Le Banquet*, *Théétète*, *Timée*.

Problématique générale de l'œuvre

- *La République* est un ouvrage de philosophie politique qui s'interroge sur la cité idéale et sur la justice. Platon s'intéresse particulièrement au Livre VII à l'éducation, et dépeint, par l'allégorie de la caverne, la conversion que doit effectuer celui qui veut entrer dans le monde de la connaissance rationnelle. Le philosophe doit rompre avec le sens commun pour accéder aux Idées*.

Thèses essentielles

- **L'allégorie de la caverne**

Des hommes, enchaînés au fond d'une caverne depuis leur naissance, ne peuvent ni bouger, ni tourner la tête. Leur regard est tourné vers le fond de la caverne. En haut de la caverne, derrière eux, brûle un feu, devant lequel passe une route sur laquelle défilent des personnages portant des objets. Cette route est masquée par un petit mur. Les ombres des objets se reflètent sur la paroi, au fond de la grotte. Pour les prisonniers, ces ombres constituent la réalité.

Un prisonnier se détache de ses liens, remonte en haut de la caverne et, découvrant alors la réalité, se rend compte que ce qu'il croyait réel n'est en fait qu'ombre et obscurité. Lorsqu'il redescend pour en informer les autres prisonniers, ceux-ci le considèrent comme fou, et seraient prêts à le condamner à mort.

Monde sensible et monde intelligible

Les prisonniers symbolisent l'homme commun pétri d'opinion et n'ayant qu'une illusion de savoir. La caverne renvoie au **monde sensible, monde accessible par les sens, lieu de l'apparence, du particulier, du changement**. Il n'est que la **pâle copie du monde intelligible**, monde des **Idées**, seules réalités véritables, **modèles** de toutes choses (dans l'allégorie, c'est le monde extérieur, situé en haut de la caverne). Exclusivement lié à l'esprit, il doit se comprendre comme lieu de la **vérité** immuable, éternelle et absolue.

La conversion du philosophe

Le prisonnier qui se détache de ses liens est le philosophe qui, opérant une véritable conversion, remet en cause ses anciennes opinions, comprend qu'il ne sait pas ce qu'il croit savoir, et se met en position de découvrir la vérité.

Si le philosophe redescend dans la caverne, c'est parce qu'il se doit d'éduquer les hommes, de leur faire prendre conscience de leur ignorance. Socrate se sentait investi d'une telle mission : c'est pourquoi, dans les dialogues qu'écrit Platon, on le voit interroger ses interlocuteurs sur ce qu'ils prétendent savoir, et les amener à prendre conscience de la fragilité de ce prétendu savoir. **La maïeutique socratique est cet art d'accoucher les esprits de la vérité qu'ils portent en eux**. Elle permet la **dialectique**, mouvement ascendant par lequel l'esprit passe de la multiplicité du sensible à l'unité de l'Idée, des apparences à la réalité. C'est cette ascension dialectique que décrit l'allégorie de la caverne.

Les concepts clés

- **Allégorie** : image ou histoire qui exprime une idée abstraite.
- **Idée** : réalité véritable, l'Idée est l'essence dont les réalités sensibles ne sont qu'une pâle et imparfaite copie. Par exemple, l'Idée de justice est la justice en soi (sa définition), qu'ont en commun des décisions justes ; mais ces dernières ne réalisent la justice que de manière imparfaite, puisqu'elles le font de manière toujours particulière et changeante : elles ne sont pas la justice en soi, mais y participent.

Mémo'Quiz

Cochez la bonne réponse.

L'art

1. À l'origine, on ne distinguait pas l'art de la technique :

❑ Vrai ❑ Faux

2. Dire qu'une œuvre d'art est autotélique signifie :

❑ qu'elle est faite par un amateur

❑ qu'elle transmet un message et sert une cause

❑ qu'elle est à elle-même sa propre fin

3. Le beau est « ce qui plaît universellement sans concept » selon :

❑ Nietzsche

❑ Hume

❑ Kant

4. Pour Platon, l'œuvre d'art est :

❑ une copie de copie

❑ le fruit de l'activité la plus noble de l'homme

❑ la manifestation pure de l'idée

5. Pour Nietzsche, le génie est :

❑ inné

❑ rationnel

❑ un don de la nature

→ Réponses p. 473

Le bonheur

1. Pour les conceptions hédonistes, le souverain bien est :

❑ le bonheur ❑ le plaisir ❑ la morale

2. Selon l'étymologie du terme bonheur, on peut dire que :

❑ le bonheur suppose la morale

❑ le bonheur dépend du destin

❑ c'est à chacun d'œuvrer pour son propre bonheur

3. Les conceptions eudémonistes affirment :

❑ que la morale est le souverain bien

❑ que la vie est le souverain bien

❑ que le bonheur est le souverain bien

4. Quel philosophe affirme que le bonheur est « un idéal de l'imagination » ?

❑ Aristote ❑ Épicure ❑ Kant

5. Comment appelle-t-on l'absence de trouble dans l'âme ?

❑ l'ataraxie ❑ l'aponie ❑ l'anomie

6. Le désir se définit comme :

❑ un état de satisfaction totale

❑ une tendance vers un objet considéré comme source de satisfaction

❑ une pulsion dont nous n'avons pas conscience

7. Le conatus, selon Spinoza, est :

❑ le désir de persévérer dans son être

❑ le désir fondamental de l'autre

❑ le désir qui manifeste un manque

8. Pour les stoïciens, le désir est :

❑ le propre de l'homme

❑ une source d'énergie

❑ une maladie de l'âme

9. « Rien de grand dans le monde ne s'est accompli sans passion », selon :

❑ Nietzsche ❑ Descartes ❑ Hegel

10. « Malheur à qui n'a plus rien à désirer ! » est une citation :

❑ d'Épicure ❑ de Rousseau ❑ de Spinoza

→ Réponses p. 473

Mémo'Quiz

Cochez la bonne réponse.

La conscience

1. Le plus haut degré de conscience est :

❑ la conscience spontanée ❑ la conscience morale
❑ la conscience réfléchie

2. La conscience de soi est une évidence, selon Descartes :

❑ Vrai ❑ Faux

3. L'introspection est :

❑ la réflexion sur soi-même ❑ la possibilité de connaître
❑ l'unité du sujet

4. Notre position sociale détermine notre conscience selon :

❑ Spinoza ❑ Nietzsche ❑ Marx

5. Pour Bergson, la conscience est :

❑ pouvoir de synthèse ❑ intentionnalité
❑ synonyme de choix

6. Selon Nietzsche, nous croyons en l'existence d'un sujet immuable à cause :

❑ du langage ❑ de la conscience ❑ du regard des autres

7. Descartes conçoit le sujet comme :

❑ une illusion ❑ une substance ❑ un corps

8. Hume remet en cause :

❑ la fiabilité de la perception
❑ la possibilité pour l'homme de se maîtriser
❑ l'unité du moi

9. Qui a, le premier, mis en évidence l'existence de forces psychiques inconscientes ?

❑ Freud ❑ Lacan ❑ Adler

10. Kant considère que la possibilité pour l'homme de se considérer comme sujet fait de lui :

❑ une personne ❑ un animal politique ❑ un être égoïste

→ **Réponses p. 473**

Le devoir

1. La fable de l'anneau de Gygès, évoquée par Platon, montre :

❑ que l'on agit conformément au devoir naturellement

❑ que l'on agit conformément au devoir par intérêt

❑ que l'on agit conformément au devoir par respect pour la loi

2. Selon Kant, si l'on agit conformément au devoir, on agit aussi par devoir :

❑ Vrai ❑ Faux

3. Pour Platon, si l'homme fait le mal :

❑ c'est par ignorance ❑ c'est parce qu'il est naturellement méchant

❑ c'est par vengeance

4. Les règles de conduite qui visent une fin sont, selon Kant :

❑ des impératifs catégoriques ❑ des impératifs hypothétiques

❑ des postulats de la raison pratique

5. L'obligation relève de la nécessité :

❑ Vrai ❑ Faux

6. La morale définit :

❑ des obligations ❑ des contraintes ❑ des nécessités

7. La politique, selon Machiavel, doit être :

❑ immorale ❑ morale ❑ amorale

8. La morale est, selon Kant :

❑ une fin en soi ❑ ce qui permet d'atteindre le bonheur

❑ relative

9. Faire la généalogie de la morale consiste à :

❑ montrer ce qui la fonde ❑ en dévoiler les origines

❑ faire son apologie

10. Une contrainte se distingue d'une obligation par le fait :

❑ qu'elle peut être évitée ❑ qu'elle exclut le choix

❑ qu'elle est plus présente en société

→ **Réponses p. 473**

Mémo'Quiz

Cochez la bonne réponse.

L'État

1. Un État n'est une nation que si :
- ❏ ses membres partagent une histoire, des valeurs et une tradition communes
- ❏ il s'oppose à d'autres États pour revendiquer sa suprématie
- ❏ il est fondé sur la force

2. Pour Aristote, l'organisation politique de la société a une origine :
❏ divine ❏ conventionnelle ❏ naturelle

3. Pour Rousseau, que doit essentiellement garantir l'État ?
❏ La sécurité ❏ La liberté ❏ L'ordre

4. Selon Hegel, la société civile se confond avec l'État :
- ❏ vrai, société et État visent l'intérêt commun
- ❏ faux, la société civile suppose la sympathie alors que l'État est froid et sans cœur
- ❏ faux, dans la société civile chacun recherche son propre intérêt alors que l'État vise l'intérêt collectif

5. Quel philosophe affirme qu'à l'état de nature, l'homme est un loup pour l'homme ?
❏ Hobbes ❏ Rousseau ❏ Montesquieu

6. Le terme « politique » vient du grec *polis* qui signifie :
❏ pouvoir ❏ cité ❏ gouvernement

7. Quel auteur considère que la politique doit être séparée de toute considération morale ?
❏ Machiavel ❏ Aristote ❏ Rousseau

8. Pour Machiavel, la politique est :
❏ une science ❏ un art

9. La thèse des philosophes rois est défendue par :
❏ Aristote ❏ Kant ❏ Platon

10. Qu'est-ce qui distingue politique et économie ?
- ❏ La politique relève du domaine privé, l'économie du domaine public
- ❏ Rien, politique et économie sont solidaires
- ❏ La politique est un art, l'économie une science

→ Réponses p. 473

L'inconscient et la justice

Révision EXPRESS

L'inconscient

1. Qui a inventé la psychanalyse ?

❑ Freud ❑ Lacan ❑ Adler

2. Le contenu manifeste du rêve est, selon Freud :

❑ l'histoire qui est à l'origine du rêve ❑ l'histoire telle qu'on l'a rêvée

❑ le désir qui est à l'origine du rêve

3. Pour Freud, parce qu'il est doté d'un inconscient :

❑ l'homme n'est pas maître de lui-même ❑ l'homme peut se maîtriser

❑ l'homme est fou

4. Pour Karl Popper, la théorie freudienne :

❑ est une théorie scientifique parce qu'elle est efficace

❑ n'est pas scientifique parce qu'elle n'est pas falsifiable

❑ revient à faire preuve de mauvaise foi

5. Selon Freud, l'inconscient est :

❑ une partie de notre esprit qui est passive et dont nous n'avons pas conscience

❑ une partie de notre esprit inaccessible à la conscience, active et incontrôlée

❑ l'ensemble des petites perceptions dont nous n'avons pas conscience

La justice

1. Pour Rousseau, le droit trouve son origine dans la force :

❑ Vrai ❑ Faux

2. On distingue le droit positif :

❑ du droit négatif ❑ du droit institué ❑ du droit naturel

3. Pour Calliclès, quelles sont les lois légitimes ?

❑ Les lois morales ❑ Les lois de la nature ❑ Les lois de la cité

4. Qu'est-ce que le positivisme juridique ?

❑ La doctrine qui refuse l'existence du droit naturel

❑ L'institution chargée d'examiner la légitimité des lois

❑ La conception d'un droit universel au-delà des lois sociales

5. Adapter la loi aux cas particuliers et ne pas juger aveuglément, c'est :

❑ appliquer la loi à la lettre ❑ juger selon la lettre de la loi

❑ faire preuve d'équité

→ Réponses p. 473

Le langage et la liberté

Révision EXPRESS

Mémo'Quiz

Cochez la bonne réponse.

Le langage

1. Pour Aristote, le fait que l'homme possède le langage montre :

❏ qu'il est par nature un animal sociable
❏ qu'il est par nature un animal polémique
❏ qu'il est par nature un animal raisonnable

2. Bergson considère que le langage :

❏ est un instrument de domination
❏ est trop conceptuel pour exprimer la singularité du réel
❏ parvient parfaitement à traduire toutes nos émotions

3. Le signifiant d'un signe linguistique est :

❏ l'objet désigné par le signe ❏ l'idée à laquelle renvoie le signe
❏ la forme phonique ou graphique du signe

4. Pour communiquer, les animaux utilisent :

❏ un système de signes ❏ un code de signaux

5. Selon Descartes, les animaux n'ont pas de langage parce qu' :

❏ ils n'ont pas de pensée ❏ ils n'en ont pas besoin
❏ ils ne sont pas sociables

La liberté

1. Dans l'Antiquité, la liberté est d'abord vue comme :

❏ le pouvoir de faire ce qui nous plaît
❏ le fait de participer activement à la vie de la cité
❏ la possibilité d'entreprendre

2. Selon Spinoza, la liberté comme auto-détermination :

❏ est une illusion ❏ est réelle ❏ est en voie d'acquisition

3. La liberté d'indifférence est, selon Descartes :

❏ le pouvoir de faire tout ce qui nous plaît
❏ la capacité à se déterminer en toute connaissance de cause
❏ la capacité à choisir entre deux partis équivalents

4. « Renoncer à sa liberté, c'est renoncer à sa qualité d'homme », selon :

❏ Montesquieu ❏ Hobbes ❏ Rousseau

→ **Réponses p. 474**

La nature et la raison

Révision EXPRES

La nature

1. Qui affirme que la société pervertit l'homme ?

❑ Lévi-Strauss ❑ Platon ❑ Rousseau

2. Quelle est l'étymologie du terme « nature » ?

❑ *nasci*, « naître », « croître par soi-même » ❑ *nastur*, « matière »

❑ *natura*, « pur », « sans artifice »

3. Qu'est-ce qui, selon Lévi-Strauss, marque le passage de la nature à la culture ?

❑ La morale qui interdit de tuer ❑ L'institution du mariage

❑ La prohibition de l'inceste

4. Qu'est-ce que l'état de nature ?

❑ L'état de celui qui est sincère ❑ L'état de l'homme sans culture

❑ L'état de l'homme préhistorique

5. Qu'est-ce que l'ethnocentrisme ?

❑ La tendance à considérer son peuple et sa culture comme supérieurs à tout autre

❑ La tendance à se considérer, en tant qu'individu, comme supérieur

❑ à tout autre ❑ Le rejet de la barbarie

La raison

1. Le terme latin *ratio*, qui est à l'origine du mot « raison », signifie :

❑ proportion ❑ modération ❑ calcul

2. Dans son usage pratique, la raison :

❑ s'intéresse à l'action ❑ s'intéresse à la connaissance

❑ s'intéresse aux sciences

3. Selon Auguste Comte, l'esprit positif est :

❑ l'esprit de celui qui est optimiste ❑ l'esprit scientifique

❑ l'esprit métaphysique

4. Le monde sensible est, selon Platon, le seul monde réel :

❑ Vrai ❑ Faux

5. Un phénomène, selon Kant, est :

❑ un événement ou un être exceptionnel

❑ ce que nous saisissons du réel par la mise en ordre qu'opère notre esprit

❑ un élément de la réalité en soi

→ **Réponses p. 474**

Mémo'Quiz

Cochez la bonne réponse.

La religion

1. La forme élémentaire de la vie religieuse est, selon Durkheim :
❏ la distinction entre le clergé et le Tiers État
❏ la croyance en Dieu ❏ l'opposition entre le sacré et le profane

2. Le terme foi vient du latin *fides*, qui signifie :
❏ confiance ❏ fanatisme ❏ croyance

3. Bergson distingue :
❏ la religion et l'antireligion ❏ la religion révélée et la religion naturelle
❏ la religion statique et la religion dynamique

4. La religion est « l'opium du peuple », selon :
❏ Freud ❏ Feuerbach ❏ Marx

5. Le fidéisme affirme :
❏ que seule la foi permet d'accéder aux vérités religieuses
❏ que la raison doit justifier les croyances
❏ que la religion n'est pas irrationnelle

La science

1. Le courant philosophique qui affirme que nos connaissances viennent de l'expérience est :
❏ le rationalisme ❏ l'empirisme ❏ l'expérimentalisme

2. Le mot « expérience » vient du latin *experiri*, qui signifie :
❏ vivre ❏ sentir ❏ éprouver

3. Selon Karl Popper, une théorie est scientifique si elle est :
❏ expérimentable ❏ prouvée ❏ falsifiable

4. Dans une perspective empiriste, les théories scientifiques s'élaborent :
❏ par induction ❏ par déduction ❏ en suivant la méthode expérimentale

5. Selon Bachelard, l'expérience :
❏ est une observation pure ❏ est une illusion
❏ est toujours empreinte de théories

→ Réponses p. 474

La technique et le temps

Révision EXPRESS

La technique

1. La technique devrait pouvoir rendre l'homme « comme maître et possesseur de la nature », selon :

❑ Heidegger ❑ Descartes ❑ Rousseau

2. À quel mythe fait référence Platon dans le *Protagoras* pour expliquer l'origine de la technique ?

❑ Le mythe de Gygès le Lydien ❑ Le mythe de la caverne
❑ Le mythe de Prométhée

3. Pour Bergson, la technique est le fruit :

❑ de l'intelligence ❑ de l'imagination ❑ de la raison

4. La finalité de la technique est :

❑ la beauté ❑ l'utilité ❑ l'égalité

5. Selon Rousseau, on peut dire que :

❑ la technique libère l'homme ❑ la technique affaiblit l'homme
❑ la technique enrichit l'homme

Le temps

1. Pour Bergson, la durée se distingue :

❑ du temps absolu ❑ du temps objectif ❑ du temps passé

2. Kant considère que le temps est :

❑ une forme a priori de la sensibilité ❑ un flux ininterrompu
❑ une réalité hors de nous

3. « L'existence précède l'essence » selon :

❑ Sartre ❑ Hegel ❑ Lévinas

4. L'essentialisme affirme :

❑ que l'essence prime sur l'existence
❑ que tout existe avant d'avoir une essence
❑ que l'existence est irréelle

5. Platon distingue :

❑ le monde supralunaire et le monde sublunaire
❑ le monde sensible et le monde intelligible
❑ le monde terrestre et le monde divin

→ Réponses p. 474

Mémo'Quiz

Cochez la bonne réponse.

Le travail

1. « Le terme « travail » vient du latin *tripalium*, qui désigne :

❑ l'effort

❑ un instrument de torture

❑ l'épanouissement

2. Dans l'Antiquité, le travail est dévalorisé :

❑ parce qu'il est lié aux besoins qui rapproche l'homme de l'animal

❑ parce qu'il est effectué par l'esclave

❑ parce qu'il demande trop d'efforts physiques

3. Comment Hannah Arendt distingue-t-elle travail et œuvre ?

❑ Elle ne les distingue pas

❑ Le travail produit des biens consommables et l'œuvre des biens durables

❑ Le travail demande un effort, contrairement à l'œuvre

4. Marx critique :

❑ le travail en général

❑ le loisir comme source de perversion

❑ la forme capitaliste du travail

5. Pour Hegel :

❑ le travail est un moyen de prendre conscience de soi

❑ le travailleur doit lutter pour l'abolition des classes sociales

❑ le travail discipline et restreint

→ Réponses p. 474

La vérité

1. Platon considère que la vérité est :

❑ immuable

❑ relative

❑ inaccessible

2. Le mensonge est, selon Machiavel :

❑ nécessaire d'un point de vue politique

❑ immoral

❑ parfois moral, en fonction des conséquences

3. Selon Bachelard, l'opinion est :

❑ le début de toute connaissance

❑ la seule connaissance possible

❑ un obstacle à la connaissance

4. Pour Nietzsche :

❑ il y a de bonnes illusions

❑ il faut exclure toute illusion

❑ la recherche de la vérité est propre à l'homme

→ Réponses p. 475

Repères

Lue Relue Apprise

Absolu/relatif

	ABSOLU	RELATIF
Définition	Ce qui existe en et par soi-même, indépendamment de toute condition extérieure.	Ce qui existe et s'évalue en lien avec d'autres choses.
Exemples	• Une « vérité absolue » ne dépend pas des conditions de sa découverte, elle existe en elle-même. • Fondamentalement, seul Dieu peut être conçu comme totalement absolu, puisqu'il a en lui-même sa raison d'être et ne dépend de rien d'autre que de lui-même.	• La connaissance est relative aux instruments dont nous disposons pour étudier la nature (microscope, télescope...). • La naissance d'un individu est relative à ses géniteurs.
Problèmes philosophiques soulevés	La morale peut-elle faire appel à des règles absolues, c'est-à-dire inconditionnées, valables en tout temps et en tout lieu, quelle que soit la situation (Kant) ? Ou bien doit-on considérer que les règles morales peuvent parfois être transgressées au nom même de la morale ?	

Abstrait/concret

	ABSTRAIT	CONCRET
Définition	Ce qui résulte d'une opération de la pensée lorsqu'elle isole des caractéristiques essentielles d'un être, laissant de côté ses éléments accidentels (secondaires).	• Caractérise la chose dans sa totalité, avec ses particularités. • Ce dont on peut faire l'expérience.
Exemples	Le concept de chien est abstrait : il réunit ce qu'ont en commun tous les chiens existants, mais n'existe pas en lui-même comme réalité sensible.	Ce labrador-ci est une incarnation concrète de l'idée abstraite de chien.
Problème philosophique soulevé	Les idées abstraites ont-elles une réalité (ainsi que l'affirme Platon par l'affirmation de l'existence des Idées) ou ne sont-elles que le résultat qu'une construction de l'esprit (nominalisme) ?	

En acte/en puissance

	EN ACTE	EN PUISSANCE
Définition	• Ce qui existe effectivement, ce qui est accompli, achevé. • L'actualisation est l'accomplissement de ce qui n'était auparavant qu'en puissance.	• Ce qui existe à l'état de virtualité, de potentialité. • Ce qui n'est pas encore développé.
Exemples	• Celui qui a obtenu son baccalauréat est un bachelier en acte. • Lorsque le bourgeon est éclos, on peut dire que la fleur est en acte.	• L'élève de terminale qui n'a pas encore obtenu son baccalauréat est un bachelier en puissance. • Le bourgeon est une fleur en puissance.
Problèmes philosophiques soulevés	L'homme se définit-il par sa raison ? Si la raison est une faculté, elle se développe et peut n'exister qu'en puissance (comme chez l'homme naturel de Rousseau), et n'est pas alors le propre de l'homme. Ou bien doit-on considérer que l'humain (doué de raison) se distingue de l'homme (au sens biologique), dès lors que l'on peut considérer que l'on peut « perdre raison » tout en restant homme ?	

Analyse/synthèse

	ANALYSE	SYNTHÈSE
Définition	Décomposition d'un tout en ses parties (on va du plus complexe au plus simple).	Recomposition, rassemblement d'éléments en un tout organisé.
Exemples	• Descartes recommande, pour bien penser, de diviser les difficultés, et donc de procéder par analyse (seconde règle). • Lorsque le chimiste analyse une substance, il montre quels sont les éléments qui la constituent.	• La synthèse est la troisième règle de la méthode cartésienne pour bien penser. • La substance en question est un tout organisé, la synthèse de l'ensemble de ses éléments.

Concept/image/métaphore

	CONCEPT	IMAGE	MÉTAPHORE
Définition	Idée générale abstraite qui contient les caractéristiques communes de tous les éléments appartenant à une même catégorie.	Représentation particulière et subjective d'un élément individuel.	Figure de style qui désigne un objet par le nom d'un autre avec lequel il a un rapport de ressemblance.
Exemples	Le concept de chien comprend ce que tous les chiens ont en commun (mammifère, carnivore...).	L'image d'un chien est une représentation mentale subjective et particulière : je peux imaginer un labrador ou un caniche, avec telle ou telle caractéristique.	Pour parler du chien, on peut par métaphore dire « le meilleur ami de l'homme ».
Problème philosophique soulevé	La connaissance suppose-t-elle de passer par le caractère conceptuel du langage ou peut-elle se faire par l'image ?		

Contingent/nécessaire

	CONTINGENT	NÉCESSAIRE
Définition	Ce qui aurait pu ne pas être ou être autrement qu'il est.	Ce qui n'aurait pas pu ne pas être ou être autrement qu'il est.
Exemples	Il est contingent que je lâche mon crayon.	Si on lâche un crayon, il est nécessaire qu'il tombe.
Problèmes philosophiques soulevés	Tout est-il nécessaire ou doit-on admettre l'existence de la contingence ? Si tout est nécessaire, la liberté humaine est-elle remise en question ?	

Croire/savoir

	CROIRE	SAVOIR
Définition	Adhérer à une idée sans pouvoir la démontrer ni la prouver. La croyance est subjective.	Adhérer à une idée en ayant la certitude objective de sa vérité. Le savoir est objectif.
Exemples	On a cru que le Soleil tournait autour de la Terre.	Aujourd'hui on sait que la Terre tourne autour du Soleil.
Problèmes philosophiques soulevés	Y a-t-il des limites au savoir ? Certaines croyances (en l'existence de la liberté, par exemple) ne sont-elles pas nécessaires ?	

Essentiel/accidentel

	ESSENTIEL	ACCIDENTEL
Définition	Ce que l'on ne peut enlever à un être sans remettre en cause sa nature même.	Ce qui est secondaire dans un être, qui peut être changé ou ôté sans remettre en cause sa nature profonde.
Exemples	Un moteur est une caractéristique essentielle de la voiture : sans lui, elle n'est plus qu'une épave.	La couleur d'une voiture en est une caractéristique accidentelle : on peut la repeindre, elle sera toujours une voiture.
Problème philosophique soulevé	Quelles sont les caractéristiques essentielles de l'homme ? Y a-t-il une nature humaine malgré les diverses formes que peut prendre la culture ?	

Exemple/preuve

	EXEMPLE	PREUVE
Définition	Élément particulier qui illustre un jugement. Un exemple ne suffit pas à justifier une idée, puisque l'on peut imaginer qu'il y ait des contre-exemples.	Justification soit matérielle, soit démonstrative d'un jugement.
Exemples	Le fait qu'un témoin considère un accusé comme honnête ne prouve rien, ce n'est qu'un exemple de sa capacité à paraître tel.	Un alibi ou un indice peuvent prouver l'innocence d'un accusé.
Problème philosophique soulevé	La connaissance scientifique peut-elle se fier aux observations de l'expérience (aux exemples) ?	

Expliquer/comprendre

	EXPLIQUER	COMPRENDRE
Définition	Dégager les causes d'un phénomène. L'explication procède de manière analytique et est discursive.	Donner du sens à un phénomène, le saisir intuitivement. Est compris ce que l'on s'est approprié.
Exemples	Les sciences de la nature expliquent les phénomènes naturels mais ne cherchent pas à les comprendre, à leur donner un sens.	La découverte de l'intention qui anime un homme historique relève davantage de la compréhension que de l'explication.
Problèmes philosophiques soulevés	Peut-on tout expliquer ? Si certains phénomènes échappent au déterminisme (principe selon lequel les phénomènes obéissent à des lois universelles et nécessaires), comme par exemple les actes humains, ne doit-on pas plutôt essayer de les comprendre (leur donner un sens) ? L'historien interprète les faits plus qu'il ne les explique (problème de l'objectivité).	

En fait/en droit

	EN FAIT	EN DROIT
Définition	Ce qui est ; de l'ordre de l'être.	Ce qui doit être ; de l'ordre du devoir-être.
Exemples	Dans les faits, il y a des crimes.	En droit, on ne doit pas commettre de crime.
Problèmes philosophiques soulevés	Le droit a pour but de rectifier le fait, mais sur quoi peut-il se fonder ? Comment la loi, générale, (le droit) peut-elle correctement s'appliquer à un cas particulier (le fait) ?	

Formel/matériel

	FORMEL	MATÉRIEL
Définition	Ce qui relève de la forme, qui anime la matière ou lui donne sa forme.	Ce qui relève de la matière et est accessible aux sens.
Exemples	L'âme est selon Aristote la forme du corps, ce qui l'anime. Le sculpteur donne forme au bloc de marbre.	Le corps est la matière qu'anime l'âme. Le bloc de marbre est la matière de la sculpture.
Problèmes philosophiques soulevés	Peut-on distinguer l'âme et le corps ? Y a-t-il une vie de l'âme après la mort du corps ?	

Genre/espèce/individu

	GENRE	ESPÈCE	INDIVIDU
Définition	Ensemble d'espèces dotées de propriétés communes.	Ensemble d'individus aux caractéristiques communes qui se distinguent des autres espèces du même genre par une différence spécifique.	Être unique et indivisible.
Exemples	La classe des animaux est un genre distinct de celui des végétaux.	Parmi les animaux, l'espèce humaine se distingue de l'espèce des félins.	Socrate est un individu de l'espèce humaine.
Problème philosophique soulevé	De fait, il n'existe que des individus. Le classement en genres et en espèces est une abstraction de l'esprit : est-elle toujours objective ?		

Hypothèse/conséquence/conclusion

	HYPOTHÈSE	CONSÉQUENCE	CONCLUSION
Définition	Conjecture non encore certaine, mais probable, appelée à être vérifiée.	Ce qui découle logiquement d'autre chose que de soi, ce qui vient après, est secondaire.	Jugement qui se déduit d'un raisonnement antérieur, aboutissement.
Exemples	Freud fait l'hypothèse de l'existence de l'inconscient.	Cette hypothèse a pour conséquence une non maîtrise de soi de l'homme.	Nous pouvons en conclure que la liberté est illusoire.
Problème philosophique soulevé	Les théories scientifiques ne sont-elles que des hypothèses ?		

Idéal/réel

	IDÉAL	RÉEL
Définition	• Ce qui n'existe que dans l'esprit, ce qui n'est pas réel et n'est pas accessible aux sens. • L'idéal est un modèle dont on s'inspire et dont on cherche à se rapprocher.	Ce qui existe indépendamment de la pensée, de manière autonome.
Exemples	Le bonheur est pour Kant un idéal de l'imagination : il est inaccessible.	La révolution est une lutte réelle qui vise à rendre effectif, réel, l'idéal d'égalité de tous.
Problèmes philosophiques soulevés	L'idéal n'est-il qu'une utopie vaine, ou bien doit-on y croire afin de le réaliser ? Le bonheur n'est-il qu'un idéal ou bien peut-on penser un bonheur réel ?	

Identité/égalité/différence

	IDENTITÉ	ÉGALITÉ	DIFFÉRENCE
Définition	Caractère de ce qui renvoie à une même réalité, ce qui ne varie pas.	Caractère de ce qui connaît un même traitement, a même quantité ou même valeur.	La différence permet de distinguer une réalité d'une autre.
Exemples	L'identité personnelle est l'invariance du sujet, le fait qu'il soit toujours lui-même malgré tous les changements (physiques, moraux...) qu'il subit.	La justice est une exigence d'égalité : les hommes sont égaux en droits parce qu'ils sont soumis aux mêmes lois.	L'homme est différent de l'animal en ce qu'il possède la raison.
Problème philosophique soulevé	La justice repose sur l'égalité, mais le juge doit aussi prendre en compte les différences pour être équitable (voler pour survivre et voler par vice ne sont pas les mêmes choses). Comment garantir l'égalité malgré les différences tout en restant juste ?		

Impossible/possible

	IMPOSSIBLE	POSSIBLE
Définitions	Qui ne peut être, qui ne peut exister ou se réaliser.	Ce qui peut être, mais qui ne sera pas nécessairement.
Exemples	Il est impossible que l'homme s'envole sans artifice ni machine.	Il est possible de voler dans les airs à l'aide d'une montgolfière.
Problème philosophique soulevé	La technique a rendu possibles des actions qui étaient auparavant impossibles. Par exemple, elle rend possible les manipulations génétiques, le clonage, la procréation médicalement assistée. Jusqu'où repoussera-t-on les limites du possible ?	

Intuitif/discursif

	INTUITIF	DISCURSIF
Définition	Ce qui est directement accessible à l'esprit par une vue immédiate.	Ce qui relève du discours et de la réflexion, et n'est donc pas donné d'emblée mais suppose la médiation du raisonnement.
Exemple	« Je pense donc je suis » est, selon Descartes, une vérité intuitive, une évidence. Le temps vécu est saisi par l'intuition, selon Bergson.	Un syllogisme (raisonnement qui, de deux hypothèses, en déduit une troisième) est discursif.
Problème philosophique soulevé	Y a-t-il des vérités intuitivement accessibles, que nous possédons d'emblée, ou la raison est-elle nécessaire à l'établissement de toute vérité (dès lors de nature discursive) ?	

Légal/légitime

	LÉGAL	LÉGITIME
Définition	Conforme aux lois établies dans un État.	Justifié, conforme à l'idée de justice.
Exemples	Il est légal de rouler à 90 km/h sur une route départementale. Il est illégal de voler.	Un pouvoir politique qui s'impose par la force peut être considéré comme illégitime.
Problème philosophique soulevé	Ce qui est légal est-il toujours légitime ? Le droit positif (établi) ne peut-il pas parfois bafouer les droits inaliénables de l'homme ?	

Médiat/immédiat

	MÉDIAT	IMMÉDIAT
Définition	Ce qui est en relation avec un autre terme par le biais d'un troisième terme. Ce qui suppose un moyen, un autre élément pour se réaliser.	Ce qui s'effectue d'emblée, sans recours à autre chose.
Exemples	Un médiateur est une personne visant à mettre en relation deux partis ou deux personnes afin de résoudre, par exemple, un conflit.	Une discussion entre deux personnes face à face est immédiate. Un accident de voiture est une conséquence immédiate de l'inattention.
Problème philosophique soulevé	Pour Descartes, la connaissance de soi est immédiate, nous avons directement accès à nos pensées. Mais lorsque Freud met en évidence l'existence de l'inconscient, il laisse entendre qu'il faut un médiateur, le psychanalyste, pour découvrir certaines de nos pensées refoulées.	

Objectif/subjectif/intersubjectif

	OBJECTIF	SUBJECTIF	INTERSUBJECTIF
Définition	Caractère de ce qui est conforme à l'objet tel qu'il est.	**1.** Ce qui est personnel, empli des caractères propres du sujet. **2.** Ce qui relève du sujet humain compris comme universel.	Ce qui relève de la relation entre deux sujets.
Exemples	Un jugement objectif décrit le monde tel qu'il est. « Le chocolat est fait à base de fèves de cacao » est un jugement objectif.	Un jugement subjectif manifeste l'humeur, la personnalité de celui qui l'émet. « J'aime le chocolat » est un jugement subjectif.	Discuter avec autrui est une relation intersubjective.
Problème philosophique soulevé	La vérité se veut objective, elle ne change pas selon les personnes, mais elle est proprement humaine et donc subjective au second sens, selon Kant. Peut-on accéder seul à la vérité, ou bien faut-il passer pour cela par une relation intersubjective comme le dialogue ? (→ fiche 28, p. 81)		

Obligation/contrainte

	OBLIGATION	CONTRAINTE
Définition	Ce que l'on doit faire, mais que l'on peut ne pas faire. L'obligation, d'ordre moral, suppose la liberté du sujet : c'est lui qui choisit de l'accomplir ou non.	Ce que l'on fait sans avoir le choix de ne pas le faire. La contrainte, d'ordre physique, relève de la nécessité : on ne peut lui échapper.
Exemples	Ne pas dépasser 90 km/heure sur une route départementale est une obligation. Mais dans les faits, on peut rouler plus vite (même si on n'en a pas le droit).	Le prisonnier est contraint de rester dans sa prison : il n'a pas le choix, ne peut physiquement s'en libérer.
Problème philosophique soulevé	Faut-il contraindre les hommes à respecter leurs devoirs ?	

Origine/fondement

	ORIGINE	FONDEMENT
Définition	L'origine est la source de quelque chose, ce qui la cause ou l'engendre. Elle est de l'ordre du fait.	Le fondement est ce qui justifie une chose, ce qui en rend raison, la légitime. Il est de l'ordre du droit.
Exemples	L'origine des inégalités sociales se trouve, selon Rousseau, dans l'avènement de la propriété privée combinée à l'amour-propre. Cela ne justifie pas les inégalités, mais montre comment elles se sont instaurées.	Ce qui fonde le contrat social, c'est qu'il instaure une égalité de droits (en démocratie) et garantit la liberté de tous.
Problème philosophique soulevé	Peut-on fonder les inégalités parmi les hommes, ou ne peut-on en fait qu'en dégager les origines ? Sont-elles légitimes, ou bien ne sont-elles que le fruit du hasard, et donc contestables ? (➜ œuvre-clé, p. 77)	

Persuader/convaincre

	PERSUADER	CONVAINCRE
Définition	Amener son interlocuteur à penser comme soi en usant de stratagèmes qui jouent sur l'affectif, la sensibilité.	Amener son interlocuteur à penser comme soi par une argumentation qu'il peut reprendre à son compte.
Exemples	Les sophistes soutiennent aussi bien une thèse que son contraire en jouant sur les mots : ils cherchent à persuader.	Socrate cherche à convaincre ses interlocuteurs de la faiblesse de leur savoir en le réfutant par des arguments solides.
Problème philosophique soulevé	Le langage est le moyen d'accéder à la vérité, mais il peut aussi être le moyen du mensonge : comment garantir son bon usage ?	

Principe/cause/fin

	PRINCIPE	CAUSE	FIN
Définition	Ce qui est premier, la cause première de toute chose, selon Aristote, ou ce qui anime un être. Ce qui est admis au début d'un raisonnement, mais qui ne se déduit de rien d'antérieur.	Ce qui détermine l'apparition d'un effet, d'autre chose que soi.	But, ce en vue de quoi, ce que l'on poursuit. La fin est aussi l'achèvement.
Exemples	Les axiomes de la géométrie en sont les principes (bases, fondements).	Le nuage est cause de la pluie.	La fin de la recherche scientifique est la découverte de la vérité.
Problème philosophique soulevé	Le vivant s'explique-t-il par un principe finaliste, ou par un principe mécaniste ?		

Public/privé

	PUBLIC	PRIVÉ
Définition	Ce qui est diffusé et diffusable, accessible à tous.	Ce qui relève d'une sphère restreinte, n'est pas accessible à tous.
Exemples	Un parc est un lieu public, chacun peut y accéder.	Un jardin est un lieu privé, seuls ses propriétaires ou locataires peuvent librement y accéder.
Problème philosophique soulevé	En politique, la vie privée du politique a-t-elle vocation à devenir publique ?	

Ressemblance/analogie

	RESSEMBLANCE	ANALOGIE
Définition	Similitude, ensemble de points communs que possèdent deux ou plusieurs êtres pourtant distincts.	Identité de rapports qu'entretiennent différents éléments (au moins quatre).
Exemples	Si deux personnes se ressemblent, c'est qu'elles ont des traits physiques similaires, bien qu'elles soient différentes par ailleurs.	1/2 est analogue à 2/4 (1 est à 2 ce que 2 est à 4). La phrase de Victor Hugo : « La nature est à Dieu ce que l'art est à l'homme. » évoque une analogie.
Problème philosophique soulevé	Le raisonnement par analogie consiste à rapprocher des éléments parfois de manière arbitraire et à supposer qu'ils correspondent parfaitement (par exemple, selon l'astrologie il y aurait analogie entre la position des planètes et le caractère des gens). Comment s'assurer du bien-fondé de l'analogie ?	

Théorie/pratique

	THÉORIE	PRATIQUE
Définition	Ce qui relève du discours, du raisonnement.	Ce qui est de l'ordre des faits, de la confrontation de la théorie avec la réalité.
Exemples	La théorie de la relativité définit le temps comme relatif à la vitesse et à la position de l'observateur.	En pratique, nous avons l'impression que le temps est homogène.
Problème philosophique soulevé	On dit souvent que « ce qui est vrai en théorie ne l'est pas en pratique ». Mais la théorie ne guide-t-elle pas l'expérience que nous faisons du monde ?	

Transcendant/immanent

	TRANSCENDANT	IMMANENT
Définition	Ce qui est au-delà ou au-dessus d'autre chose, ce qui le dépasse. Ce qui est d'un ordre de réalité supérieur.	Ce qui est dans un être, compris en lui, et non pas le fruit d'une cause externe. Ce qui est du même ordre de réalité.
Exemples	La religion chrétienne conçoit Dieu comme transcendant, existant au-delà de la réalité humaine.	Le panthéisme de Spinoza considère que Dieu est immanent, est dans la Nature.
Problème philosophique soulevé	L'homme doit-il supposer que le sens de sa vie repose sur une transcendance (Dieu, par exemple) ou bien doit-il le trouver en lui-même, et donc considérer comme immanente la finalité de son existence ?	

Universel/général/particulier/singulier

	UNIVERSEL	GÉNÉRAL
Définition	Ce qui vaut pour tous en tout temps et en tout lieu sans exception.	Ce qui vaut pour la majorité, pour la plupart, mais peut admettre quelques exceptions.
Exemples	Une loi naturelle (la loi de la chute des corps) est universelle. « Tous les hommes sont mortels. » est une proposition universelle.	Lorsqu'il y a des nuages, il y a en général de la pluie. « La plupart des hommes considèrent leur bonheur comme leur priorité. » est une proposition générale.

	PARTICULIER	SINGULIER
Définition	Ce qui ne vaut que pour quelques-uns.	Ce qui ne vaut que pour un seul être.
Exemples	« Certains hommes sont philosophes. » est une proposition particulière.	« Socrate est un homme » est une proposition singulière.
Problème philosophique soulevé	Peut-on passer en science d'une proposition générale à une proposition universelle de manière légitime ? Par exemple, si, du fait que j'ai vu beaucoup de corbeaux noirs, j'en induis que « la plupart des corbeaux sont noirs », puis-je en conclure légitimement que « tous les corbeaux sont noirs. » ?	

Vrai/probable/certain

	VRAI	PROBABLE	CERTAIN
Définition	Qualité d'un jugement conforme à la réalité.	Ce qui a de grandes chances d'être vrai, mais dont on n'est pas absolument certain.	Ce dont on est intimement convaincu, qui ne peut être remis en cause. Est certain ce à quoi l'esprit adhère sans réserve.
Exemples	La proposition « il pleut » est vraie si, dans les faits, il pleut réellement.	Lorsque l'on voit des nuages dans le ciel, on se dit qu'il va probablement pleuvoir.	Si l'on pense qu'il n'est pas possible qu'il ne pleuve pas, on dira qu'il est certain qu'il pleut ou qu'il va pleuvoir.
Problème philosophique soulevé	La certitude est-elle un critère de vérité ? Suffit-il d'être certain pour être dans le vrai ?		

Histoire

Sommaire

Histoire

Lue | Relue | Apprise

L'impact de la crise de 1929 : déséquilibres économiques et sociaux 42

Lue Relue Apprise

Le krach de Wall Street en octobre 1929 est le signal de départ d'une crise économique qui frappe toute la société américaine, mettant brutalement fin à une décennie de prospérité.

1 La fin de la prospérité américaine des années 1920

A Un krach qui met fin à une décennie d'expansion

- Jusqu'en 1929, les économies des démocraties libérales connaissent une forte expansion, avec une **forte croissance économique**. Entre 1927 et 1929, le cours des actions à la Bourse de New York a presque doublé. Le système financier états-unien comporte cependant de nombreuses failles, en raison d'une **surproduction industrielle** et d'une forte spéculation **boursière**.
- Le **jeudi 24 octobre 1929**, on assiste à un mouvement de panique et les cours boursiers chutent : 12 millions de titres sont vendus. On qualifie cette journée de **« jeudi noir »**.

Lexique

Action : part du capital d'une entreprise qui donne droit à une part des bénéfices sous la forme de dividendes.

Spéculation : opération financière visant à maximiser des profits sans produire d'activité, mais en jouant sur les fluctuations du marché.

B La crise économique frappe les États-Unis

- De nombreuses **banques** se trouvent en difficulté en raison de la diminution de leurs réserves de trésorerie. Après la perte de tous leurs actifs, certaines sont déclarées **en faillite**.
- Les **industries** ne trouvent plus d'investisseurs et la consommation ne cesse de décroître. L'**agriculture** s'effondre en même temps que les prix des produits agricoles.
- Le **krach**, ou effondrement des cours de la Bourse, s'est **transformé en** crise économique qui frappe toute la société étasunienne. Le **chômage** devient massif : en mars 1933, on compte 12,8 millions de chômeurs, soit 24,9 % de la population active sans système d'indemnisation.

Lexique

Crise économique : ralentissement brutal de l'activité économique. Elle se traduit par une augmentation du chômage et des faillites d'entreprises ou de banques.

2 De la crise américaine à la dépression mondiale

A L'extension géographique de la crise au monde

● La crise étasunienne du crédit conduit les organismes financiers et les particuliers américains à **interrompre les exportations de capitaux** (sommes nécessaires à la création et au fonctionnement des entreprises) vers l'Europe, le Canada ou l'Amérique latine, puis à récupérer ceux qui étaient placés dans ces pays.

● La crise s'étend dans le temps : on parle de « **dépression** » (ralentissement important et durable de l'activité économique).

B Les manifestations et conséquences politiques de la crise

● Partout, on observe le même **cycle infernal** : la baisse de la consommation entraîne l'aggravation du chômage (30 millions de chômeurs sont recensés dans le monde), qui favorise à son tour la baisse du pouvoir d'achat et une contraction de la consommation. Le **commerce mondial diminue** de 25 % en volume et de 60 % en valeur.

● La plupart des gouvernements croient que la crise est passagère. Pour eux, il suffit d'attendre qu'un nouvel équilibre apparaisse avec le **rétablissement spontané du marché**. Certains pensent également que la crise s'explique par un abus du crédit, qu'il faut combattre par des **politiques de déflation** (politiques de baisse générale des prix par la contraction des dépenses de l'État).

● Certains responsables politiques en font même un **argument politique** pour accéder au pouvoir. **On accuse les démocraties** d'être incapables de faire face à la situation. Ainsi, Adolf Hitler promet le retour à la prospérité et au plein emploi en Allemagne s'il accède au pouvoir.

point de passage

Le continent sud-américain est soumis depuis le XIXe siècle à l'influence politique et économique des États-Unis. La crise le frappe de plein fouet avec une contraction du commerce extérieur et entraîne un recul des régimes démocratiques au profit des dictatures qui prétendent trouver des remèdes à la crise.

biographie

Franklin Delano Roosevelt (1882-1945)

Élu président des États-Unis en novembre 1932, il propose un ensemble de mesure pour résorb[er] la dépression, qu'il nomme « New Deal » ou « nouvelle donne ». L'État fédéral devient alors un acteur majeur dans le domaine économique et social.

Les régimes totalitaires

43

Lue Relue Apprise

Les régimes totalitaires fasciste, nazi et soviétique sont issus des conséquences de la Première Guerre mondiale. Si Staline s'impose au sein du régime soviétique en place depuis 1917, Mussolini et Hitler accèdent « légalement » au pouvoir en 1922 et 1933.

1 Origine et installation des différents régimes totalitaires

A Une origine commune

- Pour la philosophe **Hannah Arendt**, les régimes totalitaires proposent une réponse aux bouleversements nés de l'industrialisation, et ont donc des **racines intellectuelles communes**.
- Ces régimes sont également les **produits directs de la Première Guerre mondiale**, qui a profondément marqué le continent européen.

B En Russie, un régime issu de la révolution de 1917

- En Russie, le régime soviétique est directement **issu de la révolution bolchevique d'octobre 1917. Lénine**, qui dirige le parti, institue la **« dictature du prolétariat »** pour promouvoir une société théoriquement égalitaire, où l'État contrôle l'économie.
- Quand Lénine meurt en 1924, c'est le secrétaire général du parti, **Staline** (1878-1953), qui lui succède. Ce dernier **élimine successivement ses concurrents** au sein du parti entre 1924 et 1929.

C En Italie et en Allemagne, une conquête légale du pouvoir

- **Mussolini** (1883-1945) fonde en 1919 les **Faisceaux italiens de combat**, qui se transforment en novembre 1921 en **Parti national fasciste**. Après avoir menacé de « marcher sur Rome », il est **nommé chef du gouvernement le 29 octobre 1922**. Entre 1925 et 1926, il signe les **lois fascistissimes**, qui instaurent la **dictature** : le Parti national fasciste devient **parti unique**.
- **Adolf Hitler** (1889-1945) rejoint le **NSDAP** (Parti national socialiste des travailleurs allemands) en 1920 et en prend le contrôle l'année suivante. Après un **putsch raté en 1923**, Hitler est emprisonné et rédige ***Mein Kampf***. Hitler veut « purifier » la « **race allemande** » et confier le pouvoir à un **chef incontesté** (on parle de « Führerprinzip »). Renforcé par les effets de la crise économique, Hitler devient légalement **chancelier le 30 janvier 1933**. Le 23 mars 1933, il obtient les **pleins pouvoirs** et le 14 juillet 1933, le parti nazi devient **parti unique**.

2 Objectifs et pratiques des régimes totalitaires

A Des objectifs communs…

● Les régimes totalitaires fonctionnent de manière **très centralisée**. Les trois régimes utilisent la **propagande** pour mettre en avant le chef et son idéologie dans le culte de la personnalité. Pour cela, différents supports et médias sont exploités et donc contrôlés : presse, radio, art et sport sont mis au service des objectifs idéologiques.

● Enfin, ils éprouvent la nécessité de **surveiller la population** dans ses faits, ses gestes et, ses pensées. Un effort d'**encadrement permanent** de tous les âges est entrepris : les jeunes comme les adultes sont enrôlés dans des groupes aux objectifs divers.

lexique

Culte de la personnalité : pratique politique des régimes autoritaires ou totalitaires, rendant hommage à la personne et à l'image du chef.

B … mais surtout des spécificités

● Le **fascisme italien** repose sur une idéologie dont le principe essentiel est la **supériorité de l'État**, qui est conçu comme autoritaire, avec des pouvoirs concentrés entre les mains du **Duce**.

● **En URSS**, Staline confirme l'instauration d'un **totalitarisme de classe.** Il veut donc favoriser la planification et la collectivisation des terres pour faire émerger une **société nouvelle**, où domine la classe ouvrière et paysanne.

● **En Allemagne**, le **culte de la race** est central, et l'**antisémitisme** est une des matrices de l'idéologie nazie.

lexique

Planification : organisation de l'économie soviétique par l'État, prévue pour un délai de cinq ans (quinquennal).

Collectivisation : appropriation par l'État des moyens de production.

C L'usage de la violence et l'expansionnisme militaire

● Toute opposition étant interdite, les régimes totalitaires pratiquent la **terreur de masse** grâce aux **services policiers** chargés de la répression, telle la police politique, dite « **Gestapo** », en Allemagne. Des **lieux de détention spécifiques** sont créés : camps de concentration en Allemagne dès 1933 ou lieux de relégation (îles méditerranéennes en Italie et système des camps du Goulag en URSS).

● Même s'ils sont très différents, ces régimes ont en commun de vouloir **étendre leur territoire** pour accaparer des matières premières et renforcer leur puissance.

● **Allemagne nazie et Italie fasciste se rapprochent** à partir de 1936 (axe Rome-Berlin). En outre, face à l'incapacité des démocraties à assurer la paix en Europe, **Staline décide de s'allier avec l'Allemagne nazie** en signant le **pacte de non-agression**, le 23 août 1939.

La Seconde Guerre mondiale : les grandes étapes du conflit

44

Lue Relue Apprise

Déclenché en Asie à partir de 1937, le second conflit mondial s'étend à l'Europe en 1939. Les forces de l'Axe semblent avoir un avantage stratégique, mais la mondialisation du conflit à partir de 1941 change peu à peu la donne.

1 Les succès des Japonais et de l'Axe (1937-1942)

A Les conquêtes japonaises et allemandes

- À partir de 1930, le **Japon** mène une **politique expansionniste en Asie**. Il **quitte la SDN** en mars 1933 et **attaque la Chine** en juillet 1937. La **prise de Nankin** en décembre se traduit par des **massacres** (100 000 personnes sont tuées, dont 40 000 civils).
- Le **1er septembre 1939**, les **troupes allemandes** envahissent la **Pologne**, utilisant la tactique que l'on qualifiera plus tard de Blitzkrieg. **Le Royaume-Uni** et **la France** réagissent en **déclarant la guerre à l'Allemagne le 3 septembre**. Avec l'**attaque soviétique**, la Pologne est contrainte de capituler le 27 septembre, sans que les alliés franco-britanniques ne soient intervenus.
- Le 10 mai 1940, Hitler lance l'**offensive à l'Ouest** contre le Luxembourg, la Belgique et les Pays-Bas. La **supériorité allemande** est écrasante sur le plan tactique et stratégique. Le **gouvernement français** est contraint de demander l'**armistice**, signé le **22 juin 1940**. Le **Royaume-Uni** est désormais **seul dans la lutte**. Son nouveau Premier ministre **Winston Churchill** fait preuve de détermination, et le pays fait face aux bombardements de l'aviation allemande.

lexique

Blitzkrieg : « guerre éclair ». Stratégie théorisée après 1945 pour qualifier l'usage combiné de divisions blindées assistées et de l'aviation.

B L'entrée en guerre de l'URSS et des États-Unis

- **La Wehrmacht**, appuyée par des contingents de pays européens satellites, **attaque l'URSS le 22 juin 1941**. L'effet de surprise est total et l'Armée rouge doit battre en retraite, mais l'URSS mène une **contre-offensive** à la fin de 1941, transformant l'offensive en **guerre d'usure**.
- Progressivement, **les États-Unis mettent fin à leur neutralité** : en août 1941, Churchill et Roosevelt élaborent la **charte de l'Atlantique**, qui fixe les grands principes démocratiques de l'après-guerre. **Le 7 décembre 1941**, l'**attaque japonaise** sur la base de **Pearl Harbor** entraîne l'**entrée en guerre des États-Unis**.
- Une **« Grande Alliance »** lie désormais les **États-Unis**, le **Royaume-Uni** et l'**URSS**, à laquelle de nombreux pays vont se joindre. **Le conflit est**

devenu mondial. En quelques mois, les Japonais conquièrent de nombreux territoires coloniaux en Asie.

2 La victoire de la « Grande Alliance » (1942-1945)

A Une guerre totale

- **À partir de 1942**, chaque camp mobilise ses ressources pour l'emporter. Chaque belligérant met au point sa **« guerre industrielle » et totale**, avec production d'armes et recrutement de main-d'œuvre. L'objectif est d'**affaiblir l'ennemi par tous les moyens.**

lexique

Guerre totale : conflit où les États mobilisent toutes les ressources économiques et humaines de leurs sociétés pour remporter la victoire.

- En mai 1942, les **Américains** reprennent l'**offensive dans le Pacifique** et défont la flotte japonaise à **Midway** (juillet 1942). **En Afrique du Nord**, les Anglo-Américains débarquent également : entre mai et juillet 1943, ils contraignent les troupes de l'Axe à capituler en Tunisie et débarquent **en Italie.**
- **En septembre 1942,** les troupes allemandes investissent la ville de **Stalingrad**, défendue pied à pied par les Soviétiques, qui lancent une contre-offensive s'achevant par une **capitulation allemande en février 1943**. Désormais, **la dynamique a changé de camp.**

B La fin de la guerre en Europe puis en Asie

- **En Italie**, Mussolini est affaibli par le **débarquement allié** : le 25 juillet 1943, il est destitué et les Italiens **capitulent le 8 septembre.**
- Les **débarquements alliés du 6 juin 1944 en Normandie et du 15 août en Provence** permettent de **libérer une majeure partie de la France.** À l'Est, l'**Armée rouge repousse les forces allemandes** d'Europe orientale.
- Les Alliés, appuyés par les armées françaises, reprennent l'initiative et pénètrent en Allemagne : le Rhin est franchi en mars 1945. **Hitler se suicide le 30 avril 1945**, pendant la bataille de Berlin**. L'Allemagne signe alors sa capitulation sans conditions**, le **7 mai à Reims** et le **8 mai à Berlin.**
- **Sur le front du Pacifique**, les Américains sont confrontés aux **kamikazes**, qui ralentissent l'avance alliée. Pour prendre l'avantage, les Américains larguent deux **bombes atomiques sur Hiroshima (6 août 1945) et Nagasaki (9 août 1945)**, qui font entrer le monde dans l'ère nucléaire. La **capitulation japonaise** est officiellement signée le **2 septembre 1945.**

lexique

Kamikaze : en 1944-1945, pilote japonais volontaire pour écraser son avion chargé d'explosifs sur un navire ennemi.

La Seconde Guerre mondiale : guerre d'anéantissement et génocides

45

Lue Relue Apprise

Le second conflit mondial est caractérisé par un déchaînement exceptionnel de violences, qui atteignent leur paroxysme avec le processus conduisant au génocide des Juifs et des Tsiganes.

1 Une guerre d'une violence inouïe

A Une guerre idéologique…

- Constituées de régimes totalitaires et autoritaires, les **puissances de l'Axe asservissent les individus et les peuples au nom de leur idéologie.**
- Les **Alliés**, de leur côté constituent le **camp des démocraties** qui combattent en faveur des droits de l'homme, affirmés dans la **charte de l'Atlantique.**

B … qui produit des violences de masse

- Le conflit oppose des **puissances industrielles** qui organisent des **économies de guerre**. Les États pratiquent une **guerre technologique**, qui se caractérise par un grand effort de recherche et d'innovations. La mise en œuvre de **bombardements stratégiques** efface la distinction entre militaires et civils. Ce **déchaînement de violences** s'accroît avec la multiplication des **crimes de guerre** et des **violences de masse.** La guerre d'anéantissement à l'Est, qui oppose l'Allemagne nazie à l'URSS de Staline, dépasse la simple campagne militaire pour devenir une entreprise idéologique de destruction de l'adversaire.

Lexique

Guerre d'anéantissement : conflit où chaque camp tente de conquérir des territoires en recherchant la destruction physique des forces adverses, enfreignant ainsi les lois de la guerre (convention de Genève de 1929).

2 La mise en œuvre du processus génocidaire

A L'exclusion

- Dans les zones occupées par les nazis et dans certains États satellites, **les Juifs sont dépouillés de leurs biens et sont regroupés dans des ghettos.** C'est le début d'un **processus génocidaire** : une suite d'actions qui mènent à l'extermination, en suivant les étapes de la discrimination, de l'arrestation, de l'internement et de la déportation.
- Les nazis imposent sur certains territoires le **port de l'étoile jaune** et tentent de **recenser la population juive** en vue de la déporter.

B La déportation et l'extermination

- Avec l'**opération Barbarossa**, plusieurs millions de Juifs tombent sous la domination nazie et un cap est franchi. Dans ce contexte, le régime hitlérien décide de **mettre en œuvre la destruction des Juifs d'Europe**, que l'on nomme aujourd'hui **« Shoah »** : les einsatzgruppen s'emploient à exterminer méthodiquement par fusillades les Juifs des territoires conquis (2 millions de morts).
- Une dernière étape est amorcée avec **la déportation et la « mise à mort »,** décidées et planifiées à partir de 1941. Lors de la **conférence de Wannsee** le **20 janvier 1942**, dirigée par Heydrich, les responsables nazis organisent la déportation et l'extermination. **Six «** centres de mise à mort **»** sont aménagés à échelle industrielle en véritables **« usines » de mort**.
- Aujourd'hui, les historiens estiment que le bilan de la Shoah s'établit **entre 5 et 6 millions de morts**. **Entre 200 000 et 500 000 Tsiganes** ont également été exterminés.

Lexique

Einsatzgruppen (« unités mobiles de tuerie ») : groupes armés nazis chargés de rafler et d'exécuter les populations juives à l'arrière du front soviétique à partir de 1941.

Centres de mise à mort : centres créés par les nazis pour faciliter l'extermination massive des Juifs d'Europe. La plupart des déportés y sont mis à mort immédiatement.

Doc. Directive du maréchal von Reichenau, le 10 octobre 1941

Le but principal de la campagne contre le système judéobolchevique est la destruction complète de ses forces [...]. En conséquence, les troupes doivent assumer des tâches dépassant les obligations purement militaires. Dans la sphère orientale, le soldat n'est pas un simple combattant selon les règles de la guerre, mais le tenant d'une idéologie raciale impitoyable et le vengeur de toutes les bestialités infligées à la nation allemande [...]. Pour cette raison, les soldats doivent bien comprendre la nécessité de la sévère expiation requise des sous-hommes juifs.

La France entre résistance et collaboration

46

Lue Relue Apprise

La France, défaite et occupée, est écartelée entre la politique du gouvernement de Vichy, qui assume la défaite et se lance dans la collaboration, et celle de Gaulle et de la Résistance, qui souhaitent poursuivre le combat.

1 La France dans la guerre

A Le choc de la défaite

- Avec l'offensive allemande du 10 mai 1940, **8 millions de Français fuient l'avancée allemande dans l'« exode »** et l'armée française est battue en cinq semaines, malgré de rudes combats.
- **La défaite est un choc** pour les Français. Le 16 juin, le gouvernement démissionne. **Pétain**, appelé au pouvoir, **refuse de poursuivre les combats** depuis l'outre-mer.

B Un armistice qui vassalise la France

- Un **armistice**, ou cessation des combats avant la paix, est **signé le 22 juin 1940** à Rethondes. Ses conditions sont très dures : la France est partagée en **sept zones** (dont une non-occupée) et 1,8 millions de **prisonniers** gagnent des camps (stalags) en Allemagne. Enfin, l'**Alsace-Moselle** est **annexée** de fait au Reich. **La France est donc vassalisée.**

2 Vichy : un régime antirépublicain qui collabore

A L'État français : un régime autoritaire

- **Le gouvernement s'installe à Vichy** et convoque le Parlement. Le **10 juillet 1940**, une écrasante majorité de parlementaires vote les **pleins pouvoirs** (concentration des pouvoirs législatifs, exécutifs et judiciaires entre les mains d'un personnage politique) au **maréchal Pétain**. Dès le lendemain, Pétain met en place un **régime autoritaire, antisémite, xénophobe et charismatique** (fondé sur le culte du chef).
- Le maréchal Pétain et son gouvernement proposent une **« révolution nationale »** fondée sur de **nouvelles valeurs, opposées à celles de la République**. Les partis et les syndicats sont interdits, presse et radio sont censurées.

B Un régime antisémite et collaborateur

- Ce régime antisémite **exclut les Juifs de la nation française** en adoptant les « **statuts des Juifs** » en 1940 et 1941. Après la **rencontre à Montoire entre le maréchal Pétain et Hitler le 24 octobre 1940**, Vichy engage la

France dans la voie de la collaboration avec l'Allemagne nazie. Des policiers français participent aux **arrestations de Juifs** (rafle du Vel d'Hiv en juillet 1942). En 1943, Vichy crée la **Milice**, qui se met au service de l'occupant. La même année, est instauré le **Service du travail obligatoire** (STO), destiné à appuyer l'effort de guerre allemand.

> **lexique**
>
> **Collaboration** : politique d'entente engagée entre l'Allemagne nazie et le gouvernement de Vichy.

3 L'essor de la Résistance et la Libération

A Le développement progressif

- **Dès l'été 1940, certains Français s'opposent individuellement à l'occupation allemande**, par des actes de sabotage ou la diffusion de tracts. Progressivement, **la Résistance passe de l'individuel au collectif avec** l'apparition des premiers **réseaux** et des **mouvements** qui s'organisent sur le territoire à partir de journaux clandestins.
- **Combattant à la fois l'occupant et Vichy, les Résistances sont divisées et minoritaires**, alors que la répression porte de rudes coups. De premiers **maquis** apparaissent dans les zones de montagnes. **Jean Moulin** réussit à **unifier les Résistances** dans le CNR (Conseil national de la Résistance) **autour du général de Gaulle**.

> **lexique**
>
> **CNR** : Conseil nation[al] de la Résistance, où sont rassemblés mouvements de résistance, partis politiques et syndicats.

B La Libération

- Après les **débarquements de Normandie et de Provence** et grâce à l'action des **Forces françaises de l'intérieur** (FFI), la majeure partie du territoire est libérée. **Le 25 août 1944**, après le **soulèvement de Paris**, le général de Gaulle fait une entrée triomphale dans la capitale.

Lue Relue Apprise

1 Les accords de Matignon (juin 1936)

- La France est frappée par la **dépression** à partir de 1931.
- Arrivée au pouvoir au **printemps 1936**, la coalition du **Front populaire** est vite confrontée à un mouvement de **grèves** sans précédent. **Léon Blum**, président du Conseil socialiste, organise une **rencontre à l'hôtel Matignon entre syndicats et patronat** les **6 et 7 juin 1936**. Il en résulte des **avancées sociales importantes**, tels que le renforcement des droits syndicaux et l'augmentation des salaires.

2 La « Grande Terreur » en URSS (1937-1938)

- Pour se dédouaner de ses échecs économiques, **Staline** se défausse sur de **prétendus sabotages** et sur des **trahisons** au sein du parti.
- Pour éliminer ces **concurrents réels ou supposés**, il organise des **procès truqués** qui se déroulent en l'absence d'avocats et avec des aveux obtenus après l'usage de la **torture** et des **menaces** sur les familles.

3 La nuit de Cristal (9-10 novembre 1938)

- L'**attentat** organisé par un Juif polonais contre un secrétaire de l'ambassade d'Allemagne est le **prétexte que recherchent les nazis pour s'en prendre à la communauté juive allemande**.
- Le **9 novembre** au soir, à l'instigation de **Goebbels**, à Paris, une **émeute** se propage de manière foudroyante et vise tous les symboles du judaïsme. **Des synagogues sont incendiées et pillées**, ainsi que des appartements, maisons et commerces tenus par les Juifs. On donne à ce pogrom le nom de **« nuit de Cristal »**, en référence aux nombreuses vitrines brisées lors de l'émeute.

Lexique

Pogrom : massacre et pillage organisé contre les Juifs.

4 Les interventions étrangères dans la guerre civile espagnole : géopolitique des totalitarismes

- Le **17 juillet 1936**, un **soulèvement militaire** éclate contre le gouvernement de gauche du **Frente Popular**. L'**insurrection** se transforme en **guerre civile**, opposant d'un côté les nationalistes de Francisco Franco, et de l'autre les républicains du gouvernement légal.
- La **situation géopolitique de l'Europe** en 1936 va favoriser une **internationalisation du conflit** : l'**Allemagne** nazie et l'**Italie** fasciste apportent

leur **soutien à Franco**, tandis les **démocraties** choisissent la **non-intervention**, avec pour conséquence la **victoire des nationalistes en mars 1939**.

5 Le front de l'Est et la guerre d'anéantissement

- **Le 22 juin 1941, la Wehrmacht**, appuyée par les forces d'États alliés et vassaux, **envahit l'URSS**, avec pour objectif de s'emparer des grandes villes (Kiev, Moscou et Leningrad). La surprise est totale et l'Armée rouge recule. Mais une **contre-offensive soviétique** transforme le conflit en « **guerre d'usure** ».
- Cette guerre est d'une **violence inouïe** : les soldats meurent par millions sur les champs de bataille. Avec l'**opération Barbarossa**, le régime nazi décide de mettre en œuvre la **destruction des Juifs d'Europe**, que l'on nomme aujourd'hui **« Shoah ».**

6 Le débarquement en Normandie et l'opération Bagration (juin 1944)

- Les **débarquements alliés** du **6 juin 1944 en Normandie** (opération Overlord) et du **15 août en Provence** permettent de **libérer une majeure partie de la France**.
- À l'Est, l'**opération Bagration** permet à l'Armée rouge de **repousser les forces allemandes d'Europe orientale**. Son objectif est de **libérer le territoire soviétique** de toute occupation allemande. La puissance mobilisée à cette occasion par l'Armée rouge est impressionnante : la ligne de front s'étendant sur 1 000 km, les Soviétiques réussissent à avancer de 600 km en deux mois.

7 Les bombardements nucléaires d'Hiroshima et de Nagasaki (6 et 9 août 1945)

- **En décembre 1941**, après Pearl Harbor, le **projet Manhattan** est lancé à l'échelle du territoire états-unien, employant plus de 40 000 personnes dans le plus grand secret. Son objectif est de **produire une bombe exceptionnelle à partir de la fission d'un noyau d'uranium**. La bombe est prête en juillet 1945.
- **Truman**, qui a succédé à Roosevelt en avril 1945, **prend la décision d'utiliser cette arme surpuissante**. Le **6 août 1945**, la bombe atomique **Little boy** explose à 600 mètres au-dessus d'**Hiroshima**. Elle tue et irradie entre 80 000 et 140 000 personnes. Trois jours après ce bombardement, une **nouvelle bombe, Fat Man**, est larguée sur **Nagasaki**. Elle aurait tué entre 35 000 et 70 000 habitants. La **capitulation** japonaise est officiellement signée le **2 septembre 1945**.

Fragilité des démocraties, totalitarismes et Seconde Guerre mondiale

Révision EXPRESS

Les points essentiels

- La **crise de 1929** qui éclate aux États-Unis en octobre 1929 se prolonge très vite en une **dépression économique** qui se propage à toute la planète.
- Les **démocraties libérales** sont particulièrement **fragilisées** au profit des **régimes autoritaires et totalitaires**, qui proposent des politiques alternatives fondées sur le **réarmement** et **dangereuses pour la paix**.
- Les **régimes totalitaires** fasciste, nazi et soviétique sont **issus des conséquences de la Première Guerre mondiale**. Ils ont des **points communs** : l'usage de la **violence**, le **contrôle** des populations et le renforcement de l'**État** central. Ils sont placés sous l'autorité d'un chef qui souhaite créer un « **homme nouveau** », correspondant à leur idéologie.
- Mais ces régimes comportent également d'importantes **différences** dans les **objectifs recherchés**, qui sont fondés sur l'État en Italie fasciste, sur la race en Allemagne nazie et sur la notion de classe dans l'URSS stalinienne.
- La **Seconde Guerre mondiale** (1937-1945) représente un **conflit exceptionnel**, par sa durée et son **extension géographique**, mais aussi par un **déchaînement exceptionnel de violences** qui atteint son paroxysme avec le **génocide des Juifs et des Tsiganes**.
- La **France**, défaite et occupée, est écartelée entre **deux visions de l'avenir** : celle de **Pétain** et du gouvernement de Vichy assume la défaite et se lance dans la **collaboration**, alors que **de Gaulle** et la Résistance souhaitent **poursuivre le combat** dans un conflit mondialisé, où la France aura les moyens de retrouver sa pleine souveraineté.

Les dates-clés

24 octobre 1922	Mussolini accède au pouvoir.
24 octobre 1929	Krach de Wall Street et début de la grande dépression.
30 janvier 1933	Hitler devient chancelier.
1er septembre 1939	L'Allemagne nazie envahit la Pologne. Début du conflit en Europe.
18 juin 1940	De Gaulle lance son appel à la BBC.
10 juillet 1940	Le Parlement confie au maréchal Pétain les pleins pouvoirs : la France devient un régime autoritaire.
22 juin 1941	Opération Barbarossa : l'Allemagne nazie envahit l'URSS.
6 juin 1944	Débarquement allié en Normandie.
8 mai 1945	Capitulation allemande.
6 et 9 août 1945	Bombardements atomiques sur Hiroshima et Nagasaki.
2 septembre 1945	Capitulation japonaise.

Mémo'Quiz

Cochez la ou les bonne(s) réponse(s).

L'impact de la crise de 1929

1. La crise de 1929 s'explique par :
- ❑ l'inflation.
- ❑ la spéculation boursière et la surproduction.
- ❑ la déflation.

Les régimes totalitaires

2. Hitler et Mussolini accèdent au pouvoir :
- ❑ par un coup d'État.
- ❑ grâce à une révolution.
- ❑ de manière légale avec le soutien de certains groupes.

La Seconde Guerre mondiale

3. La Seconde Guerre mondiale commence en Europe en 1939 avec :
- ❑ l'attaque contre la France, la Belgique, les Pays-Bas et le Luxembourg.
- ❑ l'invasion de la Pologne par l'Allemagne nazie.
- ❑ la réoccupation militaire de la Rhénanie.

4. La guerre devient mondiale :
- ❑ en 1941, avec l'entrée en guerre des États-Unis et de l'URSS.
- ❑ en 1942, avec le débarquement allié en Afrique du Nord française.
- ❑ avec le débarquement en Normandie le 6 juin 1944.

5. Le génocide des Juifs débute :
- ❑ en 1941, avec l'invasion de l'URSS par l'Allemagne nazie.
- ❑ en 1942, à la conférence de Wannsee.
- ❑ en 1937, avec le déclenchement de la Seconde Guerre mondiale en Asie.

6. Le régime dit « de Vichy » est un régime :
- ❑ militaire.
- ❑ autoritaire, xénophobe et antisémite.
- ❑ totalitaire, appuyé sur un parti de masse.

→ Corrigés p. 475

Fin de la Seconde Guerre mondiale et nouvel ordre mondial

48

Lue Relue Apprise

La fin de la guerre en 1945, dont le bilan s'avère plus lourd qu'en 1919, ouvre les espoirs d'une paix nouvelle, vite déçus.

1 Le bilan de la Seconde Guerre mondiale

A Un lourd bilan humain et matériel

- La Seconde Guerre mondiale a fait **autant de victimes chez les combattants que chez les civils : 70 millions de morts**, 28 millions de Soviétiques, 19 % de la population polonaise, 6 millions dans les **génocides** (Juifs et Tsiganes).
- Les dégâts sont nombreux : **villes rasées** en **URSS** et en Allemagne, **bombes atomiques** sur Hiroshima et Nagasaki...

B Le bilan moral

- La guerre est une « **rupture de civilisation** ». Le continent européen, qui se prévalait des idées des Lumières et de transmettre le progrès, notamment par la colonisation, a été le continent d'Auschwitz et des pires exactions.
- Par les **procès de Nuremberg** (1945-1946) et de Tokyo (1946-1948), les vainqueurs veulent **juger les responsables** des pays vaincus, jetant les bases d'une justice internationale fondée sur le respect des droits de l'homme. On y juge les **crimes contre la paix** (déclenchement de la guerre), **crimes de guerre** et **crimes contre l'humanité** (génocides).

2 Construire un nouvel ordre mondial

A Un nouvel ordre politique et diplomatique

- Par la charte de San Francisco (26 juin 1945), les vainqueurs maintiennent leur alliance pour préserver la paix en créant l'**Organisation des Nations unies** (ONU).
- Une **Assemblée générale** réunit les États membres, chacun disposant d'une voix. Un **Conseil de sécurité**, restreint, peut être convoqué pour résoudre des tensions, décider d'une intervention. Cinq États y disposent d'un siège permanent et d'un droit de veto : États-Unis, URSS, Royaume-Uni, France et Chine.

Lexique

Droit de veto : possibilité de s'opposer à une décision.

B Un nouvel ordre économique et social ?

- Les vainqueurs sont convaincus de l'importance d'**agir dans les domaines économiques et sociaux pour préserver la paix**. Plusieurs agences, directement contrôlées par l'ONU ou en relation avec elle, sont mises en place (FAO, OMS, UNESCO, UNICEF...).

- La **conférence de Bretton Woods** en 1944 débouche sur la création d'organisations internationales : la **Banque mondiale**, pour relancer l'économie, et le **FMI** (Fonds monétaire international), pour stabiliser les monnaies autour du dollar, monnaie de référence.

Doc. L'organisation de l'ONU

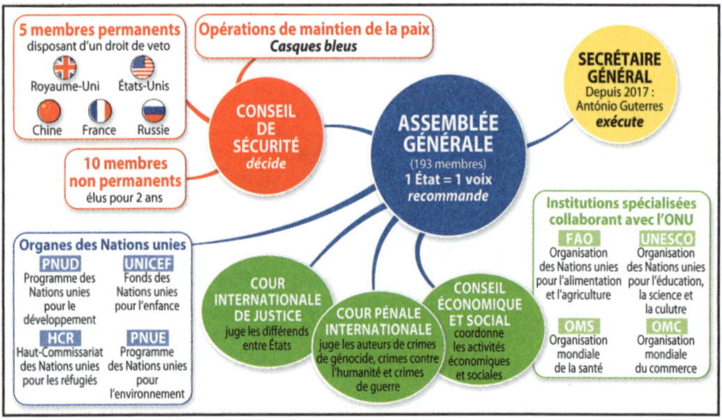

3 Les tensions de l'après-guerre

A Des questions non résolues

- La fin de la guerre n'empêche pas l'émergence de **conflits** : guerre civile en Yougoslavie, tensions sur les nouvelles frontières d'une **Allemagne** sans État.
- Au **Proche et Moyen-Orient,** la **Palestine** sous mandat britannique est revendiquée par la population arabe comme par les Juifs issus de l'immigration sioniste. Le **plan de partage** proposé par l'ONU en 1947, rejeté par les Arabes, permet à **Israël** de proclamer son **indépendance** le 14 mai 1948, déclenchant immédiatement le première guerre israélo-arabe.

B La rupture entre les deux Grands

- États-Unis et URSS apparaissent comme les **deux grands vainqueurs** de 1945, accédant au rang de **superpuissances**. Mais leur entente s'effrite et de nombreux sujets de tensions émergent.
- La **rupture** est consommée **dès 1947**. En mars, le président Truman, pour défendre les démocraties face au **totalitarisme** (dénonçant implicitement l'URSS), propose une aide financière (**plan Marshall**). Staline réplique en septembre avec la **doctrine Jdanov**, contre l'« **impérialisme** » américain.

Lexique

Superpuissance : Ét
dont la puissance et
l'influence s'exercer
sur le monde dans
tous les domaines.

L'affrontement américano-soviétique qui s'ouvre en 1947 plonge le monde dans la guerre froide, « paix impossible, guerre improbable ».

1 Un affrontement entre deux superpuissances

A Un affrontement de puissances

- À partir de la rupture de 1947, chacun des deux Grands essaie de **rassembler des alliés** pour préparer un éventuel conflit, formant ainsi **deux blocs opposés**. Le monde, à l'image de l'Europe, se trouve divisé entre l'Est (bloc soviétique) et l'Ouest (bloc américain) : on parle de **bipolarisation**.
- L'**URSS** parvient surtout à contrôler les **pays voisins**, protégeant ainsi ses frontières. Les **États-Unis**, multipliant les **alliances** comme l'OTAN, parviennent à **encercler** le bloc soviétique.

Lexique

OTAN : organisation du traité de l'Atlantique Nord. Alliance militaire entre Amérique du Nord et Europe occidentale.

Doc. Un monde bipolaire

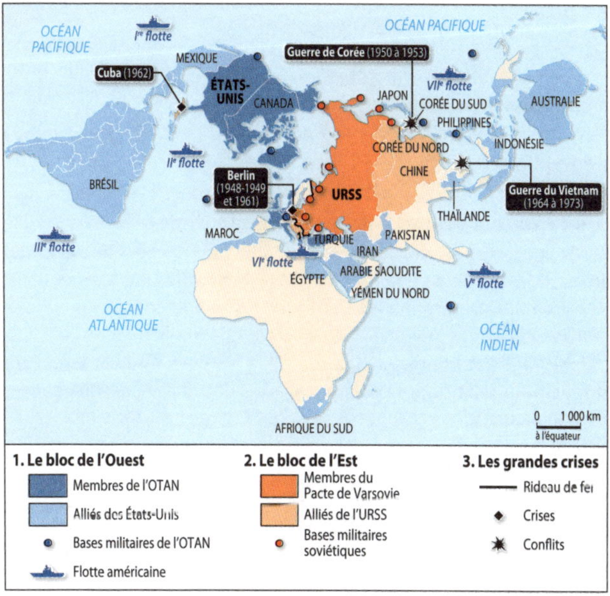

B Un affrontement idéologique

● L'affrontement prend dès le départ une **dimension idéologique**. Il s'agit d'une opposition de modèles politiques, économiques et sociaux.

● D'un côté, le bloc soviétique prône le **communisme**, fondé sur l'**égalité sociale** (au détriment des libertés individuelles). De l'autre, le bloc occidental s'appuie sur le **libéralisme**, qui se traduit par la **démocratie** sur le plan politique et le **capitalisme** sur le plan économique (ce qui ne va pas sans inégalités sociales).

2 Un affrontement indirect qui se traduit par des crises

A Deux rivaux s'affrontant pour dominer la planète

● De 1947 à la mort de Staline en 1953, se déroule la « **guerre froide** » proprement dite, période de **très fortes tensions** faisant craindre la guerre, empêchée par la possession par les deux Grands de l'arme atomique. Des **crises graves** se succèdent : blocus de Berlin-Ouest par l'URSS, contourné par un pont aérien américain (1948-1949), guerre de Corée (1950-1953).

● Le successeur de Staline, Nikita Khrouchtchev propose une coexistence pacifique (1956-1962) pour apaiser les relations internationales. Cela n'empêche pas la **rivalité** de se poursuivre (conquête spatiale), ni une nouvelle crise en Allemagne (mur de Berlin, 1961).

> **lexique**
> **Coexistence pacifique** : proposition de maintenir un partag[e] du monde en deux sans tension entre les deux blocs.

B Deux rivaux obligés de reprendre le dialogue

● Après la révolution de Fidel Castro, **Cuba** bascule vers le **camp soviétique**. L'URSS essaie d'y installer une **base de missiles nucléaires**, au large des côtes américaines. Le président John F. Kennedy déclenche une crise en **octobre 1962**, qui oblige Khrouchtchev à y renoncer.

● La crainte d'une guerre nucléaire oblige les deux Grands à **rétablir le dialogue** pour maintenir la paix, mais aussi pour faire face aux contestations dans leurs blocs respectifs et à l'émergence du tiers-monde. C'est la **détente.**

Bipolarisation et émergence du tiers-monde (2)

50

Lue Relue Apprise

L'organisation bipolaire du monde est de plus en plus contestée avec l'émergence de nouveaux pôles dans les relations internationales. Par ailleurs, la paix est maintenue avec difficulté au niveau mondial, brisée par de nombreux conflits localisés.

1 De nouveaux pôles

A La naissance du tiers-monde

- L'affaiblissement de l'Europe permet aux **mouvements nationalistes** d'obtenir la **disparition des empires coloniaux**, d'abord en Asie puis, à partir du milieu des années 1950, en Afrique. Ces indépendances peuvent être **négociées** avec le colonisateur (exemple des Indes britanniques en 1947, avec l'action pacifiste de Gandhi et Nehru). Quand celui-ci refuse, l'indépendance passe par une **guerre** (cas de l'Algérie française, 1954-1962).
- Les nouveaux pays indépendants, faibles politiquement et en retard de développement, s'organisent pour ne pas retomber sous une nouvelle dépendance, dans le cadre d'un monde bipolaire. Les **conférences de Bandung** (1955) et **de Belgrade** (1961) affirment la neutralité de ces nouveaux pays, puis leur non-alignement. Ceux-ci essaient de coopérer. Le tiers-monde est né.

Lexique

Non-alignement : refus de choisir un des deux blocs de la guerre froide.

Tiers monde : expression forgée par A. Sauvy à partir de « tiers état ». Ensemble des pays anciennement colonisés, ayant des retards de développement et cherchant à faire entendre leur voix dans le monde bipolaire.

B L'émergence de la Chine populaire

- Les **communistes menés par Mao** gagnent la guerre civile en Chine et proclament une **République populaire le 1er octobre 1949**, non reconnue par les autres États. D'abord dans l'orbite soviétique, la Chine essaie de construire et proposer au monde, notamment au tiers-monde, un **modèle communiste plus révolutionnaire**, Mao refusant la déstalinisation à la fin des années 1950.
- Le modèle économique maoïste mis en place avec le « **Grand Bond en avant** » est un **échec économique dramatique**, avec environ 30 millions de Chinois morts de faim. Mais la Chine populaire réussit à étendre son **influence politique** : elle est **admise à l'ONU** en 1971, y compris au Conseil de sécurité, en remplacement de Taïwan.

Doc. **Zhou Enlaï, délégué chinois, à la tribune de la conférence de Bandung (1955)**

2 De nombreux conflits localisés

A Les guerres d'Indochine et du Vietnam

- L'**Indochine** obtient son **indépendance en 1954** à l'issue d'une guerre contre la France. Le pays est partagé en quatre : Laos, Cambodge, Nord-Vietnam communiste et Sud-Vietnam, sous protection américaine.
- Très vite, **le conflit éclate entre les deux Vietnam**, les États-Unis s'impliquant directement à partir de 1964 pour aider le Sud. Mais leur enlisement les pousse au retrait en 1973, et le Vietnam est réunifié en 1975 sous la direction du Parti communiste.

B Les guerres du Proche et Moyen-Orient

- Cette région du monde, **riche en pétrole**, est un enjeu de la guerre froide. Elle n'est pas vraiment touchée par l'affrontement idéologique, le communisme y ayant peu d'influence. Si les **États-Unis** y ont des **alliés** puissants (Israël, Iran et Irak, avec le pacte de Bagdad), l'**URSS** est également très présente, en soutenant l'Égypte, la Syrie et la lutte nationale des Palestiniens. La région est cependant plutôt secouée par la **décolonisation** et l'essor du panarabisme, mené par l'Égyptien Nasser.
- La région est instable, en grande partie à cause du **tracé des frontières issu du partage franco-britannique** après 1918. Le principal conflit reste le **conflit israélo-arabe**, qui se réveille à plusieurs reprises : guerre d'octobre 1956, liée à la crise de Suez ; guerre des Six-Jours (juin 1967), où Israël occupe de nombreux territoires (Golan, Cisjordanie, Sinaï) ; guerre du Kippour (octobre 1973), qui pousse Israël à envisager des négociations de paix.

Lexique

Panarabisme : mouvement politique prônant l'unification des Arabes dans un seul État.

La France, une nouvelle place dans le monde 51

Lue Relue Apprise

La France, qui a réussi à se ranger parmi les vainqueurs, essaie avec difficultés de reconstruire sa démocratie, sa société, sa puissance.

1 La France de la IVe République

A La reconstruction politique, économique et sociale

- Une **nouvelle Constitution** est demandée par les Français fin 1945. L'Assemblée nationale nouvellement élue – y compris par les femmes, qui ont obtenu le droit de vote – est chargée de la rédiger. Elle est adoptée en octobre 1946, sans grand soutien populaire, obtenant à peine plus de 50 % dans un second référendum.
- La IVe République applique le **programme du CNR**, notamment les principes de l'**État-providence**. Les droits sociaux sont reconnus dans la Constitution et se concrétisent dans le cadre de la Sécurité sociale.

B De nouveaux cadres internationaux

- La France semble **affaiblie** à la sortie de la guerre et les **revendications d'indépendances** remettent en cause son **empire colonial.**
- Elle s'engage en parallèle dans la **construction européenne**, fondée sur la réconciliation franco-allemande : création de la **CECA** (Communauté européenne du charbon et de l'acier) en 1951, puis de la **CEE** (Communauté économique européenne) en 1957 (traité de Rome).

2 La guerre d'Algérie et le passage à la Ve République

A La guerre d'Algérie

- Une **guerre d'indépendance** éclate **en Algérie** en 1954. Après des décennies d'attente de réformes pour plus d'égalité, voire d'autonomie, une partie des Algériens s'engage dans la lutte armée derrière le **FLN** (Front de libération nationale), qui réclame l'indépendance et commet des attentats – les premiers à la **Toussaint 1954** (dite « Toussaint rouge »).
- Le gouvernement français réagit par la **répression**. Celle-ci est d'abord menée par la police, vite relayée par l'armée, qui réussit à sécuriser, y compris en usant de la torture, les zones peuplées par les **pieds-noirs**, hostiles à l'indépendance.

B La fondation de la Ve République

- L'incapacité des gouvernements, changeant régulièrement, à résoudre la guerre d'Algérie, débouche sur une **crise politique**. Une manifestation des pieds-noirs à Alger le 13 mai 1958 amène le **retour du général de Gaulle** à la tête du gouvernement.
- Celui-ci n'accepte qu'à la condition d'obtenir les **pleins pouvoirs** pour six mois, afin de changer la **Constitution**. Celle-ci est largement adoptée par référendum en septembre.
- Elle crée un **régime semi-présidentiel** : le pouvoir exécutif est désormais fort. D'un autre côté, le scrutin majoritaire permet de dégager des majorités plus claires et plus stables. De Gaulle est élu président au suffrage indirect en décembre 1958. Les institutions sont plus solides et le pouvoir politique renforcé.

lexique

Scrutin majoritaire : à la différence du scrutin proportionne où les partis avaient autant d'élus que de voix, forme de scrutin qui oblige les candidats à obtenir la majorité pour être élus.

Suffrage indirect : forme de suffrage où ce ne sont pas les citoyens qui votent, mais leurs élus.

3 La France gaullienne

A Une politique d'indépendance nationale

- De Gaulle **achève la décolonisation** en accordant l'indépendance aux colonies africaines (1960), avec qui il négocie des traités de coopération, puis à l'Algérie (accords d'Évian, 18 mars 1962).
- Il recentre la France sur le **projet européen**, renforçant la couple franco-allemand, mais bloquant l'entrée dans la CEE du Royaume-Uni, jugé trop proche des Américains.
- En effet, de Gaulle veut faire entendre la **voix de la France** dans les relations internationales. Il prend ses distances avec les États-Unis, noue des liens avec le bloc soviétique.

B Une volonté de modernisation

- La reconstruction, menée par la IVe République se poursuit par une politique de **modernisation** : aménagement du territoire, centrales nucléaires, autoroutes, renforcement des métropoles de province...
- De **grands projets** doivent symboliser le **rayonnement mondial** de la France : arme atomique, avion Concorde, etc.

Points de passage et d'ouverture 52

Lue Relue Apprise

1 Le programme du CNR (15 mars 1944)

● Les théories des économistes britanniques **J. M. Keynes et W. H. Beveridge** permettent la mise en place de l'**État-providence**, essentiellement en Europe occidentale. L'État s'implique dans l'économie et met en place une protection sociale.

● En France, ces idées se retrouvent dans le **programme du Conseil national de la Résistance** (15 mars 1944) qui, outre les opérations de libération de la France, prévoit sa reconstruction politique, économique et sociale par le **retour à la République**, en renforçant les traditionnels **droits politiques** par de nouveaux **droits sociaux**.

2 Le coup de Prague (25 février 1948)

● La **Tchécoslovaquie** libérée par l'Armée rouge se trouve dans la sphère d'influence soviétique aux termes des **accords de Yalta**. Le **Parti communiste**, qui a un vrai soutien électoral, dirige un gouvernement d'union nationale.

● Mais fin février, exacerbées par les débuts de la guerre froide, les **tensions** entre les partis débouchent sur une **crise** gouvernementale. Le PC utilise la **pression de milices ouvrières** pour se maintenir seul au pouvoir.

3 L'année 1968

● Les deux blocs sont agités dans les années 1960 par des **contestations politiques et sociales.** La **guerre du Vietnam**, notamment, mobilise la **jeunesse occidentale**, qui réclame **plus de libertés individuelles**. Le modèle américain est obligé de se réformer (égalité des droits entre les Noirs et les Blancs, obtenue par la lutte de **Martin Luther King** en particulier, assassiné en avril 1968).

● En **France**, les événements de **Mai 68** sont le signe d'une crise sociale et politique forte, le **mouvement étudiant** étant relayé par une **grève générale**. Le pouvoir politique semble impuissant. De Gaulle rétablit la situation en convoquant des élections législatives, qu'il gagne.

● Dans le bloc soviétique, l'URSS fait face à la fronde de la **Chine maoïste**. Mais elle doit aussi rétablir son autorité pour que le bloc ne se fissure pas plus : si l'**agitation en Pologne** en 1968 reste sous contrôle, la promesse d'une réforme mariant communisme et démocratie dans la Tchécoslovaquie du **« Printemps de Prague »** la pousse à l'intervention militaire le 21 août 1968.

Doc. **Manifestation d'étudiants à Berlin-Ouest contre la guerre du Vietnam (1968)**

4 De Gaulle/Mendès France : deux conceptions de la République

- Le débat politique sur la reconstruction de la démocratie en France fait émerger des **conceptions différentes de la République.**
- Le **général de Gaulle**, isolé, ne peut faire passer ses idées de pouvoir exécutif fort et **démissionne** du GPRF dès janvier 1946. Il réaffirme ses idées dans son **discours de Bayeux** (juin 1946).
- Mais c'est la **vision parlementaire**, portée par des députés comme **Pierre Mendès France**, futur président du Conseil (1954-1955), qui l'emporte. Le pouvoir exécutif reste sous contrôle du pouvoir législatif, seul issu du suffrage universel.

5 Les mémoires de la guerre d'Algérie

- Aujourd'hui encore, les **mémoires de la guerre** sont complexes. En **Algérie**, le **FLN** s'accroche au pouvoir en arguant de son rôle dans l'indépendance et empêche toute recherche historique le mettant en question.
- En **France**, les « **événements d'Algérie** » n'ont été reconnus officiellement comme une guerre qu'en 1999 et les pieds-noirs qui ont quitté l'Algérie entretiennent une mémoire ambiguë.

La multiplication des acteurs internationaux dans un monde bipolaire

Révision EXPRESS

Les points essentiels

- Le **bilan** de la Seconde Guerre mondiale est lourd (70 millions de morts, génocides, destructions). Par **l'ONU**, les vainqueurs entendent construire un ordre international pacifique et démocratique.
- Les tensions entre les deux Grands, États-Unis et URSS, débouche à partir de 1947 sur un **affrontement de puissances et de modèles idéologiques**, la **guerre froide**, qui se traduit par des crises localisées comme à Cuba. L'**ordre bipolaire** qui en émerge est **contesté** par l'émergence du **tiers monde** et par la **Chine** populaire.
- La **France** se lance dans une période de **reconstruction.** La IVe République est vite remplacée, dans le contexte de la guerre d'Algérie, par l'actuelle **Ve République**, sous la direction du **général de Gaulle**, qui veut redonner au pays une **place dans les relations internationales.**

Les dates-clés

15 mars 1944	Programme du CNR (France)
26 juin 1945	Création de l'ONU, charte de San Francisco
20 novembre 1945	Ouverture du procès de Nuremberg
27 octobre 1946	Constitution de la IVe République (France)
15 août 1947	Indépendances de l'Inde et du Pakistan
25 février 1948	Coup de Prague
14 mai 1948	Indépendance d'Israël et début des guerres israélo-arabes
21 juillet 1954	Accords de Genève sur l'indépendance de l'Indochine
1er novembre 1954	Début de la guerre d'Algérie
18-24 avril 1955	Conférence de Bandung
25 mars 1957	Traité de Rome (CEE)
28 septembre 1958	Constitution de la Ve République (France)
18-19 mars 1962	Accords d'Évian
Octobre 1962	Crise de Cuba
1968	Printemps de Prague, Mai 68 en France
25 octobre 1971	Admission de la Chine communiste à l'ONU

Mémo'Quiz

Cochez la bonne réponse.

Fin de la Seconde Guerre mondiale et début d'un nouvel ordre mondial

1. La Seconde Guerre mondiale fait :
- ❑ 10 millions de victimes.
- ❑ 40 millions de victimes.
- ❑ plus de 60 millions de victimes.

2. L'ONU est créée à la conférence de :
- ❑ Bretton Woods.
- ❑ Paris.
- ❑ San Francisco.

Bipolarisation et émergence du tiers monde

3. L'OTAN est une alliance :
- ❑ du bloc américain.
- ❑ du bloc soviétique.
- ❑ du tiers monde.

4. La crise de Cuba a lieu entre :
- ❑ les Américains et les Soviétiques, en août 1961.
- ❑ les Américains et les Soviétiques, en octobre 1962.
- ❑ les Allemands, en octobre 1962.

La France : une nouvelle place dans le monde

5. La Constitution de la Ve République est adoptée par :
- ❑ le président Charles de Gaulle.
- ❑ le peuple français.
- ❑ l'Assemblée nationale.

6. La guerre d'Algérie oppose :
- ❑ les États-Unis et le FLN communiste.
- ❑ l'armée française et le FLN.
- ❑ le gouvernement français et l'URSS.

7. Dans sa politique d'indépendance nationale, de Gaulle rompt avec :
- ❑ l'OTAN.
- ❑ le pacte de Varsovie.
- ❑ le tiers monde.

→ Corrigés p. 475

La modification des grands équilibres mondiaux

53

Lue Relue Apprise

Les chocs pétroliers et le renforcement des principes politiques libéraux accélèrent le basculement vers la mondialisation.

1 La modification des grands équilibres économiques

A Les chocs pétroliers et la crise économique occidentale

- En **1973**, **l'OPEP double les prix** et **réduit sa production** de brut pour protester contre l'aide des pays occidentaux à Israël dans sa guerre contre ses voisins arabes. En **1979**, un **second choc**, lié à la révolution islamique en Iran, amplifie le premier. L'**inflation** s'envole, la crise s'installe et s'étend au tiers-monde dans les années 1980.
- Ces deux chocs surviennent dans un **contexte de fragilisation économique**. En 1971, les États-Unis mettent **fin** à la **convertibilité or/dollar**, ce qui provoque un flottement du cours des monnaies et alimente l'inflation. Les investisseurs **spéculent** alors contre certaines monnaies, ce qui exerce une pression sur les gouvernements et oriente leur politique économique : ils privatisent et **dérégulent** : le contrôle de l'État sur les changes, le crédit, la monnaie et les prix, est partout amoindri ou supprimé. Les activités financières prennent une ampleur inégalée.
- Les entreprises adoptent des stratégies de **délocalisation**, encouragées par les choix économiques de la Chine. La **mondialisation libérale** se met en place, comme le montre l'effet planétaire du krach new-yorkais d'octobre 1987.

Lexique

Inflation : hausse des prix.

Dérégulation : assouplissement ou disparition des règles encadrant l'activité des acteurs économiques.

B Le chômage et la remise en cause de l'État-providence

- La période 1970-1990 se caractérise par l'enracinement d'un **chômage structurel** : la baisse brutale de la rentabilité des entreprises conduit à des licenciements massifs dans le secteur industriel.
- Pour y répondre, les États adoptent d'abord des **solutions de relance**, mais l'internationalisation des capitaux contraint les politiques publiques, et les gouvernements occidentaux basculent vers une **politique d'austérité**, réduisant les impôts, et donc le rôle social de l'État (vente de logements sociaux, baisse des aides sociales).

2 La modification des grands équilibres politiques

A La révolution islamique d'Iran et ses conséquences

- En 1978, en Iran, des **manifestations**, violemment réprimées par l'armée, se succèdent **contre une monarchie autoritaire**. En **février 1979**, une **coalition** mêlant chiisme politique et mouvements de gauche prend le contrôle de l'État.
- Mais en avril, l'ayatollah **Khomeini** proclame la **République islamique d'Iran**. Les institutions civiles sont placées sous le contrôle du guide suprême : l'Iran devient une **théocratie**.

biographie

Rouhollah Khomeini (1902-1989)

Homme politique iranien et ayatollah du clergé chiite, il se présente en guide spirituel de la révolution islamique d'Iran en 1979 et instaure une théocratie.

B Un élargissement démocratique en Europe ?

- Entre 1932 et 1968, Salazar impose au **Portugal** un **régime nationaliste et ultra-catholique**. En avril 1974, fragilisé par les guerres coloniales, le pouvoir est renversé sans violence par de jeunes officiers : c'est la « **révolution des œillets** », qui enclenche la démocratisation.
- En **Grèce**, travailleurs et étudiants se soulèvent **contre la dictature des colonels**. En 1974, menacé d'une guerre contre la Turquie pour le contrôle de Chypre, le régime s'en remet au **démocrate Karamanlis**, qui restaure le pluralisme, proclame l'instauration de la **république** et lance l'**adhésion de la Grèce à la CEE**.
- Le **franquisme** disparaît avec le décès du général Franco en 1975. Le **roi d'Espagne Juan Carlos**, son successeur, fait rétablir les **libertés fondamentales**. Une nouvelle assemblée pluraliste rédige une **Constitution démocratique**, adoptée par référendum en décembre 1978.

lexique

Ayatollah : titre élevé du clergé chiite, attribué aux spécialistes de la jurisprudence, de l'éthique ou de la philosophie dans l'islam.

Démocratisation : processus d'installation ou de renforcement d'institutions démocratiques, garantissant la souveraineté populaire et les libertés fondamentales.

C Les hésitations du projet européen

- La **CEE** atteint **douze membres** en 1986, avec l'adhésion des Royaume-Uni, Irlande, Grèce, Portugal et Espagne. En 1979, le **Parlement européen** est élu pour la première fois au **suffrage universel direct**, mais les règles communes restent définies par la Commission et les conseils des ministres des gouvernements.
- L'**Acte unique européen**, signé en 1986, prévoit la **libre circulation** des personnes, services, marchandises et capitaux entre les pays membres, et l'instauration d'une **monnaie commune**.

Valéry Giscard d'Estaing et le tournant social, politique et culturel 54

Lue Relue Apprise

En 1974, Valéry Giscard d'Estaing est élu président de la République. Il incarne le changement, mais doit faire face à une crise économique et sociale majeure.

1 Un nouveau président face à la crise économique

A Un changement politique

- **Valéry Giscard d'Estaing** est élu face à François Mitterrand, le **5 mai 1974**. Sa campagne électorale est axée sur le **changement**. Il incarne une **droite non-gaulliste**, jeune et moderne.
- Il s'inspire notamment de la « **nouvelle société** », politique portée par l'ancien Premier ministre Jacques Chaban-Delmas, qui avait pour but de **répondre à la crise de mai 1968**. Dans cette perspective, il abaisse dès 1974 l'âge de la majorité à 18 ans.

B Une présidence face à une crise économique durable

- La France entre dans la **crise au début des années 1970**. L'**inflation** est forte, le **chômage** augmente et atteint 7 % en 1981. La compétitivité de l'industrie française est remise en cause sur le marché mondial.
- Quelques **droits sociaux** progressent : le **Smic** (salaire minimum interprofessionnel de croissance), salaire minimum que doit recevoir un salarié, créé sous de Gaulle, est augmenté et la **Sécurité sociale** est étendue à tous les résidents du territoire français, et non aux seuls travailleurs.

C Une nouvelle politique migratoire

- L'année 1974 marque le début des **politiques de reflux de l'immigration** (installation dans un pays d'une population d'origine étrangère). En effet, en juillet, le gouvernement déclare une **« suspension provisoire » de l'immigration de travail**, justifiée par un contexte économique difficile. Des **politiques d'incitation au retour** sont mises en place pour limiter la présence des étrangers sur le territoire.
- Le **Front national**, parti d'extrême droite, est fondé en 1972 par Jean-Marie Le Pen. Il n'hésite pas à **instrumentaliser le thème de l'immigration** à des fins électorales et présente cette dernière comme la cause des difficultés en France.

2 Les avancées libérales de la société

A Des réformes majeures en faveur des femmes

- C'est le domaine des mœurs qui est le premier touché. Après la **généralisation de la contraception médicalisée** (loi Neuwirth, 1967), la **loi Veil** autorise en 1975 l'**interruption volontaire de grossesse** (IVG). Cette libération des femmes a favorisé la distinction entre la procréation et la sexualité.
- La **place des femmes dans le couple** évolue au rythme de leur intégration au monde du travail. En 1970, 60 % des femmes mariées étaient professionnellement inactives ; à la fin des années 1980, elles ne sont plus que 30 %.
- Ces évolutions aboutissent à une **reconnaissance progressive de l'égalité des droits.** En 1970, la loi sur le partage de l'autorité parentale consacre l'égalité des parents dans l'éducation de leurs enfants. En 1975, une loi simplifie la procédure de divorce en instaurant le **consentement mutuel.**

B D'importantes mutations éducatives et culturelles

- La question de l'**égalité des chances** en matière d'éducation est une préoccupation du mandat. En 1975, est créé le **collège unique** (loi Haby), qui favorise la démocratisation scolaire. En 1985, l'objectif de « 80 % d'une classe d'âge au bac » est proclamé. Le **bac professionnel** est alors créé.
- À l'**université**, la massification est forte aussi depuis les années 1960, du fait de l'arrivée de la génération des baby-boomers.
- En matière culturelle, le gouvernement **supprime l'ORTF** (Office de radiodiffusion-télévision française), établissement public créé en 1964, qui mettait sous tutelle de l'État la radio et la télévision publiques.
- **Plusieurs chaînes publiques** de radio (Radio France) et de télévision (TF1, Antenne 2, France Région 3) sont créées et mises en concurrence.

Lexique

Démocratisation scolaire : processus qui vise l'égalité de réussite de tous les élèves.

Massification : augmentation en chiffres bruts du nombre d'élèves qui dépassent l'enseignement primaire.

Mitterrand président : illusions et désillusions politiques (1981-1988) 55

Lue Relue Apprise

François Mitterrand remporte les élections face à Valéry Giscard d'Estaing le 10 mai 1981, avec 52,2 % des voix. C'est un tournant.

1 Mitterrand, le tournant ?

- Avec le slogan **« la force tranquille »**, **François Mitterrand** remporte les élections. C'est la première fois qu'un **socialiste** arrive au pouvoir sous la Ve République. Certains crient au péril rouge, car des communistes entrent au gouvernement.
- Au début de son mandat, la majorité se lance dans un **programme de réformes** : nationalisation des secteurs clés de l'économie, **abolition de la peine de mort** en 1981, hausse des **prestations sociales**, cinquième semaine de **congés payés**...
- Les résultats attendus n'arrivent pas. La situation économique ne s'arrange pas et le chômage progresse. Le ministre de l'Économie Pierre Mauroy impose un **tournant libéral**, qui provoque la **désillusion** des électeurs de gauche.

Lexique

Nationalisation : transfert d'une entreprise privée entre les mains de l'État.

2 L'immigration, un enjeu politique

- L'**électorat du FN** poursuit sa progression : en 1983, il remporte la ville de Dreux.
- De nombreux jeunes d'origine immigrée se mobilisent : en 1983, la **Marche pour l'égalité et contre le racisme** est une réaction des populations socialement défavorisées aux inégalités et aux expressions publiques du racisme.
- En 1984, est créée la **carte de séjour de dix ans**, pour lutter contre la précarisation des immigrés.

3 Transformations culturelles et nouveaux combats

- Les années 1980 sont bouleversées par la **métamorphose du paysage médiatique**. Radios et chaînes de télévision se multiplient et deviennent des circuits de diffusion d'une culture populaire.
- La **jeunesse**, touchée par le chômage et inquiète pour son avenir, se mobilise. En 1986, lycéens et étudiants protestent **contre un projet de loi** du ministre Alain Devaquet, qui vise à sélectionner les étudiants à l'entrée des universités.

● En France, le nombre de cas de **Sida** progresse depuis son apparition en 1983. Des **associations** d'aide aux malades se mobilisent pour pousser le gouvernement à agir, notamment dans le sens de la **prévention**.

lexique

Sida : syndrome d'immunodéficienc[e] acquise. Maladie d'origine virale qui se caractérise par une disparition du système de défens[e] immunitaires.

Doc. Affiche de la Marche pour l'égalité et contre le racisme (1983)

La marche (15 octobre-3 décembre 1983) est née en réaction à des violences commises par la police contre des jeunes d'origine immigrée dans la banlieue de Lyon. Les 32 premiers marcheurs sont partis de Marseille. Arrivés à Paris, ils sont plus de 100 000 et 8 d'entre eux sont reçus par François Mitterrand, qui annonce alors la création de la carte de séjour de 10 ans.

Points de passage et d'ouverture 56

Lue Relue Apprise

1 Ronald Reagan et Deng Xiaoping : deux acteurs majeurs d'un nouveau capitalisme

- **Ronald Reagan, président républicain des États-Unis** de 1980 à 1988, considère que l'État doit favoriser l'activité du secteur privé par une **libéralisation générale** des réglementations publiques. Ses *Reaganomics* reposent sur **quatre piliers** : réduire les dépenses publiques (sauf la défense), réduire la fiscalité, déréguler et réduire l'inflation.
- Dès 1980, le taux le plus élevé d'impôt sur le revenu est ramené de 70 à 28 %, et l'impôt baisse globalement d'un quart. Le programme d'aide au retour à l'emploi est supprimé. L'inflation est contenue, la **croissance économique** repart, mais le **chômage** augmente chez les ouvriers, la **dette fédérale** double, et le **déficit** du budget triple.
- En Chine, en 1979, **Deng Xiaoping**, numéro un du régime, décide d'**augmenter les capacités de la marine marchande** chinoise et de **moderniser l'appareil de production** industrielle, en misant sur l'exportation de biens d'équipements, confectionnés dans des entreprises ouvertes aux capitaux privés et au crédit, et situées dans des zones économiques spéciales (zones franches). En 1986, le revenu rural a triplé, et le revenu urbain doublé.
- En 1987, le « **socialisme aux couleurs de la Chine** » s'apparente nettement au **capitalisme**, avec la cession de terres et d'entreprises au secteur privé.

2 L'année 1989 dans le monde

- En février, lorsque s'achève le **retrait des troupes soviétiques d'Afghanistan** décidé par Mikhaïl Gorbatchev, 1 million d'Afghans et 15 000 Soviétiques ont perdu la vie.
- Partout dans le bloc de l'Est, des **manifestations** appellent à plus de liberté et de démocratie. En **Pologne**, des grèves gigantesques obligent le gouvernement à organiser des élections libres, qui portent au pouvoir un non-communiste.
- Le processus se répète en **Hongrie**, ce qui efface la frontière entre l'Est et l'Ouest : des milliers d'Allemands de l'Est s'enfuient à l'Ouest. Le **9 novembre**, après des semaines de mobilisation, les habitants de Berlin-Est sont autorisés à se rendre à Berlin-Ouest sans passeport. Aussitôt, ils entreprennent de **détruire le mur** qui isole Berlin-Ouest.
- En **Chine**, des **étudiants** réclament des libertés politiques, encouragés par le discours de Gorbatchev et les changements en Europe. Ils décident d'occuper la **place Tiananmen**, à Pékin. Dans la nuit du 3 au 4 juin 1989,

les chars entrent dans Pékin et vident la place, massacrant des milliers de jeunes.

3 L'abolition de la peine de mort (1981)

- Au cours de sa campagne électorale pour les élections présidentielles, **François Mitterrand** déclare clairement son **opposition à la peine de mort**, alors que l'opinion publique lui est encore favorable. En effet, le 5 janvier 1981, un sondage paru dans le journal *Le Parisien* annonce que **63 % des Français sont contre l'abolition** de la peine de mort.
- L'abolition compte parmi les « 110 propositions pour la France » du programme du candidat. Le nouveau président nomme garde des Sceaux **Robert Badinter**, un avocat pleinement **engagé dans le combat contre la peine de mort** depuis 1972. En 1977, à l'occasion du procès de Patrick Henry, il fait le procès de la peine de mort. La mission de proposer un texte de loi lui est naturellement confiée par le nouveau président.
- Le 18 septembre 1981, l'Assemblée nationale adopte l'article 1er de la loi sur l'abolition de la peine de mort, avec 369 voix pour, 113 contre, et 5 abstentions. La loi, promulguée en octobre 1981, fait de la France le **35e pays dans le monde à abolir la peine de mort**. C'est l'aboutissement d'un combat de plus de deux siècles.

4 La légalisation de l'IVG : un tournant dans l'évolution des droits des femmes

- En 1975, **Simone Veil**, ministre de la Santé, porte au Parlement une **proposition de loi pour légaliser l'avortement**.
- Les débats parlementaires sont houleux et traduisent les **clivages de la société** sur ce sujet. Simone Veil doit convaincre une **assemblée composée presque uniquement d'hommes**, pour beaucoup très conservateurs. Pour y parvenir, elle insiste sur le fait que la pratique de l'IVG ne doit être que le dernier recours dans une situation de détresse. Pour obtenir les votes des députés de gauche, elle met en avant l'inégalité profonde qui existe entre les femmes issues de milieux aisés, qui peuvent avorter médicalement, et les autres.
- Le Parlement adopte définitivement le texte le 20 décembre 1974, par 277 voix contre 192. La loi, promulguée le 17 janvier 1975 pour cinq ans, est ainsi l'**aboutissement d'années de luttes féministes**. Elle est de nouveau adoptée en 1979, mais la prise en charge de l'IVG par la Sécurité sociale n'est adoptée qu'en 1982.
- Depuis, le **recours à l'avortement** est resté **stable** en France, comme le prouvent les statistiques.

Les remises en cause économiques, politiques et sociales des années 1970 à 1991

Révision EXPRESS

Les points essentiels

- Les **deux chocs pétroliers de 1973 et 1979** provoquent une envolée des prix, une inflation et un accroissement du chômage.
- Cette crise motive l'adoption de **principes économiques ultra-libéraux**. La **mondialisation** se met en place.
- Sous la pression populaire, le shah d'**Iran** est contraint de quitter le pouvoir en 1979 ; le pays devient une **théocratie**.
- Au début des années 1970, l'Espagne, le Portugal et la Grèce mènent une **transition démocratique avant d'adhérer à la CEE**.
- Entre mai et décembre 1989, les **démocraties populaires d'Europe de l'Est** connaissent un processus de contestation politique croissante, qui provoque le renversement des gouvernements communistes, puis de l'**URSS** elle-même, qui **disparaît le 25 décembre 1991**.
- En France, **Valéry Giscard d'Estaing** est élu le 5 mai 1974. L'**avortement** est dépénalisé (loi Veil, 1975). Une politique en faveur la **démocratisation scolaire** est mise en place. L'année 1974 marque le début des **politiques de reflux de l'immigration**.
- **François Mitterrand** remporte les élections le 10 mai 1981. C'est un tournant. Au début de son mandat, des lois, marqueurs de la gauche, sont votées. Les **immigrés** sont de plus en plus victimes d'**agressions racistes**. L'électorat du **Front national**, parti créé en 1972, poursuit sa progression.
- Les années 1970-1980 sont également bouleversées par la **métamorphose du paysage médiatique**.

Les dates-clés

Octobre 1973	Premier choc pétrolier
5 mai 1974	V. Giscard d'Estaing élu président de la République
17 janvier 1975	Loi Veil légalisant l'avortement (France)
1er février 1979	Khomeini regagne triomphalement l'Iran.
Février-avril 1979	Deuxième choc pétrolier
1979	Zones économiques spéciales en Chine
10 mai 1981	F. Mitterrand élu président de la République
18 septembre 1981	Abolition de la peine de mort (France)
4 juin 1989	Répression du mouvement étudiant à Pékin
9 novembre 1989	Chute du mur de Berlin
25 décembre 1991	Disparition de l'URSS

Mémo'Quiz

Vrai ou faux ? Cochez la bonne réponse.

La modification des grands équilibres mondiaux

1. Le premier choc pétrolier frappe des économies occidentales en pleine dynamique.
❑ Vrai ❑ Faux

2. Les politiques économiques pour répondre à la crise amplifient la mondialisation.
❑ Vrai ❑ Faux

3. La démocratisation touche l'Europe du Nord à partir des années 1970.
❑ Vrai ❑ Faux

4. M. Gorbatchev s'oppose aux réformes politiques et économiques voulues par les populations du bloc de l'Est.
❑ Vrai ❑ Faux

5. À partir de 1979, la Chine adopte un fonctionnement économique qui provoque sa fermeture au monde.
❑ Vrai ❑ Faux

6. En 1989, les régimes communistes d'Europe de l'Est font face à une contestation populaire.
❑ Vrai ❑ Faux

Un tournant social, politique et culturel, la France de 1974 à 1988

7. La loi Veil légalise la contraception féminine.
❑ Vrai ❑ Faux

8. F. Mitterrand est le premier président de gauche de la Ve République.
❑ Vrai ❑ Faux

9. F. Mitterrand propose l'abolition de la peine de mort parce que l'opinion publique y est très favorable.
❑ Vrai ❑ Faux

10. L'immigration est devenue un enjeu social et politique.
❑ Vrai ❑ Faux

→ Corrigés p. 475

Nouveaux rapports de puissance et enjeux mondiaux

57

Lue Relue Acquise

Loin d'avoir apaisé les tensions géopolitiques, la fin de la guerre froide inaugure un monde plus chaotique et dangereux, malgré les tentatives de régulation menées par l'ONU.

1 Un nouvel affrontement de puissances dans un monde multipolaire

A Les États-Unis à la tête d'un nouvel ordre mondial

- Après la fin de la guerre froide, l'**espoir d'un monde pacifié** renaît sous l'égide des États-Unis : leurs **valeurs libérales** triomphent et mettent fin aux conflits.
- Ainsi, avec la **guerre du Golfe** contre l'Irak (1991), les États-Unis deviennent une hyperpuissance sans rival et assument la responsabilité de « **gendarmes du monde** », défendant le droit international et le multilatéralisme.
- Les **attentats du 11 septembre 2001**, historiquement les plus violents, avec près de 3 000 morts, soulignent cependant la vulnérabilité de la puissance états-unienne et sa remise en cause.

Lexique

Hyperpuissance : pays qui dispose de tous les leviers de la puissance et qui se projette à l'ensemble du globe.

Multilatéralisme : système de relations internationales qui privilégie la négociation entre des États en vue d'établir des règles communes

B Une hiérarchie de puissances recomposée

- Les années 2000 marquent également une rupture économique : de nouvelles puissances dites « **émergentes** » (Chine, Inde) entament la domination occidentale. En 2018, l'Inde atteint la 6e place, devant la France.
- Les relations internationales sont aujourd'hui centrées sur la **rivalité États-Unis-Chine**, 2e puissance depuis 2010. Celle-ci cherche à s'imposer par sa puissance militaire et sa puissance technologique (BATX, Huawei...) et économique (routes de la soie) pour construire une **influence mondiale** (*soft power*).

2 De nouvelles formes de conflits

A Le temps des guerres civiles

- Le **nationalisme** (doctrine politique accordant la primauté à une nation sur les autres) engendre redécoupage des **frontières** (28 000 km supplémentaires) et **guerres civiles**. Ainsi, l'ex-Yougoslavie éclate en sept nouveaux États durant une décennie de guerres (1991-1999).
- En Afrique, on parle de « **décennie du chaos** », avec les guerres pour les ressources. En RDC, les estimations déplorent des millions de morts.

B Les guerre asymétriques : l'exemple du Proche et du Moyen-Orient

- Après le 11 septembre, les États-Unis engagent une **guerre contre le terrorisme** : ils envahissent l'Afghanistan (2001), puis de nouveau l'Irak (2003).
- Ils y affrontent des **guérillas** terroristes dans des guerres asymétriques dont ils peinent à se retirer. La guerre en Syrie depuis 2011 est identique, ce qui explique la non-intervention des États-Unis.

> **Lexique**
>
> **Guerre asymétrique** conflit opposar une armée régulièr à des groupes armés
>
> **Épuration ethnique** tentative de créatic de régions ethn quement homogèr par la déportatio les crimes de mass les viols.

C Les civils, principales victimes des conflits

- Cette décennie voit la résurgence d'une **violence de masse extrême**. En 1994, le **génocide** (voir p. 4, 5) des Tutsis du Rwanda fait 800 000 morts, tandis que l'épuration ethnique dans la ville yougoslave de Srebrenica en fait plus de 8 000.
- Les guerres actuelles restent très violentes (25 000 morts en Irak) : les groupes armés **échappant au droit international** commettent des crimes tels que le viol, qui déchire les communautés.

3 La mise en place d'une gouvernance mondiale

A L'activisme de l'ONU

- L'ONU peut de nouveau agir et prendre des résolutions sans crainte d'un veto. Elle promeut le **multilatéralisme** et bâtit une **gouvernance mondiale**.
- En 2002, est créée la **Cour pénale Internationale** à compétence universelle pour poursuivre les criminels de guerre. L'ONU **lutte contre les inégalités** grâce aux **OMD** (Objectifs du millénaire pour le développement, adoptés en 2000) et à ses nombreuses **agences** (UNICEF, OMS...) à l'efficacité saluée.
- Pour préserver le climat, elle sonne la mobilisation avec le **Sommet de la Terre** à Rio (1992), les **COP** (Conférence des parties, réunissant l'ensemble des parties membres de l'ONU) tous les ans et le **Protocole de Kyoto** pour la réduction des gaz à effet de serre (1997).

B Une gouvernance mondiale à la peine

- L'augmentation des **missions de maintien de la paix** (18, principalement en Afrique) montre l'instabilité du monde. La plus ancienne, en Palestine, date de 1948. Les **Casques bleus** sont parfois rejetés par les civils du fait de leur incapacité à mettre fin aux violences.
- La gouvernance mondiale suscite des **résistances** : les États-Unis désertent les dispositifs internationaux : CPI, accords de Paris (COP21)....

La construction européenne, entre élargissement et approfondissement

58

Lue Relue Acquise

Depuis 1992, la construction européenne évolue, entre avancées et crises.

1 Évolution du projet européen et élargissements successifs

A La fin de la guerre froide et l'effondrement du bloc communiste

- En 1992, la CEE est confrontée à de **nouveaux défis**, auxquels répond le **traité de Maastricht**. Négocié par les douze pays alors membres, il donne naissance à une union politique : l'**Union européenne**.
- Ce traité instaure une **citoyenneté européenne**. Il permet la libre circulation des citoyens, avec les **accords de Schengen**, entrés en vigueur en 1995.
- L'adoption de ce traité s'est cependant faite dans la douleur, comme en France où le « oui » au référendum obtient une courte majorité. Dès 1992, pointe un certain **euroscepticisme**.

Lexique

Communauté économique européenne (CEE) : organisation internationale issue du traité de Rome (1957) signé par les six pays fondateurs de la construction européenne (Allemagne, Belgique, France, Italie, Luxembourg et Pays-Bas).

B L'UE entre élargissement et approfondissement

- L'UE tente de concilier deux dynamiques contradictoires : l'**élargissement** et l'**approfondissement** (renforcement des institutions).
- L'UE passe **de douze à vingt-huit membres** : en 1995 sont intégrés les pays du Nord riches, à partir de 2004 les pays de l'Est (PECO), en 2007 la Bulgarie et la Roumanie, puis la Croatie en 2013. Ces élargissements sont **critiqués** à cause de l'écart de richesse entre entrants et anciens membres. Toutefois, l'UE reste attractive, avec de nombreux États **candidats à l'entrée**, comme la Turquie avec laquelle les **négociations** sont aujourd'hui au point mort.
- Les **traités d'Amsterdam** (1997) **et de Nice** (2001) renforcent les pouvoirs du **Parlement européen**, seule institution élue démocratiquement par les citoyens. Il est aussi prévu de donner une constitution à l'UE, mais les seuls référendums organisés, en France et au Danemark en 2005, rejettent ce projet.

2 Le projet européen : un processus inachevé

A Vers une Europe « à la carte ? »

- Nombre d'États membres n'adoptent que les **politiques européennes qui conviennent à leurs intérêts** nationaux. La **Grande-Bretagne** s'était ainsi exclue volontairement de la zone euro pour conserver sa propre monnaie, et des accords Schengen pour conserver le contrôle de ses frontières.

- On oppose généralement **deux visions** de l'Europe : d'un côté, les **souverainistes**, qui défendent l'Europe des nations, où l'autonomie politique des États est préservée ; de l'autre les **fédéralistes**, qui défendent l'Europe des régions, où le pouvoir supranational est renforcé.

B L'UE face à la question migratoire

- L'arrivée importante de migrants **remet en cause** l'une des grandes réalisations du projet européen : la **libre circulation** des personnes, garantie par les accords de Schengen. Les **frontières extérieures** de l'UE font l'objet de **contrôles** renforcés, organisés par l'agence Frontex.
- L'UE doit aussi faire face aux drames causés par la **disparition en mer Méditerranée** de bateaux chargés de migrants. En 2015, a lieu le premier sommet européen consacré à la question migratoire pour **lutter contre les réseaux criminels** qui organisent les passages.

C Le Brexit, et après ?

- En 2016, le Royaume-Uni vote majoritairement en faveur de sa **sortie de l'UE**. C'est le début d'une procédure inédite. La sortie effective a lieu le **31 janvier 2020**. L'UE envisage pour le Royaume-Uni un partenariat proche de celui de la Norvège (accès au marché unique et liberté de circulation).
- Beaucoup voient dans cet événement un **affaiblissement** durable de l'UE et une perte de son pouvoir d'attraction, tandis que certains s'inquiètent d'un possible effet domino.

Doc. L'Union européenne en 2020

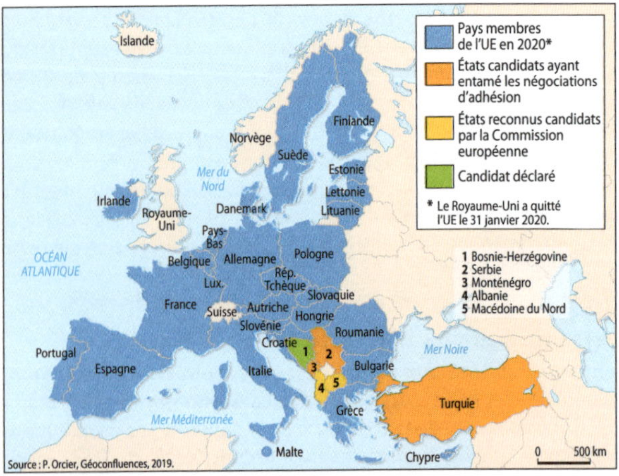

La République française

59

Lue Relue Acquise

La Ve République, instaurée en 1958, a dû adapter ses institutions, mais a aussi été modifiée en profondeur par les évolutions de la société française.

1 Les institutions de la Ve République

A La mise en place des institutions de la Ve République (1958-1981)

- La Constitution de la Ve République maintient un **régime parlementaire**, mais confie au **président** de la République un **pouvoir fort**. Avec la réforme constitutionnelle de 1962, il est désormais **élu au suffrage universel**, ce qui renforce sa légitimité.
- La **présidentialisation** (ou renforcement du pouvoir du président de la République) s'accentue : le président nomme désormais le Premier ministre, qui nomme son gouvernement, au détriment du Parlement. L'**article 49-3**, régulièrement utilisé, permet de faire adopter une loi sans débat et sans vote.

B Des institutions qui s'adaptent (1981-2019)

- En 1981, le socialiste **François Mitterrand**, principal opposant à la Ve République, est élu président. En 1986, il inaugure la première **cohabitation**, car l'Assemblée nouvellement élue est majoritairement à droite.
- En 2000, est adopté le **quinquennat**, pour renforcer le pouvoir exécutif menacé par les cohabitations.
- Entre 2007 et 2012, la pratique du pouvoir de **Nicolas Sarkozy** tend à renforcer la **présidentialisation** du régime. La révision constitutionnelle de 2008 autorise le chef de l'État à s'exprimer devant le Parlement réuni à Versailles, au détriment du gouvernement, jusque-là seul détenteur de cette prérogative.

point de passage

Les progrès de la décentralisation

En France, l'autorité centrale détient historiquement l'ensemble des pouvoirs. En 1982, le ministre Defferre entame un processus de décentralisation : il fait des régions des collectivités territoriales. Entre 2003 et 2013, l'État leur délègue de nouvelles compétences. La réduction du nombre de régions de vingt-deux à treize en 2015 vise à leur donner plus de poids.

lexique

Décentralisation : transfert de compétences de l'État vers les collectivités territoriales.

Collectivité territoriale : structure administrative, distincte de l'administration de l'État, qui a en charge les intérêts des habitants d'un territoire donné (commune, département, région...).

2 La République face aux évolutions de la société

A La République et la laïcité

- Depuis la **loi de 1905**, les rapports entre la République et les religions sont commandés par le principe de **laïcité**.
- L'État doit faire face à de **nouveaux défis** pour assurer sa mission de garant de la **liberté des cultes**, tout en veillant au respect des **principes de la laïcité**. Différents **débats** portant sur les manifestations de la foi religieuse – notamment à l'école : repas confessionnels, port de signes ostentatoires – aboutissent à la réaffirmation du principe de laïcité : la loi de 2004 interdit tout signe distinctif d'appartenance à toute religion dans les établissements publics.

lexique

Laïcité : organisat de la société fondée la séparation des Ég et de l'État, qui exclu Églises de l'exercic tout pouvoir politi ou administratif.

B Les combats pour l'égalité

- Avec le **référendum d'initiative partagée** (RIP), 10 % des électeurs peuvent soutenir un projet de loi porté par un cinquième des parlementaires. La validité de ce projet doit néanmoins être vérifiée par le Conseil constitutionnel.
- La Constitution et le Code civil ont aussi évolué en faveur de **nouveaux droits pour les personnes de même sexe**. Avec la loi sur le mariage pour tous de 2013, la France devient le 14e pays au monde à autoriser le mariage homosexuel.

Doc. **Alternances et cohabitations sous la Ve République**

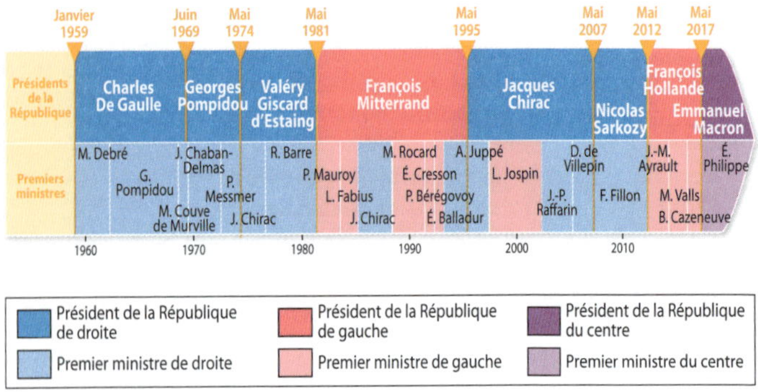

Points de passage et d'ouverture 60

Lue Relue Acquise

1 La fin de l'apartheid (1994)

- L'**apartheid** est une politique de **ségrégation raciale** légalisant des pratiques menées depuis les débuts de la colonisation. En 1912, sur le modèle du parti de Gandhi, est fondé l'**ANC**, qui rassemble victimes et opposants à l'apartheid (Noirs, Indiens, Métis ou Blancs).
- **Nelson Mandela**, alors jeune avocat, prend la tête de la branche militaire ; il est condamné en 1962 (procès de Rivonia) à vingt-sept ans de **travaux forcés**. Petit à petit, la communauté internationale condamne le régime d'apartheid. À partir de 1989, alors que la violence est de plus en plus vive entre les communautés, les **lois d'apartheid** sont progressivement **abolies**, tandis que Mandela est libéré en 1990.
- En 1993, il obtient le **prix Nobel de la paix** et est élu **président** en 1994, mettant définitivement fin à ces lois instituant une inégalité selon des logiques racistes.

2 Les attentats du 11 septembre 2001

- Les **attentats du 11 septembre 2001** ont causé **2 977 morts** dans quatre opérations suicides visant, à New York, les deux tours du World Trade Center et, à Washington, le Pentagone et la Maison Blanche, finalement épargnée par le sacrifice des passagers du vol 93. Très rapidement, les auteurs de l'attentat sont identifiés : les dix-neuf terroristes appartiennent tous à **Al-Qaida** (« la base », en arabe), organisation terroriste dirigée par un ancien allié des États-Unis, **Oussama Ben Laden**.
- Sans revendication, cet attentat peut être considéré comme une **déclaration de guerre** contre les États-Unis. C'est un exemple de **conflit asymétrique**, dans lequel une puissance fait face à un ennemi apparemment plus faible. Al-Qaida a usé de la **mondialisation** des flux financiers pour transférer et cacher l'argent – assez réduit – nécessaire aux terroristes. Ceux-ci ont facilement gagné le territoire états-unien en profitant de la globalisation des flux humains. Enfin, le retentissement planétaire a été obtenu en s'appuyant sur la puissance des médias et la force dramatique des images des tours.

3 La monnaie unique

- Afin d'assurer la croissance économique et la stabilité monétaire, le **projet de l'euro** est lancé en 1992 par le **traité de Maastricht**. En 2002, l'euro devient la monnaie référente de dix-neuf pays et de 304 millions d'Européens. Elle est gérée par la **Banque centrale européenne** (BCE). Son usage concrétise l'appartenance à un **espace économique commun**.

- Son emploi a encouragé les **échanges commerciaux** à l'intérieur de la zone. Les consommateurs n'ont plus à changer de devises lorsqu'ils voyagent. L'euro est devenu la **2e monnaie mondiale**, après le dollar.
- Mais la **gouvernance** de cet outil à la **source de nombreuses tensions**. En 2008, l'Europe entre dans une crise économique. Les États membres manquent de solidarité : personne ne semble vouloir aider la Grèce, et un « Grexit » est même envisagé. Pour **accroître la coordination budgétaire**, il faudrait que les ministres des Finances nationaux consultent leurs pairs européens lors de la préparation de leur budget.

4 L'Eurotunnel

- L'Eurotunnel, inauguré en 1994, relie **le Royaume-Uni et la France**. Ce service permet chaque année la traversée de 1,7 million de camions et 2,7 millions de voitures. Il assure **25 % des échanges** entre l'île et le continent.
- Getlink, l'entreprise qui gère le tunnel, mise sur un **accord post-Brexit équilibré**, qui permettrait de maintenir les échanges commerciaux.

5 La parité en France

- La **parité en politique**, c'est-à-dire l'égal accès des femmes et des hommes aux mandats électoraux et fonctions électives, est un processus long.
- En 1944, les femmes obtiennent le **droit de vote et d'éligibilité**. Mais ce n'est qu'en 1999 que la parité est inscrite dans la Constitution. Pour corriger certaines faiblesses de la loi, une **nouvelle loi** est promulguée en 2007. Elle entend **féminiser les exécutifs locaux** en prévoyant l'application de la parité pour l'élection des adjoints au maire. Pour les élections législatives, la loi accentue le montant de la pénalité financière.
- Certains **modes de scrutin** défavorisent la parité. Dans les scrutins uninominaux majoritaires, la loi est moins contraignante que pour les scrutins de liste, où la stricte alternance hommes-femmes doit être respectée. La parité est ainsi presque atteinte dans les conseils régionaux (48,1 % de femmes élues), alors que l'Assemblée ne compte que 38,8 % de femmes en 2017.
- En 2020, le gouvernement annonce vouloir **durcir les sanctions envers les partis politiques** : les **pénalités** infligées aux partis ne respectant pas la parité aux élections législatives devraient être multipliées par cinq.

Le monde, l'Europe et la France depuis les années 1990

Révision EXPRESS

Les points essentiels

- La fin de la guerre froide laisse entrevoir un monde désormais pacifié sous la **domination des États-Unis**. Or, le monde s'est au contraire **complexifié** et **déstabilisé**. De nombreuses puissances se sont affirmées, on parle désormais d'un **monde multipolaire**. Les conflits ont muté en **guerres asymétriques** très nombreuses et violentes pour les civils.
- Une **gouvernance mondiale** sous l'égide de l'**ONU** apparaît indispensable pour gérer des problèmes globaux. Pourtant, les logiques de **souveraineté nationale** et de **puissance** des États priment encore.
- Les **élargissements successifs** de l'UE depuis les années 1990 posent le problème de la **cohésion** d'un ensemble aussi vaste. À partir de 1992, le projet de l'**euro** concrétise l'appartenance à un espace économique commun. Toutefois, sa **gouvernance** est à la source de nombreuses **tensions**. Mais malgré la sortie du Royaume-Uni, l'UE reste **attractive.**
- En 1958, la Vᵉ République apparaît comme un **régime semi-présidentiel** aux fondations stables. Les **institutions** ont su s'adapter à des situations nouvelles : cohabitation politique, laïcisation de la société. L'État a mis en place la **décentralisation**, renforçant la puissance des régions. Néanmoins, de **nombreux enjeux** persistent autour des questions d'égalité.

Les dates-clés

1991	Éclatement de l'URSS et fin de la guerre froide
1991	Guerre du Golfe
1992	Traité de Maastricht
1994	Génocide des Tutsis au Rwanda
1994	Fin de l'apartheid
1994	Inauguration du tunnel sous la Manche
1995	Accords de Schengen
1999	La parité, principe constitutionnel (France)
2000	Adoption du quinquennat (France)
2001	Entrée de la Chine à l'OMC
11/09/2001	Attentats aux États-Unis
2002	Lancement de l'euro
2003	Guerre d'Irak
2004	Renforcement de la laïcité dans les établissements publics (France)
2016	Brexit

Mémo'Quiz

Cochez la ou les bonne(s) réponse(s).

Nouveaux rapports de puissance et enjeux mondiaux

1. Qui dirige la guerre du Golfe (1991) ?
- ❑ L'ONU
- ❑ Les États-Unis
- ❑ L'Union européenne

2. Qu'est-ce qu'une guerre asymétrique ?
- ❑ Une guerre entre un pays très grand et un pays très petit
- ❑ Une guerre entre un État et un groupe armé
- ❑ Une guerre entre deux pays aux armées très déséquilibrés

La construction européenne

3. Quand le référendum sur le Brexit a-t-il été organisé ?
- ❑ 2016
- ❑ 2017
- ❑ 2018

4. Pourquoi la monnaie unique européenne, l'euro, a-t-elle été lancée ?
- ❑ Pour assurer la stabilité monétaire de la zone euro
- ❑ Pour développer le commerce entre les pays européens
- ❑ Pour renforcer le poids économique de la France

La République française

5. En France, quel président a particulièrement renforcé la présidentialisation du régime ?
- ❑ François Mitterrand
- ❑ Nicolas Sarkozy
- ❑ François Hollande

6. Qu'est-ce que la parité en politique ?
- ❑ L'égale représentation politique des partis de gauche et de droite
- ❑ L'égale représentation politique des femmes et des hommes
- ❑ L'égale représentation politique des espaces urbains et ruraux

→ Corrigés p. 475

Géographie

Sommaire

Géographie

Lue Relue Apprise

Mers et océans, vecteurs de la mondialisation

61

☐ Lue ☐ Relue ☐ Apprise

Les mers et océans occupent une place prépondérante dans l'actuelle mondialisation : ils permettent les échanges internationaux, mais leur mise en valeur est soumise à différentes logiques d'appropriation et de protection, parfois difficilement conciliables.

1 Des ressources importantes

A Des ressources halieutiques

- En 2017, **171 millions de tonnes** de ressources halieutiques ont été pêchées. L'**aquaculture** représente environ 43 % de ce chiffre et les productions aquacoles sont en nette augmentation depuis la fin des années 1980.
- Les **principales variétés de poissons** (83 % de la pêche) sont l'anchois du Pérou, le lieu d'Alaska, le thon et le maquereau. Elles sont principalement pêchés dans les **eaux tempérées ou froides**, qui connaissent aujourd'hui des situations de **surpêche**.

B Des ressources énergétiques et minières

- Les **ressources biochimiques** destinées à l'utilisation dans l'industrie pharmaceutique ou cosmétique se développent de plus en plus, tout comme la prospection de **ressources énergétiques**.
- Qu'il s'agisse de prospection d'énergies **non-renouvelables** (les hydrocarbures) ou **renouvelables**, mers et océans sont les « nouveaux eldorados » pour les compagnies. La part des **hydrocarbures** offshore progresse pour atteindre 30 % de la production mondiale.
- On observe le développement d'installations **marémotrices** (qui utilisent la force de la marée), **houlomotrices** (qui utilisent la force des vagues) et **hydroliennes** (qui utilisent la force des courants sous-marins), mais les volumes produits restent modestes.

lexique

Offshore : terme anglais qualifiant une activité se déroulant en haute mer.

C Des ressources paysagères

- Les mers et océans constituent depuis longtemps un important **potentiel touristique**, qu'il s'agisse de la baignade ou des activités sportives.
- La **plaisance** se développe, mais c'est le monde de la **croisière** qui a le plus été bouleversé ces dernières années (près de 30 millions de croisiéristes en 2019).

2 Un rôle fondamental dans la mondialisation

A La circulation des Hommes et les flux de biens

- Les **migrants** constituent une part importante des circulations humaines sur les mers et océans (81 % des migrants vers l'Europe).
- Le **commerce mondial** est en pleine expansion et 90 % du volume des marchandises exportées le sont par voie maritime.
- La mondialisation repose sur les **flux immatériels**, qui utilisent l'océan pour transmettre les données grâce à des câbles posés au fond de l'eau.

B Les routes maritimes

- Cette maritimisation de l'économie crée des **routes maritimes**, véritables couloirs de passage empruntés par les navires.
- Les grandes routes relient les **principales façades** et les **grands ports** et empruntent des **canaux** et des **détroits**.

Lexique

Maritimisation : processus d'augmentation des échanges par voie maritime.

C Des territoires maritimes inégalement intégrés à la mondialisation

- À l'échelle mondiale, les **façades maritimes** qui concentrent les ports, les usines et les activités, s'étirent sur plusieurs dizaines, voire centaines de kilomètres sur le **littoral**.
- On distingue généralement **trois grandes façades maritimes** : la façade atlantique des États-Unis, la façade orientale de l'Asie pacifique et la Northern Range européenne.

Doc. Routes et transports maritimes

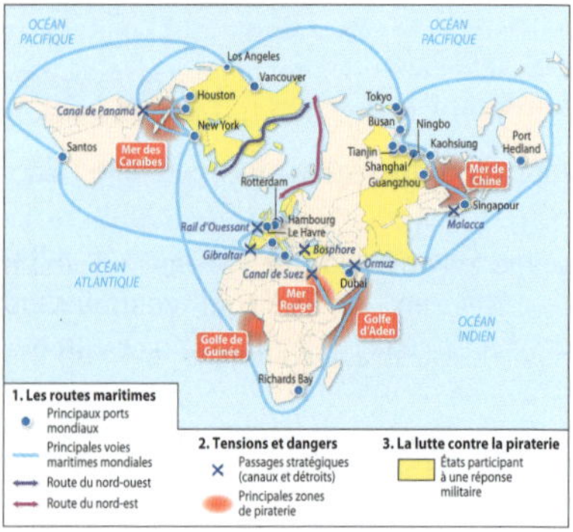

Mers et océans, entre appropriation, protection et liberté de circulation

62

Lue Relue Apprise

Les mers et océans deviennent des espaces aux enjeux géostratégiques importants, mais soumis à une logique ambivalente, puisque chaque pays veut s'approprier leurs richesses tout en cherchant à les protéger.

1 Nouveaux enjeux géostratégiques et rivalités de puissances

A Des espaces aux enjeux géopolitiques importants

- La **mondialisation** contemporaine a des effets considérables sur tous les espaces géographiques ; elle est très largement responsable de la **croissance des territoires littoraux.**
- La **sécurité** devient le maître-mot : celle des accès portuaires, des routes maritimes, de l'accès à la ressource.

B Le contrôle des mers : des rivalités de puissances

- La **politique de sécurisation** des mers concerne essentiellement les États-Unis, la Chine, la Russie et la France.
- La **marine américaine** est la seule aujourd'hui présente dans toutes les parties de l'océan mondial. La **marine chinoise** est désormais la 2e du monde et les ambitions militaires de la Chine sont à la mesure de ses ambitions économiques ; elle cherche aujourd'hui à sécuriser ses approvisionnements : c'est la **stratégie du « collier de perles »**.

2 Des tensions de plus en plus nombreuses

A Détroits et canaux, des points « névralgiques »

- Le **détroit** est un bras de mer séparant deux terres rapprochées et qui fait communiquer deux mers entre elles.
- Les détroits sont aussi des **territoires géostratégiques** et leur contrôle devient une nécessité. Ils sont potentiellement des zones de tension, d'autant plus lorsqu'ils sont les uniques voies de passage entre deux mers.

B Le fléau de la piraterie

- Les **pirates** sévissent aujourd'hui essentiellement dans les régions d'Asie du Sud et Asie du Sud-Est (en particulier dans la mer de Chine méridionale), le long des côtes du golfe d'Aden, de la mer Rouge, mais aussi celles de la Somalie, dans le golfe de Guinée et dans la mer des Caraïbes.
- Pour lutter contre ce fléau, de nombreuses **actions** ont été menées, à l'initiative de l'ONU, de l'UE et de la France.

3 Une logique ambivalente

A La ZEE, une logique d'appropriation juridique génératrice de tensions

- La Convention des Nations unies sur le droit de la mer (CNUDM), signée à **Montego Bay** (Jamaïque) en 1982, définit le **zonage de souveraineté**, car mers et océans deviennent un véritable enjeu de **territorialisation**.
- On distingue d'abord la **mer territoriale**, puis la **zone contiguë** et enfin, la **zone économique exclusive (ZEE)**.
- Au-delà, s'étendent les **espaces maritimes internationaux.** Cette haute mer représente 64 % de la surface des océans. Le principe de la **liberté** y prévaut, mais une série de négociations est actuellement organisée pour **légiférer** sur son exploitation.

lexique

Territorialisation des mers : appropriation juridique (droit de la mer), par laquelle on considère que la mer est un territoire à part entière.

Zone économique exclusive (ZEE) : zone de 200 milles marins (370 km) dont l'État riverain peut exploiter toutes les ressources à des fins économiques.

B Une volonté de valoriser, mais aussi de protéger mers et océans

- Les mers et les océans sont l'objet de toutes les attentions, car ils sont victimes de très nombreuses **pollutions** (marées noires, déchets plastiques...), qui ont des conséquences catastrophiques sur la faune et la flore (création de **zones mortes**).
- Le **PNUE** (Programme des Nations unies pour l'environnement) a lancé en 1974 la protection pour les mers régionales. Aujourd'hui, cette protection revêt plusieurs formes, notamment la préservation de certains sites suite à un **classement au patrimoine mondial** de l'UNESCO, comme la grande barrière de corail australienne en 1981.
- Pour préserver la **ressource halieutique**, la FAO mise sur des solutions de **durabilité**.
- À l'échelle internationale, il est cependant parfois difficile de préserver les mers et océans, ceux-ci fournissant les **ressources principales** pour la population de nombreux **pays pauvres.** Il est donc compliqué de satisfaire toutes les exigences.

lexique

Zone morte : partie de l'océan où la pollution entraîne un appauvrissement provisoire ou définitif en oxygène, provoquant la disparition des espèces animales et végétales.

La France, une puissance maritime ?

63

Lue Relue Apprise

La France a construit une relation spécifique avec la mer, entre fascination et crainte. Les possessions d'outre-mer lui permettent d'avoir des ambitions de puissance maritime.

1 La France : un rapport original à la mer

A La présence maritime française

- Le domaine maritime français a une **dimension mondiale** : la France est présente dans les trois grands océans :

– dans l'océan Pacifique (Nouvelle-Calédonie, Wallis-et-Futuna, Polynésie française et île de Clipperton) ;

– dans l'océan Indien (Mayotte, îles Éparses, Tromelin, La Réunion, îles Saint-Paul et Amsterdam, Crozet et Kerguelen) ;

– dans l'océan Atlantique (côtes du littoral métropolitain, Antilles françaises, côtes de Guyane et Saint-Pierre-et-Miquelon).

- Ces possessions assurent à la France la **2e ZEE du monde**. Une partie des demandes d'**extension** de la ZEE au **plateau continental élargi** de La Réunion et des îles Saint-Paul et Amsterdam a abouti en juin 2020, augmentant de plus de 150 000 km² la ZEE française.

B Des territoires très différents

- Ces territoires ont des **statut différents**. Certains sont des **DROM** (département et région d'outre-mer) : Martinique, Guadeloupe, Guyane, La Réunion et Mayotte.
- D'autres, les **COM** (collectivités d'outre-mer), ont une plus grande autonomie législative : Saint-Pierre-et-Miquelon, Wallis-et-Futuna, Polynésie française.

2 Les enjeux des mers et océans pour la France

A Des enjeux économiques

- La **filière pêche** est un secteur important. Les autres ressources de la ZEE française attirent beaucoup les sociétés **pétrolières**, notamment.
- Avec la maritimisation de l'économie, le **transport maritime** est crucial. La CMA-CGM se hisse au 3e rang mondial des compagnies maritimes. Mais les **ports** sont en retrait par rapport à leurs rivaux européens.

B Des enjeux géostratégiques

● La France dispose d'une **marine** qui s'investit et intervient dans les eaux françaises, mais aussi et surtout dans les eaux internationales. Elle dispose en effet d'une **capacité d'action à l'échelle mondiale.** Elle assure de nombreuses missions de surveillance, de protection et de sécurité.

C Des enjeux environnementaux

● La France a dans ses eaux **10 % des récifs coralliens** et **20 % des atolls** de la planète.

● Pour préserver cette biodiversité, il existe une législation sur les **aires marines protégées.** En juillet 2019, 23,5 % des eaux françaises sont couvertes par au moins une aire marine protégée.

Doc. **Le réseau français des aires marines protégées**

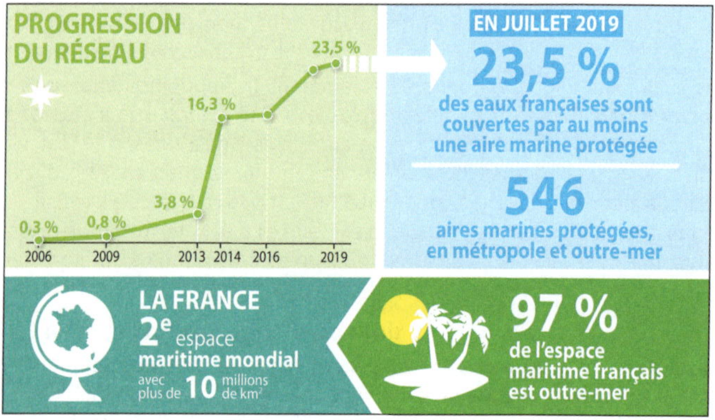

1 Le golfe Arabo-Persique, un espace au cœur des enjeux contemporains

A Le premier bassin d'hydrocarbures du monde

- Le golfe Arabo-Persique est bordé sur la rive nord par l'Iran (au nord-est) et sur la rive sud, par l'Irak, le Koweït, l'Arabie Saoudite, Bahreïn, le Qatar et Oman.
- Il est le **débouché des exportations d'hydrocarbures** des principaux producteurs mondiaux, avec plus de 20 millions de barils par jour en 2018, l'Arabie Saoudite étant de loin le premier exportateur de la région, suivie par l'Iran, l'Irak, les Émirats arabes unis et le Koweït.

B Une région sous hautes tensions

- Le golfe Arabo-Persique est la principale **zone d'échanges** des ressources les plus convoitées de la planète : les hydrocarbures.
- Autour du golfe, **deux puissances régionales** s'affrontent pour le leadership au Moyen-Orient : le royaume d'**Arabie Saoudite** d'une part, leader du monde arabe dans la région et allié des États-Unis ; la République islamique d'**Iran** d'autre part.

C Une zone ultra-sécurisée

- Le golfe Arabo-Persique communique avec la mer d'Arabie par le **détroit d'Ormuz**. Dans ce dernier, transitent chaque jour plus de 35 % du pétrole mondial et plus du quart du gaz naturel liquéfié mondial.
- Il est donc **ultra-sécurisé** pour garantir les approvisionnements, et les puissances occidentales y possèdent des **bases militaires** : la France dispose d'une base à Abou Dhabi, la Royal Navy britannnique est installée à Oman et à Bahreïn, le quartier général de la Ve flotte des États-Unis est à Bahreïn.
- Le détroit d'Ormuz est l'unique **porte d'entrée ou de sortie** du golfe Arabo-Persique pour les **supertankers** qui empruntent les trois routes maritimes principales : celle vers l'Asie (la plus importante) et les deux autres vers l'Europe et l'Amérique du Nord.

2 La mer de Chine méridionale : concurrence territoriales, enjeux économiques et de circulation

A Une concurrence territoriale forte

- La mer de Chine méridionale couvre une surface de **3,5 millions de km^2** (elle est plus grande que la Méditerranée) Elle s'étend sur près de 3 000 km, du détroit de Singapour au détroit de Taïwan, et est bordée par **dix États** : Chine, Taïwan, Philippines, Indonésie, Brunei, Malaisie, Singapour, Thaïlande, Cambodge et Vietnam.
- Mais il règne encore dans une grande partie de cette mer un enchevêtrement de lignes de **revendications**, au cœur desquelles figurent des **territoires insulaires**, comme les archipels des Paracels et des Spratleys, revendiqués par plusieurs États riverains.

B Les enjeux économiques

- Les enjeux sont divers : le premier est l'enjeu de **sécurité alimentaire**, puisque l'Asie Pacifique est le premier foyer mondial de population et de ressources halieutiques. Le second enjeu est **économique**, puisque la mer de Chine méridionale possède de nombreuses ressources en **hydrocarbures** offshore.
- Mais l'enjeu principal est la **circulation** : celle des hydrocarbures et celle du commerce mondial, puisque la **principale route maritime** du monde traverse cette mer de Chine méridionale (navires qui empruntent le détroit de Malacca).

C Entre tensions et apaisement

- Depuis le début des années 2000, la tenue de pourparlers relatifs à la mise en place d'un régime de **coopération maritime**, dans un contexte de coopérations économiques et d'approfondissement des relations entre la Chine et l'Asean (*Association of South-East Asian Nations*), témoigne incontestablement d'un **apaisement**.
- Toutefois, même si le risque de conflits dans la région s'est fortement réduit, les pays riverains conservent une posture nationaliste sur la question de la **souveraineté des îles**, qui est à tout moment susceptible de dégénérer.

1 L'océan Indien : rivalités régionales et coopérations internationales

A Un océan original

- L'océan Indien est le 3e océan mondial. Il couvre une étendue maximale de **75 millions de km²**. Sa **configuration originale** (il est fermé sur trois côtés) conditionne les circulations, qui sont périphériques.
- L'océan Indien est devenu à la faveur de la mondialisation un **espace géostratégique central**. Les grandes routes maritimes qui relient l'Europe ou les États-Unis à l'Asie le traversent : il est avant tout un océan « **de transit** ».

B Tensions et rivalités régionales

- L'océan Indien est surnommé « **le boulevard du pétrole** » : en 2018, 70 % des exportations d'hydrocarbures du Moyen-Orient ont été exportés vers la Chine et l'Asie de l'Est.
- Cependant, il n'est relié aux autres mers et océans que par **quatre goulets**, considérés comme les **points les plus sensibles** des routes maritimes : les détroits de Malacca, d'Ormuz et de Bab el-Mandeb, ainsi que le canal du Mozambique.
- La **sécurité** des approvisionnements en hydrocarbures ou des porte-conteneurs influe sur la donne géopolitique, et les grandes puissances économiques installent des **bases navales** pour surveiller ces points de passage.

C Les tentatives de coopération

- Malgré la présence des flottes américaine, chinoise, indienne et française, l'océan Indien, parce qu'activement parcouru, connaît une recrudescence des **actes de piraterie** autour du golfe d'Aden et du détroit de Malacca.
- Le principe d'une **force internationale de coopération** contre la piraterie est aujourd'hui mis en place. Les tentatives de coopération régionales sont surtout le fait de l'Inde, qui cherche à conquérir son océan et ainsi contrer les velléités chinoises.

2 Le détroit de Malacca : un point de passage stratégique

A Le détroit le plus fréquenté du monde

- Avec la maritimisation de l'économie, ce détroit reliant le Pacifique à l'océan Indien, long d'environ 800 km, est aujourd'hui le détroit **le plus fréquenté du monde**. Sa largeur varie entre 3 km et 350 km.

- Plus de 30 % du trafic mondial de marchandises (et même plus de 90% du trafic maritime chinois) se font par ce détroit. Il est donc une **artère vitale** de l'économie de la Chine.

B Un détroit sous tension

- Le détroit de Malacca est depuis toujours un des principaux lieux de **piraterie** dans le monde. En effet, sa configuration géographique et la pauvreté des populations indonésienne ou malaise favorisent le recours à la piraterie. Pour lutter contre ce fléau, les différents États de la région ont signé dès 2006 l'**accord de coopération régionale de lutte contre la piraterie et les vols à main armée** (ReCAAP).
- La très forte fréquentation du détroit entraîne par ailleurs une saturation et de nombreuses **pollutions**.

C Des enjeux géostratégiques au contact de la mer de Chine et de l'océan Indien

- Le détroit de Malacca est un **passage incontournable** sur les grandes routes maritimes mondiales, notamment celles qui relient l'Asie de l'Est à l'Europe.
- Pour le Japon, mais surtout pour la **Chine**, la sécurité du détroit est primordiale pour assurer approvisionnements en pétrole et exportations commerciales. Il est donc l'objet de toutes les attentions de la Chine, qui cherche aujourd'hui des solutions alternatives pour **assurer et sécuriser son trafic maritime**.

Doc. **Le détroit de Malacca, un point de passage stratégique**

Mers et océans : au cœur de la mondialisation

Révision EXPRESS

Les points essentiels

- Mers et océans couvrent **71 % de la surface** de la planète. Ils regorgent donc de **ressources**. La première d'entre elles est la ressource **halieutique** qui nourrit une partie de l'humanité. Les ressources sont aussi **énergétiques** (grâce notamment aux hydrocarbures offshore), **biochimiques** et **paysagères**.
- Mers et océans jouent un rôle crucial dans l'économie mondiale : on parle de **maritimisation** de l'économie. Ils permettent les **circulations de flux** matériels, immatériels et humains, et dessinent de grandes **routes maritimes**.
- Mers et océans deviennent des espaces aux **enjeux géopolitiques et géostratégiques**, comme dans le golfe Arabo-Persique ou la mer de Chine méridionale. Les **tensions** sont de plus en plus nombreuses, particulièrement dans les **détroits** ou les **canaux** interocéaniques, dont la **sécurisation** contre la piraterie fait l'objet d'une coopération internationale.
- Mers et océans sont l'objet d'une **logique ambivalente** : chaque pays cherche à s'approprier plus de domaine maritime en augmentant sa **ZEE**, mais chacun est aussi conscient que ce domaine est un **bien commun** de l'humanité, à protéger et préserver.
- La France, grâce à ses **territoires d'outre-mer**, possède la **2e ZEE** du monde et s'affirme donc comme une **puissance maritime**. Elle exploite les nombreuses **ressources** des mers et océans (ressources halieutiques, énergétiques). Ces derniers présentent des **enjeux économiques** très forts, car l'économie bleue représente plus de 10 % du PIB du pays. La **marine** militaire française permet par ailleurs au pays d'affirmer sa puissance à l'échelle mondiale. Cependant, ces espaces maritimes, garants de la biodiversité marine, sont **à protéger**.

Les chiffres-clés

- **90 % des transports de marchandises** s'effectue par bateau.
- La mer pèse aujourd'hui **1 500 milliards de dollars** dans l'économie mondiale (chiffre amené à doubler dans les 10 ou 15 ans qui viennent, pour atteindre les 3 000 milliards de dollars en 2030).
- La part des **hydrocarbures offshore** dans la production de pétrole est d'environ **30 %**.
- **33 % des stocks** mondiaux **de poissons** sont surexploités en 2016.
- Le réchauffement climatique a entraîné une **élévation moyenne de la mer** entre 1993 et 2014 de **3,2 mm par an**.
- La France dispose de la **2e ZEE** du monde. Si toutes les requêtes pour agrandir cette ZEE aboutissent, elle passera à la 1re place.

Mémo'Quiz

Vrai ou faux ? Cochez la bonne réponse.

Mers et océans, vecteurs de la mondialisation

1. Les mers et océans couvrent plus de 71 % de la surface de la planète.
❑ Vrai ❑ Faux

2. Les ressources halieutiques comprennent la pêche en mer et l'aquaculture.
❑ Vrai ❑ Faux

3. Actuellement, l'essentiel des nouvelles découvertes d'hydrocarbures est offshore.
❑ Vrai ❑ Faux

4. Le part des marchandises transportées par voie maritime est de 70 %.
❑ Vrai ❑ Faux

5. Le golfe Arabo-Persique débouche sur la mer Rouge.
❑ Vrai ❑ Faux

Mers et océans : entre appropriation, protection et liberté de circulation

1. La marine américaine est la seule aujourd'hui présente dans l'ensemble de l'océan mondial.
❑ Vrai ❑ Faux

2. La stratégie chinoise dite de « collier de perles » consiste à assurer ses approvisionnements en louant des infrastructures portuaires dans l'océan Pacifique.
❑ Vrai ❑ Faux

3. L'océan Indien est devenu à la faveur de la mondialisation un espace géostratégique central.
❑ Vrai ❑ Faux

4. Le détroit de Malacca sépare la mer de Chine méridionale de l'océan Pacifique.
❑ Vrai ❑ Faux

5. La ZEE délimite une zone dans laquelle la circulation et l'exploitation des ressources est possible par tous les pays.
❑ Vrai ❑ Faux

La France, puissance maritime ?

1. La France possède la 10e ZEE du monde.
❑ Vrai ❑ Faux

2. Le port du Havre se classe dans les dix premiers ports mondiaux.
❑ Vrai ❑ Faux

3. La marine française peut intervenir dans plusieurs océans.
❑ Vrai ❑ Faux

→ Corrigés p. 476

Des territoires inégalement intégrés dans la mondialisation (1) 66

Lue Relue Apprise

La mondialisation provoque une hiérarchisation croissante des territoires.

1 Des territoires intégrés et dominants

A Les territoires des grandes puissances économiques

- Les pays industrialisés européens, américains et asiatiques **commandent et organisent la mondialisation** : avec 10 % de la population, ils produisent 60 % du PIB et 80 % des nouvelles connaissances. Dotés d'infrastructures de transport et de communication, ils exploitent leurs ressources et alimentent le commerce mondial.
- Toutefois, leur population **vieillit**, leurs territoires sont **pollués** et leur modèle est remis en cause.
- La **Chine** produit **un sixième du PIB mondial** et devrait dépasser les États-Unis grâce à un **territoire de mieux en mieux aménagé**, avec une façade maritime équipée et un réseau de transport et de communication étendu.
- Usine et laboratoire du monde, la Chine a intensifié la **mise en valeur de ses ressources**, endommageant son **environnement**. Sa production agricole ne répond plus aux besoins des Chinois, dont la richesse demeure 4 à 5 fois inférieure à celle des pays industriels.

Lexique

Pays industrialisé : synonyme de pays développé. Pays dont l'économie repose sur les secteurs de l'industrie et des services, et qui bénéficie d'un large accès aux réseaux de transport et de communication.

B Le cas particulier des producteurs d'hydrocarbures

- L'exploitation de la ressource pétrolière et gazière constitue une **rente aux effets variables**. Les **pétrodollars** des **pays du Golfe** sont investis dans l'immobilier, les médias, la location ou l'achat de terres agricoles, aux trois quarts en Europe et Amérique du Nord, et, de plus en plus, dans des activités non-délocalisables (tourisme, transport aérien).
- D'**autres pays** producteurs comme, l'Angola ou le Venezuela, n'en tirent **pas les mêmes bénéfices**, en raison d'une grande **instabilité** politique et sociale. Leur rente est une « malédiction », qui nourrit la corruption.

2 Des pays émergents aux PMA, des dynamiques d'intégration contrastées

A La situation variée des pays émergents

- Les pays émergents jouent un **rôle économique planétaire**. Le Mexique, le Brésil, l'Inde, l'Indonésie, la Turquie ou le Maroc relèvent de cette catégorie et dessinent un **monde multipolaire**.
- Ces pays ont développé les **secteurs de l'industrie et des services** en s'appuyant sur la **mondialisation** : spécialisation dans l'aéronautique de taille moyenne au Brésil, sous-traitance aéronautique au Maroc, informatique en Inde.
- Cependant, l'**agriculture** ou l'exploitation de **matières premières** jouent encore un rôle majeur dans la vie des habitants comme dans l'économie, ce qui entraîne une **forte pression environnementale**. Les **inégalités** sociales demeurent fortes et freinent la croissance.

B Pays en développement et PMA, des territoires dominés

- Les pays en développement gèrent peu leur **propre économie** : par le biais de filiales, des FTN contrôlent une partie de leurs infrastructures et ressources, souvent exportées. Des **petites entreprises** assurent cependant une production industrielle locale.
- La population y connaît des **situations contrastées** : une majorité vit encore aux marges de la pauvreté, mais une **classe moyenne émergente** tire profit des ressources et activités disponibles.
- Dans les PMA, la **pauvreté** est marquée et les **inégalités** encore très fortes. Le **secteur informel**, très important, explique un fort taux de chômage. Ces pays connaissent souvent des **situations politiques tendues**, avec des gouvernements instables, à faible légitimité démocratique.
- Enfin, le manque de services publics et de réseaux maintient en partie ces territoires **à l'écart de la mondialisation**, faute d'outils de communication et de transport.

Lexique

Pays émergent : pays dont l'économie, en forte croissance, se diversifie, mais où les inégalités socio-spatiales demeurent importantes.

Pays en développement : pays dont l'économie dépend encore largement de l'exploitation d'une ou plusieurs matières premières, et dont la rentabilité est instable.

Pays les moins avancés (PMA) : pays cumulant les handicaps, ce qui empêche ou freine leur développement.

Des territoires inégalement intégrés dans la mondialisation (2)

67

Lue Relue Apprise

L'inégale intégration à la mondialisation s'exprime à toutes les échelles.

1 Aires de puissance et centre d'impulsion

A Les trois grands centres de l'économie mondialisée

- Les **États-Unis** disposent de FTN, d'une population formée à haut niveau de vie, d'une monnaie mondiale, d'une armée équipée et entraînée et d'un contrôle des mécanismes diplomatiques mondiaux.
- L'**Europe occidentale** fait reposer sa puissance sur sa dynamique d'intégration. Elle constitue le premier pôle commercial mondial et la première zone touristique mondiale.
- L'**Asie orientale**, portée par le modèle japonais, s'est insérée dans l'économie mondiale grâce à ses activités de production dans la chaîne de valeur industrielle, et s'oriente désormais vers l'innovation et la recherche.

B Le rôle décisif des centres d'impulsion et des espaces métropolitains

- Dans les aires de puissance, des centres d'impulsion concentrent les activités de commandement et de production. Ces régions urbaines **maîtrisent les flux** financiers et le **processus d'innovation** et forment de véritables mégalopoles.
- La **mégalopolis** de Boston à Washington, la **dorsale européenne** de Londres à Milan, et la **mégalopole asiatique**, à la fois sur le littoral japonais et chinois, sont les trois principales mégalopoles. D'autres sont en formation, sur le littoral californien ou brésilien par exemple.

Lexique

Aire de puissance : espace constitué d'États qui, en raison de leur importance, exercent une influence mondialisée.

Centre d'impulsion : région urbaine qui concentre des fonctions de commandement de rang mondial, qu'elles soient économiques, politiques, culturelles ou diplomatiques.

Mégalopole : région urbaine concentrant des dizaines de millions d'habitants, et comprenant plusieurs métropoles reliées entre elles.

2 Régions marginalisées et zones grises de la mondialisation

A Des territoires mal intégrés à toutes les échelles

- La **distance** et la **vitesse de déplacement** demeurent des facteurs importants d'**intégration**, ou au contraire de **marginalisation**, dans l'espace mondial. Dans tous les territoires, y compris au sein des mégalopoles, des lieux mal reliés aux réseaux sont relégués, comme les banlieues lointaines.

● De même, les **régions de montagne** ou **éloignées des littoraux** présentent souvent les indicateurs sociaux et économiques les plus préoccupants à l'échelle nationale.

● Seules quelques toutes petites portions de l'espace terrestre, les îles Andaman et Nicobar, sont peuplées de personnes qui n'ont aucun contact avec le reste du monde. **Partout**, même en situation de guerre ou de mise au ban de la mondialisation, **des contacts existent entre les hommes et entre les territoires.**

B Les zones grises de la mondialisation

● Enfin, les **zones grises de la mondialisation** associent des lieux peu étendus, comme les prisons ou les quartiers relégués des grandes villes, des espaces de guérillas (Colombie, Sahara) ou de piraterie (détroit de Malacca, golfe de Guinée).

● Elles **exploitent les nœuds des réseaux** de communication et de transport de la mondialisation (ports, aéroports, paradis fiscaux, zones franches), notamment les **interfaces**, comme la frontière entre le Mexique et les États-Unis, ou encore entre le Paraguay et le Brésil.

Doc. Les contrastes socio-spatiaux à Hô-Chi-Minh-Ville (Vietnam)

Coopérations, tensions et régulations aux échelles mondiale, régionale et locale

68

Lue Relue Apprise

Les processus de régulation sont encore largement entre les mains des États, qui oscillent entre concurrence et coopération.

1 Mondialisation et mise en concurrence des États

A Concurrence fiscale et mondialisation

- Le processus de **mondialisation** repose largement sur les **États**, qui disposent du **contrôle législatif** et de la **capacité à investir** pour développer les infrastructures et la formation. De plus en plus d'États accordent des **avantages** fiscaux, juridiques et législatifs, afin d'attirer les acteurs économiques mondiaux.
- Ils peuvent ainsi définir des **zones franches** ou **zones économiques spéciales** (ZES) : il en existe 5 400, dans 150 États, dont de nombreux pays en développement. Certains deviennent même des paradis fiscaux. Ce mécanisme de moins-disant fiscal met en lumière la **mise en concurrence des territoires** induite par la mondialisation.

Lexique

Paradis fiscal : État adoptant une législation et une fiscalité favorables aux capitaux (sociétés écran, opacité, taux d'imposition quasi nul), ce qui incite entreprises et particuliers à y transférer artificiellement tout ou partie de leurs bénéfices, au détriment des autres États.

B Une concurrence qui fragilise les États les plus pauvres

- Ces avantages fiscaux entretiennent une **concurrence déloyale**. Ainsi, la **Suisse**, où s'opère un tiers du commerce des matières premières dans le monde, refuse toujours d'imposer aux 500 FTN du négoce installées sur son sol de publier la somme annuelle qu'elles versent aux pays producteurs des matières premières, parmi lesquels de nombreux pays en développement. Or, cela permettrait de constater que, grâce aux mécanismes d'optimisation fiscale de la Suisse, ces FTN ne leur versent qu'une toute petite partie de leurs bénéfices.
- D'après certaines ONG, les **FTN du numérique et de la vente en ligne** dissimulent les deux tiers de leurs bénéfices dans les **paradis fiscaux** ! La crise de 2008 a cependant obligé ces pays à infléchir leur politique. Les pays du G20 ont imposé l'**échange automatique d'information**, permettant une **traçabilité** des fonds : entre 2008 et 2018, les dépôts bancaires dans les paradis fiscaux auraient diminué de 34 %.

2 Des processus de coopération encore fragiles

A L'UE face à la disparité et à la concurrence entre les territoires

- L'UE a mis en place une politique de **cohésion** territoriale, dite « **politique de convergence** », pour combler les disparités entre régions marginalisées et régions riches. Entre 2014 et 2020, l'UE lui a alloué 350 milliards d'euros, soit plus d'un tiers de son budget total.
- La Pologne en a reçu 22 %, suivie de l'Italie et de l'Espagne (9 % chacune). Cette politique a permis de **réduire les écarts entre les États**, mais **n'a pas réduit les écarts entre les régions.**
- L'**absence d'harmonisation fiscale** demeure aussi un écueil important. De nombreux États (Irlande, Luxembourg, Pays-Bas, Hongrie) pratiquent une concurrence déloyale et les tentatives de l'UE pour imposer des taux communs ont échoué.

B Des accords régionaux peu porteurs de développement

- Le **Mercosur** (Marché commun d'Amérique du Sud) rassemble depuis 1991 Brésil, Argentine, Uruguay et Paraguay. Il compte 260 millions d'habitants pour un PIB de 2 200 milliards de dollars. L'objectif initial de cette organisation de coopération régionale était de réaliser une union douanière et de garantir la libre circulation des biens et des capitaux ; le **bilan** est cependant **mitigé**, car les États membres sont moins complémentaires que concurrents
- L'**Accord États-Unis Mexique Canada** (AEUMC ; en anglais, USMCA), ratifié au début de l'année 2020, remplacera l'accord de libre-échange nord-américain. Il concerne 440 millions d'habitants pour un PIB de près de 23 000 milliards de dollars, dont les États-Unis assurent 90 %. Le libre-échange a favorisé les **délocalisations** vers le Mexique et ruiné un million de cultivateurs de maïs mexicain, mais aussi accéléré les **échanges** entre les trois pays. Mexique et Canada sont les principaux **marchés d'exportation** des États-Unis.

lexique

Organisation de coopération régionale : alliance entre plusieurs États pour peser davantage dans l'espace mondial et bénéficier des effets de complémentarités locales et de solidarité entre les pays membres.

La France : rayonnement international différencié et inégale attractivité dans la mondialisation

69

Lue Relue Apprise

1 La 7e puissance mondiale

A Une puissance économique intégrée à la mondialisation

- La France, **membre du G7 et du G20**, est la **7e puissance mondiale**. Elle s'appuie sur une **économie diversifiée**. Ses grandes entreprises sont présentes dans le monde entier et dans tous les secteurs : dans l'énergie (Total, Engie), l'automobile (Renault, Michelin), la banque (BNP, Société Générale) et le luxe (LVMH, n° 1 mondial).
- Elle est la **7e puissance exportatrice** (3 % du commerce mondial). Elle est devenue en 2019, le pays européen **le plus attractif pour les IDE** (investissements réalisés par des entreprises à l'étranger). La France est le **premier pays touristique** au monde en nombre de visiteurs (7 % du PIB), ce qui explique sa vulnérabilité lors de l'épidémie de Covid-19 en 2020.

B Une puissance militaire majeure en Europe

- La France est la **5e puissance militaire mondiale** et la 1re européenne, disposant de plus de 250 000 soldats et de la dissuasion nucléaire. Elle mène des opérations extérieures (30 000 soldats à l'étranger), onusiennes ou nationales.
- Au **Sahel**, est menée l'**opération Barkhane** contre les groupes terroristes djihadistes. Les forces spéciales sont présentes plus discrètement dans les **guerres asymétriques** (voir p. 46) contre Daech en Irak et en Syrie.
- Son immense **ZEE** (2e rang mondial) lui permet d'avoir le titre enviable de **marine à capacité mondiale**. La marine française sécurise le trafic maritime dans l'océan Indien, contre la piraterie (opération Atlante).

2 Une diversification des facteurs de puissance

A L'affirmation du *soft power*

- Le français est la **5e langue la plus parlée** (300 millions de locuteurs, principalement en Europe, Afrique et Amérique du Nord). La francophonie désigne également une **institution internationale** visant à promouvoir la culture et les valeurs françaises. Elle est vivace grâce aux 834 centres culturels et à son réseau scolaire à l'étranger.

> **lexique**
>
> **Francophonie** : communauté des peuples pratiquant la langue française.

- La France s'est dotée d'un **réseau audiovisuel** (TV5 Monde, France 24 et RFI) pour porter sa voix dans le monde. Récemment, de **grandes institutions culturelles** participent à l'influence de la France dans le monde : le Louvre et la Sorbonne ont ouvert des sites à Abu Dhabi.

B Une grande puissance diplomatique

- La France dispose, en plus de son **siège permanent** au Conseil de sécurité, du **2e réseau diplomatique mondial**, car elle veille à compter parmi les puissances incontournables en ne s'alignant pas systématiquement sur les positions américaines. En 2003, la France a mis son veto à l'intervention de l'ONU dans la guerre d'Irak. Elle a accueilli la **COP21** sur les accords de Paris (2015).
- Elle accueille des **institutions internationales** : à Paris, avec l'UNESCO et l'OCDE, et à Lyon, avec Interpol, organisme international de coopération policière.

lexique

UNESCO : organisme de l'ONU chargé de l'éducation.

OCDE : organisation de coopération économique entre les anciens pays du bloc de l'Ouest.

3 Une puissance en déclin ?

A Une puissance économique qui peine à soutenir la concurrence

- La France **peine dans la concurrence mondiale** : les entreprises étrangères s'écartent régulièrement de la France pour ses salaires élevés et le poids de l'État dans le fonctionnement des entreprises.
- La **balance commerciale** (différence entre la valeur des exportations et celle des importations) est largement **déficitaire** et le **chômage élevé** (entre 8 et 10 % selon la conjoncture).
- L'**industrie** française pâtit du **manque d'investissement** et cantonne sa production à des biens de moyenne gamme à **faible valeur ajoutée**, largement concurrencés. Ainsi, l'industrie automobile nationale a supprimé beaucoup d'emplois en France. Sa puissance économique en difficulté lui enlève des moyens financiers pour peser dans le monde et de la **crédibilité** pour peser en Europe.

lexique

Valeur ajoutée : richesse produite lors du processus de production.

B Une puissance politique qui peine à tenir son rang

- **La voix de la France compte moins qu'auparavant.** Son siège permanent à l'ONU lui est contesté : l'Allemagne le revendique pour l'UE. Dans les crises internationales (Syrie, Iran), les tentatives françaises pour peser ont toutes échoué. Les grandes puissances que sont les États-Unis, la Russie et la Chine imposent leurs intérêts géostratégiques.
- L'**allié américain**, de plus en plus **isolationniste**, retire ses troupes d'Afrique et du Proche-Orient, y fragilisant la présence française, tandis que le **Brexit** la prive du seul allié militaire qu'elle avait en Europe.

1 Les îles de la Caraïbe et des Antilles : entre intégration régionale et ouverture mondiale

A Des îles d'une grande diversité spatiale et sociale, mais d'une relative uniformité économique

- L'archipel des Caraïbes est divisé entre les **grandes Antilles**, 90 % de l'archipel et 35 millions d'habitants, et les **petites Antilles**, chapelet d'îles habité par 4 millions de personnes.
- Les **Caraïbes** se caractérisent par une **grande diversité linguistique** (anglais en Jamaïque, espagnol à Cuba, français en Haïti) et de **grandes disparités sociales**, ce qui nourrit une importante violence urbaine.
- Les économies insulaires caribéennes sont marquées par un **secteur agricole largement tourné vers l'exportation** (canne à sucre, banane) et une prépondérance du **tourisme**, balnéaire ou de croisière.

B Un « effet barrière » qui freine l'intégration régionale et mondiale

- **Colonisées** par les Européens, peuplées d'esclaves déportés d'Afrique, puis transformées par la créolisation, les îles sont marquées par des **processus d'ancrage avec des territoires extérieurs** à la région : c'est l'« effet barrière ».
- Les **tentatives d'intégration** des territoires caribéens se sont multipliées, mais demeurent inachevées. La **fragilité** et la **similitude des économies** limitent les échanges intra-régionaux. La dette des États, la violence et les aléas climatiques constituent également des freins à l'insertion dans la mondialisation.

2 La Russie, un pays dans la mondialisation : inégale intégration des territoires, tensions et coopérations internationales

A Des régions russes inégalement intégrées dans la mondialisation

- La Russie, **plus grand pays du monde** avec 17 millions de km², présente de grands **contrastes régionaux**.
- La région capitale, **Moscou**, connaît une **métropolisation avancée**, avec la construction d'un vaste CBD, Moskva City, et le développement de territoires d'innovation, comme le cluster Skolkovo, et deux aéroports

internationaux. La région de **Saint Pétersbourg** s'insère par le tourisme patrimonial et la recherche.

- Mais les **autres régions russes** connaissent une marginalisation amplifiée par les distances. Les anciens bassins industriels peinent à sortir des schémas productivistes et polluants, tandis que l'Asie centrale, à peine peuplée, assure essentiellement l'extraction de matière première.

B Une puissance secondaire qui cherche à redéfinir sa place en Asie et dans le monde

- La **disparition de l'URSS** en 1991 a conduit la Russie à redéfinir sa place comme **puissance secondaire**. Avec un droit de veto au Conseil de sécurité, la Russie a renforcé son rôle militaire et reconstitué une **aire d'influence** entre Asie centrale et Moyen-Orient.
- 8e PIB mondial en valeur, mais 77e en PIB/hab., la Russie ne peut compter sur son influence économique, car elle présente le profil d'un **pays rentier**. Elle est néanmoins **membre du G8 et de l'OMC** depuis 2012. Elle demeure **rivale de la Chine** en Asie, malgré leur appartenance commune au groupe des BRICS et à l'Organisation de coopération de Shanghai.

Doc. La Russie, une inégale integration dans la mondialisation

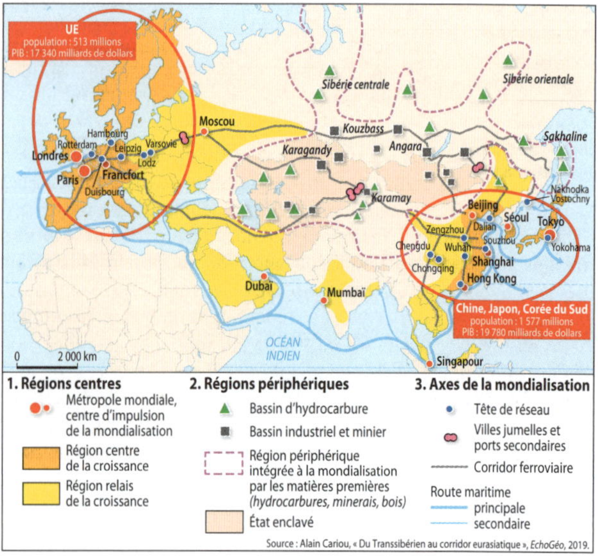

Source : Alain Cariou, « Du Transsibérien au corridor eurasiatique », *EchoGéo*, 2019.

Études de cas (2)

Lue Relue Apprise

1 Les corridors de développement en Amérique latine : outil d'intégration et de désenclavement

A Des corridors existants et d'autres en projet

- Le rôle des corridors s'est accéléré avec la **mondialisation**. L'**isthme américain** entend ainsi devenir un **nœud du réseau mondial** des échanges.

- Le passage de l'Atlantique au Pacifique, pratiqué avant la colonisation, s'est intensifié au XVIe siècle. À **Panama**, le **canal**, contrôlé par les États-Unis de 1914 à 2000, doublé d'un axe ferroviaire et routier, a été **élargi** en 2016 pour laisser passer les **porte-conteneurs géants**. Il dépend cependant des ressources en eau actionnant les écluses, et est potentiellement menacé par l'ouverture des routes maritimes en Arctique. Des **axes spécialisés** relient également les bassins de production aux grands ports de la région.

- Mais le projet d'un **canal interocéanique au Nicaragua** se heurte au **refus de populations autochtones** sur la côte caraïbe. Plus au sud, le développement des *corredores biocéanicos*, routes transcontinentales est-ouest, est freiné par la cordillère des Andes.

lexique

Corridor (ou couloir) : axe structurant, qui concentre différentes voies de transport et de communication et relie plusieurs pôles par des échanges intenses. Lorsqu'il crée et développe des points d'appui intermédiaires, il impulse le développement d'un territoire.

B Des effets contrastés

- Le canal a littéralement **coupé le territoire panaméen en deux**. Aux entrées atlantique et pacifique, Colon et Panama City servent respectivement d'immense **zone franche** pour la production industrielle mondiale, et de **capitale du blanchiment** et de l'évasion fiscale.

- D'une manière générale, seuls **quelques ports bénéficient de cette stratégie** de transfert est-ouest, comme Valparaiso au Chili. Leur contrôle, souvent reversé au secteur privé, ne favorise pas un développement durable, mais s'appuie sur des économies extractives prédatrices.

2 L'Asie du Sud-Est : inégalités d'intégration et enjeux de coopération

A L'Asean, une organisation de coopération régionale

- L'Association des nations d'Asie du Sud-Est (Asean) a vu le jour en 1967, en s'inspirant du **modèle européen**, et avec la volonté initiale d'**empêcher l'expansion du communisme**.
- En 2015, les dix pays membres ont annoncé l'instauration d'une **communauté économique** avec comme objectif un marché unique. Ils ambitionnent également de combiner l'usage de leurs **infrastructures** (ports, aéroports, autoroutes), et d'harmoniser leurs **réglementations** commerciales et douanières.

B Une coopération peu structurée

- Toutefois, l'Asean n'a pas grand-chose à voir avec l'Union européenne. **Sans gouvernance ni administration** ad hoc, elle est gérée par les gouvernements. Les populations ne sont pas non plus représentées par une institution équivalente au Parlement européen. Seul l'accord « **Asean + 3** » avec la Chine, le Japon et la Corée du Sud, lui permet de parler d'une seule voix à l'OMC.
- Au fond, l'intégration économique de la région ne doit pas grand-chose à l'Asean, mais bien davantage au **modèle de développement impulsé par le Japon** (État pilote, arrimage au dollar) qui, en délocalisant et sous-traitant dans toute la région, a lancé une intégration économique décisive. Alors que les échanges intra-asiatiques représentent 60 % du commerce total, la **Chine** a décidé d'organiser la coopération régionale, créant la **banque asiatique d'investissement** pour les infrastructures, et lançant le projet des **routes de la soie**.

lexique

Marché unique : ensemble économique dans lequel tous les pays membres adoptent la libre circulation des personnes, des biens et des capitaux.

Intégration régionale : processus de mise en relation croissante des hommes et des territoires à l'intérieur d'un espace régional, conduisant à une plus grande interdépendance.

Les points essentiels

- Des **États intégrés et puissants** dominent le processus. Des **pays émergents** bouleversent cependant cette organisation, accélérant la formation d'un monde multipolaire. Enfin, des **pays en développement** connaissent des situations contrastées.
- Des **aires de puissances** dominent l'espace mondial ; les **centres d'impulsion** que sont les **mégalopoles** y concentrent les **fonctions de commandement**. À l'inverse, les lieux éloignés ou mal reliés aux réseaux de transport souffrent de **marginalisation**. Les **zones grises** de la mondialisation échappent au contrôle des États à toutes les échelles, tout en s'appuyant sur les lieux et les acteurs mondialisés
- Les **États** exercent un rôle décisif sur la **localisation des activités** comme sur la **répartition des bénéfices** économiques. Cette situation favorise la **concurrence** entre les États, au détriment des plus pauvres et fragiles.
- Les **accords régionaux** offrent aux territoires des conditions de développement spécifiques. L'**UE**, qui regroupe des régions aux fortes disparités économiques, y a répondu par une **politique de cohésion** économique. Les régions métropolitaines en ont davantage tiré profit que les régions rurales ou désindustrialisées : les **écarts se creusent** entre les territoires.
- Ailleurs dans le monde, le **Mercosur** et l'**AEUMC** régulent uniquement les flux de marchandises et de capitaux, soit sous la forme d'une **union douanière** (Mercosur) soit d'un **accord de libre-échange** (AEUMC). Ces accords ignorent les effets territoriaux et sociaux des ouvertures commerciales.
- La **France** peut compter sur des **outils de puissance** (économie, rayonnement culturel, pouvoir diplomatique et militaire) pour exercer son influence à l'échelle mondiale. Toutefois, l'**attractivité** de ses territoires est **contrastée**.

Les chiffres clés

- **PIB mondial** : 84 000 milliards de $ (FMI)
- **Pays industrialisés** : 10 % de la population, 60 % du PIB mondial et 80 % des nouvelles connaissances
- 50 % des **Brésiliens** se partagent 10 % des richesses, l'autre moitié dispose des 90 % restants.
- **Chômage officiel** >40 % dans la plupart des PMA.

Mémo'Quiz

Cochez la ou les bonne(s) réponse(s).

Des territoires inégalement intégrés dans la mondialisation

1. Les pays industriels :
- ❑ connaissent une très forte croissance économique.
- ❑ souffrent d'inégalités très marquées entre riches et pauvres.
- ❑ sont dotés d'infrastructures de transport et de communication performantes.

2. Le PIB de la Chine :
- ❑ a dépassé celui des États-Unis.
- ❑ dépassera sans doute celui des États-Unis dans les années 2020.
- ❑ équivaut à celui des États-Unis.

3. Les pays émergents :
- ❑ ont encore une majorité de leur population agricole employée dans l'agriculture.
- ❑ développent des secteurs industriels dynamiques.
- ❑ parviennent à réduire les écarts entre riches et pauvres.

4. Les pays producteurs d'hydrocarbures :
- ❑ tirent toujours profit de leurs ressources énergétiques.
- ❑ peuvent être fragilisés par l'instabilité des cours.
- ❑ connaissent des situations économiques contrastées.

5. Les PMA :
- ❑ souffrent de tensions politiques.
- ❑ voient leurs indicateurs de santé s'améliorer.
- ❑ se connectent de mieux en mieux aux réseaux mondiaux.

La France : rayonnement international différencié et inégale attractivité

6. La francophonie désigne :
- ❑ l'ensemble des pays où l'on pratique le français.
- ❑ une institution rassemblant des pays francophones.
- ❑ un festival connu dans le monde entier.

→ Corrigés p. 476

Des politiques européennes entre compétitivité et cohésion des territoires

72

Lue Relue Apprise

Les politiques mises en œuvre par l'Union européenne (UE) cherchent à réduire les inégalités socio-économiques, tout en valorisant ses territoires dans la mondialisation.

1 La construction européenne, entre diversité et solidarité

A La cohésion, un principe fondateur de l'UE…

- L'Union européenne est un **ensemble économique et politique** composé de **vingt-sept États membres**. Il constitue l'organisation régionale le plus **intégrée** au monde, tout en associant des territoires extrêmement variés et au niveau de développement contrasté.
- Issu du traité de Rome en 1957, consolidé par l'Acte unique en 1986 et par le traité de Lisbonne en 2007, le projet européen s'est construit autour de la **volonté de réduire les inégalités** entre les individus et entre les territoires, à toutes les échelles.
- C'est donc officiellement sur le principe fondamental de **cohésion** entre les différents pays que reposent le cadre et l'application des politiques européennes.

lexique

Intégration : inscription d'un territoire dans un autre par le renforcement de leurs relations.

Cohésion : solidarité entre les États membres pour réduire les disparités socio-économiques.

B … qui contribue à son attractivité

- Les **élargissements** successifs (adhésions de nouveaux États), en particulier ceux de 2004 et de 2007, ont imposé une **réorientation** des politiques européennes en faveur des pays d'Europe centrale et orientale, qui concentraient alors 60 % des régions en retard de développement.
- Le **rattrapage économique** observé contribue à la forte **attractivité** de l'UE à l'échelle continentale : cinq États (Monténégro, Serbie, Turquie, Albanie et Macédoine du Nord) sont officiellement **candidats** à l'adhésion.
- Avec 22 % des richesses mondiales, l'UE est en effet la **deuxième économie** et le **premier pôle commercial** de la planète.

2 L'exigence d'une compétitivité accrue

A L'impact de la mondialisation

- Les politiques régionales déployées en Europe ont progressivement évolué, afin de s'adapter aux **conséquences de la mondialisation et de la concurrence** de plus en plus vive entre les aires de production.
- Initialement centrées sur les territoires en difficulté, elles visent davantage aujourd'hui à **renforcer la compétitivité**, à consolider la souveraineté et à accroître le rayonnement de l'UE.
- Ainsi, l'UE concentre désormais la majeure partie de ses aides en faveur des **métropoles** et des régions les plus denses et les mieux connectées au reste du monde : elles sont considérées comme des **pôles stratégiques** à l'échelle planétaire.
- Pour **affirmer sa puissance** face aux États-Unis, au Japon, à la Chine ou à l'Inde, l'UE soutient donc tout particulièrement l'essor de la recherche, de la formation et de l'innovation dans un nombre restreint de clusters.

Lexique

Compétitivité : ensemble des mesures qui renforcent l'attractivité d'un territoire.

Cluster : concentration d'acteurs économiques et politiques qui forment un écosystème dans un secteur d'activité donné.

B De nouvelles tensions internes

- La réorientation des politiques régionales est parfois considérée par les États les moins prospères comme une **remise en cause du principe de cohésion** économique, sociale et territoriale sur lequel se fonde théoriquement le projet européen.
- Elle suscite donc l'**hostilité d'une partie de la population et des gouvernements**, qui ont leurs propres logiques politiques, économiques et sociétales. Elle contribue à la **montée de l'euroscepticisme** et est à l'origine du retrait du Royaume-Uni en janvier 2020, à l'issue du référendum sur le Brexit en juin 2016.
- L'**articulation des décisions** entre le niveau national et le niveau communautaire est un défi permanent. Elle génère des **tensions** qui affaiblissent la portée du discours européen et limitent son affirmation comme puissance complète sur la scène internationale.

Lexique

Euroscepticisme : toute forme d'opposition à la construction européenne et de remise en cause de son utilité ou de sa viabilité.

L'Union européenne, un espace plus ou moins ouvert sur le monde 73

Lue Relue Apprise

L'UE est un espace de libre circulation très largement ouvert sur le monde. Mais les flux migratoires font l'objet de certaines restrictions.

1 Un espace ouvert sur le monde

A Une puissance économique majeure

- Le **traité de Maastricht** (1992) a fait de l'UE un espace de libre circulation des biens, des services, des capitaux et des personnes. Il a favorisé la **croissance des échanges** entre les États membres, mais aussi entre l'UE et le reste du monde, en réduisant les barrières douanières.
- L'UE réalise à elle seule **plus de 15 % du commerce international** de biens. C'est la première destination des **flux d'investissements directs à l'étranger (IDE)** au monde. Ils contribuent à la création d'emplois et favorisent la diffusion de nouvelles technologies et de l'innovation.
- L'UE est également une **place financière** capitale. L'euro est, après le dollar, la deuxième monnaie dans les réserves de change internationales.

lexique

Investissements directs à l'étranger (IDE) : acquisition par une entreprise du capital d'une entreprise étrangère.

B Un territoire attractif

- L'Europe est de longue date une **destination privilégiée** pour de multiples catégories de population, notamment les étudiants, les scientifiques et les touristes.
- La moitié des **flux touristiques internationaux** s'effectue au sein de l'UE. Parmi les **dix premières destinations mondiales**, outre la France, trois sont européennes : l'Espagne, l'Italie et l'Allemagne. Le secteur dégage un excédent commercial de l'ordre de 30 milliards d'euros par an.
- L'UE offre en effet de nombreuses **aménités**. Elle dispose d'un **patrimoine** culturel et naturel très varié, d'importantes **capacités d'accueil** et d'**infrastructures** (équipements) de bon niveau.

lexique

Aménités : éléments contribuant à l'agrément d'un lieu (climat, paysage, ambiance...).

2 L'UE face à la « question migratoire »

A L'immigration, une chance…

- **Premier foyer d'accueil de migrants** dans le monde, l'UE compte environ 22 millions de non-Européens parmi ses 450 millions d'habitants, soit **5 % de la population** totale.
- Le continent a été confronté à partir de 2015 à une **augmentation des flux**, liée à la succession de crises géopolitiques majeures (Irak, Syrie, Ukraine...).
- Les économistes considèrent que l'immigration est un **atout pour l'UE**. Elle pourvoit de nombreux **emplois** faiblement attractifs pour les Européens, dans les secteurs de la restauration, du nettoyage et du bâtiment, en particulier.
- Elle permet également de **limiter l'ampleur du vieillissement** démographique. Les immigrés sont en effet plus jeunes en moyenne (28 ans) que la population résidente (43 ans).

B … ou un défi pour l'Europe ?

- La question migratoire **divise** pourtant les Européens et **suscite de fortes tensions** entre les États. Certains d'entre eux, gagnés par la montée du **populisme** et de la **xénophobie**, exigent la fermeture des frontières extérieures de l'UE.
- L'agence **Frontex** est la cheville ouvrière de la « **barriérisation** » (renforcement d'une frontière pour limiter son franchissement). Chargée notamment de « filtrer » et d'identifier les migrants à leur arrivée en Europe, elle compte aujourd'hui plus de 10 000 agents, contre 1 500 environ en 2016.
- Cette stratégie expose les migrants à des **risques importants**. Depuis 2014, au moins 20 000 d'entre eux ont perdu la vie en tentant de traverser la Méditerranée.
- Un repli s'observe aussi au sein même de l'UE, avec le phénomène de refrontiérisation observé entre les États situés dans l'espace Schengen et ceux qui n'en font pas partie. La notion de « libre circulation » est ainsi devenue relative.
- La Commission européenne développe des **partenariats** avec les pays d'origine et de transit des migrants. En échange de leur aide au contrôle des flux, elle finance des **projets de développement**.

Lexique

Refrontiérisation : reconsolidation d'une frontière après une période d'atténuation de son caractère filtrant.

Espace Schengen : territoire associant 26 États européens au sein duquel un étranger en situation légale dispose d'une totale liberté de circulation.

La France : dynamiques différenciées des territoires transfrontaliers

74

Lue Relue Apprise

La construction européenne a modifié en profondeur, mais de manière inégale, les dynamiques spatiales des territoires situés aux frontières nationales.

1 De la « frontière-ligne » à la « frontière-zone »

A Les espaces frontaliers, d'anciennes marges…

- Les **frontières terrestres** de la France se développent sur plus de 4 100 kilomètres. Héritages de l'Histoire, elles correspondent à des obstacles naturels ou sont purement conventionnelles.
- Jusqu'à une période récente, elles ont fait de leurs régions des **zones de relégation**, véritables **périphéries** du territoire national.
- Par sa volonté de faire émerger un **espace transnational** en développant les relations de part et d'autre des frontières, l'UE en a fait une **ressource**.

B … aujourd'hui transformées en interfaces

- À partir de 1995, avec la **convention Schengen**, certaines régions situées aux frontières françaises (métropole lilloise, Pays basque, etc.) sont devenues des **interfaces** dont la cohésion territoriale est renforcée par des **schémas d'aménagement concerté**.
- L'UE encourage ces initiatives, portées conjointement par les Français et leurs voisins européens, dans le cadre d'une politique régionale spécifique qui relève de « **grands programmes de coopération transfrontalière** ».

Lexique

Interface : espace de contact entre des territoires différenciés, caractérisé par une dynamique d'échanges et de projets variés.

2 Des territoires transfrontaliers très intégrés …

A L'exemple des mobilités et de l'emploi

- L'intégration européenne multiplie les **opportunités de travailler à l'étranger**. 360 000 actifs vivant en France travaillent quotidiennement dans un autre pays.
- L'existence d'un **contraste** (niveau de vie ou de salaire, taux de chômage, part des seniors dans la population ...) de part et d'autre de la frontière est à l'origine des **flux pendulaires**.
- L'**emploi transfrontalier** peut représenter jusqu'à 40 % de la population active dans certains bassins, en Alsace ou en Franche-Comté. Son **poids dans l'économie locale** est déterminant, grâce aux salaires perçus à l'étranger.

Lexique

Flux pendulaires : déplacements quotidiens d'un actif entre son lieu de résidence et son lieu de travail.

B Un « coût » pour la société française

- Si la frontière offre un potentiel d'emplois et de revenus externes pour la population des régions concernées, elle a aussi un **prix pour la société française**.
- Ainsi, alors que ces actifs, formés en France, exercent leurs compétences à l'étranger, ils utilisent les **services publics français** et ne paient pas toujours leurs **impôts** en France.
- L'ampleur du travail transfrontalier entraîne la **congestion des axes de circulation**. Ces embouteillages allongent la durée moyenne des déplacements, pèsent sur la santé des salariés et nuisent aux équilibres environnementaux.

3 … et d'autres qui le sont moins

A Un facteur d'aggravation des difficultés sociales

- Dans certains cas, la coopération transfrontalière **fragilise** les territoires dans lesquels elle s'inscrit.
- L'exemple de la **région de Longwy** en est l'illustration. Dans ce territoire de tradition industrielle en crise, les actifs qualifiés trouvent un emploi au Luxembourg. Leur installation dans les communes françaises proches de la frontière fait monter le prix des terrains. Elle accentue les phénomènes de **ségrégation** au détriment des plus vulnérables.

Lexique

Ségrégation : séparation subie de groupes sociaux dar un espace donné.

B Des obstacles de nature variée

- La **coexistence de plusieurs systèmes** politiques, administratifs et juridiques peut constituer un **frein** puissant à la coopération transfrontalière.
- L'**accumulation d'initiatives**, qui se concurrencent plus qu'elles ne se complètent, et la **superposition des niveaux de décision** compliquent dans certains cas le quotidien des transfrontaliers.

Étude de cas (1)

75

Lue Relue Apprise

En Allemagne, pays le plus peuplé et le plus prospère de l'Union européenne, certains territoires restent en marge de la mondialisation.

1 L'Allemagne, une puissance majeure

A De solides atouts

- L'Allemagne est la 1re **puissance économique européenne** et la 4e **puissance mondiale**. C'est le pays le plus peuplé de l'UE (83 millions d'habitants).
- La main-d'œuvre y est **hautement qualifiée**. L'industrie repose sur des **atouts technologiques** majeurs, qui assurent une solide réputation au « made in Germany » et justifient le niveau record des exportations.

B Un souffle nouveau depuis 1990

- Depuis la **réunification** entre l'ex-Allemagne de l'Ouest (RFA) et l'ex-Allemagne de l'Est (RDA) en 1990, le pays exerce une **influence croissante** au sein de l'UE et à l'échelle mondiale.
- L'Allemagne a retrouvé sa **souveraineté** en 1995, l'armée étant autorisée à participer aux opérations de l'ONU et de l'OTAN.
- Son **rayonnement culturel** s'affirme grâce au réseau du Goethe-Institut, qui compte 149 fondations dans 91 pays.

2 Des écarts Est-Ouest persistants

A Une frontière encore « réelle »

- Trente ans après la chute du mur de Berlin, de multiples **disparités économiques et sociales** distinguent encore l'ex-RFA de l'ex-RDA.
- À l'Est, la population est **plus âgée** qu'à l'Ouest : les jeunes s'exilent et la fécondité est plus faible. Elle est aussi **moins riche** et beaucoup **plus touchée par le chômage** : le taux varie du simple au double de part et d'autre de l'ancienne frontière.

B À l'Est, une certaine impatience

- En 1990, le PIB par habitant de l'Est représentait 43 % de celui de l'Ouest. Il atteint aujourd'hui 75 % grâce à des **transferts financiers massifs** en faveur des nouveaux Länder.
- La **lenteur du rattrapage économique**, pourtant réel, irrite les Ossis. Nombreux sont ceux qui se considèrent comme des « Allemands de seconde zone » et expriment leur **mécontentement** en votant pour des partis extrémistes.

Lexique

Ossis : habitants de l'ex-RDA (Ost) par opposition aux Wessis de l'ex-RFA.

3 D'autres inégalités territoriales

A Le long déclin des régions de tradition industrielle

- Si le gradient économique entre l'Ouest et l'Est domine, d'autres contrastes fragmentent le territoire allemand.
- C'est au cœur des **régions anciennement industrialisées** du Nord, là où les conséquences de la fermeture des mines et du déclin de la sidérurgie n'ont pas été surmontées, que vit la **population la plus pauvre** du pays.

Lexique

Gradient : décroissance du niveau de vie ou de développement avec la distance.

B Des contrastes dans et entre les villes et les campagnes

- Des **inégalités** plus ou moins marquées opposent également les **métropoles** aux **territoires ruraux.** Elles se développent **au sein même des agglomérations**, entre quartiers centraux et périphéries.
- L'Allemagne apparaît donc comme un **territoire composite** : l'unité politique retrouvée et le dynamisme économique ne permettent pas à l'ensemble des régions de s'intégrer pleinement dans la mondialisation.

Doc. Les inégalités de richesse en Allemagne

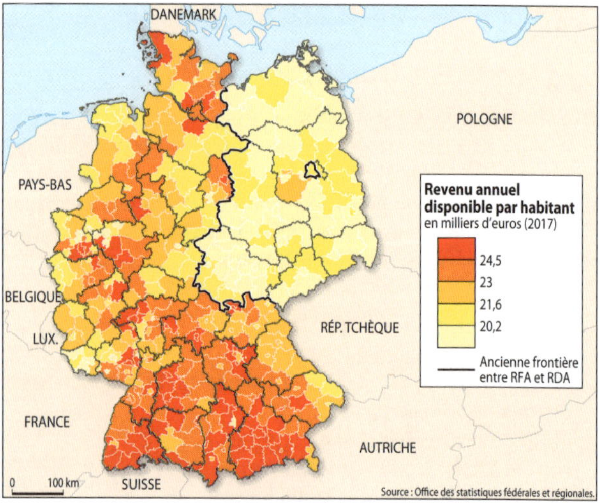

Études de cas (2)

Lue Relue Apprise

76

1 La PAC : les effets territoriaux d'une politique européenne

A Des objectifs renouvelés

- Initiée en 1962, la PAC (politique agricole commune) a permis à l'UE d'atteindre l'**autosuffisance alimentaire** et d'**élever le niveau de vie** des agriculteurs.
- Les élargissements successifs et une concurrence mondiale toujours plus vive ont recentré ses objectifs autour de **trois priorités** : garantir une production agroalimentaire viable, une gestion durable des ressources et un développement équitable des territoires ruraux.
- Ces axes ne sont pas toujours compatibles avec les **impératifs de compétitivité** internationale de l'UE.

B Des objectifs différemment interprétés

- Actuellement, seul **un quart des crédits** de la PAC finance des programmes de **développement rural** et de soutien à l'**agriculture biologique**.
- Les scandales phytosanitaires et la pression des mouvements altermondialistes n'ont pas remis en cause l'importance des crédits dédiés à l'agriculture intensive.
- Certains États choisissent donc **unilatéralement** de soutenir davantage le **volet socio-environnemental** de la PAC. L'Autriche y consacre 44 % des aides qu'elle reçoit, contre 17 % pour la France.

Lexique

Agriculture intensive : système agricole qui s'appuie sur l'utilisation massive de machines et de produits chimiques afin d'optimiser la production.

C Des effets nuancés

- Les surfaces agricoles occupent 40 % de la superficie de l'UE. Les **espaces les plus performants** sont **intégrés** à tous les marchés, du local au mondial.
- De 2003 à 2013, un tiers des fermes européennes a disparu dans un vaste mouvement de **concentration des exploitations**. 75 % des aides étant versés sous forme de primes à la surface, les plus vastes touchent plus d'argent que les petites.
- La PAC a donc pour effet indirect d'**accroître les inégalités économiques et sociales** qui caractérisent les territoires ruraux de l'UE.

2 Les transports dans l'UE : un outil d'ouverture, de cohésion et de compétitivité

A Des transports variés et performants

- L'UE dispose de **réseaux de transport modernes**. Ils favorisent son **inscription dans la mondialisation** et jouent un rôle clé dans l'intégration de ses territoires.
- Si l'UE compte 210 000 kilomètres de **voies ferrées** et sept **aéroports** accueillant plus de 50 millions de passagers par an, la **route** est de loin le moyen de transport le plus utilisé (80 % du transport de passagers).
- Les **transports urbains** sont denses et variés. Une offre de véhicules en libre-service répond en partie à la croissance des déplacements induits par la métropolisation.

B Une priorité stratégique

- Pour la Commission européenne, l'intégration de l'UE à la mondialisation repose sur la **capacité des réseaux de transport** à répondre à l'**augmentation continue des flux**.
- Elle encourage l'**ouverture** du marché des transports **à la concurrence**, afin d'accroître leur compétitivité à l'échelle planétaire.
- Cette stratégie a pour effet de **renforcer la densité des réseaux dans la mégalopole**, entre les métropoles et le long des littoraux. Elle souligne l'insuffisance de l'offre de transport dans les régions isolées ou enclavées.

C Des espaces inégalement valorisés

- De multiples facteurs sont à l'origine des **difficultés d'accès ou de desserte** de certains territoires.
- De fortes contraintes naturelles, la faiblesse du peuplement, le déclin de certaines activités économiques, etc. ne permettent pas d'atteindre la **rentabilité visée par les entreprises du secteur privé**.
- C'est pour apporter une réponse à l'**impératif de cohésion** territoriale que l'UE multiplie les **opérations de désenclavement**. La construction d'un pont entre Copenhague et Malmö a ainsi permis de mieux intégrer la Scandinavie au cœur de l'Europe.

lexique

Désenclavement : aménagement d'un territoire dont l'accessibilité est limitée par l'insuffisance des infrastructures de transport.

L'UE dans la mondialisation

Révision EXPRESS

Les points essentiels

- L'UE est un acteur **majeur de la mondialisation**. Elle réunit des États aux caractéristiques variées et au niveau d'intégration élevé.
- Soumise à une concurrence internationale de plus en plus vive, l'UE cherche à maintenir le **niveau de compétitivité** de son économie à l'échelle mondiale, tout en atténuant le poids des **inégalités** qui menacent la **cohésion de ses territoires**.
- L'UE peine à s'affirmer comme une puissance mondiale complète, notamment sur le plan géopolitique, du fait de **tensions externes et internes**.
- Espace de **libre circulation** largement ouvert sur le monde, **pôle commercial et financier** de premier rang, l'UE est un **foyer migratoire** particulièrement attractif.
- « **Refrontiérisation** » et « **barriérisation** » témoignent des défis auxquels l'UE est actuellement confrontée dans un contexte de progression de l'**euroscepticisme**.
- La construction européenne a profondément modifié le profil des espaces de la France aux **frontières de l'UE**. L'essor des échanges humains et matériels a favorisé l'**intégration** dans un même ensemble de territoires autrefois séparés.
- Portées par la volonté de l'UE de promouvoir une **citoyenneté commune**, certaines régions transfrontalières sont devenues des « modèles » de cohésion territoriale.
- Mais compte tenu de la **complexité des dispositifs** et de la **superposition des niveaux de décision**, c'est loin d'être le cas de l'ensemble des territoires frontaliers.

Les chiffres clés

- L'UE est un ensemble de **27 États** et de près de **450 millions d'habitants** (7 % de la population mondiale contre 10 % en 1983).
- L'UE est la **2e puissance économique mondiale**, derrière les États-Unis.
- On compte en moyenne environ **5 % d'étrangers** parmi les habitants des États membres de l'UE.
- L'espace Schengen compte **26 États**, dont 4 n'appartiennent pas à l'UE.
- Les frontières terrestres de la France se développent sur plus de **4 100 km**.
- **14 programmes** de coopération transfrontalière, dont 5 pour l'Outre-mer, ont été mis en œuvre aux frontières françaises sur la période 2014-2020.
- La France compte environ **360 000 travailleurs transfrontaliers**. Leur poids dans le total des actifs a doublé depuis le début des années 1990.

Mémo'Quiz

Cochez la bonne réponse.

Des politiques européennes entre compétitivité et cohésion des territoires

1. Combien y a-t-il actuellement d'États candidats à l'adhésion à l'UE ?

❑ 2 ❑ 3 ❑ 4 ❑ 5

2. Pour faire face aux défis géopolitiques planétaires, l'UE met en œuvre une PESC : il s'agit d'une politique étrangère et de ... commune.

❑ solidarité ❑ sécurité ❑ sauvegarde ❑ souveraineté

L'Union européenne, un espace plus ou moins ouvert sur le monde

3. Quel État appartient à l'espace Schengen sans être membre de l'UE ?

❑ Roumanie ❑ Moldavie ❑ Suisse ❑ Slovaquie

4. Quelle est la part de l'UE dans les échanges commerciaux de biens ?

❑ 10 % ❑ 15 % ❑ 20 % ❑ 30 %

La France : les dynamiques différenciées des territoires transfrontaliers

5. Quelle est la principale destination des travailleurs transfrontaliers français ?

❑ La Belgique ❑ Monaco ❑ La Suisse ❑ L'Allemagne

6. Combien de programmes de coopération transfrontalière sont déployés en France (outre-mer compris) ?

❑ 7 ❑ 10 ❑ 12 ❑ 14

Études de cas

7. Combien la RDA comptait-elle de Länder ?

❑ 5 ❑ 10 ❑ 12 ❑ 16

8. Lequel de ces 4 aéroports de l'UE est le plus fréquenté ?

❑ Amsterdam ❑ Francfort ❑ Madrid ❑ Paris CDG

9. À quelle date la politique agricole commune a-t-elle été mise en œuvre pour la première fois ?

❑ 1957 ❑ 1962 ❑ 1990 ❑ 1995

→ Corrigés p. 476

Les lignes de force du territoire 77

Lue Relue Apprise

Le territoire français est structuré par des lignes de force majeures, qui lui assurent une intégration européenne et mondiale.

1 Une localisation géographique stratégique

A Une position de carrefour en Europe

- Le territoire français est à proximité de la **mégalopole européenne**, vaste ensemble urbain densément peuplé et important centre économique.
- En tant que pays membre de l'Union européenne, la France bénéficie de l'**intégration européenne** grâce aux **partenariats** mis en place avec ses pays voisins dans les domaines politique, économique et de coopération (ex. : projet d'aménagement de la ligne LGV Lyon-Turin).

B Un territoire qui assure à la France une présence partout dans le monde

- Les **territoires ultramarins** (Guadeloupe, Guyane, La Réunion, Mayotte, Martinique, Nouvelle-Calédonie, Terres australes et antarctiques françaises) permettent à la France d'être présente sur tous les océans du monde.
- La France est à la tête de la **2e ZEE** (zone économique exclusive) mondiale, avec plus de 11,691 millions de km², lui permettant d'exploiter des **ressources** halieutiques (pêche) et souterraines (hydrocarbures et minerais).

2 Un territoire organisé par des axes et réseaux

A Trois axes de circulation concentrant l'essentiel des flux

- **Deux axes nord-sud** traversent la France *via* Paris : l'un relie l'Espagne en passant par Bordeaux, et l'autre relie Le Havre en passant par Lyon.
- Un **troisième axe** parcourt le **sud** de la France (Nice, Marseille, Montpellier), connectant l'Espagne à l'Italie.
- Les **territoires ultramarins** sont reliés à la France métropolitaine grâce à des liaisons aériennes.

B Des réseaux de transport performants

- Organisées **en étoile autour de Paris**, les **autoroutes** et les **LGV** connectent la France aux pays européens (Royaume-Uni avec l'Eurostar, Pays-Bas et Belgique avec le Thalys). Progressivement, des **autoroutes transversales** sont construites (l'A89 relie Bordeaux à Lyon depuis 2018).

● Les métropoles sont également pourvues d'**aéroports**, dont certains sont des **pôles d'échange internationaux** avec des plates-formes multimodales où se connectent différents modes de transport (ex. : Saint-Exupéry à Lyon). Le **hub parisien** est le plus important (aéroports de Roissy-Orly-Le Bourget), avec 105 millions de passagers en 2018 et 80 % du fret national.

Lexique

Hub : plate-forme (dans un port, un aéroport) qui concentre et redistribue les flux de passagers.

● Les **littoraux** sont équipés de **ports** (Dunkerque, Le Havre, Marseille) et de **ZIP** (zones industrialo-portuaires). Le Havre et Dunkerque profitent de la proximité de la 2e façade maritime mondiale (la **Northern Range**, au nord de l'Europe). Ces ports peinent cependant à concurrencer les grands ports européens.

3 Un territoire polarisé par ses métropoles

A Des métropoles qui structurent le territoire français

● Les **métropoles** constituent une des lignes de force du territoire français. Aires urbaines très peuplées, elles sont au cœur des flux, des réseaux et des échanges.

● Les métropoles concentrent des **activités stratégiques** pour les entreprises dans le tertiaire supérieur, des infrastructures de transport (plates-formes multimodales) et des activités dans la recherche-développement (technopôles).

● Les métropoles exercent une **influence** plus ou moins importante sur les territoires qui les entourent.

● La **mondialisation** est à l'origine de la métropolisation.

Lexique

Lignes de force : ensemble des axes, réseaux et pôles qui structurent l'organisation du territoire.

Métropolisation : processus de concentration de population, d'activi industrielles, de services du tertiaire supérieur et de pouv de commandement dans les grandes vil

B Un réseau urbain hiérarchisé

● Dominant l'armature urbaine, la **métropole parisienne** est l'unique « **ville mondiale** » en France. Paris espère profiter des effets positifs du Brexit pour accueillir les institutions européennes anciennement installées à Londres (Agence bancaire européenne).

● Certaines métropoles régionales (Strasbourg, Lyon, Lille) sont bien intégrées à l'**échelle européenne**.

● Toulouse, Marseille, Bordeaux, Nantes et Rennes exercent une **influence** essentiellement **régionale**.

● Les **villes moyennes** (moins de 200 000 habitants) regroupent 23 % de la population française. Elles assurent à leurs habitants l'accès aux services de proximité (services administratifs, université, hôpital, commerces).

Les recompositions du territoire

78

Lue Relue Apprise

L'intégration européenne et mondiale de la France entraîne des recompositions de son territoire. La politique d'aménagement des territoires a pour objectif d'accompagner ces transformations.

1 Des territoires attractifs, bien insérés dans la mondialisation

- En 2018, l'**Île-de-France** représente **4,6 % du PIB européen,** attire la majorité des **IDE** et plus de **50 millions de touristes**, bénéficiant de l'attractivité de la capitale parisienne.
- La région Île-de-France polarise les principaux **réseaux de transports** routiers, ferroviaires et aériens. D'ici 2025, l'Île-de-France devrait être la **1re région fibrée** d'Europe.
- Les **régions littorales du Sud et de l'Ouest** sont bien desservies par les réseaux de transport et sont dynamisées par leurs métropoles. Elles accueillent de plus en plus d'activités et d'habitants : c'est la **littoralisation.**
- Les **régions frontalières** (Grand Est, Auvergne-Rhône-Alpes) sont dynamisées par les **mobilités** des travailleurs frontaliers. Elles appartiennent aussi à des **eurorégions** et coopèrent à la réalisation de **projets transfrontaliers** permettant d'améliorer la vie quotidienne de leurs habitants.

2 Des territoires à l'écart de la mondialisation

- Les **territoires ultramarins** sont **éloignés** de la métropole et donc **difficiles d'accès**, d'autant qu'ils sont souvent **insulaires** et qu'ils ne sont pas dotés d'infrastructures de transport performantes.
- Les espaces métropolitains situés dans la **« diagonale des faibles densités »** sont **enclavés.** Cela concerne certains **espaces ruraux** (Ardennes) et des **massifs montagneux** du Massif Central ou des Alpes. Ces territoires souffrent de l'« **effet tunnel** », car ils sont mal irrigués par les réseaux de transport. Ils sont aussi souvent situés dans les « **zones blanches** », mal desservies par le réseau de téléphone mobile et internet.
- Les **régions de tradition industrielle** (Grand Est, Hauts-de-France) sont touchées par la **désindustrialisation** et doivent faire face à la fermeture d'usines et aux friches industrielles.
- Ces territoires peu intégrés sont qualifiés de marge.

Lexique

Marge : territoire périphérique fragile qui ne bénéficie pas du rayonnement d'un centre.

3 Une politique d'aménagement qui accompagne les recompositions territoriales

A De multiples acteurs

- L'État, les collectivités territoriales, l'UE, les entreprises et les associations citoyennes sont impliqués dans l'**aménagement des territoires**.
- Le statut de **métropole**, créé en 2014, a été attribué à 22 villes françaises, leur accordant des **compétences élargies** (aménagement économique, social et culturel, politique de l'habitat).
- Dans le cadre de sa **politique de décentralisation**, l'État favorise les **régions** afin de les rendre plus compétitives face aux autres collectivités européennes (comme les Länder allemands). En 2014, la **loi NOTRe** (nouvelle organisation territoriale de la République) accorde aux régions la charge du développement économique et de l'aménagement des territoires.
- En 2016, **18 régions** (13 métropolitaines, 5 d'outre-mer) remplacent les 27 anciennes. Elles sont les partenaires privilégiées de l'Union européenne, car elles gèrent les **FESI** (Fonds européens structurels d'investissement).

lexique

Décentralisation : transfert de compétences de l'État aux collectivit territoriales (communes, départements, régions).

B Augmenter l'attractivité des territoires

- Les régions accueillent depuis 2004 des **pôles de compétitivité** : 56 pôles de compétitivité labellisés (ex. : Cosmetic Valley dans la région Centre-Val de Loire).
- Les métropoles bénéficient de **grands projets d'aménagements** : quartiers d'affaires (EuroRennes), infrastructures de transport (« Grand Paris Express »).
- Le **marketing territorial** a pour but d'accentuer l'attractivité des collectivités teritoriales, en faisant leur promotion grâce à des techniques de publicité et de communication.

lexique

Pôle de compétitiv regroupement sur un territoire d'entreprises, de centres de recherc et d'universités aut d'un thème en lien avec l'innovation.

C Réduire les inégalités territoriales

- Pour redynamiser les campagnes, des **zones de revitalisation rurale** (ZRR) et des **pôles d'excellence rurale** (PER) sont créés.
- Les **anciens sites industriels** se reconvertissent (ex. : musée Louvre-Lens bâti sur un ancien site minier).
- Les **territoires ultramarins** bénéficient de la construction d'**infrastructures de transport** (ex. : agrandissement de l'aéroport Pôle Caraïbes, à Pointe-à-Pitre en Guadeloupe) et de la valorisation de leurs activités touristiques (ex. : création d'un parc national à La Réunion).

1 L'exemple de la région Grand Est

A Le Grand Est, une région attractive en position de carrefour

- Le **Grand Est** se situe entre la région parisienne, le couloir rhodanien et la mégalopole européenne.
- Les villes de **Reims** et **Troyes**, sont **polarisées par Paris**, alors que **Strasbourg** est tournée vers l'**Europe** (siège du Parlement européen).
- La région est structurée par un **réseau routier et autoroutier dense**, favorisant les échanges de marchandises et sa connexion avec les pays frontaliers.
- La **proximité** avec trois **aéroports internationaux** (Paris, Francfort, Zurich) facilite la desserte de la région. L'aéroport de Bâle-Mulhouse-Fribourg, en pleine croissance, contribue également à son accessibilité.

B L'État, un acteur impliqué dans l'aménagement de la région

- L'État a contribué pour moitié au **financement de la ligne LGV Est européenne**, entre Paris et Strasbourg, mise en service en 2016. Cette nouvelle ligne renforce le réseau national ferroviaire vers l'est et doit être poursuivie jusqu'à Budapest.
- Depuis 2018, **24 villes moyennes** bénéficient du programme « **Action cœur de ville** », qui vise à redynamiser les centres-villes.

C Le rôle des collectivités territoriales et de l'UE

- La région et les communes participent aux différentes stratégies de **reconversion des sites industriels**. La commune d'Amnéville, ancienne cité industrielle en Moselle est devenue, à l'initiative de son maire, le 2e site touristique de la région, grâce au thermalisme et à la construction d'un zoo, d'un casino et d'une piste de ski intérieure.
- En novembre 2019, la région Grand Est a adopté un **schéma régional d'aménagement, de développement durable et d'égalité des territoires** (Sraddet), qui fixe une stratégie pour l'aménagement et le développement durable de la région.
- La création d'**eurorégions** permet de développer des coopérations transfrontalières (ex. : « La Grande Région », regroupant La Lorraine, la Rhénanie-Palatinat et la Sarre en Allemagne, la Wallonie en Belgique et le Luxembourg).

2 L'exemple de La Réunion

A Une « île-montagne » à l'organisation territoriale déséquilibrée

- La Réunion est située dans l'océan Indien, à plus de 9 500 km de la métropole, ce qui en fait le **territoire ultramarin le plus éloigné**. Elle est structurée par deux grands **massifs montagneux** (Piton des Neiges et Piton de la Fournaise), constituant un **obstacle** aux mobilités.
- Le **peuplement** est **déséquilibré**, car la population se concentre principalement dans les villes du littoral, notamment Saint-Denis (25 % de la population de l'île).
- Une **route** principale fait le tour de l'île.

B Un territoire ultramarin en difficulté, dépendant des aides

- La **population** réunionnaise est **jeune** (41 % de la population a moins de 25 ans). Elle est marquée par un **taux de chômage** élevé (21 % en 2019) et un fort **taux de pauvreté**, même si La Réunion dispose d'un niveau de développement plus élevé que les États voisins.
- La Réunion bénéficie de **politiques spécifiques** (ex. : défiscalisation des investissements) et la **fonction publique** est à l'origine d'un tiers des emplois.
- Les **aides européennes** sont nombreuses : La Réunion fait partie des **RUP** (régions ultra-périphériques) et a reçu plus de 2 milliards d'euros entre 2014 et 2020.

C Faire de La Réunion une région attractive et mieux insérée dans la mondialisation

- Afin de valoriser les paysages, la faune et la flore, et ainsi **accroître l'activité touristique**, l'État a créé en 2007 un **parc national** et une **réserve naturelle marine**. En 2010, une grande partie de l'île est inscrite au **patrimoine mondial de l'UNESCO**.
- Depuis 2010, le **grand port maritime** (Port Réunion) a bénéficié de nombreux aménagements lui permettant d'accueillir des porte-conteneurs et faire de La Réunion un **hub régional** de l'océan Indien. Il complète l'aéroport Roland Garros, autre porte d'entrée de l'île.
- Pour faciliter les déplacements dans l'île, la « **nouvelle route littorale** » est en construction. Il s'agit de la « route la plus chère du monde » (1,66 milliard d'euros pour 12,5 km de route), financée en grande partie par la région, avec l'aide de l'UE.

La France et ses régions dans l'UE et dans la mondialisation

Révision EXPRESS

Les points essentiels

- Le territoire français métropolitain est en **position de carrefour en Europe**. Les territoires ultramarins assurent à la France une **présence partout dans le monde**, ainsi que la **2e ZEE mondiale**.
- Les **lignes de force** du territoire français sont composées de **réseaux de transports** performants et de nombreuses **métropoles** permettant l'intégration de la France à l'Union européenne et à la mondialisation. Seule **Paris** est une « **ville mondiale** ».
- Le territoire français est **inégalement intégré à l'Union européenne**. L'**Île-de-France**, les **régions littorales de l'Ouest et du Sud** et les **régions frontalières** sont les mieux insérées dans la mondialisation. Les **territoires ultramarins** et les espaces métropolitains situés dans la « **diagonale des faibles densités** » ou dans les régions de tradition **industrielle** sont qualifiés de marges, car ils sont à l'écart de la mondialisation.
- L'**UE**, l'**État** et les **collectivités territoriales**, en particulier les régions et les métropoles, sont des acteurs importants de l'**aménagement des territoires**. Les entreprises et les associations citoyennes sont également impliquées.
- Les **grands projets d'aménagements** (quartiers d'affaires, technopôles, infrastructures de transports, reconversions industrielles), les **aides financières** spécifiques (FESI) et les **labellisations** (pôle de compétitivité, ZRR, PER) ont des objectifs multiples : **renforcer l'attractivité** des territoires, afin qu'ils restent compétitifs, mais aussi **réduire les inégalités** en dynamisant certains territoires.

Les chiffres-clés

- La France est à la tête de la **2e ZEE mondiale** (11,691 millions de km²).
- Le hub parisien (Roissy-Orly-Le Bourget) accueille **105 millions de passagers** en 2018.
- L'Île-de-France représente **4,6 % du PIB européen** en 2018.
- L'Île-de-France accueille **50 millions de touristes** en 2018.
- En 2025, l'Île-de-France sera la **1re région fibrée d'Europe**.
- **22 métropoles** en France en 2019.
- **18 régions** françaises depuis 2016 (13 métropolitaines, 5 ultramarines).
- **56 pôles de compétitivité** labellisés.

Mémo'Quiz

Vrai ou faux ? Cochez la bonne réponse.

Les lignes de force du territoire français

1. La France est à la tête de la 1re ZEE mondiale.

❏ Vrai ❏ Faux

2. Le territoire français est polarisé par ses métropoles.

❏ Vrai ❏ Faux

3. La métropolisation est une des conséquences de la mondialisation.

❏ Vrai ❏ Faux

4. Les deux principaux axes de circulation transitent par Paris.

❏ Vrai ❏ Faux

Les recompositions du territoire français

5. L'Île-de-France est la région française la plus attractive.

❏ Vrai ❏ Faux

6. Le département est l'acteur principal dans l'aménagement des territoires.

❏ Vrai ❏ Faux

7. Depuis 2016, la France compte 27 régions.

❏ Vrai ❏ Faux

8. Les régions gèrent les aides de l'Union européenne.

❏ Vrai ❏ Faux

Exemples

9. L'État et les collectivités territoriales sont à l'origine de projets d'aménagements pour le Grand Est.

❏ Vrai ❏ Faux

10. Dans le Grand Est, les eurorégions permettent de développer des coopérations avec l'Espagne.

❏ Vrai ❏ Faux

11. La Réunion est une RUP.

❏ Vrai ❏ Faux

12. La Réunion est bien intégrée à la mondialisation.

❏ Vrai ❏ Faux

→ Corrigés p. 476

Enseignement scientifique

Sommaire

Enseignement scientifique

Lue / Relue / Apprise

Sommaire

Lue | Relue | Apprise

Formation et évolution de l'atmosphère terrestre

80

Lue Relue Acquise

Après sa formation, l'atmosphère terrestre, de composition bien différente de celle d'aujourd'hui, a subi une succession de transformations.

1 Atmosphère primitive de la Terre

- Il y a environ 4,6 milliards d'années (Ga), la Terre et les autres planètes telluriques se forment par accrétion de matériaux rocheux : la matière s'assemble par gravité.
- Une atmosphère primitive se crée, alimentée notamment par le dégazage du manteau de la Terre lors d'éruptions volcaniques. Elle est également enrichie, pendant les 200 premiers millions d'années d'existence de la Terre, par les météorites qui s'écrasent en grand nombre.
- L'analyse de météorites de composition semblable à la Terre à ses origines (chondrites) ou encore de gaz volcaniques a permis de reconstituer la composition de cette atmosphère primitive : elle était dépourvue de dioxygène, mais riche en vapeur d'eau (80 à 90 %), en dioxyde de carbone (10 à 20 %), et pauvre en azote (1 à 3 %).

Remarque
Les chondrites sont les météorites les plus abondantes du système solaire, datées d'environ 4,6 Ga.

- Cette atmosphère primitive était donc très différente de l'atmosphère actuelle (N_2 : 78 % ; O_2 : 21 % ; CO_2 : 0,003 %).

2 Mise en place d'une hydrosphère et évolution de l'atmosphère

- Depuis ses origines, la Terre se refroidit. Par conséquent, la vapeur d'eau se condense et forme les premiers océans ou hydrosphère.
- En effet, la présence d'eau liquide sur Terre est possible du fait d'une pression atmosphérique suffisamment élevée (10^5 Pa) et d'une température relativement faible.
- Le dioxyde de carbone atmosphérique peut alors se dissoudre dans l'hydrosphère, puis se combiner au calcium pour former du carbonate de calcium ($CaCO_3$), une molécule composée d'un ion carbonate (CO_3^{2-}) et d'un ion calcium (Ca^{2+}). En précipitant, il forme des roches calcaires.

- Ainsi, progressivement, la composition de l'atmosphère terrestre se modifie : entre – 4,2 et – 2,2 Ga, elle s'appauvrit en vapeur d'eau ainsi qu'en dioxyde de carbone.
- Par ailleurs, cette diminution du taux de dioxyde de carbone dans l'atmosphère, en réduisant l'effet de serre, abaisse encore la température. La présence d'eau à l'état liquide est d'autant plus favorisée, ce qui à son tour facilite la dissolution du dioxyde de carbone.
- L'atmosphère terrestre s'appauvrit alors de plus en plus en dioxyde de carbone, et par conséquent s'enrichit, de façon relative, en diazote.
- Sa composition est néanmoins différente de sa composition actuelle, car elle est toujours dépourvue de dioxygène.

Rappel

L'effet de serre est dû au piégeage de rayon[nements] thermiques par des g[az] atmosphériques tels que le CO_2.

Doc. Évolution des taux de CO_2 et H_2O au cours du temps

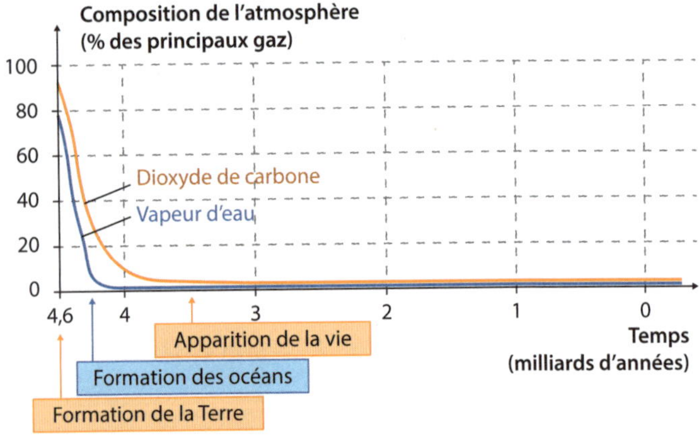

Apparition de la vie et enrichissement de l'atmosphère en dioxygène

81

Lue Relue Acquise

Les premiers êtres vivants photosynthétiques libèrent du dioxygène dans leur milieu de vie. Le dioxygène est d'abord piégé dans les roches avant d'enrichir l'atmosphère.

1 Libération de dioxygène par les premiers êtres vivants

Remarque

La présence de dioxygène n'est pas une condition nécessaire à l'apparition des premières formes de vie sur Terre.

● Les plus vieux gisements renfermant des traces de vie, datés de −4 Ga, indiquent la présence d'êtres vivants unicellulaires. Ils sont apparus dans une hydrosphère dépourvue de dioxygène.

● Datées de −3,5 Ga, des constructions calcaires, les stromatolithes (du grec *stroma* « tapis » et *lithos* « pierre ») sont des structures en couches lamellaires. Elles résultent à la fois d'un piégeage de particules sédimentaires et de la formation d'un ciment calcaire du fait de l'activité photosynthétique de bactéries, les cyanobactéries. Ce sont des procaryotes (sans véritable noyau) et unicellulaires.

Doc. 1 Cyanobactérie fossilisée dans un silex de 3,5 Ga

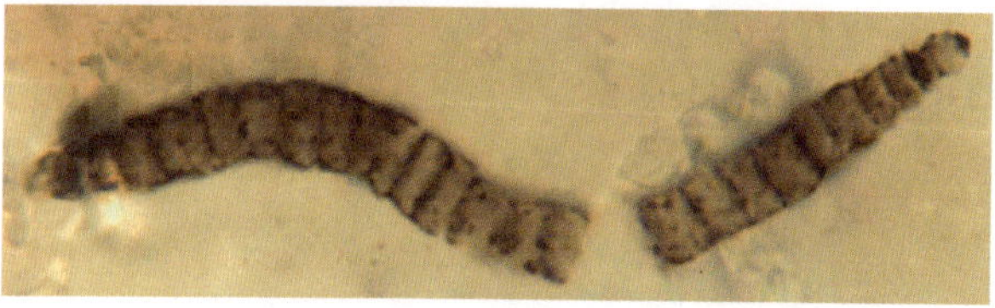

© J. William Schopf

● En effet, au cours de la photosynthèse, les cyanobactéries consomment du CO_2, ce qui a pour effet de favoriser sa précipitation sous forme de carbonate de calcium selon la réaction :

$$2\ HCO_3^- + Ca^{2+} \rightleftarrows CaCO_3 + CO_2 + H_2O$$

(l'utilisation du CO_2 déplace l'équilibre vers la droite).

● Ainsi, en favorisant la précipitation du carbonate de calcium, les cyanobactéries ont contribué à appauvrir l'atmosphère en CO_2. En même temps, au cours de la photosynthèse, elles libèrent du dioxygène, ce qui permet un enrichissement progressif de l'atmosphère en ce gaz.

2 Modification de la composition de l'atmosphère

A Une libération localisée de dioxygène

- Des gisements sédimentaires d'uranium (uraninite), datés de −3,4 Ga, sont connus en Afrique du Sud. Or l'uraninite, qui se forme dans l'eau, se dissout spontanément en présence d'oxygène. La présence d'uraninite atteste donc de l'absence de dioxygène dans l'eau à cette époque. Le même raisonnement peut être tenu avec des dépôts de pyrite, FeS_2, soluble également en présence de dioxygène.

- Des gisements de fer oxydé (fer rubané), datés de −3,8 à −2 Ga, témoignent d'une libération localisée de dioxygène dans l'océan. En effet, à peine libéré par les êtres vivants, le dioxygène est capté par le fer réduit (Fe^{2+}), qui s'oxyde alors (Fe^{3+}).

Remarque

Les gisements de fer rubané (BIF pour *Banded Iron Formati*[...] sont constitués d'u[...] alternance de couch[...] rouges d'oxydes de [...] et de couches somb[...] de silice.

- L'importance de ces gisements suppose aussi un apport considérable de fer. Toutefois, le transport du fer, sous forme soluble, ne peut s'effectuer qu'à l'état réduit dans des eaux dépourvues de dioxygène. On peut donc en déduire que jusqu'à −2 Ga, hydrosphère et atmosphère sont dépourvues de dioxygène.

B Le passage à une atmosphère oxydante

- À partir de −2,4 Ga, de vastes gisements de fer oxydé se forment un peu partout à la surface du globe (pic du fer), et vers −2 Ga, les premiers sols oxydés apparaissent. Parmi les éléments chimiques de ces sols, le fer ferreux (Fe^{2+}) a réagi avec le dioxygène pour donner de l'oxyde ferrique (rouille).

- Ainsi, une fois tout le fer oxydé, le dioxygène peut diffuser d'abord dans l'océan, puis dans l'atmosphère. À partir de 2,4 milliards d'années, le dioxygène s'accumule dans l'atmosphère. Hydrosphère et atmosphère s'enrichissent alors conjointement en dioxygène.

Un équilibre favorable au maintien de la vie

82

Lue Relue Acquise

L'activité métabolique des premiers êtres vivants modifie l'atmosphère. Par la suite, les interactions entre biosphère et atmosphère ont permis le maintien d'un équilibre favorable à la vie.

1 Sources et puits de dioxygène

- C'est grâce à la photosynthèse des premiers êtres vivants que l'atmosphère s'enrichit en dioxygène et que la respiration devient possible.
- Les premières cellules eucaryotes apparaissent vers −1,5 Ga, mais c'est vers −500 Ma qu'on assiste à une considérable diversification de la vie dans les océans. À cette période, l'atmosphère a atteint sa concentration actuelle en dioxygène O_2 (21 %), et le développement de la respiration s'accompagne d'une amélioration du rendement énergétique des êtres vivants.

Rappel

La respiration cellulaire permet la libération de l'énergie chimique contenue dans les molécules organiques.

Doc. 1 Évolution de la pression partielle d'oxygène dans l'atmosphère au cours du temps

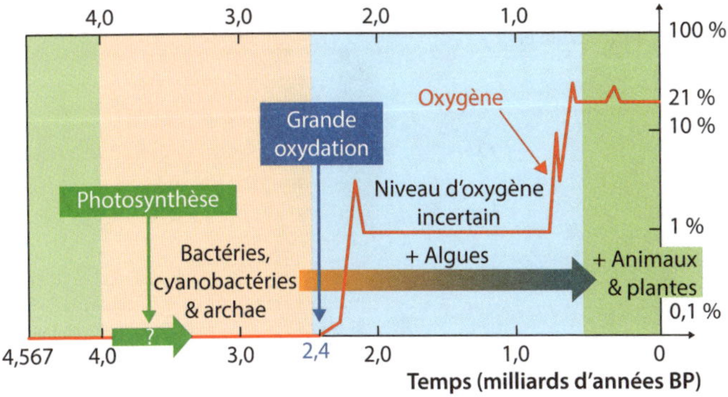

- Ainsi, le dioxygène circule entre l'atmosphère et la biosphère : la photosynthèse produit du dioxygène, lui-même consommé par la respiration (y compris celle des végétaux chlorophylliens). Photosynthèse et respiration sont donc respectivement des sources (qui libèrent) et des puits (qui consomment) de dioxygène.

- Depuis 500 Ma, la teneur en dioxygène de l'atmosphère est restée stable. Le prélèvement d'O_2 lié à la respiration est globalement équivalent au rejet d'O_2 par la photosynthèse.
- Aujourd'hui, les sources et puits de dioxygène atmosphérique sont essentiellement liés aux êtres vivants (photosynthèse et respiration) et aux combustions. En effet, la combustion de matière organique qui consomme du dioxygène atmosphérique constitue un puits de dioxygène.

Rappel
Une combustion est u[…] réaction au cours de laquelle un combusti[…] est oxydé par un comburant (le dioxyg[…] notamment) avec libération d'énergie.

2 Formation de l'ozone

- Vers –400 Ma, l'oxygène atmosphérique commence à se combiner sous l'effet du rayonnement solaire pour former de l'ozone (O_3). L'énergie solaire permet de dissocier une partie des molécules de dioxygène et de libérer les atomes qui peuvent alors se combiner avec une molécule de dioxygène préexistante : $O + O_2 \rightarrow O_3$.
- L'ozone se forme dans la stratosphère, une couche de l'atmosphère située entre la troposphère et la mésosphère, entre 10 et 50 km d'altitude. Très instable, il se dégrade en O_2 assez rapidement.

Doc. 2 Filtration des UV par la couche d'ozone

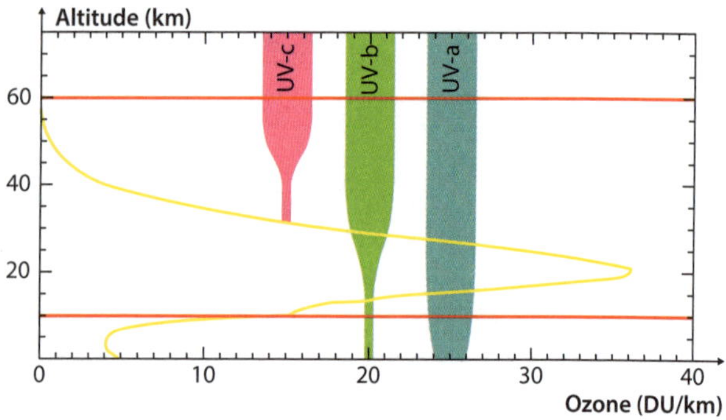

- La couche d'ozone absorbe une partie du rayonnement ultraviolet solaire, et protège les êtres vivants de ses effets mutagènes. Avec la formation de cette couche d'ozone vers –350 Ma, la vie autrefois limitée au milieu océanique devient alors possible en milieu continental. Après avoir acquis des structures compatibles avec la vie aérienne, animaux et végétaux partent à la conquête du milieu terrestre.

Cycle du carbone

83

Lue Relue Acquise

Le carbone terrestre est contenu sous différentes formes dans des réservoirs naturels. Il est échangé d'un réservoir à l'autre, au cours de phénomènes chimiques ou biologiques.

1 Des réservoirs naturels de carbone

- Plusieurs réservoirs terrestres naturels de carbone, d'importance inégale, stockent le carbone sous différentes formes.

Doc. **Échanges de carbone entre les principaux réservoirs (en Gt)**

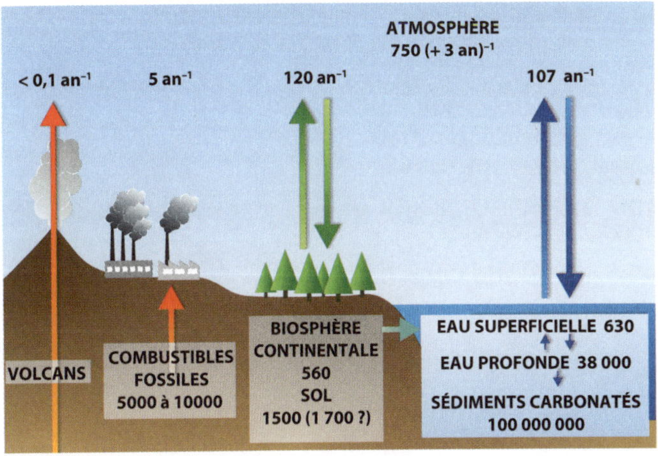

- L'atmosphère stocke du carbone (750 Gt) sous forme minérale. Le carbone est présent essentiellement dans le CO_2, qui ne représente qu'une faible fraction de la masse atmosphérique (0,035 %), et dans le CH_4.
- Dans la biosphère, le carbone est sous forme de matière organique (2 000 Gt).
- Le carbone est stocké dans l'océan (39 000 Gt) à l'état dissous (CO_2) ou sous forme d'ions hydrogénocarbonate (HCO_3^-) ou encore d'ions carbonate peu solubles (CO_3^{2-}).

Remarque

Dans l'océan, les êtres vivants de la biosphère participent aussi au stockage de carbone sous forme de matière organique.

● Enfin, la lithosphère constitue une réserve de carbone avec des roches carbonatées (100 millions de Gt), ainsi que des roches carbonées, du pétrole, du gaz et du charbon (5 000 à 10 000 Gt).

2 Des échanges entre réservoirs

● Entre ces différents réservoirs s'effectuent des échanges qui peuvent être quantifiés (en Gt/an). L'ensemble de ces échanges constitue le cycle du carbone sur Terre. Il existe deux types d'échanges entre les réservoirs : des échanges biologiques et des échanges physico-chimiques.

● Ainsi, le carbone circule entre l'atmosphère et la biosphère : la respiration et la fermentation (sources de CO_2) libèrent du dioxyde de carbone dans l'atmosphère, tandis que la photosynthèse (puits de CO_2) en capture.

$$6\,CO_2 + 6\,H_2O \leftrightarrow C_6H_{12}O_6 + 6\,O_2$$

En théorie, ces échanges sont équilibrés, c'est-à-dire qu'entre ces deux réservoirs, il entre autant de carbone qu'il en sort. Néanmoins, une partie de la matière organique enfouie échappe à la respiration (il n'y a donc pas de rejet de dioxyde de carbone dans ce cas).

● Dans l'océan, le CO_2 dissous est en équilibre avec le HCO_3^- selon la réaction :

$$CO_2 + 2\,H_2O \leftrightarrow H_3O^+ + HCO_3^-$$

Une diminution de la température favorise la dissolution du CO_2. Ainsi, les eaux polaires captent le CO_2 atmosphérique, tandis que les eaux équatoriales en rejettent.

Lors de la formation des roches carbonatées, le carbone passe de l'océan à la lithosphère selon la réaction :

Remarque

Entre l'atmosphère et l'océan, des échanges de carbone s'effectue[nt] aussi par l'intermédia[ire] des êtres vivants, lors [de] la photosynthèse et d[e la] respiration.

$$2\,HCO_3^- + Ca^{2+} \leftrightarrow CO_2 + CaCO_3 + H_2O$$

● Enfin, du carbone est échangé entre la lithosphère et l'atmosphère : du CO_2 est piégé par la subduction et la collision des plaques dans le manteau. Il est rejeté dans l'atmosphère par les volcans. Ces phénomènes se produisent sur des millions d'années, ce qui explique la faible valeur du flux (< 0,1 Gt/an), bien que la quantité de carbone dans la lithosphère soit immense.

● Ainsi, les flux naturels de carbone étant équilibrés, la teneur en dioxyde de carbone atmosphérique devrait rester stable.

Combustibles fossiles

Lue Relue Acquise

Le carbone de la matière organique est susceptible d'être enfoui et, sous certaines conditions, transformé en combustible fossile, comme le pétrole ou le charbon.

1 Formation des combustibles fossiles

- Les combustibles fossiles (pétrole, gaz et charbon) proviennent de la transformation de matière organique d'origine végétale qui, une fois enfouie en absence d'oxygène, échappe à la respiration. Elle n'est donc pas entièrement dégradée et échappe à la minéralisation.
- Au fur et à mesure que la matière est enfouie en profondeur, les molécules organiques subissent une élévation de pression et de température responsable de leurs transformations.
- Ce processus se déroule sur des millions d'années et se produit seulement dans des conditions particulières. Il nécessite une importante accumulation de matière organique dans une zone fortement subsidente. De tels évènements se sont produits avec une intensité élevée au cours de quelques épisodes de l'histoire de la Terre seulement, il y a plusieurs dizaines ou centaines de millions d'années.

Remarque

La subsidence est un enfoncement progressif du fond d'un bassin sédimentaire. Elle permet ainsi une importante accumulation de sédiments.

- Les réserves de combustibles fossiles se répartissent de façon inégale :
  - pétrole brut : 1 638 milliards de barils (23 %) ;
  - gaz naturel : 192,3 billions de mètres cubes (18 %) ;
  - charbon : 858,3 milliards de tonnes (56 %).

2 Utilisation des combustibles fossiles et conséquences

- Les réserves de combustibles fossiles sont utilisées beaucoup plus rapidement que le temps nécessaire à leur formation. Elles sont, pour cette raison, considérées comme des sources d'énergie non renouvelables. On estime que les réserves de combustibles fossiles sont consommées environ un million de fois plus vite que le temps nécessaire au processus géologique pour les produire.

- Ainsi, on considère qu'il faudrait environ 50 ans pour épuiser les réserves de pétrole accumulées pendant plusieurs centaines de millions d'années.

Doc. Consommation mondiale de pétrole (en milliards de barils/an) et réserves prouvées (en nombre d'années de production)

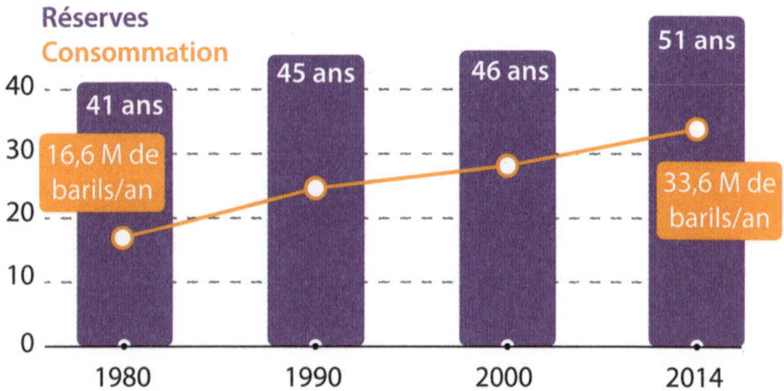

L'augmentation des réserves au cours du temps s'explique par l'évolution des technologies permettant la découverte et l'exploitation de nouveaux gisements.

- Par ailleurs, la combustion de ces hydrocarbures libère du dioxyde de carbone dans l'atmosphère et modifie le cycle naturel du carbone.
- En effet, bien que l'océan absorbe une partie du carbone provenant de leur combustion (stocké sous forme de roches carbonatées), on assiste néanmoins à une élévation de la concentration atmosphérique de dioxyde de carbone. Celle-ci s'accroît avec l'utilisation des combustibles fossiles ; elle peut être considérée comme d'origine anthropique, c'est-à-dire liée aux activités humaines.
- La concentration en dioxyde de carbone croît à partir du XIXe siècle. Cette augmentation s'accélère régulièrement, ce qui donne à penser que les rejets des industries humaines sont responsables de cet accroissement, puisque celui-ci débute avec la révolution industrielle. À partir de cette date, on utilise beaucoup de combustibles fossiles dont l'utilisation par combustion libère du dioxyde de carbone qui s'accumule dans l'atmosphère.

85 Climatologie et météorologie

Lue Relue Acquise

Le temps et le climat présentent une variabilité que la météorologie et la climatologie tentent de comprendre et de prévoir.

1 Climatologie, science des climats

- Le climat est défini par un ensemble de grandeurs atmosphériques enregistrées dans une région donnée, pendant une période donnée. La température, la pression, l'hygrométrie, la pluviométrie, la nébulosité, la vitesse et la direction des vents constituent les facteurs du climat. Ces grandeurs peuvent être mesurées à partir d'instruments spécifiques.

Remarque

La façade océanique d'un continent, par exemple, sera plus exposée aux précipitations que l'intérieur des terres.

- Le climat dépend de plusieurs facteurs naturels et d'interactions entre différentes enveloppes terrestres : océans, atmosphère, biosphère, lithosphère et cryosphère.

Doc. 1 Carte des principales zones climatiques du monde

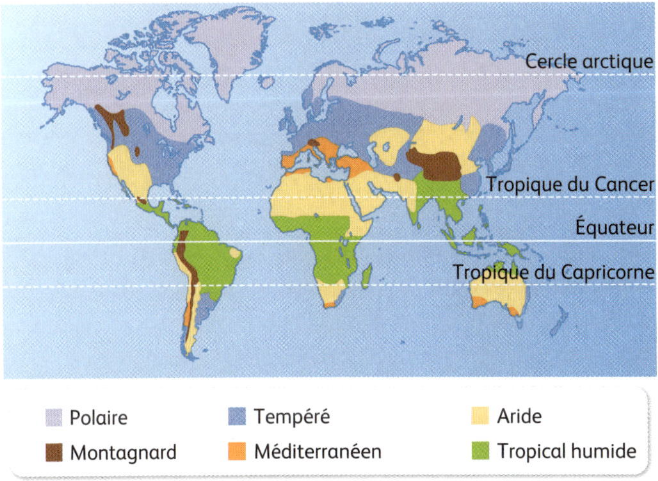

- Les climats sont susceptibles de varier au cours du temps en raison de modifications des facteurs naturels. Le déplacement des continents, dû à la mobilité des plaques tectoniques, entraîne des modifications climatiques. Les interactions entre enveloppes terrestres peuvent s'amplifier ou s'atténuer. Elles ont aussi des répercussions sur l'évolution du climat.

- La climatologie étudie les variations du climat local ou global, à moyen ou long terme (années, siècles, millénaires...).

2 Météorologie, science de prévision à court terme

- La météorologie, fondée sur les lois de la physique des gaz, étudie les phénomènes atmosphériques (nuages, précipitations, vents).
- Elle tente d'expliquer les changements de pression et de température, la circulation atmosphérique et ses perturbations (cyclones, ouragans...), qui ont des conséquences sur les changements d'état de l'eau dans l'atmosphère.

> **Remarque**
> En météorologie, le v[…] désigne le mouvemen[…] horizontal de l'air. Sa mesure comprend de[…] paramètres : sa direct[…] et sa vitesse ou force[…]

- La météorologie est une science qui consiste à faire des prévisions à court terme (jours, semaines) sur le temps qu'il va faire à un endroit donné.

Doc. 2 Carte météorologique des pressions météorologiques

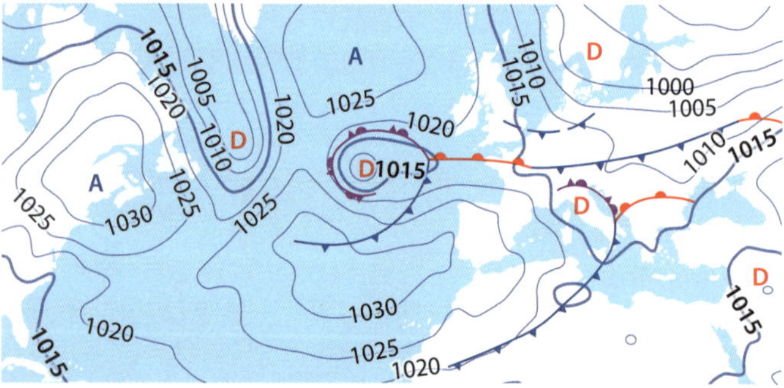

- Climatologie et météorologie sont toutes deux en partie fondées sur la prévision. Pour cela, elles ont chacune développé des modèles prédictifs, qui s'appuient sur des probabilités.
- Il est possible, pour évaluer la fiabilité de ces modèles, de confronter la prévision avec ce qui s'est réellement produit. Néanmoins, les prévisions de météorologie se prêtent mieux à cet exercice que celles de climatologie, en raison des échelles de temps bien plus longues pour cette dernière.

Variations climatiques du passé

86

Lue Relue Acquise

Au cours de l'histoire de la Terre, le climat a subi des variations que l'on peut reconstituer grâce à des indicateurs climatiques.

1 Indicateurs du climat

- La température est un indicateur majeur du climat. Elle peut être mesurée *in situ* ou depuis l'espace par des satellites. Les températures mesurées permettent de calculer une température moyenne à l'échelle d'une région ou de la Terre.

- Les températures du passé sont connues indirectement, en établissant une relation avec une autre grandeur, comme la date des vendanges ou la vitesse de croissance des arbres mesurable grâce à la taille de leurs cernes.

- Le prélèvement de carottes glaciaires (glace fossile), puis le dosage des isotopes de l'oxygène réalisé sur les molécules d'H_2O de la glace ont permis de reconstituer les variations de la température sur plus de 800 000 ans. En effet, il existe un isotope « lourd » de l'oxygène, ^{18}O, et le rapport $^{18}O/^{16}O$ ($\delta^{18}O$) des molécules d'eau de la glace est d'autant plus grand que la température est élevée.

Remarque

La glace s'étant accumulée au cours du temps, plus elle est profonde, plus elle est ancienne. En se basant sur une vitesse moyenne de dépôt de la glace, il est possible de la dater en fonction de sa profondeur.

- Par ailleurs, en analysant les bulles d'air emprisonnées dans la glace, il est possible de connaître les variations de la composition chimique de l'atmosphère au cours du temps. On mesure ainsi des variations du taux de CO_2 atmosphérique, qui peuvent être corrélées aux variations de température.

- Enfin, l'analyse des pollens fossiles dans les sédiments permet de reconstituer la végétation (forêt tempérée, tropicale, steppe) présente à un endroit et une époque donnés. Compte tenu des exigences climatiques de chaque type de végétaux, et en se basant sur le principe de l'actualisme, il est alors possible d'en déduire la température à une période donnée.

- Il existe encore d'autres indicateurs du climat actuel ou passé, comme le volume des océans ou l'étendue des glaces et des glaciers. La surface de ces derniers s'accroît lors d'un refroidissement, tandis qu'un réchauffement entraîne leur fonte et une élévation du niveau marin.

Rappel

Selon le principe de l'actualisme, les êtres vivants du passé devaient vivre de la même façon que les êtres vivants actuels qu leur ressemblent.

2 Une succession de variations du climat

- L'utilisation des indicateurs du climat montre que l'histoire de la Terre est marquée par de nombreuses variations climatiques.
- Ces variations se sont produites sur des échelles de temps différentes, de quelques siècles à plusieurs dizaines de millions d'années, et sont d'autant mieux connues qu'elles sont récentes.
- Ainsi, depuis les derniers 2,6 millions d'années (Pléistocène), la Terre a subi une alternance de périodes glaciaires (de refroidissement) et interglaciaires (de réchauffement), avec l'extension des glaciers polaires jusqu'au nord de l'Europe, puis leur recul aux pôles comme aujourd'hui.

Doc. Variations du $\delta^{18}O$ de la glace dans une carotte de glace en Antarctique (Vostok)

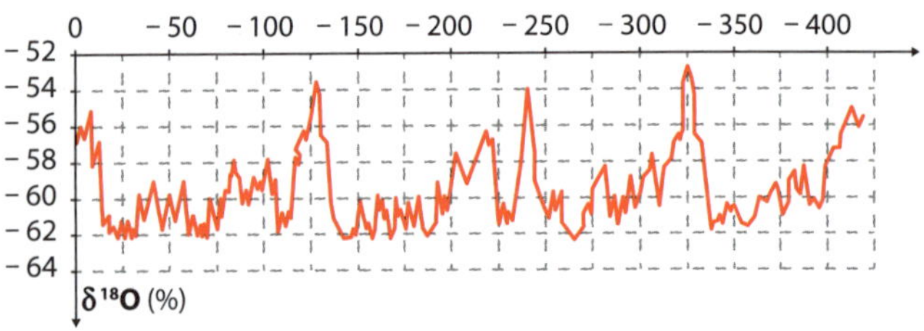

- D'environ – 400 000 ans à nos jours, on peut distinguer 5 cycles d'une durée d'environ 100 000 ans. Chacun alterne une période de réchauffement ($\delta^{18}O$ augmente) durant environ 20 000 ans, et une longue période de refroidissement ($\delta^{18}O$ diminue).
- L'actuelle variation climatique s'inscrit donc dans un phénomène bien connu de l'histoire de la Terre.

Remarque

On retrouve les mêm[...] variations climatiqu[...] en Antarctique et au Groenland. Elles témoignent de changements climatiques globaux

Forçage radiatif

87

Lue Relue Acquise

Le rejet de CO_2 par les activités humaines a déséquilibré le bilan radiatif de la Terre, à l'origine du forçage radiatif.

1 Augmentation de la concentration atmosphérique en gaz à effet de serre

- Depuis un siècle et demi, on mesure un réchauffement climatique global d'environ + 1 °C. Cette élévation de température est expliquée par une augmentation de la concentration atmosphérique en gaz à effet de serre (GES), en particulier le CO_2.
- Si le rayonnement incident qui entre dans l'atmosphère couvre l'ensemble du spectre électromagnétique, il est néanmoins concentré dans les courtes longueurs d'onde (rayonnement visible).

Rappel
Le rayonnement incident est le rayonnement solaire reçu à la surface de l'atmosphère.

Doc. Bilan radiatif de la Terre

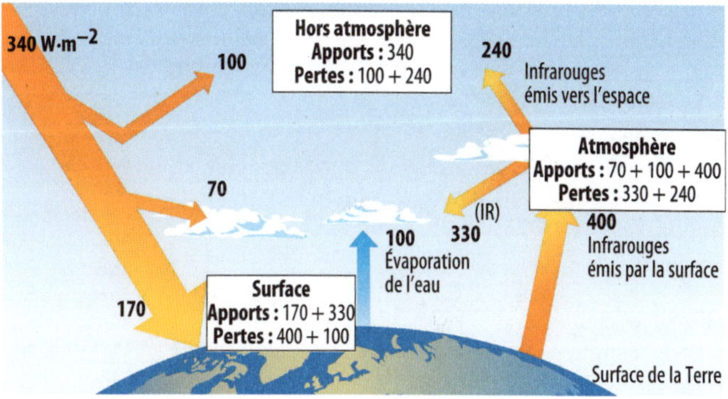

- Mis à part l'absorption et la réflexion d'une partie du rayonnement par les aérosols et la vapeur d'eau, l'atmosphère se comporte pour l'essentiel comme une couche transparente.
- Le rayonnement incident qui atteint la surface de la Terre est absorbé par celle-ci (océans et continents) avant d'être réémis avec une longueur

d'onde différente, sous forme de rayonnements infrarouges (IR) invisibles et riches en énergie thermique.

- Or les gaz à effet de serre (CO_2, CH_4, H_2O, N_2O) absorbent la plus grande partie des infrarouges. Ainsi piégés par l'atmosphère, les infrarouges ne sont pas réémis dans l'espace, mais participent au réchauffement de l'atmosphère. Ce phénomène est nommé « effet de serre », par analogie avec ce qui se passe dans une serre dans laquelle les parois jouent le rôle de l'atmosphère.
- Cet apport supplémentaire élève ainsi la température terrestre. Sans effet de serre, elle serait de – 18 °C alors qu'elle est de 15 °C en moyenne.

2 Augmentation du forçage radiatif

- Avant l'ère préindustrielle, la Terre était en équilibre radiatif, c'est-à-dire qu'elle absorbait autant de rayonnement (et donc d'énergie) qu'elle en renvoyait dans l'espace. Son bilan radiatif était nul.
- L'augmentation de la teneur atmosphérique des gaz à effet de serre du fait des activités humaines a modifié cet équilibre radiatif. On assiste à une intensification de l'effet de serre, responsable d'une augmentation du forçage radiatif : la Terre reçoit davantage d'énergie qu'elle n'en renvoie, et le climat se réchauffe. On parle de forçage radiatif anthropique.
- Ce déséquilibre s'explique en raison de l'absorption par l'atmosphère de davantage de rayonnement thermique infrarouge émis par la surface de la Terre. Il en résulte une augmentation de la puissance radiative reçue par le sol de la part de l'atmosphère. Cette puissance additionnelle entraîne une perturbation de l'équilibre radiatif qui existait à l'ère pré-industrielle.
- L'augmentation de l'énergie captée par l'atmosphère est transférée en grande partie à l'océan, dont la capacité de stockage énergétique est très supérieure à celle de l'atmosphère. L'océan a ainsi un effet modérateur sur les changements du climat.
- Il en résulte néanmoins une augmentation de la température moyenne à la surface de la Terre.

À retenir

Le bilan radiatif est la différence entre l'énergie reçue (rayonnement solaire incident) et l'énergie renvoyée (rayonnement solaire réfléchi + rayonneme[nt] terrestre infrarouge).

Remarque

La notion de « forçag[e] radiatif » est utilisée pour désigner toute perturbation du bila[n] radiatif produisant un effet sur le climat Son augmentation provoque un réchauffement ; à l'inverse, sa diminu[tion] est à l'origine d'un refroidissement

Phénomènes de rétroaction

88

Lue Relue Acquise

Si l'augmentation de la teneur en gaz anthropiques dans l'atmosphère est une cause majeure de réchauffement climatique, d'autres facteurs peuvent l'accentuer.

1 Variations de l'albédo

- L'albédo est le rapport entre l'énergie solaire réfléchie par une surface et l'énergie solaire incidente. L'albédo moyen de la Terre est de 0,3. Néanmoins, sa valeur locale varie en fonction de la nature de la surface (glace, mer, lac, végétation...), qui conditionne la capacité de celle-ci à réfléchir le rayonnement.

Doc. 1 Albédo pour différentes surfaces sur la Terre

Surface	Albédo (%)
Neige fraîche	75 à 95
Océan	5 à 15
Sable	25 à 45
Forêt tropicale	10
Forêt de conifères	5 à 15
Cultures	15 à 25

Doc. 2 Albédo de l'hémisphère nord de la Terre mesuré par satellite au cours de 2 mois de l'année

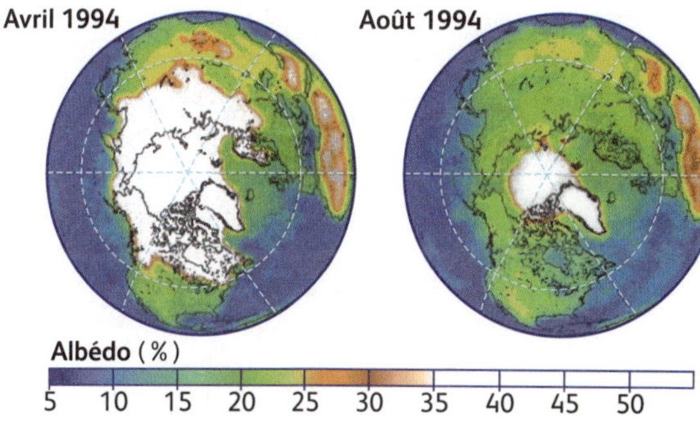

● L'albédo a aussi varié au cours du temps. Pendant une période glaciaire, une plus grande surface de la Terre est recouverte par les glaciers, ce qui favorise la réflexion du rayonnement incident et entraîne une augmentation de l'albédo.

● Une augmentation de la température moyenne sur Terre par intensification de l'effet de serre provoque une fonte de la glace et une diminution de la surface totale des glaciers, remplacés par la roche, le sol nu, la végétation... Or ces derniers ont une capacité d'absorption du rayonnement solaire supérieure à celle de la glace.

> **Remarque**
> D'après une récente estimation, les glacier ont perdu plus de 9 000 milliards de tonnes de glace entre 1961 et 2016.

● Le recul des glaciers provoque ainsi une diminution de l'albédo, et donc une augmentation de la température terrestre qui, à son tour, accentue la fonte des glaciers.

● On parle de rétroaction positive lorsque la conséquence d'un phénomène agit en retour en amplifiant ce phénomène.

2 Autres facteurs de rétroaction

● D'autres exemples de rétroactions positives sont connus :

– lorsque la température augmente, la solubilité du dioxyde de carbone dans l'océan diminue. L'océan cesse alors d'être un puits de dioxyde de carbone et au contraire en libère. Le dioxyde de carbone s'accumule ainsi dans l'atmosphère et participe à une nouvelle augmentation de la température ;

– le dégel partiel du permafrost libérerait des bactéries susceptibles de dégrader la matière organique contenue dans ce sol depuis la dernière période glaciaire il y a 12 000 ans, et ainsi de libérer des gaz à effet de serre (du dioxyde de carbone et du méthane) dans l'atmosphère ;

– une élévation de température, en accentuant l'évaporation, entraîne aussi une augmentation de la teneur atmosphérique en vapeur d'eau. Or ce gaz étant le principal gaz à effet de serre, il augmente la température terrestre.

> **Remarque**
> Le permafrost est un sol qui reste gelé au moins deux années consécutives. On en trouve aux hautes latitudes (Alaska, Canada), ainsi qu'en altitude.

● Néanmoins, la formation de nuages due à l'accumulation de vapeur d'eau pourrait jouer un rôle d'écran en réfléchissant le rayonnement solaire. Une augmentation de l'effet de serre pourrait donc être corrigée en partie par l'action des nuages, ce serait alors une rétroaction négative.

● L'existence des rétroactions, positives ou négatives, doit être prise en compte dans les modèles climatiques afin de garantir leur fiabilité.

Climat et interactions entre enveloppes terrestres

89

☐ Lue ☐ Relue ☐ Acquise

Le système climatique et son évolution dans le temps résultent de plusieurs facteurs naturels et d'interactions entre les océans, l'atmosphère, la biosphère, la lithosphère et la cryosphère.

1 Régulation partielle par les océans

- Plusieurs incertitudes demeurent quant à l'évolution future du taux de dioxyde de carbone atmosphérique.
- Sur les 7 milliards de tonnes rejetées chaque année par les activités humaines, seuls 3 milliards environ se retrouvent dans l'atmosphère. L'océan en absorbe une partie, d'autant plus grande que le taux de dioxyde de carbone atmosphérique est élevé.
- L'océan constitue un puits de CO_2, mais sa capacité de réabsorption n'est pas aussi rapide que les rejets anthropiques.
- L'océan absorbe aussi une partie de l'énergie thermique atmosphérique provenant de l'augmentation de l'effet de serre. Cette accumulation d'énergie dans les océans rend le changement climatique irréversible à une échelle de temps de plusieurs siècles.

Doc. 1 Estimation des taux annuels d'élévation du niveau marin

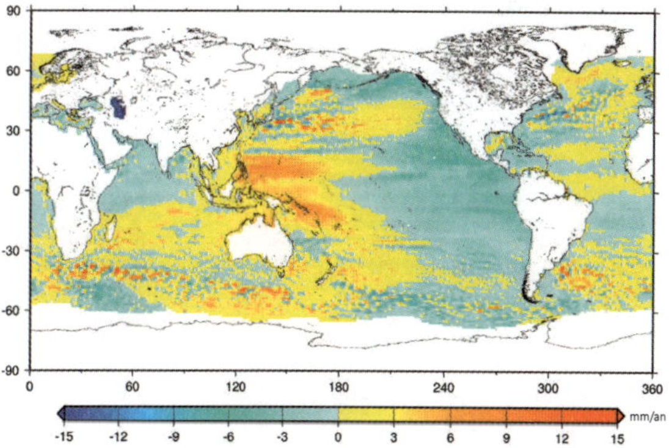

Les mesures du satellite Topex-Poséidon ont permis d'établir une carte des variations du niveau marin entre 1993 et 2009. On a ainsi pu évaluer une hausse globale de 3,3 mm/an.

- L'élévation de la température de l'océan provoque la dilatation de l'eau et l'élévation du niveau marin. La fonte des glaciers continentaux contribue également à l'élévation du niveau de la mer.

Remarque

La fonte de la banquise en revanche n'a pas d'impact, puisqu'il s'agit d'une couche de glace flottant sur la surface océanique : le volume occupé par la glace sur l'eau est le volume occupé par l'e provenant de sa fonte

2 Autres facteurs de régulation

- La végétation, grâce à la photosynthèse, est un puits de dioxyde de carbone. Néanmoins, la matière organique des organismes est dégradée après leur mort sous l'effet de la respiration.
- Celle-ci rejette intégralement le CO_2 prélevé dans l'atmosphère par la photosynthèse. Les végétaux morts deviennent alors une source de CO_2.
- C'est seulement lorsque la matière organique est enfouie rapidement à l'abri de l'air et soustraite à la dégradation, comme c'est le cas dans certains fonds océaniques, que le carbone prélevé au cours de la photosynthèse n'est pas rejeté dans l'atmosphère.
- Par ailleurs, d'autres facteurs comme les paramètres astronomiques (excentricité de l'ellipse terrestre, inclinaison de l'axe de rotation), qui varient de façon cyclique, ou encore l'activité du Soleil influencent le climat.

Doc. 2 Variation de l'excentricité de l'orbite terrestre et de l'obliquité de la planète

Changement d'excentricité de l'orbite de la Terre

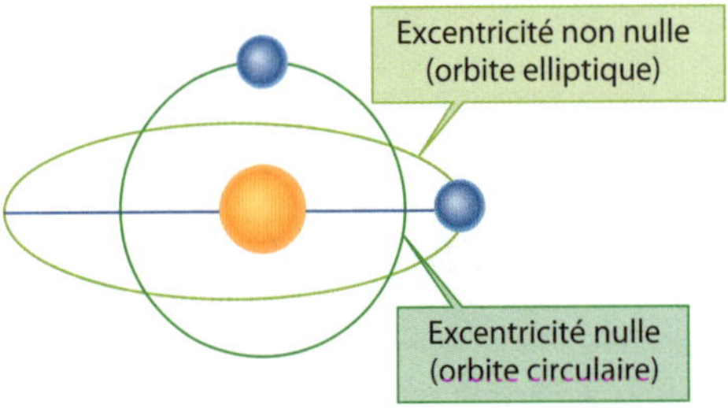

Obliquité de la Terre et ses variations

- En effet, la température terrestre dépend de la quantité d'énergie solaire reçue par unité de surface, laquelle dépend de la position de la Terre par rapport au Soleil, qui varie elle-même selon ces paramètres astronomiques.

Modèles climatiques

Lue Relue Acquise

90

Pour évaluer l'importance du réchauffement climatique futur, des modèles climatiques sont élaborés à partir des connaissances sur le climat et des données recueillies sur le terrain.

1 Construire des modèles climatiques

- La construction de modèles climatiques tient compte de processus physico-chimiques bien connus (circulations atmosphérique et océanique), qui peuvent être décrits par des équations basées sur les lois fondamentales de la physique, du mouvement des fluides et de la chimie.
- Elle intègre aussi des processus complexes que l'on ne sait décrire que de façon empirique (effets de la végétation, des animaux marins...), ce qui explique l'approximation des résultats.
- Les modèles les plus simples couplent deux compartiments, l'océan et l'atmosphère par exemple, et s'intéressent à leur bilan énergétique. Les plus complexes sont des modèles globaux du système Terre, qui tentent de représenter ses différentes composantes (atmosphère, océan, banquise, biosphère...), leurs interactions, ainsi que les rétroactions positives et négatives. Les événements particuliers doivent aussi être pris en compte.
- Ces modèles sont construits pour différentes hypothèses, plus ou moins pessimistes quant à l'évolution des rejets de gaz à effet de serre. Ils dessinent donc des fourchettes d'évolution du système climatique au XXIe siècle.

Doc. Des scénarios utilisés pour modéliser l'évolution du climat

A2 Croissance très rapide s'appuyant surtout sur l'utilisation de combustibles fossiles. Population mondiale en croissance.

A1B Croissance très rapide s'appuyant sur des sources énergétiques équilibrées (combustibles fossiles, énergies nucléaire et renouvelables). Population mondiale en croissance.

B1 Croissance guidée par des objectifs de développement durable et fondée sur une réduction progressive de la part des énergies fossiles. Ralentissement de la croissance démographique jusqu'en 2050, puis stagnation.

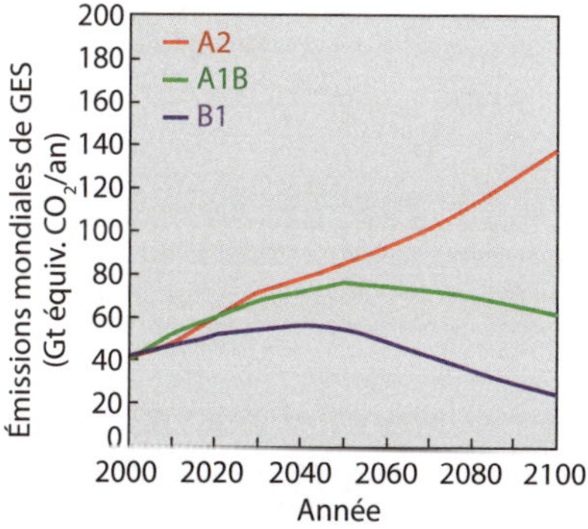

- On peut noter que même selon les scénarios les plus optimistes qui prévoient une diminution des rejets de gaz à effet de serre dans l'atmosphère, le taux de CO_2 atmosphérique ne diminue pas immédiatement, mais avec un temps de latence. En effet, celui-ci s'accumule dans l'atmosphère en quantité telle que l'excédent ne peut pas être immédiatement recyclé dans les autres réservoirs (comme l'océan par exemple).

2 Valider les modèles climatiques

- Pour être validés, les modèles climatiques sont appliqués à des situations passées ou actuelles, et les résultats confrontés à ceux réellement obtenus ou enregistrés dans les archives géologiques pour les paléoclimats. On les ajuste ensuite afin d'améliorer leur fiabilité.
- L'analyse multi-modèles, dans laquelle les résultats issus de plusieurs modèles sont confrontés, permet les vérifications.
- La fiabilité des modèles dépend aussi du nombre de données recueillies, plus important aujourd'hui grâce à l'augmentation du nombre de satellites artificiels et de stations météorologiques au sol.

Doc. Température annuelle moyenne observée (en rouge) et température calculée par les modèles (en noir)

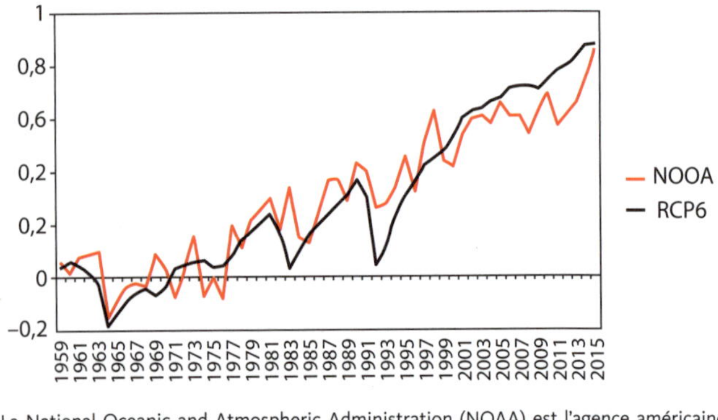

La National Oceanic and Atmospheric Administration (NOAA) est l'agence américaine responsable de l'étude de l'océan et de l'atmosphère.

RCP6 (Représentative Concentration Pathway – Profils représentatifs d'évolution de concentration) est un des modèles climatiques envisagés pour le futur.

Informations fournies par les modèles

Lue Relue Acquise

91

L'élévation de température du globe, prévue par des modèles aux résultats concordants, aura des conséquences variées, tant sur les milieux que sur les êtres vivants.

1 Des prévisions concordantes

- Il existe un consensus pour penser que l'élévation de température moyenne depuis le début de l'ère industrielle est liée aux activités humaines qui rejettent du dioxyde de carbone CO_2 (combustion d'hydrocarbures, déforestation, production de ciment) ou encore du méthane CH_4 (émis lors de fuites de gaz naturel, de fermentations dans les décharges, ainsi que par certaines activités agricoles).
- Les modèles s'accordent à prévoir, avec une forte probabilité d'occurrence, dans des fourchettes dépendant de la quantité émise de gaz à effet de serre, une augmentation de 1,5 à 7 °C de la température moyenne entre aujourd'hui et la fin du XXIe siècle.

Doc. 1 Différents scénarios pris en compte par les modèles climatiques

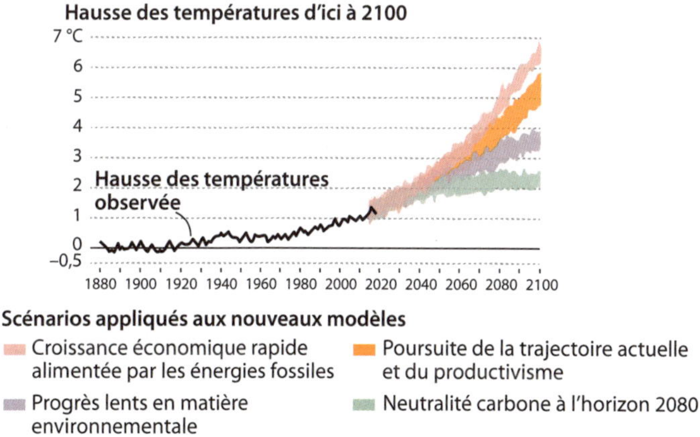

- De nouveaux modèles climatiques montrent un réchauffement plus fort que prévu.

Source : CNRS, CEA, Météo-France

2 Conséquences attendues

● Parmi les conséquences prévisibles d'une élévation de la température, on peut envisager une réduction de la masse et de la surface des glaces océaniques et continentales, ainsi qu'une élévation du niveau moyen des océans, provoquée à la fois par la dilatation thermique de l'eau et la fonte des glaciers continentaux.

Doc. 2 Variations du niveau marin

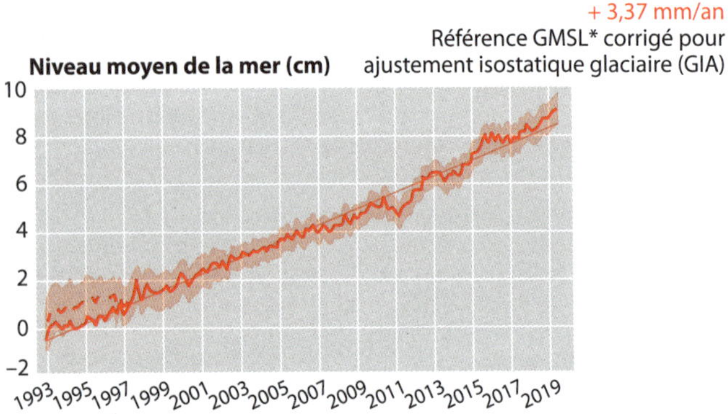

* *Global mean sea level* (niveau moyen global de la mer)

● Le réchauffement climatique entraînerait des modifications des régimes de pluie et des événements météorologiques extrêmes. Par exemple, le réchauffement océanique en surface favorise l'évaporation, or c'est à partir de l'eau évaporée que se forment les cyclones.

● Par ailleurs, la dissolution de l'excès de CO_2 atmosphérique dans l'océan entraînera une acidification des océans. En effet, le CO_2 dissous forme de l'acide carbonique H_2CO_3.

Remarque

La répartition des ê vivants obéit à des exigences, notamm climatiques. Avec le réchauffement, les zones correspon à leurs exigences se déplacées vers le N

● L'excès de CO_2 atmosphérique comme océanique devrait favoriser la photosynthèse, mais certaines espèces, par leur métabolisme, en tireront profit plus que d'autres, d'où des changements dans la biodiversité.

● Enfin, le réchauffement des océans aura un impact majeur sur les écosystèmes marins, en provoquant la migration de nombreuses espèces, jusqu'à 400 km par décennie. Le taux de reproduction des espèces en sera affecté. Un phénomène équivalent est à prévoir pour les espèces continentales.

Énergies mondiales

Lue Relue Acquise

Les ressources énergétiques mondiales sont variées. La consommation des énergies fossiles ou renouvelables est inégale à travers le monde, même si celle des ressources non renouvelables est largement majoritaire.

1 Diversité des ressources et énergies fossiles

- Nos besoins énergétiques sont de plus en plus importants. Les énergies fossiles représentent près de 80 % de notre consommation.
- Nous devons compter à l'avenir sur un ensemble de ressources énergétiques, autres que fossiles, relativement variées : nucléaire, solaire, éolien, géothermique, hydraulique, biomasse, énergies marines...

Doc. 1 Production primaire d'énergies renouvelables par filière

Total : 25,4 MTEP en 2017 (en %)

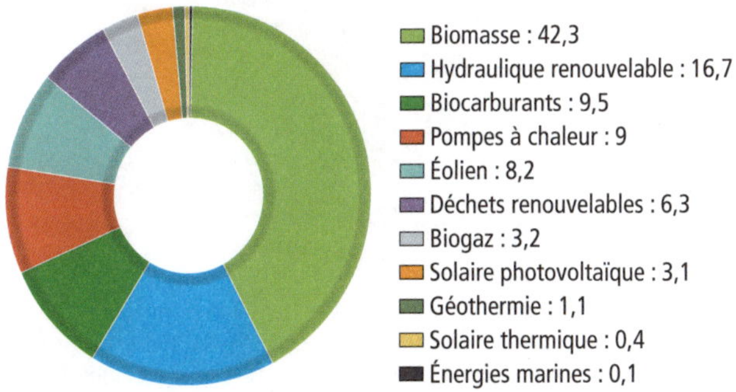

Champ : métropole.

Source : SDES, d'après les sources par filière.

- Les énergies primaires sont disponibles sous deux formes :
  - les énergies stockables, comme les combustibles fossiles (pétrole, gaz ou charbon) ou nucléaires (uranium) ;
  - les flux d'énergie ou énergies non stockables : flux radiatif solaire, flux géothermique, puissance gravitationnelle à l'origine des marées, etc.

● Les énergies renouvelables, par opposition aux énergies fossiles ou nucléaires, sont des sources énergétiques inépuisables.

Bien comprendre
Les énergies fossiles sont issues de la fossilisati[on] des végétaux durant des millions d'années. Leur combustion produit du dioxyde de carbone.

2 Consommation énergétique

● La consommation d'énergie dans le monde, très inégalement répartie en fonction des richesses des pays et des individus, a malgré tout doublé depuis le choc pétrolier de 1973, avec une consommation importante des pays émergents dont la principale source d'énergie reste actuellement le charbon. La Chine, en particulier, est devenue le premier consommateur mondial d'énergie.

Doc. 2 Consommation mondiale en 2012

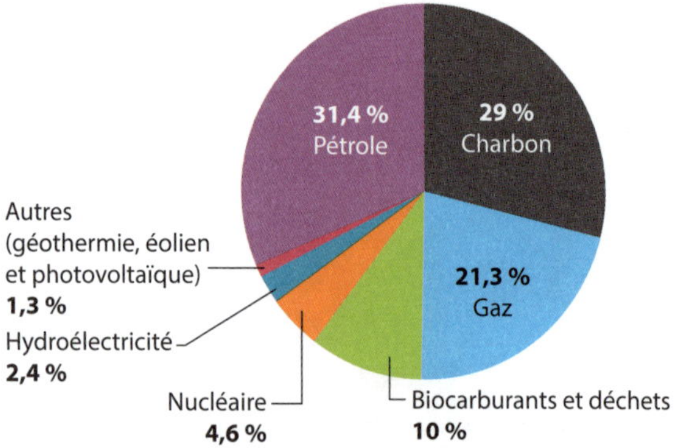

● La consommation énergétique est directement liée au modèle industriel des différents pays consommateurs : les secteurs industriels, des transports et de l'habitat se partagent équitablement la majorité des parts de marché ; vient ensuite, et dans une moindre mesure, le secteur agricole.

● Les énergies fossiles ont une place très privilégiée, même si l'Europe souhaite réduire sa consommation. Les énergies renouvelables, quant à elles, connaissent une croissance rapide, bien qu'encore en très faible part. Enfin, concernant la production et la consommation nucléaires, certains pays sont en réflexion sur les politiques à mener après la catastrophe de Fukushima au Japon en 2011.

Combustion d'hydrocarbures et de biomasse

93

☐ Lue ☐ Relue ☐ Acquise

La combustion d'hydrocarbures fossiles et de biomasse produit des GES ou des particules qui affectent la qualité de l'air et la santé des êtres humains.

1 Combustions complètes et incomplètes

- Les hydrocarbures, issus des produits pétroliers et composés des éléments carbone et hydrogène, réagissent avec le dioxygène et produisent du dioxyde de carbone et de l'eau : il s'agit d'une combustion complète.

Exemple :

L'équation de combustion du méthane est $CH_4 + 2\,O_2 \rightarrow CO_2 + 2\,H_2O$.

- Dans le cas d'une combustion incomplète, il se forme d'autres produits que l'eau et le dioxyde de carbone, comme le monoxyde de carbone CO. Dans le cas de la combustion de réactifs fossiles ou issus de la biomasse, il se forme des aérosols, des composés azotés, de l'ozone O_3, des suies, des produits soufrés, etc.

L'astuce du prof

Seul le carbone, ou charbon pur, brûle en ne produisant que du dioxyde de carbone. Les autres combustions complètes produisent de l'eau.

- On appelle pouvoir calorifique, la quantité d'énergie contenue dans une unité de masse ou de volume (fioul ou gaz naturel) de combustible. Le PCS (pouvoir calorifique supérieur) est calculé pour une eau produite à l'état vapeur, alors que le PCI (pouvoir calorifique inférieur) est calculé pour une eau redevenue à l'état liquide.

2 Conséquences sur l'environnement et la santé

- La pollution de l'air peut être d'origine naturelle (éruption volcanique, érosion produisant des poussières minérales, production d'allergènes par les plantes, etc.) ou d'origine humaine (transports avec surtout le trafic routier, industries, chauffages et bâtiments, agriculture, stockage et incinération des déchets, etc.).

- Les polluants primaires sont directement issus de l'activité humaine : particules fines, composés organiques volatils (COV). Les polluants secondaires, comme l'ozone, sont le produit de transformation de polluants primaires.

● Les conséquences sur l'environnement sont principalement la destruction de la couche d'ozone, la production de pluies acides dues aux oxydes d'azote ou de composés soufrés qui dégradent les écosystèmes, l'augmentation de l'effet de serre, etc.

● Quant aux conséquences sur la santé, selon le site de l'Agence de l'environnement et de la maîtrise de l'énergie (Ademe), qui s'appuie sur un rapport de l'Organisation mondiale de la santé (« Review of evidence on health aspects of air pollution », janvier 2013) :

– une exposition à long terme aux particules fines de diamètre inférieur à 2,5 µm (PM 2,5) « peut provoquer l'athérosclérose, des perturbations des naissances et des maladies respiratoires chez l'enfant » ;

– une exposition de court terme « suffit à accroître la morbidité cardio-respiratoire, tandis qu'une exposition chronique favorise l'apparition d'asthme chez l'adulte [...], de broncho-pneumopathies chroniques obstructives et d'altérations du développement de la fonction respiratoire chez l'enfant, de maladies cardiovasculaires et de cancers du poumon ».

Bien comprendre

L'athérosclérose correspond au dépôt d'une plaque constituée de lipides (athérome) sur la paroi d'une artère pouvant conduire à une perte d'élasticité de cette dernière, voire l'obstruer.

Doc. **Effets de la pollution de l'air aux particules fines**

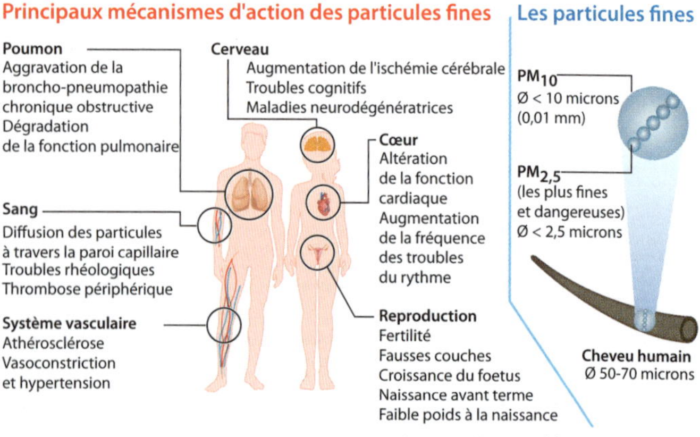

Sources : Santé Publique France, InVS.

Empreinte carbone

94

Lue Relue Acquise

L'empreinte carbone mesure la masse de gaz à effet de serre (GES) produite lors de la consommation d'énergie et/ou de matières premières. Elle se mesure en tonnes équivalent CO_2.

1 Bilan GES et empreinte carbone

- Un territoire, une organisation, etc. peut réaliser son bilan GES en s'appuyant sur la norme ISO-TR 14069.
- L'Ademe propose de classer les émissions de gaz à effet de serre (GES) en trois catégories :
  - SCOPE 1 ou émissions directes de GES : ce sont les émissions des sources fixes de combustion, des sources mobiles à moteur thermique, celles issues de la biomasse par exemple ;
  - SCOPE 2 ou émissions indirectes de GES : ce sont les émissions liées à la consommation d'électricité, de chaleur/froid ou de vapeur ;
  - SCOPE 3 ou autres : ce sont les émissions indirectes liées au stockage des marchandises, aux transports, aux déchets, aux achats de biens et services, etc.

Bien comprendre

Une norme ISO est une norme internationale établie par des experts du domaine et concernant un large éventail d'activités. On peut comparer une norme à une consigne ou une recette pour la meilleure fabrication possible d'un produit.

- Le quatrième rapport gouvernemental annuel, au titre de la loi dite « SAS » du 13 avril 2015 (Eva Sas), définit l'empreinte carbone comme un calcul des quantités de GES induites par la demande du pays (« consommation des ménages, administrations publiques, organismes à but non lucratif, investissement), que ces biens ou services soient produits sur le territoire national ou importés ».
- L'empreinte carbone est ainsi constituée des émissions de GES directes et indirectes. La plupart du temps, les principaux GES, soit le dioxyde de carbone CO_2, le méthane CH_4 et le protoxyde d'azote N_2O, sont évalués.
- Pour simplifier, on définit l'empreinte carbone d'une activité ou d'une personne comme la masse de dioxyde de carbone CO_2 équivalente produite directement ou indirectement par sa consommation d'énergie et/ou de matières premières.
- L'empreinte carbone se mesure généralement en tonne équivalent CO_2, que l'on note tCO_2e.

2 Empreinte carbone de la France

- En France (métropole et DROM, départements et régions d'Outre-Mer), l'évolution de l'empreinte carbone a été en forte hausse entre 1995 et 2005, puis a eu tendance à se stabiliser pour diminuer de 2011 à 2014. Les projections pour les années postérieures montrent un retour à la hausse.
- Globalement entre 1995 et 2017, l'empreinte carbone de la France a augmenté de près de 20 % avec une baisse sensible des émissions intérieures, mais une très forte hausse des émissions associées aux importations (+ 99 %).

Doc. Empreinte carbone de la France métropolitaine et des départements et régions d'Outre-Mer

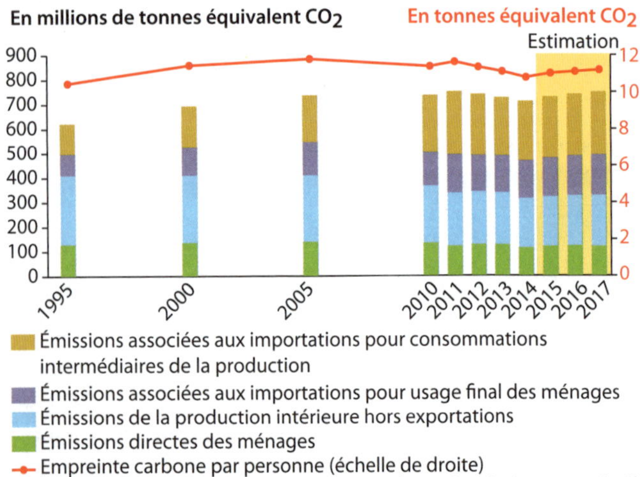

Notes : l'empreinte et l'inventaire portent sur les trois principaux gaz à effet de serre (CO_2, CH_4, N_2O).
Champ : France et Drom (périmètre Kyoto).

Sources : Citepa ; AIE ; FAO ; Douanes, Eurostat, Insee. Traitement : SDES, 2018.

- L'empreinte carbone estimée (e) par personne est de 11,2 tCO_2e en 2017. Elle est en hausse de 6 % depuis 1995 au regard de la croissance démographique entre ces deux dates. Cela permet de constater une variation à la hausse, mais faible malgré tout.

À retenir

L'empreinte carbone est de l'ordre de 12 tCO_2 par personne et par an.

Transition écologique : les scenarii possibles

95

Lue Relue Acquise

Afin de réduire les émissions de GES, des exercices prospectifs permettent, grâce à une vision à moyen et long termes, d'établir un état des lieux et des préconisations.

1 Exercices prospectifs

- Les exercices prospectifs visent à donner une vision à moyen ou long terme des changements sociétaux, économiques, environnementaux nécessaires à la réduction de notre empreinte énergétique, de notre empreinte carbone, de notre empreinte eau, de notre consommation de ressources, etc.
- Ces projections fournissent des modèles permettant de définir les aléas et d'orienter les prises de décision à partir d'hypothèses que l'on éprouve et pour lesquelles on explicite les possibles conséquences pour l'avenir.

Bien comprendre

Les projections sont dépendantes des hypothèses sur lesquelles elles s'appuient, mais aussi du (ou des) modèle(s) choisi(s).

2 Exemple : scénario de l'Ademe

- En 2014, dans le cadre de l'exercice de prospective énergétique « Vision 2030-2050 », l'Agence de l'environnement et de la maîtrise de l'énergie (Ademe) a travaillé sur un scénario fondé sur la consommation des ménages, appelé « empreinte environnementale allégée ».
- Ce scénario :

  – établit non seulement un état des lieux des impacts environnementaux des GES, mais aussi de l'acidification, de la consommation des ressources, de la production des déchets, etc. ;

  – prend en compte les impacts des importations générées hors de France ;

  – analyse les changements souhaitables en termes de consommation dans les domaines de l'habitat, de l'alimentation, de la mobilité, des loisirs... afin de définir des orientations pour l'avenir. Le scénario propose un nouveau modèle de « production-consommation ».

- À l'horizon 2030, le scénario permettrait de diminuer de 17 % les émissions de GES liées à notre consommation par rapport à 2007, soit environ 7 tCO_2e par personne et par an en 2030.

Doc. **Émissions de GES à l'horizon 2030 selon le scénario Ademe GES**

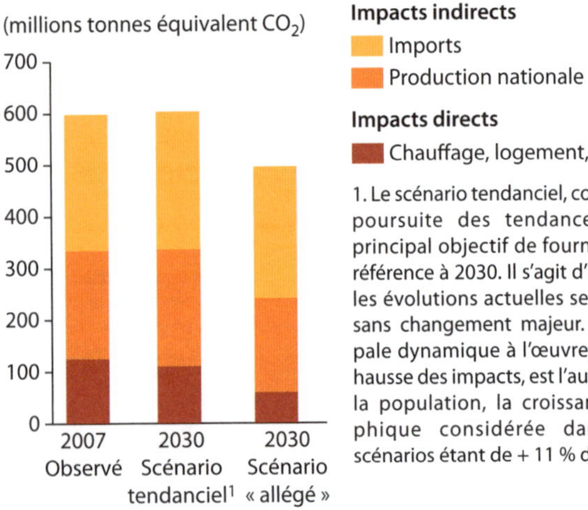

1. Le scénario tendanciel, construit sur une poursuite des tendances, a comme principal objectif de fournir un point de référence à 2030. Il s'agit d'un scénario où les évolutions actuelles se maintiennent sans changement majeur. Ainsi, la principale dynamique à l'œuvre, expliquant la hausse des impacts, est l'augmentation de la population, la croissance démographique considérée dans les deux scénarios étant de + 11 % d'ici à 2030.

3 Rapport spécial du GIEC

- En 2018, dans son rapport sur le « Réchauffement climatique de 1,5 °C », commandé à la suite de la COP21, le Groupe d'experts intergouvernemental sur l'évolution du climat (GIEC) a analysé plus de 200 scénarios. Malgré des différences d'approches, ces scenarii arrivent à des propositions communes.
- Le rapport spécial du GIEC précise, concernant les émissions de GES : « Pour ne pas dépasser un réchauffement de 2 °C d'ici la fin du siècle, nous devons réduire de 25 % nos émissions d'ici 2030, et atteindre la neutralité carbone en 2070. Pour rester en dessous de + 1,5 °C, les émissions doivent être réduites de 50 % d'ici 2030, et être nulles à partir de 2050. » Le GIEC fait des propositions d'investissement à réaliser d'ici 2035, dont le coût est d'environ 2 400 milliards de dollars par an, soit 2,5 % du PIB mondial.

Révision EXPRESS

L'atmosphère terrestre et la vie

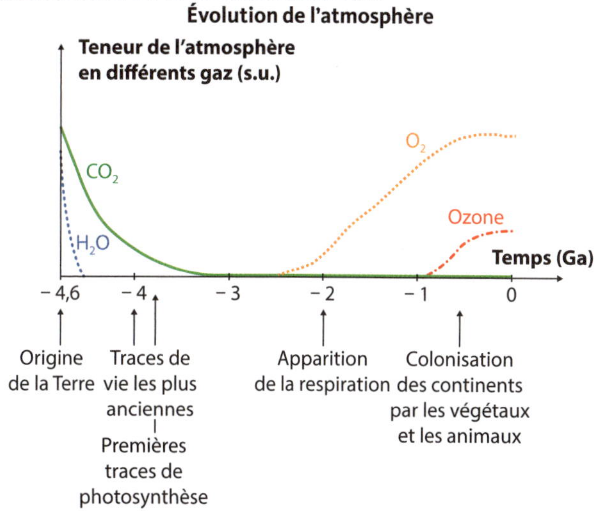

La complexité du système climatique

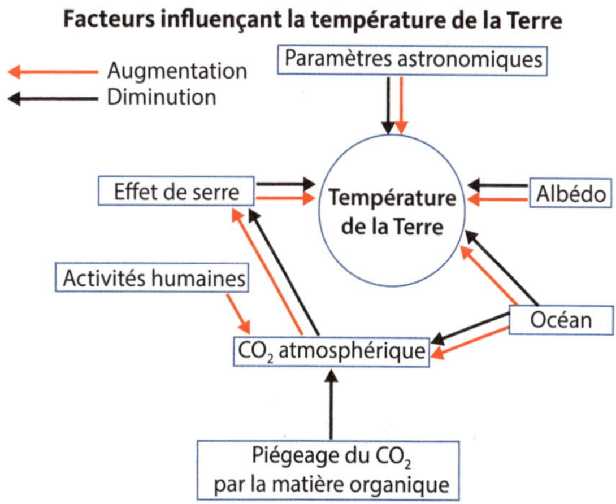

Le climat du futur

Les conséquences d'un réchauffement climatique

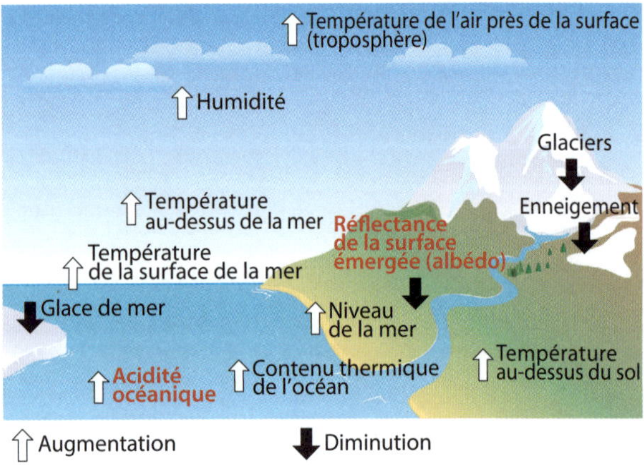

Énergie, choix de développement et futur climatique

Changement de température (°C) par rapport à 1880-1919

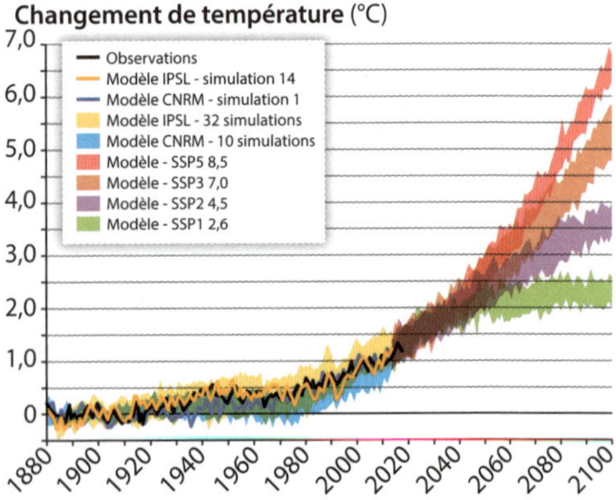

Mémo'Quiz

L'atmosphère terrestre et la vie

Cochez la bonne réponse.

1. Une fois dissous, le dioxyde de carbone peut se combiner avec le calcium pour former du carbonate de calcium.

❑ Vrai ❑ Faux

2. La vie sur Terre a été rendue possible par la présence d'oxygène.

❑ Vrai ❑ Faux

3. L'ozone est un gaz qui favorise les effets nocifs du rayonnement solaire.

❑ Vrai ❑ Faux

4. L'atmosphère, au début de l'histoire de la Terre, était riche en oxygène et en dioxyde de carbone.

❑ Vrai ❑ Faux

5. L'évolution de l'atmosphère a été rendue possible par l'action des êtres vivants.

❑ Vrai ❑ Faux

6. La photosynthèse est un puits pour le dioxygène atmosphérique.

❑ Vrai ❑ Faux

La complexité du système climatique

Cochez la bonne réponse.

1. La vapeur d'eau est un gaz à effet de serre.

❑ Vrai ❑ Faux

2. Le niveau marin dépend du climat.

❑ Vrai ❑ Faux

3. La météorologie étudie les variations climatiques.

❑ Vrai ❑ Faux

4. L'effet de serre est dû aux activités humaines.

❑ Vrai ❑ Faux

5. Les nuages contribuent à diminuer la température de l'atmosphère.

❑ Vrai ❑ Faux

6. La fonte de la banquise élève le niveau marin.

❑ Vrai ❑ Faux

Le climat du futur

Cochez la bonne réponse.

1. Les résultats des modèles climatiques sont ensuite validés par des observations spatiales.

❏ Vrai ❏ Faux

2. Les projections climatiques se limitent à quelques décennies.

❏ Vrai ❏ Faux

3. Les modèles climatiques prévoient une baisse de température à la fin du siècle en cas de baisse des émissions de GES.

❏ Vrai ❏ Faux

4. La fermentation dans les décharges libère du méthane.

❏ Vrai ❏ Faux

5. Plusieurs modèles climatiques prévoient une élévation du niveau marin de 100 m.

❏ Vrai ❏ Faux

Énergie, choix de développement et futur climatique

Cochez la bonne réponse.

1. Le gaz naturel et le charbon sont des énergies fossiles.

❏ Vrai ❏ Faux

2. L'énergie solaire et l'énergie éolienne sont des énergies renouvelables.

❏ Vrai ❏ Faux

3. L'énergie nucléaire est une énergie primaire stockable.

❏ Vrai ❏ Faux

4. Les particules fines sont par définition d'un diamètre de 10 µm.

❏ Vrai ❏ Faux

5. L'empreinte carbone mesure la masse de carbone produite.

❏ Vrai ❏ Faux

6. La tCO_2e est une unité de masse.

❏ Vrai ❏ Faux

→ Réponses p. 477

Réseau électrique et minimisation des pertes

100

Lue Relue Acquise

En France, le réseau électrique est long de près de 1,3 million de kilomètres et parcouru par un courant alternatif. De la production d'électricité à sa consommation, il existe un vaste réseau de transport et de distribution de l'énergie. L'objectif est de minimiser les pertes par effet Joule.

1 De la production électrique à sa consommation

- L'électricité consommée à la maison, au lycée, à la salle de sport, etc. provient de sites de production tels que les centrales nucléaires, thermiques, éoliennes, hydroélectriques... Ces sources d'énergie appartiennent à un secteur concurrentiel.
- Le transport de l'électricité des sites de production aux sites de consommation, ou cibles destinatrices, passe par un réseau électrique constitué de lignes aériennes, de câbles souterrains et de postes de transformation.

Doc. Organisation du réseau électrique français, de la production à la consommation

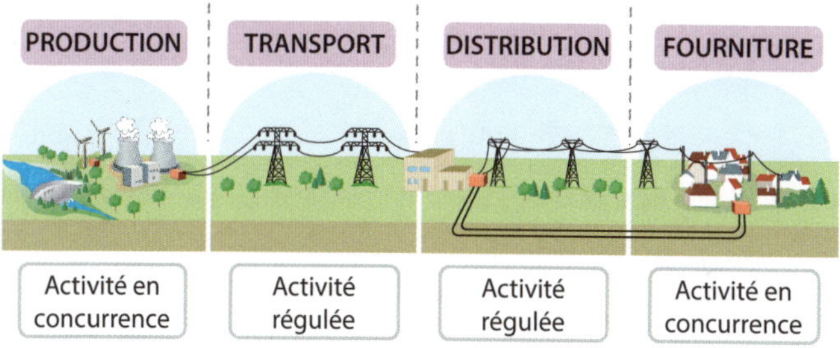

- Le transport à travers le réseau électrique est en revanche une activité régulée, assurée par Réseau Transport Électricité (RTE), filiale d'Enedis. Deux niveaux de transport peuvent être distingués :
  - Le réseau de grand transport ou d'interconnexion achemine sous très haute tension (THT) de 400 kV de grandes quantités d'énergie sur de longues distances avec un faible niveau de perte. Il permet de relier les régions et les pays entre eux, et d'alimenter les grandes zones urbaines ;

– Le réseau de répartition régionale permet un transport de l'énergie à l'échelle régionale et locale grâce un ensemble de lignes à haute tension (HT), qui acheminent l'électricité aux industries lourdes et aux grands consommateurs électriques. Leur tension est de 225 kV, 90 kV ou 63 kV.

- Le réseau de répartition régionale fait le lien avec le réseau de distribution. Le relais de distribution est assuré par deux types de lignes : le réseau moyenne tension (MT), qui alimente les petites industries, les petites et moyennes entreprises (PME) et commerces avec une tension de réseau comprise entre 15 kV et 30 kV, et le réseau basse tension (BT), qui alimente les particuliers et les artisans avec une tension de réseau comprise entre 400 et 230 V. Enedis est chargée de la gestion et de l'aménagement de la quasi-totalité du réseau de distribution d'électricité en France dans une activité régulée.
- La fourniture d'électricité, activité concurrentielle avec tarifs réglementés, correspond à la vente de l'électricité aux consommateurs finaux. Ce secteur est ouvert à la concurrence depuis le 1er juillet 2007.

2 Pertes par effet Joule

Bien comprendre

L'effet Joule correspond à des pertes sous forme d'énergie thermique limitant le rendement d'une ligne électrique.

- Lors du passage d'un courant d'intensité I dans un matériau conducteur lui opposant une résistance R, il se produit un effet thermique appelé effet Joule.
- L'énergie dissipée par effet Joule est :

$$W = RI^2 \times \Delta t$$

avec R la résistance du matériau (en W), I l'intensité du courant traversant le matériau (en A) et Δt la durée du transport, de distribution ou de consommation (en s).

- La puissance Joule (en W) est alors :

$$P = UI = RI^2 = \frac{U^2}{R} \text{ avec } U \text{ la tension (en V)}$$

- Ainsi, au cours du transport de l'énergie électrique, une partie de cette énergie est dissipée dans l'environnement par effet Joule et ne parvient pas à la cible destinatrice ou consommateur.
- L'utilisation de la (très) haute tension (THT ou HT) dans les lignes électriques limite les pertes par effet Joule, à puissance transportée fixée.

Modèle du réseau de transport électrique

101

Lue Relue Acquise

Le réseau de transport et de distribution électrique est modélisable par des graphes orientés. La minimisation des pertes par effet Joule dans la distribution d'électricité le long d'un réseau entre dans le cadre des problèmes mathématiques de transport et d'optimisation sous contraintes.

1 Modélisation du réseau électrique

- Une portion de réseau de transport contenant des lignes THT et HT peut être modélisée au plus simple par un ensemble de sources distributrices et un ensemble de cibles destinatrices reliées les unes aux autres par des lignes opposant une résistance R au courant d'intensité I qui les traverse.

- Chaque ligne se comportant comme un conducteur ohmique de résistance R (en Ω), la puissance électrique (en W) s'écrit alors :

$$P = UI = RI^2$$

avec U la tension à ses bornes (en V) et I l'intensité du courant qui traverse la ligne (en A).

Rappel

La loi d'Ohm s'écrit : $U = RI$ avec R la résistance (en Ω) ou coefficient de proportionnalité.

- L'ensemble des sites et des lignes électriques du réseau électrique est modélisé par un graphe constitué d'arcs représentant des lignes électriques orientées dans le sens du courant. Chaque extrémité d'un arc est soit une source de production distributrice, soit un nœud intermédiaire, soit une cible destinatrice.

Doc. 1 Modélisation d'un réseau électrique : graphe orienté

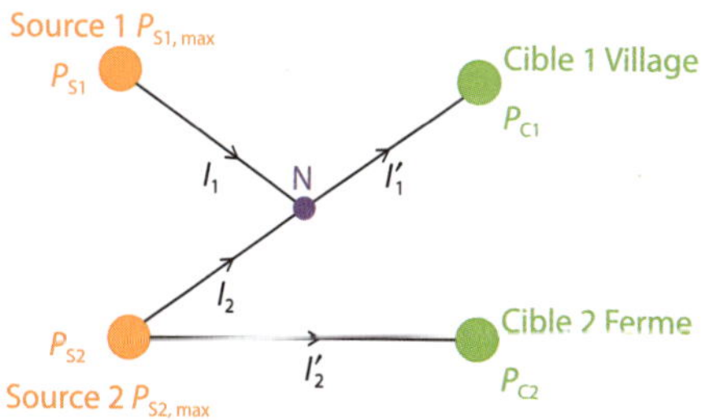

2 Contraintes de réseau

- Le réseau électrique est soumis à un certain nombre de contraintes concernant les valeurs des intensités des courants traversant les lignes électriques de transport et de distribution. Ces contraintes sont liées aux lois de l'électricité ou aux puissances de production des sources ou de consommation des cibles.
- Trois types de contraintes peuvent être mis en évidence :
  - l'intensité totale sortant d'une source est limitée par la puissance maximale distribuée : $P_S = UI_S \leq P_{S,\,max}$;
  - l'intensité totale entrant dans chaque nœud intermédiaire est égale à l'intensité totale qui en sort : $I_{S1} + I_{S2} = I_{C1} + I_{C2}$ (loi des nœuds) ;
  - l'intensité totale arrivant à chaque cible est imposée par la puissance qui y est utilisée : $I_C = \dfrac{P_C}{U}$.

Doc. 2 Contraintes électriques à partir du graphe orienté

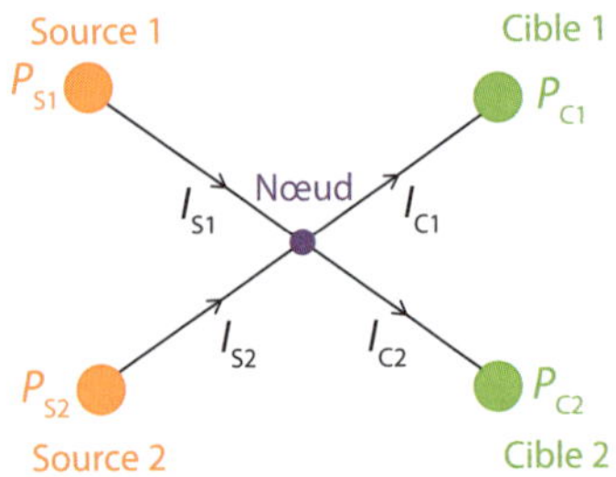

3 Limitation des pertes et fonction à minimiser

- Les pertes par effets Joule sont à minimiser le long des lignes THT et HT de transport électrique. Pour cela, il suffit d'exprimer mathématiquement les contraintes à partir de la représentation en graphe orienté et de définir la fonction à minimiser.
- La fonction $f(x)$ à minimiser a pour variable x. Cette dernière correspond en général à la puissance produite par une des sources.

Transition énergétique et diversification des ressources 102

Lue Relue Acquise

L'analyse du mix énergétique permet de comprendre et de faire évoluer la consommation énergétique et d'engager la transition énergétique.

1 L'évolution en France

- Depuis les années 1980, la production d'électricité a évolué du fait de décisions politiques, et de contraintes économiques, techniques et environnementales. Elle a augmenté (de 250 à plus de 550 TWh), et les sources utilisées ont varié.

Doc. 1 Évolution des sources de production nette d'électricité en France

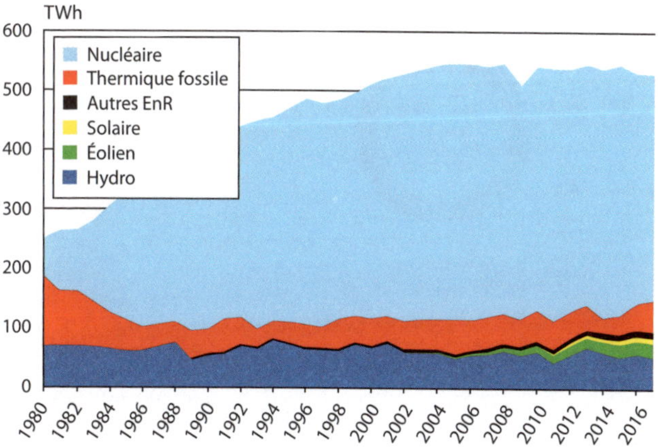

- La part des énergies fossiles a diminué au cours de la décennie 1980-1990, puis est restée sensiblement constante en quantité, d'où une baisse de son importance relative. La part du nucléaire a augmenté (environ 75 % de la production d'électricité française), même si elle stagne – voire diminue – depuis une dizaine d'années.

● Parmi les énergies renouvelables, l'énergie électrique d'origine hydraulique garde la même importance en quantité, mais diminue en proportion depuis les années 1980. S'il ne reste plus beaucoup de cours d'eau à exploiter, l'énergie marémotrice peut encore être développée. Enfin, d'autres énergies renouvelables sont apparues à partir des années 2010, principalement l'éolien (le plus ancien) et le solaire, et progressent de façon modérée. À l'horizon 2050, l'Ademe prévoit pour la France une production d'électricité issue à 100 % d'énergies renouvelables.

2 Le mix énergétique à l'échelle mondiale

● La comparaison du mix électrique en France et dans le reste du monde montre des différences considérables dans les sources énergétiques utilisées.

Doc. 2 Sources de production d'électricité dans le monde (à gauche) et en France (à droite)

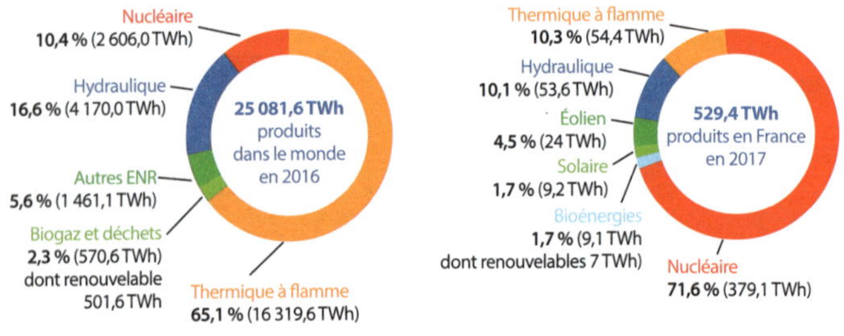

Source : (à gauche) International Energy Agency (IEA) © EDF
(à droite) RTE – Bilan électrique 2017 © EDF

● Si le nucléaire domine en France, dans le reste du monde, c'est l'énergie thermique à flamme, produite essentiellement à partir de combustion d'hydrocarbures fossiles, avec pour conséquence une production de gaz à effet de serre bien plus importante.

● Néanmoins, les problèmes posés par une source unique d'énergie largement majoritaire incitent à développer de nouvelles sources énergétiques.

Des choix en discussion 103

Lue Relue Acquise

Le réchauffement climatique dû à l'utilisation d'énergies fossiles a poussé à rechercher des formes d'énergie n'émettant pas ou peu de dioxyde de carbone.

1 Énergie nucléaire : avantages et inconvénients

- La production d'énergie à partir de la fission d'éléments radioactifs permet d'obtenir des rendements bien supérieurs à ceux d'une centrale thermique.
- Aussi un recours à l'énergie nucléaire diminue-t-il l'utilisation des ressources naturelles (pétrole, gaz, charbon), et contrairement aux centrales thermiques, les centrales nucléaires ne rejettent pas de CO_2. Par ailleurs, leur coût de fonctionnement est inférieur. Les ressources en uranium sont quasi inépuisables, elles pourraient même devenir renouvelables si le processus de recyclage, déjà appliqué et réutilisé dans des centrales spécifiques, pouvait être amélioré.
- Pourtant, les opposants au nucléaire avancent des arguments. Pour éviter un accident, catastrophique, un système de contrôle élaboré et sans faille est nécessaire, et le risque zéro n'existe pas. Le stockage des déchets radioactifs pose problème et provoque l'hostilité des populations concernées. Enfin, le nucléaire freine le développement des énergies renouvelables, car il est moins coûteux.

2 Énergies renouvelables : avantages et inconvénients

- Les énergies renouvelables (éolien, solaire, hydraulique...) sont en théorie inépuisables, contrairement aux énergies fossiles. En revanche, leur disponibilité est intermittente, leur répartition à la surface du globe inégale et leur capacité de production inférieure.

Doc. 1 Capacité de production par type d'énergie en France en 2017

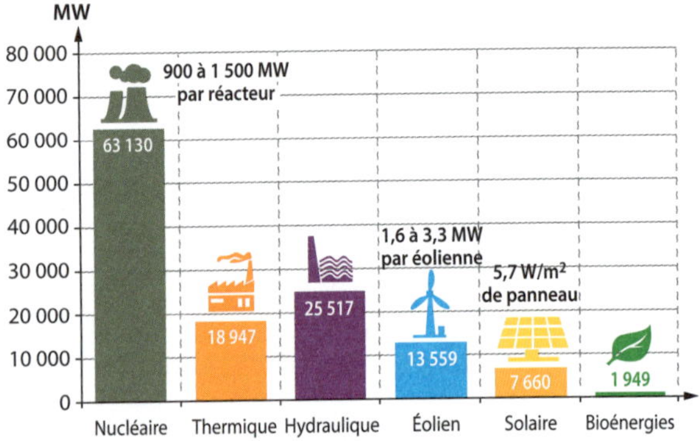

- Ainsi, le soleil disparaît une partie de la journée et de longs mois dans les régions de latitude élevée, et son intensité est faible une partie de l'année. La production des centrales hydrauliques fluctue d'une année à l'autre selon les précipitations. Les éoliennes fonctionnent environ 80 % du temps, mais avec une puissance très variable, entre 0 et 100 %.
- En revanche, l'utilisation de ces énergies est très sûre et génère peu de déchets. Elles rejettent très peu de CO_2 de par leur fonctionnement, mais leur construction est coûteuse en matériaux (ciment, métaux divers...), ressources épuisables dont l'extraction et la fabrication génèrent une libération de CO_2. Leur coût de production reste plus élevé que celui du nucléaire, mais s'en rapproche.

Doc. 2 Coûts de production par type d'énergie en France en 2017

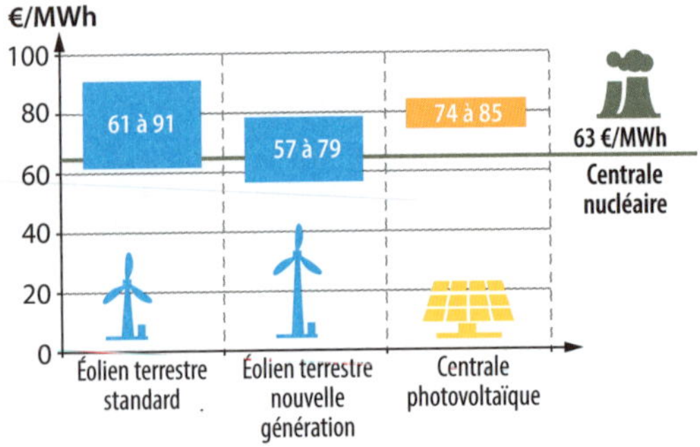

Le futur des énergies

Révision EXPRESS

Mémo'Quiz

Deux siècles d'énergie électrique

Cochez la bonne réponse.

1. Un alternateur produit un courant alternatif.

❑ Vrai ❑ Faux

2. Le rendement d'un alternateur est de l'ordre de 1 %.

❑ Vrai ❑ Faux

3. Un photon, particule de lumière, est un quantum d'énergie.

❑ Vrai ❑ Faux

4. Un spectre de raies n'est pas un spectre continu.

❑ Vrai ❑ Faux

5. Un semi-conducteur a un diagramme énergétique qui ressemble fortement à celui du sodium.

❑ Vrai ❑ Faux

6. La bande de valence contient des électrons libres.

❑ Vrai ❑ Faux

Les atouts de l'électricité

Cochez la bonne réponse.

1. L'énergie cinétique est une forme d'énergie mécanique.

❑ Vrai ❑ Faux

2. Un convertisseur permet de stocker l'énergie.

❑ Vrai ❑ Faux

3. Le rendement peut être négatif.

❑ Vrai ❑ Faux

4. Un rendement global tient compte de l'ensemble de la chaîne énergétique.

❑ Vrai ❑ Faux

5. L'énergie électrique peut être produite à partir d'énergie radiative.

❑ Vrai ❑ Faux

6. Le stockage améliore l'efficacité énergétique.

❑ Vrai ❑ Faux

Optimisation du transport de l'électricité

Cochez la bonne réponse.

1. Les lignes THT appartiennent au réseau de répartition régionale.

❑ Vrai ❑ Faux

2. Lors du transport de l'énergie électrique, l'effet Joule est une perte thermique.

❑ Vrai ❑ Faux

3. L'utilisation de lignes THT et HT dans le réseau de transport limite les pertes.

❑ Vrai ❑ Faux

4. La loi des nœuds est une loi de conservation du débit de charge.

❑ Vrai ❑ Faux

5. Une cible terminale est un consommateur d'énergie électrique.

❑ Vrai ❑ Faux

6. La limitation des pertes dépend uniquement de la source de production.

❑ Vrai ❑ Faux

Choix énergétiques et impacts sur les sociétés

Cochez la bonne réponse.

1. L'énergie nucléaire est une énergie renouvelable.

❑ Vrai ❑ Faux

2. Le coût de production de l'énergie éolienne est inférieur à celui de l'énergie nucléaire.

❑ Vrai ❑ Faux

3. En 2020, le mix électrique français comporte 50 % d'énergies renouvelables.

❑ Vrai ❑ Faux

4. Le gaz naturel fait partie des ressources non renouvelables.

❑ Vrai ❑ Faux

5. L'arrêt du nucléaire permettrait de limiter le réchauffement climatique.

❑ Vrai ❑ Faux

→ Réponses p. 477

Évaluer la biodiversité

104

Lue Relue Acquise

Pour connaître l'état de la biodiversité, il est nécessaire de disposer d'indices et de méthodes permettant de la mesurer.

1 Indices de la biodiversité

- On estime que le total des espèces vivantes est compris entre 15 et 100 millions, mais seule une petite partie (environ 1,4 million d'espèces) est connue.
- Plusieurs indices sont utilisés pour recenser la biodiversité d'un milieu :

  – La « richesse spécifique » correspond au nombre d'espèces dans un milieu choisi. S'il est facile de décompter les espèces de grande taille, la méthode est néanmoins longue et coûteuse à mettre en place. Par ailleurs, les résultats sont biaisés du fait de la distribution spatiale irrégulière de nombreuses espèces.

  – La « diversité spécifique » tient compte quant à elle de la richesse spécifique et de l'abondance, c'est-à-dire du nombre d'individus, relative des espèces. De multiples indices existent pour mesurer la diversité spécifique, chacun donnant plus ou moins d'importance à l'une ou l'autre de ses deux composantes.

> **Remarque**
> Un taxon désigne un groupe utilisé pour la classification des êtres vivants.

- Les composantes de la biodiversité peuvent aussi être décrites par l'abondance (nombre d'individus) d'une population, d'une espèce ou d'un plus grand taxon.

2 Méthodes d'évaluation

- Plusieurs méthodes permettent d'estimer l'effectif d'une espèce dans un milieu à partir d'échantillons.
- Parmi celles-ci, la méthode de « capture-marquage-recapture » consiste dans un premier temps à capturer, marquer et relâcher une partie représentative de la population. Dans un second temps, une autre partie de la population est capturée, et le nombre d'individus déjà marqués est compté. On admet que le nombre d'individus marqués dans le second

> **Remarque**
> Cette méthode est fondée sur le calcul d'une quatrième proportionnelle.

échantillon est proportionnel au nombre d'individus marqués dans la population totale. On peut alors estimer l'effectif de la population totale.

Doc. Exemple d'estimation d'une population via la méthode de marquage-recapture

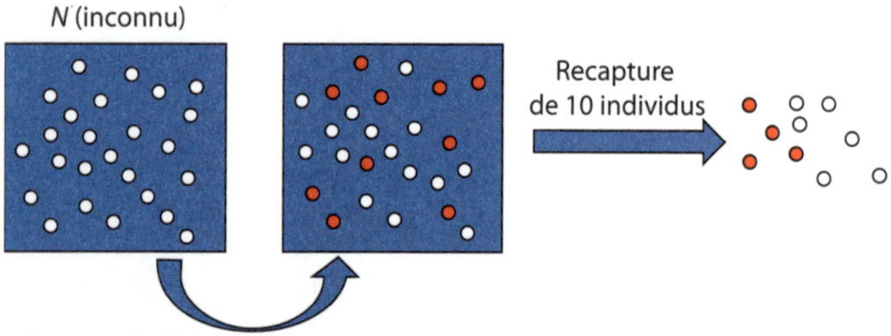

10 individus sont capturés dans un premier temps, puis marqués. Après les avoir relâchés, on capture 10 individus dans les mêmes conditions que précédemment. On compte dans cette nouvelle capture 4 individus marqués. On applique la formule :

$$\frac{M}{N} = \frac{m}{n}$$

avec M et n les effectifs de chaque capture, m le nombre d'individus marqués et recapturés et N l'effectif total de la population.

On peut alors écrire : $\frac{10}{N} = \frac{4}{10}$ d'où $N = 10 \times \frac{10}{4} = 25$.

La population est donc estimée à 25 individus.

- Pour rester fiable, cette méthode doit s'utiliser sur une population fermée n'évoluant pas entre les deux captures (marquage et recapture), c'est-à-dire en dehors de tout flux migratoire.
- L'effectif total d'une population peut aussi s'estimer à partir d'échantillons. Le niveau de confiance de l'estimation est inférieur à 100 % en raison de la fluctuation des échantillons. L'estimation est d'autant plus précise, pour un niveau de confiance donné, que la taille de l'échantillon est grande.

Remarque
Le niveau de confiance est le degré de certitude de la marge d'erreur.

- Les individus mobiles et discrets (les loups par exemple) ne sont pas observés directement, mais à l'aide d'échantillonnages réalisés à partir de leurs poils et de leurs crottes, dont on extrait l'ADN.

Composition génétique des populations

105

Lue Relue Acquise

Il est possible d'appliquer les lois de la génétique aux populations naturelles, afin de prévoir l'évolution des fréquences des génotypes et des allèles au cours des générations successives.

1 Modèle de Hardy-Weinberg

- En 1908, Hardy et Weinberg établissent un modèle mathématique permettant de prévoir l'évolution génétique d'une population. En effet, chaque population se caractérise par sa diversité génétique, elle-même conditionnée par les fréquences des différents allèles de chaque gène.
- Selon le modèle de Hardy-Weinberg, sous certaines conditions, la fréquence des allèles d'un gène reste stable au cours des générations.
- Ce modèle permet de calculer les fréquences des génotypes à partir des fréquences des allèles. Les fréquences de ces génotypes restent également constantes.
- On considère deux allèles A1 et A2 d'un même gène. p est la fréquence de l'allèle A1 (avec p compris entre 0 et 1), q la fréquence de l'allèle A2 (avec q compris entre 0 et 1) et $p + q = 1$.
- À l'aide d'un échiquier de croisement, on peut alors calculer la fréquence des génotypes : p^2 est la fréquence d'un génotype homozygote A1//A1 ; q^2 est la fréquence d'un génotype homozygote A2//A2 ; $2pq$ est la fréquence d'un génotype hétérozygote A1//A2.

Remarque

Le génotype désigne l'équipement en allèles d'un individu pour un gène donné. Il comporte deux allèles : l'un d'origine maternelle et l'autre d'origine paternelle.

Doc. **Croisement de deux hétérozygotes**

	A1 (p)	**A2(q)**
A1 (p)	A1//A1 (p^2)	A1//A2 (pq)
A2 (q)	A1//A2 (pq)	A2//A2 (q^2)

- Il est alors possible de déduire la fréquence de chaque allèle à la génération suivante, on constate qu'elle reste inchangée :

$$f(\text{A1}) = p^2 + pq = p(p + q) = p$$

$$f(\text{A2}) = q^2 + pq = q(p + q) = q$$

● On peut également montrer par ailleurs que la fréquence des génotypes reste stable de génération en génération. Ainsi, on peut établir les relations entre les probabilités des génotypes d'une génération et celles de la génération précédente.

Remarque

Puisqu'il existe trois génotypes possibles, on en déduit que :

$$p^2 + q^2 + 2pq = 1$$

2 Conditions d'application du modèle de Hardy-Weinberg

● Le modèle mathématique de Hardy-Weinberg utilise la théorie des probabilités pour décrire le phénomène aléatoire de transmission des allèles dans une population. Aussi, ses résultats sont théoriques et ne peuvent être vérifiés que pour les conditions suivantes :

– la population est de grande taille, ce qui permet d'assimiler les fréquences observées à des probabilités, en vertu de la loi des grands nombres ;

– il n'y a pas de migration, aucun allèle n'est apporté de l'extérieur ;

– il s'agit d'espèces diploïdes, c'est-à-dire dont les cellules comportent deux exemplaires de chaque gène, avec reproduction sexuée ;

– les croisements sont aléatoires entre individus. Pour ceux-ci, les gamètes comportant un seul exemplaire de chaque gène sont produits en proportion égale et se rencontrent au hasard ;

– l'allèle étudié n'a pas subi de mutation ; dans ce cas, il se formerait un nouvel allèle, avec en conséquence une variation des fréquences alléliques ;

– les individus ne sont ni sélectionnés ni affectés par la dérive génétique ;

– les générations sont séparées (pas d'union possible entre des individus de générations différentes).

Remarque

De nombreuses situations d'évolution biologique sont à l'origine d'écarts par rapport à la stabilité théorique de la fréquence des allèles décrite par le modèle.

Effet des forces évolutives 106

☐ Lue ☐ Relue ☐ Acquise

Les fréquences alléliques et génotypiques des populations varient sous l'effet de forces évolutives entraînant la différenciation génétique des populations.

1 Causes de variation

Les fréquences alléliques observées sur les populations naturelles ne correspondent pas toujours aux résultats prévus par le modèle de Hardy-Weinberg. Les écarts constatés s'expliquent par l'effet de différentes forces évolutives.

A La dérive génétique

- Dans une population à petit effectif, la fréquence des allèles varie aléatoirement au cours du temps. Un allèle peut même disparaître au cours d'une seule génération. En effet, lors de la reproduction sexuée, chaque nouvel individu hérite de façon aléatoire, pour un gène donné, d'un allèle maternel et d'un allèle paternel.
- Néanmoins, tous les individus ne se reproduisent pas, et tous n'ont pas le même nombre de descendants. Il s'ensuit une modification aléatoire de la fréquence des allèles au cours du temps, appelée dérive génétique, responsable d'un appauvrissement de la diversité génétique d'une population.
- L'effet du hasard est d'autant plus marqué lorsque l'effectif de la population est faible. En revanche, les différentes variations de fréquences alléliques se compensent dans une population de grande taille.

Doc. Modélisation de l'évolution de la fréquence d'un allèle au cours du temps pour trois effectifs de population

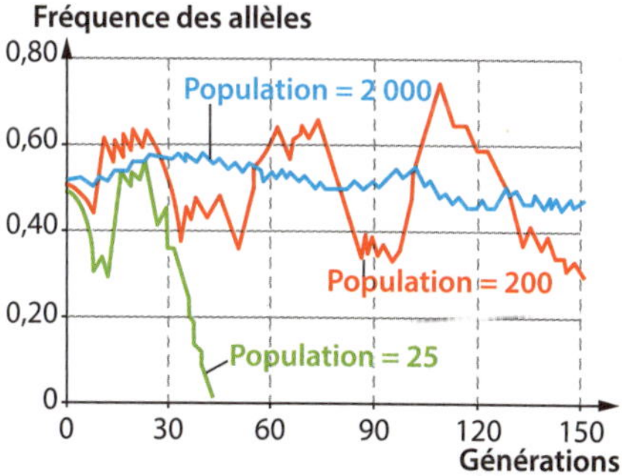

B La sélection naturelle

- Dans un milieu donné, certains allèles peuvent procurer un avantage aux individus qui les portent (ils leur permettent par exemple de résister à des conditions particulières comme le froid, la sécheresse ou encore à un parasite).

Rappel
Un allèle n'est pas avantageux en soi, mais seulement dans un environnement donné.

- Les individus avantagés ont alors plus de chances d'arriver à l'âge adulte, de se reproduire et de transmettre cet allèle à leur descendance. Ainsi, sous la pression du milieu, la fréquence de l'allèle considéré augmente de génération en génération dans la population. On définit ainsi la sélection naturelle comme la variation des fréquences alléliques d'une population sous la pression de l'environnement (et non de façon aléatoire).
- Par ailleurs, des mutations aléatoires font apparaître de nouveaux allèles, modifiant ainsi les fréquences alléliques de génération en génération. Parmi ces nouveaux allèles, certains peuvent se révéler avantageux et être retenus par la sélection naturelle, avec en conséquence une augmentation de leur fréquence.

2 Conséquence, l'évolution des espèces

- Ces différents phénomènes (mutations, dérive génétique et sélection naturelle) modifient la fréquence des allèles au cours des générations.
- Les populations se différencient alors génétiquement les unes des autres, et les échanges de gènes entre elles se raréfient progressivement. Ainsi différenciées, elles deviennent alors incapables de se reproduire entre elles et forment alors deux espèces différentes.
- Les espèces apparaissent ainsi comme des ensembles hétérogènes de populations, en évolution permanente.
- La prévision de l'évolution temporelle de la biodiversité représente un enjeu majeur pour comprendre sa dynamique et anticiper les conséquences des actions humaines.

Remarque
Lorsqu'une population présente une faible diversité génétique, elle est d'autant plus sensible aux variations de l'environnement. Dans certains cas, elle peut finir par disparaître.

Influence des activités humaines

107

Lue Relue Acquise

Les activités humaines ont des conséquences négatives sur la biodiversité. Aussi, pour en limiter l'impact, des programmes de protection sont mis en place.

1 Dégradation des milieux et diminution de la biodiversité

● La perte de la biodiversité constatée à l'échelle mondiale est due à plusieurs phénomènes, tous liés aux activités humaines :

- la dégradation des milieux (pollution, fragmentation de l'habitat, déforestation...) ;
- la surexploitation des espèces (chasse, pêche) ;
- l'introduction d'espèces exotiques (tortue de Floride, frelon asiatique...) ;
- les changements climatiques (rejet des gaz à effet de serre).

● L'urbanisation et l'industrialisation entraînent souvent la fragmentation des habitats. Or les petites parcelles sont plus vulnérables aux influences externes, car leurs populations, plus réduites, sont génétiquement moins variées, phénomène amplifié par la dérive génétique.

Doc. **Fragmentation de l'habitat pour une espèce et ses conséquences**

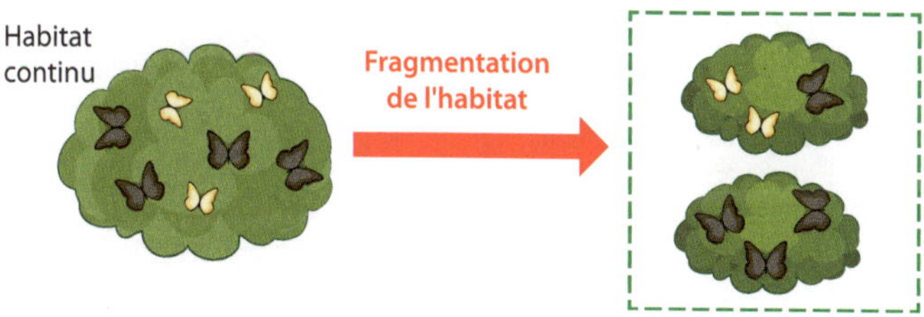

● L'édification de barrages, pour le stockage de l'eau ou la production d'énergie, empêche le brassage génétique lié à la reproduction, ainsi que la migration des espèces comme le saumon, et réduit les zones de reproduction.

● Elle a pour conséquence une diminution des effectifs qui s'explique par une plus grande fragilité des individus du fait de leur faible diversité génétique. De plus, elle favorise encore plus la dérive génétique, ce qui accroît la baisse du nombre moyen d'allèles. Or la diversité génétique est un atout : elle permet notamment aux populations de s'adapter lorsque les conditions du milieu fluctuent.

- La fragmentation des forêts entraîne elle aussi un isolement croissant entre des populations vivant dans des parcelles séparées. Le degré de fragmentation des forêts est suivi par télédétection. D'une façon générale, les forêts sont très fragmentées en Europe et dans certaines parties de l'Asie du Sud-Est, alors qu'elles le sont moins sur d'autres continents.

Remarque

Le risque d'extinction des espèces résidentes augmente d'autant plus que la surface résultant de la fragmentation est réduite. Par ailleurs, il dépend de la durée d'isolement

2 Programmes de protection de la biodiversité

- Pour protéger la biodiversité, des listes d'espèces menacées sont dressées par des organisations internationales (UICN et CITES). Elles sont classées selon le degré de menace (espèces « en danger », « menacées » ou « vulnérables »).
- Des programmes de protection sont développés ; le commerce, la chasse, la pêche et toute autre forme d'exploitation de ces espèces sont interdites, et leur milieu de vie est protégé.
- Mais un grand nombre d'espèces restant inconnues, c'est vers la protection des milieux que tendent les efforts de conservation. En effet, la connaissance et la gestion d'un écosystème permettent d'y préserver la biodiversité.
- La gestion de l'environnement passe par des études de risques qui tentent de modéliser les impacts de l'action de l'Homme. La prise en compte de ces études permet d'envisager des solutions de façon à minimiser ces risques.

Remarque

Il est possible d'estimer facilement l'impact d'une fragmentation sur la surface disponible pour une espèce.

Histoire évolutive des caractères anatomiques

108

Lue Relue Acquise

Les caractères anatomiques sont le résultat d'une longue évolution, marquée par plusieurs étapes. C'est le cas notamment pour l'œil ou l'appareil circulatoire chez les vertébrés.

1 Évolution de l'œil des vertébrés

- L'œil est un organe sensoriel dont la fonction et la complexité sont variables. Ainsi, les premiers yeux, constitués de quelques cellules photoréceptrices enfouies sous le tégument, sont capables uniquement de distinguer le clair de l'obscur.

- Les yeux des vertébrés présentent des formes de plus en plus complexes. Chez les myxines (vertébrés primitifs du groupe des agnathes), l'œil enfoui sous la peau translucide possède des photorécepteurs, mais pas de cristallin. Chez les lamproies (agnathes), l'œil est enfoui chez la larve, mais avec un cristallin en développement. Chez l'adulte, il apparaît en surface de la peau. Délimité par l'iris, il est formé d'une véritable chambre avec un cristallin et une rétine.

- Dans l'œil humain, on retrouve les mêmes éléments. Les étapes de sa formation chez l'embryon permettent de reconstituer celles de l'évolution : le passage de l'œil de la myxine à celui de la lamproie adulte.

Doc. Formation de l'œil chez l'Homme

Œil au stade embryonnaire (4 semaines)

Œil au stade embryonnaire (5 semaines) Rétine à 2 couches

Œil adulte Rétine à 3 couches

- Parallèlement, les fonctions de l'œil ont évolué. La myxine est aveugle, et son œil permet de capter les variations jour-nuit, synchronisant la sécrétion des hormones du sommeil et de la veille. La lamproie adulte, en revanche, est capable de voir et de capturer des proies.

- L'évolution de l'œil est donc le résultat de contraintes imposées par les formes ancestrales, de mutations, et d'une pression de sélection liée au mode de vie.

2 Évolution des appareils circulatoires chez les vertébrés

- Chez les poissons, le cœur n'est qu'un tube contractile disposé en série sur le trajet de l'appareil circulatoire. Il reçoit exclusivement du sang désoxygéné qu'il propulse vers les branchies au niveau desquelles le sang est oxygéné.

- Chez les amphibiens, les branchies sont remplacées par des poumons. Le cœur est cloisonné. Il reçoit du sang désoxygéné provenant des organes et du sang oxygéné venant des poumons. Il éjecte du sang partiellement oxygéné vers les poumons et vers les organes. Une double circulation s'est mise en place : l'une entre le cœur et les organes, la seconde entre le cœur et les poumons. Les amphibiens adultes comme les reptiles ont un mode de vie terrestre impliquant une respiration aérienne.

- Chez les oiseaux et les mammifères, le cœur est totalement cloisonné, les sangs oxygéné et désoxygéné ne sont plus mélangés. À la sortie de la moitié gauche du cœur, l'aorte ne contient que du sang désoxygéné.

- Les transformations observées chez les oiseaux et les mammifères permettent une meilleure oxygénation des organes. La respiration cellulaire est facilitée, ce qui permet une libération d'énergie plus importante. Le maintien d'une température corporelle constante est devenu possible.

- Aussi l'évolution des appareils circulatoires des vertébrés dépend-elle à la fois des contraintes imposées par les formes ancestrales, de mutations et d'une pression de sélection.

Évolution et pratiques médicales

Lue Relue Acquise

L'évolution rapide des organismes microbiens peut les rendre insensibles aux antibiotiques. Elle complique également la mise au point de vaccins.

1 Des bactéries résistantes aux antibiotiques

- Certaines bactéries sont naturellement résistantes à un antibiotique. Leur résistance résulte de l'expression de gènes portés soit sur le chromosome bactérien, soit sur un petit fragment d'ADN circulaire, le plasmide. Différents mécanismes, comme la dégradation de l'antibiotique ou la modification de sa cible, l'empêchent d'agir.
- La résistance s'acquiert à la suite de mutations survenues au hasard, avec une fréquence de 10^{-6} à 10^{-9}. La probabilité de résistance à deux antibiotiques est celle de l'apparition de deux mutations, c'est-à-dire de 10^{-12} à 10^{-18}.
- La résistance peut aussi résulter de la transmission d'un plasmide portant des gènes de résistance par une autre bactérie. Dans ce cas, plusieurs gènes de résistance peuvent être transmis en même temps.

Remarque

Les antibiotiques agissent sélectivement sur les bactéries. Ils ne sont en général actifs ni sur les champignons ni sur les virus.

2 Sélection de bactéries résistantes

- En présence d'un antibiotique, les bactéries résistantes alors avantagées se reproduisent en grand nombre, et leur effectif augmente. Ainsi, de génération en génération, la fréquence des bactéries résistantes augmente, au détriment de celles qui sont sensibles à l'antibiotique. Avec l'acquisition d'une résistance plasmidique, le phénomène est amplifié, puisque la résistance peut concerner plusieurs antibiotiques.
- Avec l'utilisation systématique des antibiotiques, les souches bactériennes résistantes deviennent ainsi plus nombreuses par sélection naturelle. Certaines infections deviennent de plus en plus difficiles, voire impossibles à traiter, notamment en milieu hospitalier.

Remarque

L'application de traitements antibiotiques aux animaux d'élevage concourt à augmenter la sélection de bactéries résistantes.

- Aussi, pour préserver l'efficacité des antibiotiques, des stratégies prophylactiques adaptées visant à réduire l'utilisation d'antibiotiques, mais également les risques d'infection, sont mises en place.

3 Des vaccins difficiles à mettre au point

- La vaccination repose sur la stimulation du système immunitaire. En effet, en présence d'un microorganisme pathogène, l'organisme déclenche une réaction de défense spécifiquement dirigée contre ce dernier. Néanmoins, cette réaction est plus efficace lors d'un second contact, du fait de la mise en place d'une mémoire immunitaire. La vaccination consiste à créer artificiellement un premier contact avec un microbe rendu inoffensif (ou un fragment spécifique de ce dernier).

Rappel
La réaction immunit
passe notamment
par la production
d'anticorps,
des molécules
spécifiques capables
de neutraliser le mic
organisme pathogè

- Néanmoins, les fréquentes mutations des micro-organismes comme les virus (ou encore de protozoaires comme le plasmodium) compliquent la mise au point de vaccins spécifiques. Ainsi, chaque année, le virus de la grippe prend des formes différentes, ce qui oblige à concevoir tous les ans un nouveau vaccin.

Doc. **Efficacité des anticorps et mutations virales**

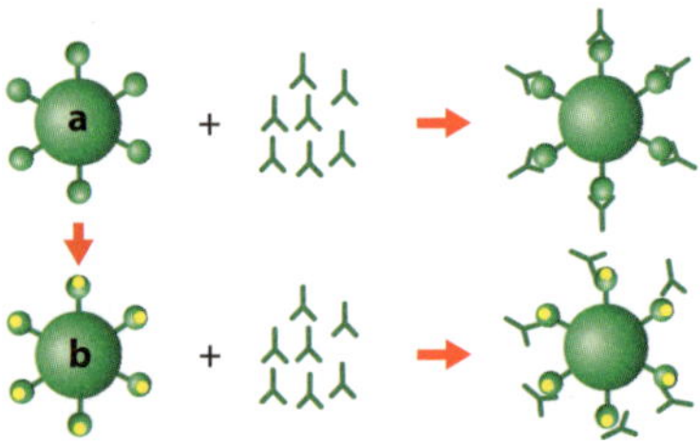

Les anticorps d'un individu vacciné neutralisent le virus a. Après mutation, le virus se modifie (virus b), et les anticorps deviennent moins performants. Le vaccin a perdu son efficacité.

Évolution et pratiques agricoles 110

Lue Relue Acquise

L'utilisation de produits phytosanitaires favorise le développement d'adventices ou de ravageurs des cultures qui y sont devenus résistants.

1 Sélection d'individus résistants

- Après la seconde guerre mondiale, la modernisation de l'agriculture permet une importante augmentation des rendements. Les produits de protection des plantes (PPP), destinés à éliminer les bio-agresseurs (microbes, champignons, insectes, plantes invasives), prouvent leur efficacité. Néanmoins, l'apparition de résistance chez les bio-agresseurs pose problème. En effet, les différentes espèces d'adventices ou de ravageurs des cultures présentent une variabilité génétique, elle-même entretenue par des mutations qui surviennent au hasard.
- Parmi les mutations, certaines peuvent rendre inefficace le produit phytosanitaire utilisé pour éliminer un ravageur. Celui-ci, devenu résistant, va acquérir un avantage sur le reste de la population, et sa probabilité de se reproduire et de transmettre ses allèles, y compris celui de la résistance au produit phytosanitaire, augmente.
- Ainsi, par le biais de la sélection naturelle, l'allèle responsable de la résistance se répand dans la population. Par ailleurs, les mécanismes de résistance sont variés et peuvent se cumuler.

Remarque

Par le biais de la sélection naturelle, plus la fréquence de l'allèle muté augmente, plus celle du caractère « résistance » augmente.

Doc. 1 Pourcentage des biotypes maternels d'espèce d'adventice (*Coryza canadensis*) regroupés par classement de résistance au glyphosate, sur deux types d'habitats

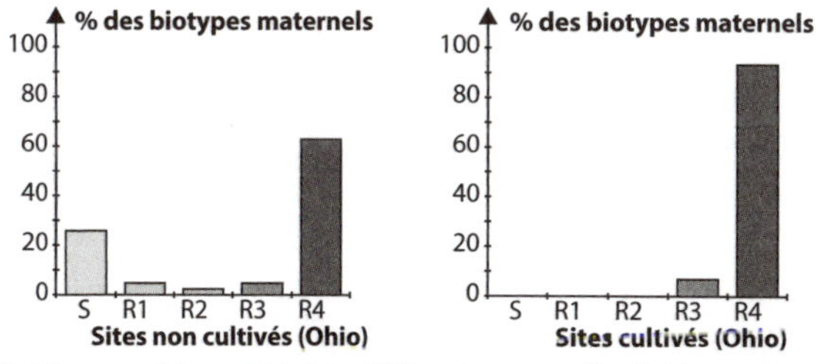

S : individus sensibles – R1 à R4 : différents types d'individus résistants.

2 Prévenir la sélection des ravageurs résistants

- Si la mutation apparaît de façon spontanée et imprévisible, certaines pratiques agricoles peuvent favoriser sa dispersion dans la population concernée. Aussi différentes méthodes visent-elles à éviter la prolifération de ravageurs résistants.
- L'utilisation d'un même produit phytosanitaire plusieurs fois de suite favorise les mutants résistants, alors que l'alternance d'une année sur l'autre évitera la sélection positive de ces individus qui peuvent être sensibles à un produit différent.
- De la même façon, la rotation des cultures, une technique qui consiste à faire se succéder sur une même parcelle des cultures d'espèces différentes, provoque le renouvellement des populations de ravageurs et évite ainsi leur sélection sur plusieurs années.
- Enfin, on peut également tester l'efficacité d'un produit phytosanitaire avant son épandage en champ. Il est ainsi possible de repérer des formes résistantes et de changer de méthode de lutte.

Remarque
Pour mesurer l'efficacité d'un prod[uit] phytosanitaire, on détermine la DL5[0], dose pour laquelle 50 % des individus de l'échantillon test[é] meurent.

Le test, effectué à partir de prélèvements réalisés sur la culture, permet d'évaluer l'évolution (progression, stabilisation ou régression) de la résistance dans la population.

Doc. 2 Détection d'un phénomène de résistance

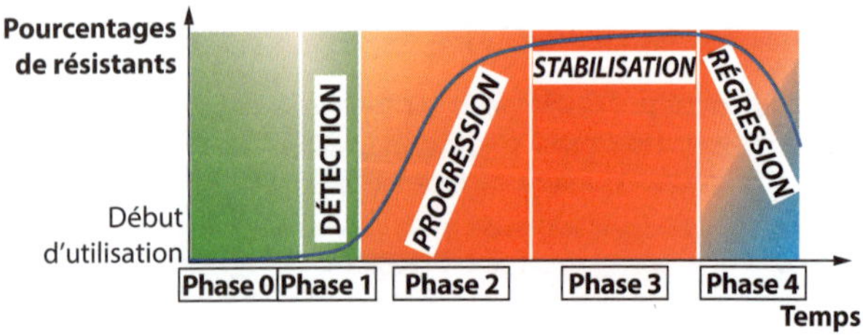

- Par ailleurs, l'utilisation de méthodes prophylactiques, comme le ramassage après la récolte des débris végétaux qui favorisent le développement des ravageurs, évite la prolifération de ces derniers.

Hommes et Singes, des relations de parenté

111

Lue Relue Acquise

L'Homme fait partie du groupe des primates et est plus particulièrement apparenté aux grands Singes.

1 Place de l'Homme et des grands Singes parmi les primates

- L'espèce humaine actuelle, *Homo sapiens*, fait partie du groupe des primates. Tous les représentants de ce groupe sont caractérisés par la présence d'ongles, d'un pouce opposable à la main, de narines rapprochées et d'yeux orientés vers l'avant permettant une vision binoculaire.
- L'arbre phylogénétique des primates est établi à partir de caractères résultant d'innovations évolutives. Toutes les espèces qui partagent un même caractère évolué l'ont hérité d'un ancêtre commun.

Doc. 1 **Arbre phylogénétique des primates**

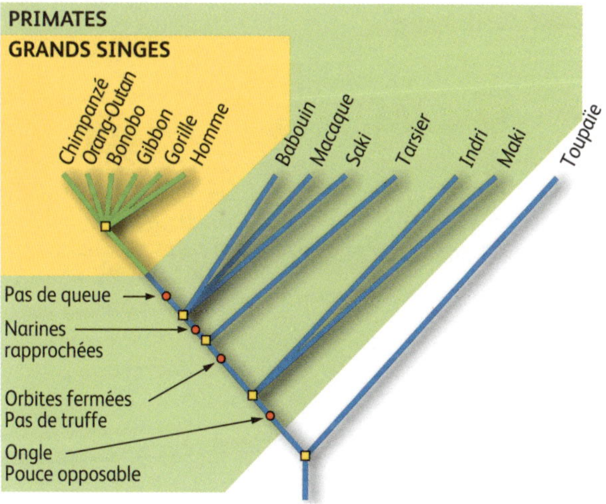

- Ainsi, l'Homme est plus étroitement apparenté aux grands Singes avec lesquels il partage un ancêtre commun exclusif.

● Néanmoins, il s'en distingue par des caractères spécifiques, comme un volume crânien supérieur et des caractéristiques anatomiques liées à une bipédie permanente.

2 Des caryotypes et des génotypes comparables

● Les caryotypes de l'Homme (23 paires de chromosomes) et ceux des grands Singes (24 paires) sont très ressemblants : les formes et la disposition des bandes de coloration de leurs chromosomes (reflet de leur composition en nucléotides) sont très similaires.

● La comparaison des chromosomes 2 de l'Homme avec les chromosomes 2p et 2q des grands Singes montre que celui de l'Homme semble résulter de la fusion des chromosomes 2p et 2q des grands Singes. Cela expliquerait la paire de chromosomes en moins dans le caryotype de l'Homme par rapport à celui des grands Singes.

Rappel

Le caryotype correspond à l'ensemble des chromosomes (taille, forme, nombre) contenus dans une cellule. Il est caractéristique de l'espèce.

Doc. 2 **Comparaison des chromosomes 2 de l'Homme et 2p et 2q des grands Singes**

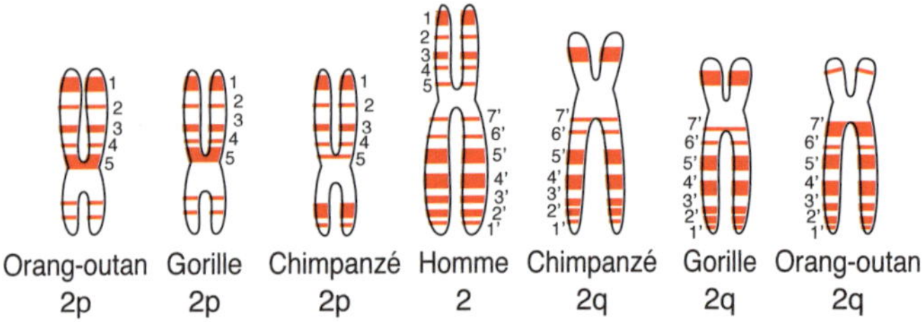

● Par ailleurs, les génotypes de l'Homme et du Chimpanzé sont identiques à plus de 98 %, la séquence de certains gènes l'étant totalement. D'autres gènes au contraire présentent de nombreuses différences : ils sont responsables des spécificités humaines.

● Néanmoins, compte tenu de ces similitudes génétiques, c'est avec le Chimpanzé que l'espèce humaine partage le plus récent ancêtre commun.

Émergence de la lignée humaine

112

Lue Relue Acquise

La lignée humaine se sépare de celle des grands Singes grâce à des acquisitions comme la bipédie et l'augmentation du volume cérébral.

1 Débuts de la lignée humaine

- L'ancêtre du groupe formé par les Hommes et les grands Singes présente des caractères communs aux deux groupes actuels : bipédie partielle, utilisation d'outils rudimentaires et vie en communauté.
- À partir de la datation et des caractéristiques des fossiles, on estime qu'il y a plus de 6 millions d'années, la lignée humaine a divergé de celle des grands Singes.
- Les Australopithèques sont parmi les premiers représentants de la lignée humaine. Plusieurs espèces sont connues en Afrique entre 4,5 et 1 MA, comme la célèbre Lucy (*Australopithecus afarensis*).
- Avec un trou occipital centré, des fémurs convergents et un bassin large permettant l'insertion de muscles puissants des cuisses, les Australopithèques présentent tous les signes d'une posture droite et d'une locomotion bipède.

Remarque

Les fémurs convergents ramènent le pied sous le centre de gravité du corps. Pendant la marche, à chaque phase de lancer du pied, le corps n'a pas besoin de se déporter vers son point d'appui.

Doc. 1 Bassin et fémur chez trois espèces

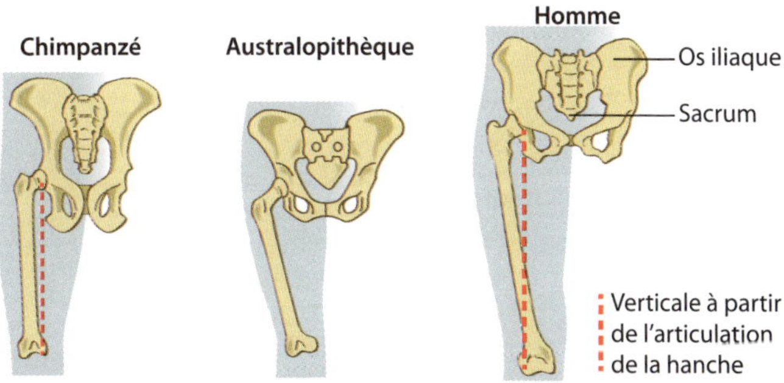

- En revanche, ils conservent un faible volume crânien (400 cm^3) et présentent une face prognathe (avec une mâchoire en avant) comme le Singe.

- Contrairement au Chimpanzé, l'Homme présente un trou occipital avancé, ce qui évite le basculement du crâne vers l'avant et le tient en équilibre sur la colonne vertébrale.
- Sa mandibule parabolique (c'est-à-dire plus ouverte), ses canines régressées et ses molaires développées distinguent l'Homme du Singe.

Doc. 2 Crâne (vu de dessous) chez trois espèces

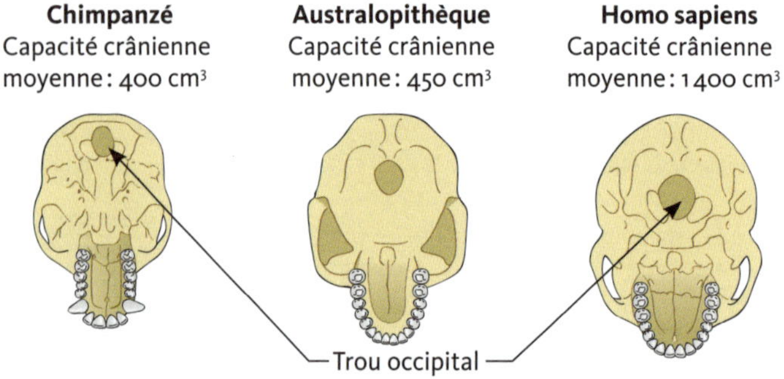

- Le genre *Homo* apparaît à partir de – 2,5 MA, avec *Homo habilis* dont le volume céphalique est supérieur à celui des grands Singes (700 cm^3). Associés à ses restes, des galets aménagés témoignent de l'utilisation d'outils. *Homo ergaster*, apparu vers – 1,9 MA, présente une taille et une capacité crânienne (1 200 cm^3) en augmentation. Il façonne des bifaces et est le premier à quitter l'Afrique pour l'Asie et l'Europe.

2 Une évolution buissonnante

- Au cours de l'évolution de la lignée humaine, les Australopithèques acquièrent la bipédie, tandis que pour le genre *Homo*, le volume crânien augmente, en lien avec l'habileté (fabrication d'outils). Ces différents caractères évoluent indépendamment les uns des autres.
- Ainsi, à une même période coexistent par exemple avec le genre *Homo* différentes espèces d'Australopithèques : certaines avec une bipédie évoluée et des caractères crâniens primitifs, d'autres chez qui c'est l'inverse. On parle d'évolution buissonnante.

Remarque

Une évolution buissonnante se caractérise par la coexistence de plusieurs groupes à des degrés d'évolution différents. C'est le contraire d'une évolution linéaire.

Évolution récente du genre *Homo*

113

Lue Relue Acquise

Les espèces récentes du genre *Homo* ont coexisté et se sont hybridées. On peut mettre en évidence aujourd'hui dans leurs fossiles ces échanges de gènes.

1 Une évolution confirmée

- L'évolution se poursuit après la dispersion d'*Homo ergaster* hors d'Afrique. Si la bipédie est acquise, le volume cérébral de 750 à 1 050 cm^3 est encore bien inférieur à celui des *Homo sapiens*, notre espèce. Par ailleurs, la face est archaïque par l'absence de nez et par une mâchoire très prognathe.
- *Homo erectus*, qui succède à *Homo ergaster*, possède un crâne et un squelette encore robuste, mais sa face est déjà moins prognathe. L'évolution qui se poursuit jusqu'à *Homo sapiens* aboutit à un volume crânien supérieur à 1 400 cm^3, une face réduite, un prognathisme faible à nul, un bourrelet sus-orbitaire réduit et la formation d'un menton.

Doc. 1 Évolution du crâne et de la face dans la lignée humaine

	Australopithecus (– 4,5 à – 1 Ma)	***Homo erectus*** (– 1,6 Ma à – 300 000 ans)	***Homo neanderthalensis*** (– 250 000 ans à – 29 000 ans)	***Homo sapiens*** (– 200 000 ans...)
Volume et forme du crâne	450 à 530 cm^3 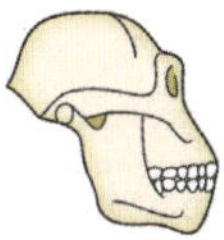	800 à 1 200 cm^3 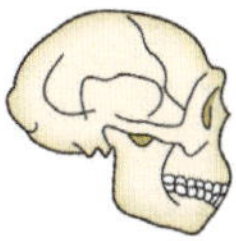	1 600 cm^3 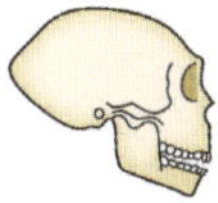	1 300 à 1 500 cm^3 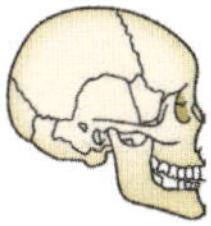

- Les premiers *Homo sapiens* apparaissent vers 200 000 ans. Les différentes populations humaines actuelles descendraient d'une population originelle ayant quitté l'Afrique il y a 110 000 à 120 000 ans.

2 Coexistence de plusieurs espèces du genre *Homo*

- Plusieurs espèces du genre *Homo* ont coexisté. Ainsi, l'Homme de Néandertal, présent en Asie et en Europe, coexiste avec *H. sapiens* avant de disparaître vers 30 000 ans, remplacé par ce dernier. Plus petit que l'Homme moderne, il s'en distingue par un volume crânien supérieur (1 600 cm^3).
- L'Homme de Denisova, trouvé en Sibérie, est une autre espèce du genre *Homo*. Génétiquement distinct de Néandertal et de l'Homme moderne, il partage un ancêtre commun avec eux, comme l'a montré l'analyse de leur génome.
- L'analyse d'un fragment osseux daté de 90 000 ans, trouvé dans la grotte de Denisova et attribué à une adolescente, a montré que celle-ci était l'hybride d'une mère néandertalienne et d'un père dénisovien.
- De même, des hybridations ont eu lieu avec certains *Homo sapiens*, tout comme entre *sapiens* et néandertaliens.

Doc. 2 Arbre phylogénétique d'*Homo* récents

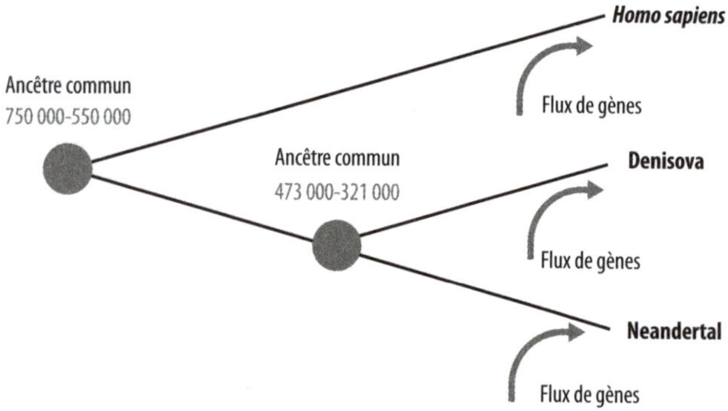

- L'analyse génétique montre que l'Homme de Neandertal et l'Homme de Denisova sont plus proches entre eux que d'*Homo sapiens* : ils partagent un ancêtre commun exclusif qui n'est pas l'ancêtre *d'Homo sapiens*. De plus, cette analyse permet d'estimer la divergence entre *H. sapiens* et *H. neanderthalensis* il y a entre 750 000 et 550 000 ans.

Une évolution culturelle

Lue Relue Acquise

114

L'évolution humaine, plus que celle de toute autre espèce, repose aussi sur la transmission des savoirs, grandement favorisée par le développement du langage.

1 Transmission des savoirs

- Si la fabrication d'outils est discutée chez les Australopithèques, on assiste au cours de l'évolution du genre *Homo* à un développement important de l'industrie : simple galet dans lequel on enlève un éclat (galet aménagé) chez *Homo habilis*, outils taillés dans la pierre sur les deux faces (biface), racloirs, perçoirs chez les *Homo erectus*, puis objets plus sophistiqués (pointes, lames, harpons) en bois, os, corne… chez les *Homo sapiens* et dans une moindre mesure Néandertal.
- Par ailleurs, *Homo erectus* est le premier à domestiquer le feu, une acquisition majeure, car elle permet d'améliorer la valeur énergétique des aliments. Elle assure également une protection contre les prédateurs.

Doc. 1 Outils et culture dans la lignée humaine

	Australopithecus **(–4,5 à –1 Ma)**	***Homo erectus*** **(–1,6 Ma à – 300 000 ans)**	***Homo neanderthalensis*** **(– 250 000 ans à – 29 000 ans)**	***Homo sapiens*** **(– 200 000 ans…)**
Outils produits	Inconnus	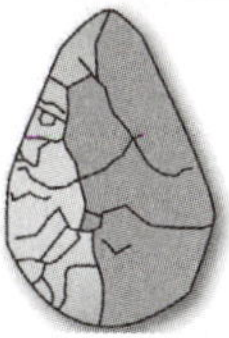	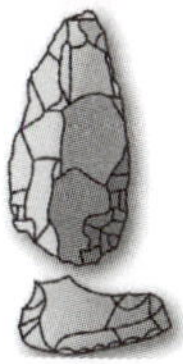	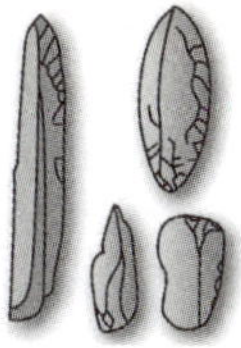
Extension	Afrique	Afrique, Eurasie	Europe, Asie	Planète entière
Culture	Inconnue	Maîtrise du feu	Rites funéraires, langage	Rites funéraires, langage, art

- *Homo sapiens* réalise aussi des productions artistiques, sculptures et peintures. Des rites funéraires apparaissent dès l'Homme de Néandertal. Ils témoignent d'une prise de conscience de la mort, et peut-être de certaines croyances.

- Ces pratiques culturelles nécessitent un apprentissage, possible grâce à la transmission. Parallèlement à ces acquisitions, le volume du cerveau s'accroît, et chez *Homo sapiens*, atteint plus de 1 400 cm^3. Cette évolution a permis l'invention des techniques, de l'art et l'acquisition d'une pensée conceptuelle.
- Ainsi, de nombreux caractères sont transmis de manière non génétique : comportements appris dont la langue, les habitudes alimentaires, l'utilisation d'outils...

2 Acquisition du langage

- L'Homme se caractérise par l'acquisition d'un langage articulé, c'est-à-dire la capacité d'associer une combinaison de sens avec une autre de sons. Le résultat est la production de mots et de phrases, qui ne correspondent pas seulement à des objets concrets, mais aussi à des idées ou des sentiments.
- D'après différents indices recueillis sur les fossiles, il semblerait que le langage n'apparaît pas avant *Homo erectus*. En effet, il nécessite un larynx suffisamment développé pour servir de caisse de résonance, et situé en position basse. Les chimpanzés ont un larynx en position haute.
- La maturation du langage chez *Homo sapiens* passe par le développement d'aires cérébrales spécifiques.
- L'aire de Broca contrôle la production de mots, l'aire de Wernicke assure la compréhension de ceux-ci. Les deux aires communiquent par un réseau de neurones.

Doc. 2 Aires cérébrales du langage

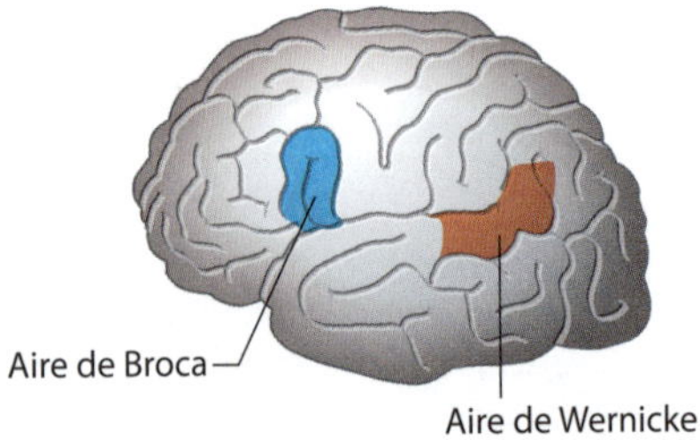

- Au cours de l'évolution humaine, l'acquisition du langage est un important facteur de vie sociale. Il donne un avantage sélectif et a été sélectionné dans les populations où il est apparu.

Modèle linéaire

115

☐ Lue ☐ Relue ☐ Acquise

Dans le cadre de l'étude de l'évolution des populations, il est important de prédire leur effectif futur. Les scientifiques utilisent des modèles mathématiques dont le plus simple est le modèle linéaire.

1 Équation d'une droite

- Soit une droite ($\mathcal{D}$) d'équation $y = p \times x + m$ où p est le coefficient directeur de la droite ($\mathcal{D}$) et m l'ordonnée à l'origine.
- Si l'on connaît deux points distincts A et B appartenant à la droite ($\mathcal{D}$), de coordonnées respectives $A(x_A, y_B)$ et $B(x_A, y_B)$, alors le coefficient directeur de ($\mathcal{D}$) est égal à :

$$p = \frac{y_B - y_A}{x_B - x_A}$$

Doc. Droite ($\mathcal{D}$) d'équation $y = px + m$

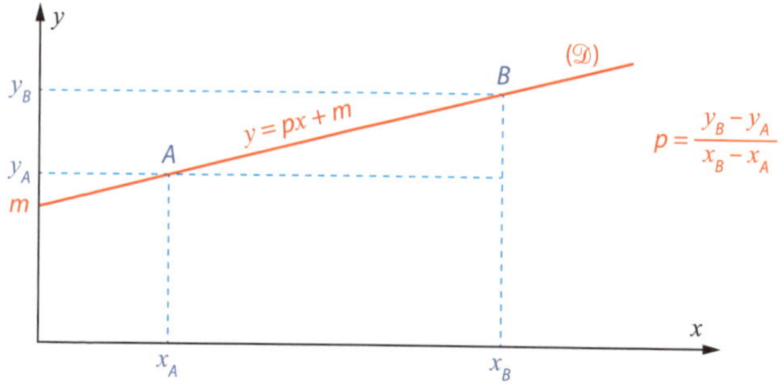

- L'ordonnée à l'origine m se lit sur la droite ($\mathcal{D}$) au point d'abscisse $x = 0$.

2 Suite arithmétique

- Une grandeur discrète u est une fonction qui va de $\mathbb{N}$ dans $\mathbb{R}$. L'ensemble des termes $u(n)$ est une suite numérique u de terme général $u(n)$ ou u_n indexé sur n, entier naturel.
- En démographie, les valeurs $u(n)$ de la population en fonction des années n sont une suite finie : le nombre d'habitants est indexé sur les années de mesure.

● Il existe de nombreux modèles mathématiques permettant d'étudier la croissance d'une population. Dans le cas d'un modèle linéaire discret, les points $(n, u(n))$ sont situés sur une droite.

● Une grandeur discrète u varie de manière linéaire en fonction d'un palier entier n si sa variation absolue $u(n+1) - u(n)$ est constante et indépendante de n. On note r cette valeur et on a : $u(n+1) - u(n) = r$.

● La suite $u(n)$ est appelée suite arithmétique de raison r.

3 Modèle démographique linéaire

● Soit $u(n)$ la population au palier de temps n. Dans le cas d'une évolution démographique linéaire, la variation absolue s'écrit : $u(n+1) - u(n) = r$.

Au rang ou au palier $n = 1$, on a : $u(1) = u(0) + r$. De même, au rang $n = 2$: $u(2) = u(1) + r = u(0) + 2 \times r$ et pour $n = 3$, $u(3) = u(0) + 3 \times r$.

$$u(n) = u(0) + n \times r \text{ ou encore } u(n) = n \times r + u(0)$$

On retrouve une équation de droite de type $y = p \times x + m$ avec p le coefficient directeur correspondant à la raison r de la suite arithmétique et m l'ordonnée à l'origine correspondant au premier terme $u(0)$.

Année	1980	1985	1990	1995	2000	2005	2010	2015
n	0	1	2	3	4	5	6	7
Population *u*(*n*)	462	468	475	482	487	495	503	509
Var. absolue		6	7	7	5	8	8	6

Source : Eurostat

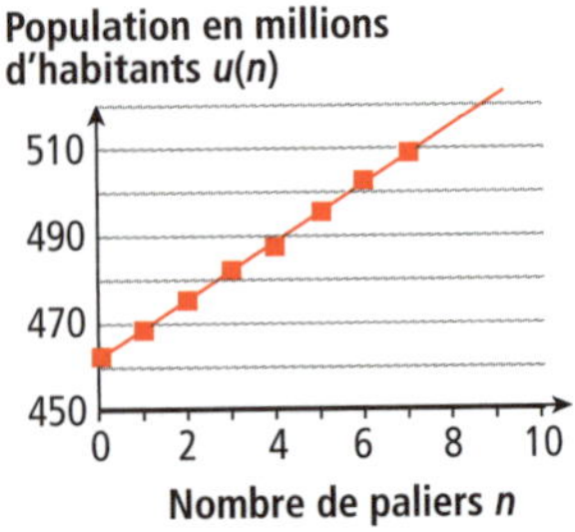

État de la population européenne (en millions d'habitants) au 1er janvier de chaque année.

Modèle exponentiel

116

Lue Relue Acquise

Le modèle linéaire est inadapté pour représenter l'évolution d'une grandeur dont la variation absolue change fortement d'un palier à l'autre. Le modèle de Malthus est un modèle exponentiel donnant de bonnes prévisions de l'évolution des effectifs d'une population sur un temps court.

1 Suite géométrique

- Une grandeur discrète u varie de manière exponentielle en fonction du palier entier n si sa variation absolue est proportionnelle à sa valeur courante. Cela se traduit mathématiquement par la relation :

$$u(n+1) - u(n) = ku(n)$$

- Dans ce cas, sa variation relative, aussi appelée taux de variation, est constante : $\frac{u(n+1) - u(n)}{u(n)} = k$. Soit k cette constante.

On montre alors que, quel que soit n :

$$u(n) = (k+1)^n\, u(0)$$

La suite $u(n)$ est une suite géométrique de raison $q = k + 1$.

- De manière générale, pour n et m quelconques entiers naturels, la suite $u(n)$ est géométrique de raison q si $u(n) = u(m) \times q^{n+m}$. Dans le cas particulier où $m = 0$, on a $u(n) = u(0) \times q^n$.

À retenir

Une suite géométrique est constituée d'un ensemble de valeurs tel que chaque terme est obtenu à partir du précédent par multiplication par un nombre constant appelé raison.

2 Modèle exponentiel

- En démographie, si les valeurs $u(n)$ de la population en fonction des années n sont telles que le taux de variation est presque constant d'un palier à l'autre, le nombre d'habitants $u(n)$ est une suite géométrique.
- Dans ce cas, lorsque le phénomène de croissance est continu, on peut le modéliser par une fonction exponentielle.

Doc. **Modèle exponentiel : population de Lagos (1950-2015) et projection (2020-2035)**

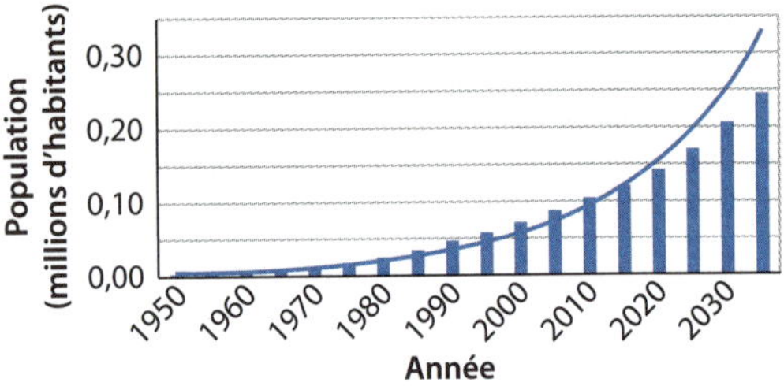

3 Modèle de Malthus

- Le modèle démographique de Malthus pose l'hypothèse que la variation de la population est proportionnelle à son effectif *N*. Le nombre *N* est alors défini par Malthus comme la différence entre le nombre de naissances et le nombre de décès pour une population donnée.
- Le modèle de Malthus est un modèle exponentiel d'évolution. Il prévoit que l'effectif de la population décroît vers 0 si le taux de mortalité est supérieur au taux de natalité et croît vers l'infini si le taux de natalité est supérieur au taux de mortalité.
- Si les prédictions du modèle de Malthus peuvent se révéler correctes sur un temps court, elles sont irréalistes sur un temps long, notamment en raison de l'insuffisance des ressources disponibles.

4 Limites et autres modèles démographiques

- En réponse à Malthus, le mathématicien belge Pierre François Verhulst propose un modèle non exponentiel pour lequel le taux de natalité est une fonction affine décroissante de l'effectif d'une population et le taux de mortalité une fonction affine croissante de l'effectif d'une population. Il postule ainsi que plus une population augmente, plus son taux de mortalité augmente, alors que son taux de natalité diminue.
- Des modèles plus élaborés et non exponentiels prévoient que la population mondiale atteindra environ 10 milliards d'humains en 2050.

Ordinateurs et traitement de l'information

117

Lue Relue Acquise

L'être humain n'a cessé d'accroître son pouvoir d'action sur le monde, utilisant son intelligence pour construire des outils et des machines. L'ancêtre des ordinateurs est né avec les cartes perforées assemblées en ruban dès le XVIIIe siècle. La machine de Turing, modèle abstrait de machine universelle, est matérialisée avec les premiers ordinateurs en 1945.

1 Des cartes perforées au concept de Turing

● Le XVIIIe siècle voit l'apparition de cartes perforées, morceaux de papier rigide dans lesquels sont perforés un ensemble de trous. L'information, originellement destinée à la programmation d'un métier à tisser lyonnais, est représentée par l'absence ou la présence de trous sur la carte. Les cartes sont reliées entre elles comme un programme et constituent ainsi un ruban.

● Jusqu'au début du XXe siècle, les machines traitant l'information sont limitées à une ou quelques tâches prédéterminées comme :

- tisser grâce à un ruban ou des cartes perforées ;
- trier un jeu de cartes perforées ;
- séparer des cartes selon un critère ;
- sommer des valeurs indiquées sur ces cartes, etc.

● En 1936, Alan M. Turing a été le premier à proposer le concept de machine universelle. Initialement, il ne s'agissait pas, malgré son nom, d'une machine, mais bien d'un concept, d'un modèle abstrait de fonctionnement ou de procédure mécanique. En effet, la machine de Turing est la représentation d'une personne virtuelle qui exécute, étape par étape, des instructions conditionnées.

● Cette machine universelle a été matérialisée dix ans plus tard avec les premiers ordinateurs numériques comme l'ENIAC.

2 Un ordinateur : un processeur et une mémoire vive

● Un ordinateur est constitué *a minima* d'un processeur et d'une mémoire vive. La mémoire vive permet de stocker des informations temporaires de l'ordinateur venant du processeur. La transmission des données entre les différents composants de l'ordinateur se fait par l'intermédiaire de bus.

Vocabulaire

La mémoire vive ou RAM (*Random Access Memory*) est la mémoire temporaire d'un ordinateur.

Doc. **Schéma de principe d'un ordinateur**

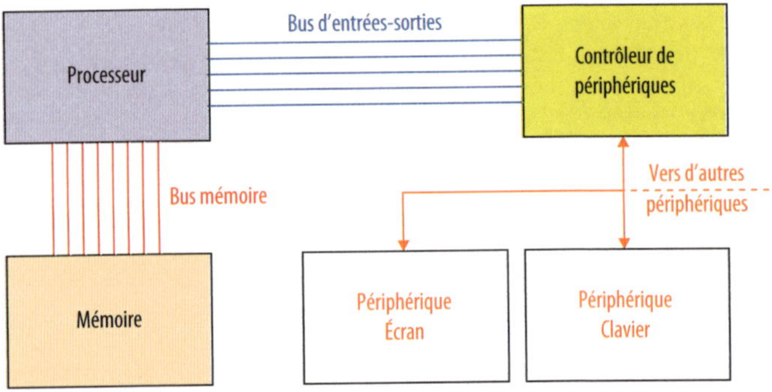

● Le processeur est le « cerveau » de l'ordinateur. Aussi appelé CPU, il traite les données et exécute les instructions :

– les données comme les fichiers sons, textes et images sont préalablement numérisées avant traitement ;

– les programmes sont également des données : ils peuvent être stockés, transportés et traités ;

– un programme, écrit dans un langage de programmation tel que scratch, python, C, etc., peut être traduit en instructions spécifiques à chaque type de processeur.

● Dans notre vie de tous les jours, les ordinateurs sont de plus en plus présents : ordinateur portable, thermostat d'ambiance, smartphone, box internet, ordinateur de bord d'une voiture, etc.

Langages de programmation et code

118

Lue Relue Acquise

Les données comme les images, les textes et les sons sont encodées avant d'être transportées et stockées par un ordinateur.

1 Numérisation des données et encodage

- Les textes, sons et images sont numérisés sous forme de programmes. Ces derniers peuvent alors être considérés comme un ensemble de données pouvant être stocké, transporté et traité par des ordinateurs.
- Les données sont encodées sous la forme d'un ensemble de 0 (bit de poids faible) et de 1 (bit de poids fort). Un bit est ainsi la quantité minimale d'information ; il correspond au plus petit élément d'information stockable, transportable et traitable par un ordinateur.
- Une image est encodée après un découpage en pixels (*PICture Element*). Chaque pixel est alors associé à un nombre qui dépend du type d'encodage :
  - 0 ou 1 pour un encodage en noir et blanc ;
  - un entier entre 0 et 255 pour un niveau de gris, qui est ensuite traduit en un mot binaire écrit en 0 et 1 ;
  - un triplet (R, V, B) de nombres entiers entre 0 et 255 pour un encodage en couleurs.

Doc. 1 Codage binaire d'une tête de chat

1000111111101011111101010

Doc. 2 Codage en niveaux de gris d'une image de fleur

48	49	46	42	44
110	79	54	47	48
190	192	190	153	99
150	166	189	203	183
131	140	145	161	165

Le stockage en machine est ensuite effectué en codant les éléments du tableau sous forme binaire, c'est-à-dire à l'aide d'une suite de 0 et de 1.

À retenir

La valeur 0 correspond au noir, et la valeur 255 correspond au blanc. Les valeurs intermédiaires correspondent à des niveaux de gris allant du noir au blanc.

● Un texte est considéré comme un ensemble de caractères de l'encodage traduit en nombre, puis en mot binaire. On possède classiquement plusieurs standards, dont Unicode ou ASCII (*American Standard Code for Information Interchange*, Code américain normalisé pour l'échange d'information).

Doc. 3 **Conversion de la base 10 vers la base 2**

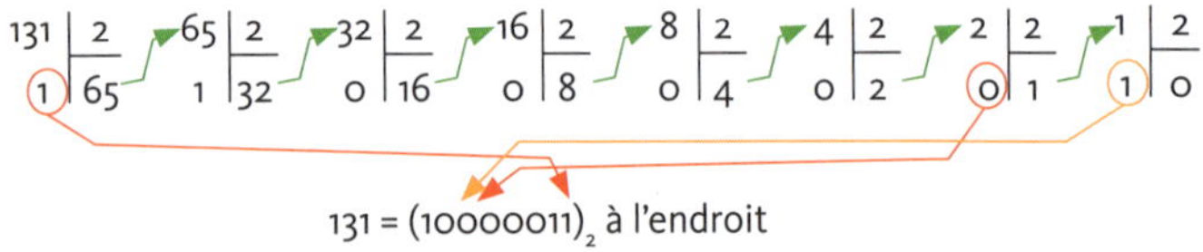

Le nombre 131 en base 10 est codé 10000011 en binaire ou base 2.

● Un son est lui, échantillonné, puis quantifié avant d'être encodé.

Doc. 4 **Signal sonore échantillonné puis quantifié**

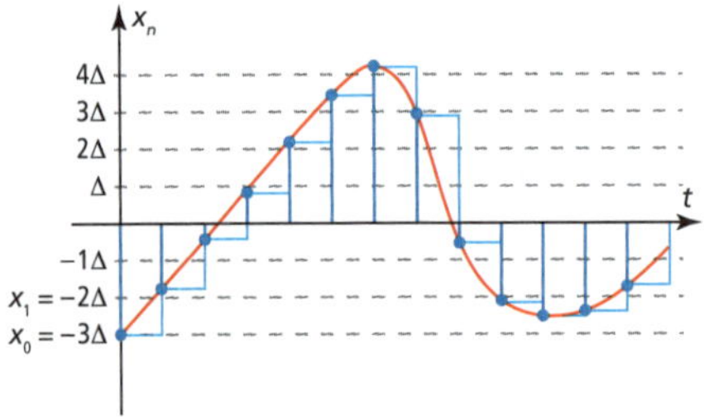

Rappel

Le critère de Shanno
est respecté :
la fréquence
d'échantillonnage es
au moins le double d
la fréquence du sign

● Certains fichiers informatiques sont des ensembles de données, mais d'autres sont des ensembles d'instructions appelés encore fichiers exécutables. Ces programmes peuvent utiliser d'autres fichiers de données ou d'autres exécutables.

2 Lignes de code et bugs

● Un programme peut comporter jusqu'à plusieurs centaines de millions de lignes de code, ce qui rend très probable la présence d'erreurs appelées bogues (ou bugs). Ces erreurs peuvent conduire un programme à avoir un comportement inattendu et entraîner des conséquences graves.

Apprentissage machine

Lue Relue Acquise

Aujourd'hui, l'intelligence artificielle (IA) permet l'accomplissement de tâches et la résolution de problèmes jusqu'ici réservés aux humains. Un champ de l'intelligence artificielle ayant permis des applications spectaculaires est celui de l'apprentissage machine.

1 Intelligence artificielle (IA)

- L'expression « intelligence artificielle » (IA) recouvre un ensemble de théories et de techniques qui traite de problèmes dont la résolution fait appel à l'intelligence humaine.
- À l'heure actuelle, l'intelligence artificielle est présente dans tous les domaines d'activité : santé, transports, industrie, commerce, finance, etc.
- Au niveau informatique, il s'agit de doter une machine d'algorithmes lui permettant d'acquérir des capacités d'analyse et de décision en s'adaptant intelligemment aux différentes situations qu'elle rencontre. Pour développer cette intelligence, la machine doit apprendre !

Bien comprendre

Un algorithme est un ensemble d'opérations permettant de résoudre un problème, il correspond à un programme dans un langage choisi.

Exemples :

Les exemples d'utilisation de l'intelligence artificielle dans la vie quotidienne sont nombreux :

– analyse de données orales ou écrites afin de répondre à des requêtes ou des besoins d'utilisateur : sur une plateforme Web ou par téléphone, en se basant sur la reconnaissance de texte, de la parole, des expressions du visage, un agent conversationnel ou *chatbot* peut entretenir une conversation en langage naturel pour gérer des relations clients ;

– prise de décision à partir d'un raisonnement type et d'une collecte d'informations : les médecins peuvent se faire assister pour proposer des traitements personnalisés de certains cancers à partir de la collecte de données multiples et complexes de leur patient ;

– détection en temps réel : les machines sont capables d'effectuer une reconnaissance des visages en temps réel ou de détecter des problèmes techniques permettant d'arrêter une production ;

– imitation et mimétisme de certains gestes : le geste humain pour vacciner des individus peut être reproduit à la perfection via une main robotisée.

2 Apprentissage automatique

- L'apprentissage machine (*machine learning*), encore nommé apprentissage automatique, utilise des programmes capables de s'entraîner à partir de données.
- À partir du repérage de tendances (corrélations, similarités) sur de très grands volumes de données (*big data*) en adaptant ses analyses et ses comportements en fonction de l'expérience accumulée, l'apprentissage automatique permet : de créer ses propres connaissances, de faire des prédictions, et de prendre des décisions sur d'autres données.
- Ces prédictions sont utilisées dans les domaines de la consommation d'énergie, de l'évolution du comportement d'une machine ou d'un bâtiment.

Doc. 1 **Apprentissage automatique**

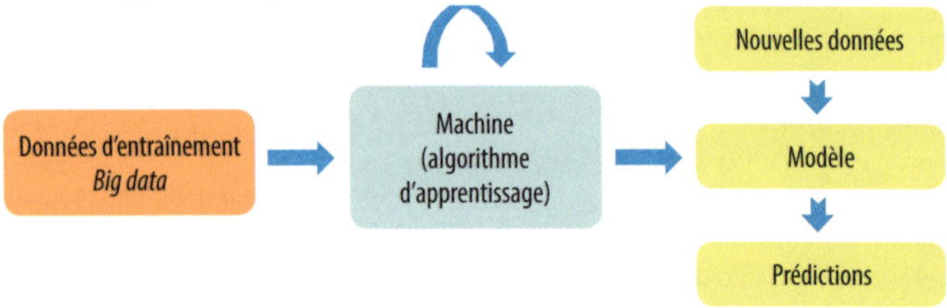

3 Test de Turing

Le test de Turing a pour objectif de différencier une machine IA d'un humain. Il consiste à faire dialoguer A et B (IA ou humain) avec un humain C, ce dernier devant détecter qui, de A ou B, est l'IA.

Doc. 2 **Le « test de Turing »**

Il suffit d'enfermer dans une salle une personne (le « juge ») munie d'un terminal d'ordinateur en lui permettant de communiquer avec une autre personne et l'IA qu'on veut tester – aucun ne voit l'autre.

Par des questions, le juge doit déterminer lequel est humain et lequel est une machine.

Pour une machine donnée, quand plus de 30 % des juges ne peuvent décider si les réponses proviennent d'un humain ou d'une machine, alors la machine remporte le test – et elle est donc supposée avoir une intelligence comparable à la nôtre. CQFD.

Sciences & Vie, Román Ikonicoff, juillet 2016

Inférence bayésienne

Lue Relue Acquise

L'inférence bayésienne est une méthode de calcul de probabilités de causes à partir des probabilités de leurs effets.

1 Inférence bayésienne et diagnostic

- L'inférence bayésienne est utilisée en apprentissage automatique pour modéliser des relations au sein de systèmes complexes, notamment en vue de prononcer un diagnostic (médical, industriel, détection de spam, etc.). Cela permet de détecter une anomalie à partir d'un test imparfait.
- À partir d'un jeu de données, cette méthode permet de produire un tableau de contingence afin de calculer des fréquences de faux positifs, faux négatifs, vrais positifs, vrais négatifs.
- Si le jeu de données est de taille suffisamment grande (*big data*), la probabilité d'un événement est égale à sa fréquence.

Vocabulaire

- Faux positif : se dit d'un individu ayant un test positif, mais pour lequel l'événement n'est pas vérifié (n'est pas malade).
- Vrai négatif : se dit d'un individu ayant un test négatif et pour lequel l'événement n'est pas vérifié (n'est pas malade).

2 Formalisation mathématique

- On considère une population dont un événement « *E* » touche x_E % de cette population. On effectue alors un test sur l'ensemble des individus, et le résultat est tel que :
  - si l'événement *E* est réalisé, alors le test est positif pour x_+ % des cas ;
  - si l'événement *E* n'est pas réalisé, alors le test est négatif pour x_- % des cas.

La question que l'on peut se poser est : sachant que son test est positif, quelle est la probabilité de l'événement *E* ?

Exemple : soit la population française en phase épidémique avec un taux de malades de 4 %. Le test de dépistage produit par un laboratoire garantit que si le patient est malade, le test est positif pour 99 % des cas et que si le patient n'est pas malade, le test est négatif pour 97 % des cas.

L'événement E est alors « le patient testé est malade » avec $x_E = 4\ \% = 0{,}04$. La probabilité que le test soit positif sachant que le patient est malade (événement E réalisé) est $x_+ = 99\ \% = 0{,}99$. La probabilité que le test soit négatif sachant que le patient n'est pas malade (événement E non réalisé) est $x_- = 97\ \% = 0{,}97$.

La question posée est : quelle est la probabilité qu'un patient soit malade, c'est-à-dire que l'événement E soit vrai, alors que son test est positif ? Afin de répondre à la question, on peut écrire :

- E un événement réalisé ; $\overline{E}$ un événement non réalisé ; T un test positif et $\overline{T}$ un test négatif ;
- $P(E)$ la probabilité que l'événement soit réalisé ;
- $P(T|E)$ la probabilité de T sachant E, soit la probabilité d'avoir un test positif sachant que l'événement E est réalisé, par exemple.

La réponse à la question posée revient alors à calculer $P(E|T)$.

Dans le cas de l'épidémie ci-avant, on peut traduire l'énoncé par :
$P(E) = x_E = 0{,}04$; $P(T|E) = x_+ = 0{,}99$ et $P(\overline{T}|\overline{E}) = x_- = 0{,}97$.

3 Lois de probabilité et résolution du problème

- Les lois de probabilité nécessaires à la résolution du problème sont :
  - le théorème de Bayes ou formule de probabilité des causes :

$$P(A|B) = \frac{P(B \mid A) \times P(A)}{P(B)}$$

  - le théorème de la probabilité totale :

$$P(A) = P(A|B) \times P(B) + P(A|\overline{B}) \times P(\overline{B})$$

La somme des probabilités est de 100 % :

$$P(A) + P(\overline{A}) = 1 \text{ et } P(A|B) + P(\overline{A} \mid B) = 1$$

- On montre ainsi que :

$$P(E|T) = \frac{1}{1 + \dfrac{(1 - P(\overline{T} \mid \overline{E})) \times (1 - P(E))}{P(T|E) \times P(E)}}$$

Dans le cas pratique qui nous intéresse ici, on a : $P(E|T) = 0{,}58$.

La probabilité d'être malade sans qu'un patient ait un test positif est de 58 %.

La biodiversité et son évolution

Dynamique de la biodiversité

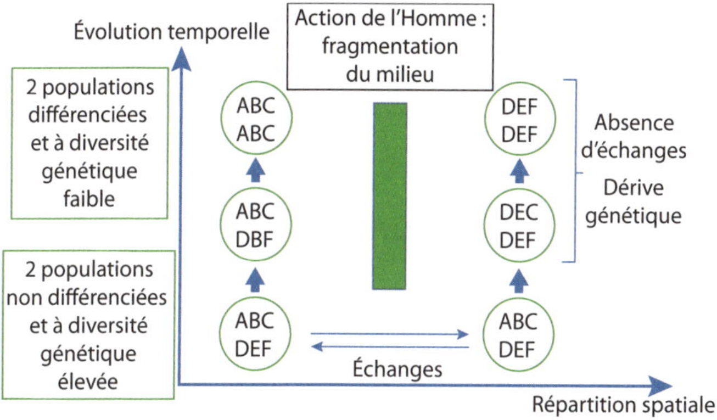

L'évolution comme grille de lecture du monde

L'évolution, outil de compréhension du monde vivant

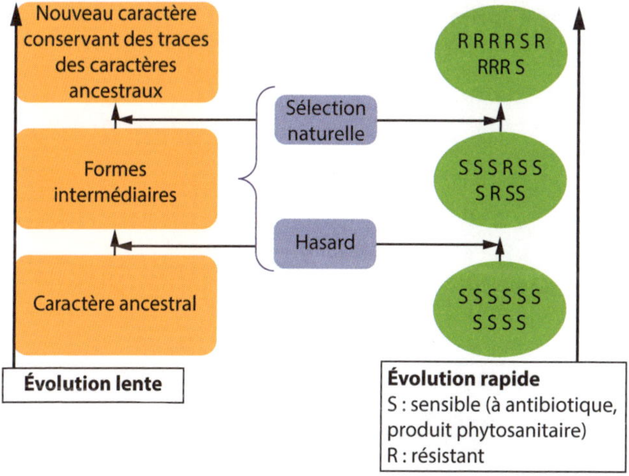

L'évolution humaine

Arbre de parenté et innovations acquises au cours de l'évolution humaine

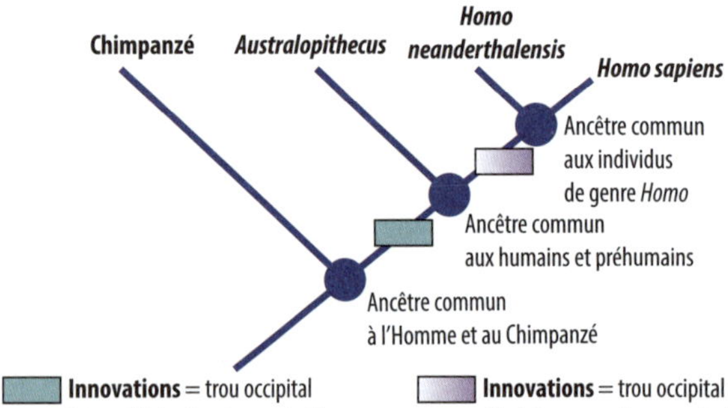

Innovations = trou occipital intermédiaire, bassin court et large, obliquité du fémur marquée, petite augmentation du volume cérébral

Innovations = trou occipital avancé central (bipédie accomplie, course), réduction de la face et augmentation du volume cérébral, utilisation d'outils complexes, pratiques culturelles variées

Les modèles démographiques

Population mondiale 1800-2100

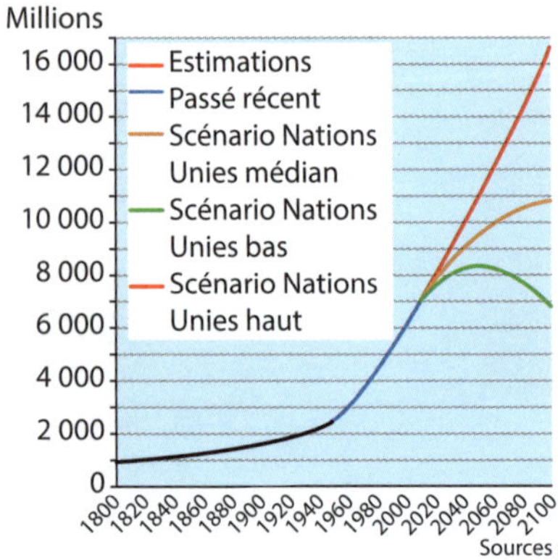

Sources : Nations Unies

L'intelligence artificielle

Les 5 composantes de l'intelligence artificielle (IA)

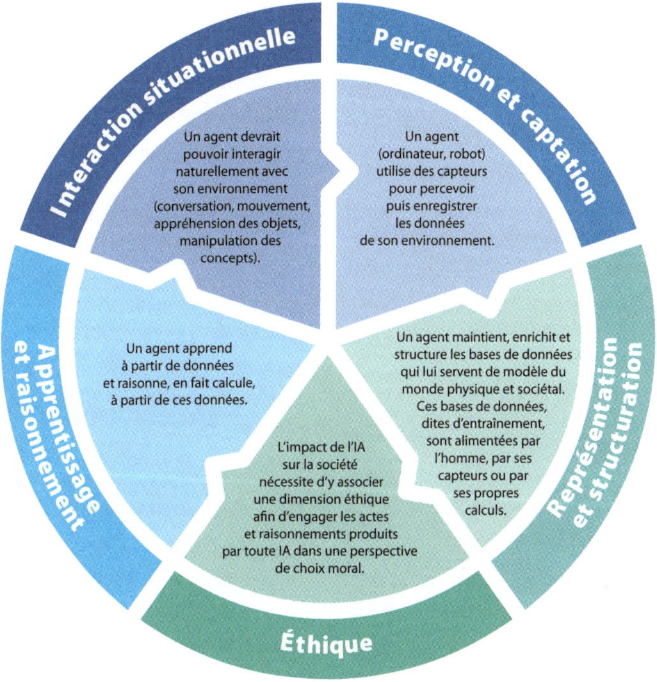

Mémo'Quiz

La biodiversité et son évolution

Cochez la bonne réponse.

1. La diversité spécifique d'un milieu est un indice de biodiversité.

❑ Vrai ❑ Faux

2. Un effectif réduit garantit la stabilité génétique d'une population.

❑ Vrai ❑ Faux

3. La dérive génétique modifie génétiquement une population sous la pression de l'environnement.

❑ Vrai ❑ Faux

4. Le modèle de Hardy-Weinberg prédit qu'une population de grand effectif conserve une stabilité génétique sous certaines conditions.

❑ Vrai ❑ Faux

5. Une perte de leur diversité génétique rend les populations plus sensibles aux variations du milieu.

❑ Vrai ❑ Faux

L'évolution comme grille de lecture du monde

Cochez la bonne réponse.

1. L'utilisation des antibiotiques entraîne l'apparition de virus résistants.

❑ Vrai ❑ Faux

2. Un caractère anatomique résulte de l'héritage de formes ancestrales.

❑ Vrai ❑ Faux

3. La présence d'un antibiotique rend les bactéries résistantes.

❑ Vrai ❑ Faux

4. Des bactéries peuvent se transférer des gènes de résistance à un antibiotique.

❑ Vrai ❑ Faux

5. Le vaccin antigrippe est différent chaque année, car le virus mute.

❑ Vrai ❑ Faux

L'évolution humaine

Cochez la bonne réponse.

1. L'Homme et le Chimpanzé partagent un ancêtre commun.

❑ Vrai ❑ Faux

2. La lignée humaine comprend uniquement le genre *Homo*.

❑ Vrai ❑ Faux

3. L'Homme et le Chimpanzé partagent une part de bipédie.

❑ Vrai ❑ Faux

4. Des Australopithèques ont coexisté avec des représentants du genre *Homo*.

❑ Vrai ❑ Faux

5. Les représentants de la lignée humaine se caractérisent par un volume crânien supérieur à celui de l'Australopithèque.

❑ Vrai ❑ Faux

Les modèles démographiques

Cochez la bonne réponse.

1. Le coefficient directeur d'une droite $(\mathscr{D})$ correspond à la valeur de la pente de $(\mathscr{D})$.

❑ Vrai ❑ Faux

2. Soit une suite arithmétique $u(n)$ de raison r. Le terme $u(n+1)$ s'obtient à partir de $u(n)$: $u(n+1) = r \times u(n)$.

❑ Vrai ❑ Faux

3. La variation relative s'obtient en divisant la variation absolue par l'effectif de départ.

❑ Vrai ❑ Faux

4. L'effectif d'une population dont la variation absolue est constante peut être représenté par une droite.

❑ Vrai ❑ Faux

5. Dans une certaine mesure, le modèle linéaire est adapté pour décrire l'évolution d'une population dont la variation absolue varie fortement.

❑ Vrai ❑ Faux

6. Contrairement au modèle de Malthus, le modèle de Verhulst est linéaire.

❑ Vrai ❑ Faux

L'intelligence artificielle

Cochez la bonne réponse.

1. Les cartes perforées sont les premiers supports de stockage de l'information.

❑ Vrai ❑ Faux

2. L'ordinateur numérique date de 1946.

❑ Vrai ❑ Faux

3. La RAM est le « cerveau » de l'ordinateur.

❑ Vrai ❑ Faux

4. Un patient faux positif a un test négatif mais est malade.

❑ Vrai ❑ Faux

5. Un bit est un groupe de 2 valeurs.

❑ Vrai ❑ Faux

6. Un bus informatique transmet les données.

❑ Vrai ❑ Faux

→ Réponses p. 477

Anglais

Sommaire

Lue Relue Apprise

Anglais

Grammaire

Lexique

Sommaire

Lue | Relue | Apprise

Civilisation

Présent simple
Présent en *be* + *V-ing*

121

Lue Relue Apprise

Il existe deux formes de présent : le présent simple et le présent en *be* + *V-ing*.

1 Le présent simple

A Formation du présent simple

- Le présent simple se forme avec la **base verbale** pour toutes les personnes sauf la 3e personne du singulier : *I play*.

> **remarque**
> Le présent simple donne **une information de façon neutre**, sans point de vue ni commentaire.

- À la 3e personne du singulier (*he*, *she*, *it*), on rajoute « *s* » à la base verbale : *He play**s***.
- **À la forme négative**, le présent simple se construit avec l'auxiliaire *do/does* conjugué à la forme négative :

Sujet + *don't/doesn't* + base verbale + compléments.
*She **doesn't speak** Spanish.*

- **À la forme interrogative**, le présent simple se construit avec l'auxiliaire *do/does* et l'ordre sujet/auxiliaire est inversé :

(Mot interrogatif) + *do/does* + sujet + complément + ?
***Does** he usually **get up** that early?*

B Quand faut-il utiliser le présent simple ?

- Pour parler d'une **habitude** :

*I **play** squash every Friday.*

- Pour exprimer des **sentiments** :

*She **is** fond of detective stories.*

- Pour indiquer une **opinion** :

*They **agree** with the new regulations.*

- Pour évoquer une **généralité** ou présenter des faits objectifs :

*The Earth **revolves** around the sun. 65 million people **live** in France.*

- Pour évoquer un **horaire** ou un emploi du temps (l'événement peut se produire dans le futur) :

*The plane **lands** at 10 o'clock.*

- Pour **rendre un récit plus vivant**, par exemple pour commenter un événement sportif ou expliquer une recette de cuisine :

*Beckham **dribbles** the French player and **passes** the ball to Rooney, who **scores** for England!*

2 Le présent en *be* + *V-ing*

A Formation

- Le présent en *be* + *V-ing* se construit avec l'auxiliaire *be* au présent + base verbale + *-ing*.

*I **am watching** TV.*

- **À la forme négative**, le présent en *be* + *V-ing* se construit avec : *isn't/aren't* + base verbale + *-ing*.

*They **aren't sleeping** although it is midnight.*

- **À la forme interrogative**, il faut inverser l'auxiliaire *be* et le sujet :

***Are** they **flying** their kite?*

B Quand faut-il utiliser le présent en *be* + *V-ing* ?

- Pour décrire une **action en cours** :

*Look! The dog **is running** away!*

- Pour évoquer un **projet** renvoyant à l'avenir :

*We **are leaving** on holiday tomorrow.*

- Pour émettre une **critique** :

*Stop it! You **are** always **telling** me what to do!*

- Pour **reprendre un propos** :

*When you call me careless, you **are** actually **insulting** me.*

remarque

L'aspect *be* + *V-ing* permet de montrer le lien entre l'événement et le moment où l'on parle.

Mémo'Quiz

Présent simple ou présent en *be* + *V-ing* ?

1. *John is always late. We .... always .... him. **(wait for)***

2. *Mark and Lucy .... to church every Sunday. **(go)***

3. *I .... eating cold soup. **(not like)***

4. *.......................... she .... to school? **(walk)***

5. *I can hear some music. .... the band .... for the concert? **(rehearse)***

→ corrigés p. 478

Prétérit simple
Prétérit en *be* + *V-ing*

122

Lue Relue Apprise

On utilise le prétérit pour des actions terminées et datées, sans lien avec le moment où l'énonciateur parle.

1 Le prétérit simple

A Prétérit des verbes réguliers

- On rajoute ***-ed*** à la base verbale pour toutes les personnes :

*She walk**ed** to school this morning.*

- Trois prononciations sont possibles pour la terminaison *-ed*.

Prononciation	Types de verbes	Exemples
[d]	Verbes se terminant par des sons voyelles doux.	*bath**ed**, join**ed**, play**ed***
[t]	Verbes se terminant par les sons [p], [t], [k], [s].	*danc**ed**, walk**ed**, work**ed***
[id]	Verbes dont le prétérit se finit par *-ted* ou *-ded*.	*skat**ed**, wait**ed**, want**ed***

- **À la forme négative**, on utilise *did* (auxiliaire *do* au prétérit) + négation + base verbale, pour toutes les personnes :

*She **didn't want** to go out tonight.*

- **À la forme interrogative**, on utilise *did* (auxiliaire *do* au prétérit) pour toutes les personnes. Il faut penser à inverser l'ordre sujet/auxiliaire :

***Did** she **drive** you home last night?*

B Prétérit des verbes irréguliers

- Il s'agit des verbes les plus fréquemment utilisés. Vous devez les apprendre par cœur !
- À la forme négative, la formation est la même que pour les verbes irréguliers : *didn't* + base verbale.

*She **didn't come** to the show.*

- La forme interrogative est la même que pour les verbes réguliers : *did* + sujet + base verbale + complément ?

***Did** you **swim** across the lake?*

remarque

Les verbes irréguliers les plus utilisés et leur conjugaison se trouvent sur le rabat de couverture en fin d'ouvrage.

C Quand faut-il utiliser le prétérit simple ?

On utilise le prétérit pour une **action passée, achevée et datée** :
*We **spent** three fabulous weeks in Australia last summer. I **was** born in March 1997.*

> **astuce**
> Si une phrase contient des expressions de temps telles que ***ago/last* + date**, ou une **date précise antérieure** au jour présent, utilisez le **prétérit**.

2 Le prétérit en *be + V-ing*

A Formation du prétérit en *be + V-ing*

- On utilise l'auxiliaire *be* au prétérit (*was* au singulier, *were* au pluriel) + base verbale + *-ing* :
*They **were working**.*
- **À la forme négative**, on utilise *was/were* à la forme négative + base verbale + *-ing* :
*She **wasn't looking** for her dog anymore.*
- **À la forme interrogative**, on utilise l'auxiliaire *was/were* + base verbale + *-ing* et on inverse l'ordre sujet/auxiliaire :
***Were** they **following** us?*

B Quand faut-il utiliser le prétérit en *be + V-ing* ?

- Pour insister sur le **déroulement de l'action** :
*She **was taking** a shower when the phone rang.*
→ on insiste sur le fait que le téléphone a sonné pendant qu'elle prenait sa douche, et non sur le fait qu'elle prenait une douche.

> **bien comprendre**
> On utilise le prétérit en *be + V-ing* pour **commente** une action.

- Pour effectuer un **commentaire sur une action** :
*She **was** always **forgetting** her wallet.* → ce n'est pas le portefeuille oublié qui compte ici, mais le fait qu'elle l'oublie tout le temps.

Mémo'Quiz

Prétérit simple ou prétérit en *be + V-ing* ?

1. *She .... in 1947. **(be born)***
2. *.................................. you .... who stole my purse? **(see)***
3. *.............................. she .... with you last night? **(leave)***
4. *Someone .... on the door **(knock)** while I .... to the radio. **(listen)***

→ corrigés p. 478

Present perfect / Past perfect 123

Lue Relue Apprise

Le *present perfect* et le *past perfect* sont des aspects, et non des temps. L'énonciateur les choisit pour indiquer les résultats d'une action passée sur la situation d'énonciation présente.

1 Present perfect

remarque

Pour décrire le résultat d'une action passée sur la **situation d'énonciation** (le moment où l'énonciateur parle), on utilise le *present perfect* si cette situation est dans le présent, et le *past perfect* si cette situation est dans le passé.

A Formation du *present perfect*

- Le ***present perfect*** se forme avec l'auxiliaire *have* (ou *has* à la 3e personne du singulier), suivi du participe passé du verbe :

*He **has worked**. They **have written** an email.*

- **À la forme négative**, c'est l'auxiliaire *have/has* qui porte la négation :

*They have**n't** been to England.*

- **À la forme interrogative**, une phrase au *present perfect* se construit ainsi : *Have/Has* + sujet + participe passé + complément + ?

***Have** you **seen** Mary?*

B Quand faut-il utiliser le *present perfect* ?

- Pour marquer un **lien entre passé et présent** :

He has forgotten his books. → au moment où on parle, il ne les a pas.

- Pour faire le **bilan d'une situation passée** :

They have done all their homework. → à l'instant, les devoirs sont faits.

- Pour parler d'une action qui a commencé dans le passé et **qui continue dans le présent** :

She has emigrated to Canberra. → elle y est toujours au moment où on parle.

2 Past perfect

A Formation du *past perfect*

- Le ***past perfect*** se forme, **à toutes les personnes**, avec l'auxiliaire ***had*** (*have* au prétérit) **+ participe passé** du verbe : *They **had** already **gone**.*
- **À la forme négative**, c'est l'auxiliaire *had* qui porte la négation :

*She had**n't** seen him for a while.*

- **À la forme interrogative**, on inverse l'ordre sujet/auxiliaire :

***Had** she **mentioned** her father?*

B Quand faut-il utiliser le *past perfect* ?

● Pour **respecter la concordance des temps**, dans une phrase au discours indirect dont le verbe est au prétérit (voir Fiche 28) :

*He **told** me he **had emigrated** to the USA.*

● Pour **expliquer une situation dans un contexte passé**, en insistant sur le résultat d'une action :

*She admitted she was late because she **had gone** to bed at midnight the night before.* → elle explique ce qui a provoqué son retard passé.

● En **combinant le *past perfect* avec l'aspect *be* + *V-ing***, l'énonciateur met en valeur l'action elle-même, plutôt que son résultat.

*Her eyes were puffy and red because she **had been crying**.* → c'est le fait de pleurer qui lui a fait gonfler les yeux.

bien comprendre

Le *past perfect* insiste sur le résultat de l'action, l'aspect *be* + *V-ing* sur l'action elle-même.

*He was happy because he **had cleaned** the attic.* → c'est le fait que le grenier soit propre qui le rend heureux.

*He was dirty because he **had been cleaning** the attic.*
→ c'est l'action de nettoyer qui l'a sali.

3 *For* ou *since* ?

● *For* et *since* marquent un **lien entre le passé et le présent**. C'est pour cela qu'on les trouve quasiment toujours associés au *present perfect* dans une phrase.

● ***For*** évoque une **durée**. On l'utilise pour indiquer un nombre de minutes, mois, années... :

*I have been listening to this song **for** an hour.*

● ***Since*** évoque un **point de départ**. On l'utilise pour indiquer une date, un moment précis :

*We haven't spoken **since** the Christmas holidays.*

remarque

Le mot « **depuis** » en français peut se traduire en anglais par *for* ou *since*, selon la notion qu'il exprime.

Mémo'Quiz

Prétérit, *present perfect* ou *past perfect* ?

1. *She .... English tea. **(never drink)***
2. *............................... they .... their tests yet? **(finish)***
3. *Last Monday she .... **(realize)** she .... her favourite scarf. **(lose)***

→ corrigés p. 478

Exprimer le futur

124

☐ Lue ☐ Relue ☐ Apprise

Il n'y a pas de temps futur en anglais. Pour exprimer le futur, l'énonciateur a plusieurs possibilités.

1 Le futur avec *will*

A Formation du futur avec *will*

	Formation (à toutes les personnes)	Exemple
Forme affirmative	*will* + base verbale	*I **will visit** you.*
Forme négative	*won't* + base verbale	*They **won't join** us tonight.*
Forme interrogative	*Will* + sujet + base verbale + complément + ?	***Will** you **help** me with my math assignment?*

B Quand faut-il utiliser *will* ?

- Pour affirmer une **certitude** :

*I **will help** you if you need me.* → c'est sûr, je t'aiderai.

- Pour faire une **promesse** :

*I **will** never **talk** to her again.*

- Pour évoquer un événement futur **qui ne dépend pas de la situation présente** :

*I **will turn** 18 next month.* → avoir 18 ans ne dépend pas de moi, cela arrivera quoi qu'il se passe.

- Pour traduire une **décision rapide** :

*This suitcase is so heavy! Don't worry, I **will drive** you to the station.*
→ il s'agit d'une décision prise sur l'instant, dans le contexte, sans réflexion préalable.

2 Le futur avec le présent en *be going to*

A Formation du présent en *be going to*

- Il est construit avec l'auxiliaire *be* au présent + *going to* + base verbale :

*She **is going to watch** the game.*

- **À la forme négative,** l'auxiliaire *be* porte la négation :

*They **aren't** going to visit any museums.*

● **À la forme interrogative**, on pense à inverser l'ordre sujet/auxiliaire *be* : ***Are you going to eat** all these sweets?*

B Quand utiliser le présent en *be going to* ?

● Quand **on s'appuie sur la situation actuelle** pour envisager le futur.

● Ce sont des indices, au moment où on parle, qui nous permettent de parler du futur :

*Look at all the dark clouds. It **is going to rain** soon.*
→ je vois des nuages au moment où je parle et j'en déduis ce qui va se passer.

> **conseil**
> Pour savoir comment exprimer le futur, **sachez ce que vous voulez faire passer** : l'action future est-elle sûre ? Dépend-elle ou non de celui qui parle ? Est-ce une décision personnelle

3 Le futur avec le présent en *be + V-ing*

● Le présent en *be + V-ing* (voir Fiche 9) peut être utilisé pour exprimer le futur.

● On l'emploie quand l'énonciateur renvoie à **une action qu'il a décidée, qu'il a déjà prévu de faire**.

*She **is moving** to London next month.* → on ne peut pas l'affirmer de façon certaine, car on ne sait pas ce qui peut se passer d'ici là (donc on n'emploie pas *will*), mais c'est quelque chose qu'on a décidé.

4 Le futur avec le présent simple

● Le présent simple (voir Fiche 9) peut être utilisé pour exprimer le futur.

● On l'emploie quand l'énonciateur mentionne des **horaires** ou un **emploi du temps**.

*The plane **takes off** at 10.30.* → l'avion décolle à 10 h 30, c'est annoncé de manière neutre.
*I **have** French at 10 tomorrow.* → c'est mon emploi du temps.

Mémo'Quiz

Conjuguez les verbes entre parenthèses pour exprimer le futur.

1. *It's midnight, I .... to bed soon. (go)*
2. *She .... her grandmother next week. (visit)*
3. *The train .... at 11. (arrive)*
4. *I'm so hungry, I .... into a bag of crisps as soon as I'm home! (dive)*

→ corrigés p. 478

Les auxiliaires de modalité : *can, may, must, need...*

125

Lue Relue Apprise

Les auxiliaires de modalité aident l'énonciateur à exprimer son point de vue sur le déroulement de l'action.

1 Les auxiliaires de modalité

- Les auxiliaires de modalité sont : *can*, *may*, *must*, *shall*, *will* et *could*, *might*, *should*, *would*.
- Un auxiliaire de modalité est **toujours suivi d'une base verbale**. Il est **invariable**. Il ne peut pas être mis au prétérit.
- Il est impossible de faire se suivre deux modaux.

	Formation (à toutes les personnes)	Exemple
Forme affirmative	auxiliaire modal + base verbale	*I **can swim**.*
Forme négative	auxiliaire modal + *not (n't)* + base verbale	*They **shouldn't be** here.*
Forme interrogative	Auxiliaire modal + sujet + base verbale + complément + ?	***Can** you **help** me with the luggage?*

- Avec une forme en *be + V-ing*, l'auxiliaire de modalité porte sur **une action en déroulement** : *You must be joking!*

2 Exprimer une modalité

- L'auxiliaire modal peut servir à exprimer la capacité, la permission, l'obligation, l'interdiction, le conseil, le reproche ou la volonté.
- **Chaque modal a un équivalent non modal pour exprimer la même notion.**

Notion	Modal (point de vue de l'énonciateur)	Expression équivalente
Capacité/Incapacité	*can/can't*	*be able to* + base verbale *not be able to* + base verbale
Permission	*may/can*	*be allowed to* + base verbale
Obligation	*must*	*have to* + base verbale
Absence d'obligation	*needn't*	*don't have to* + base verbale
Interdiction	*mustn't*	*be forbidden to* + base verbale
Conseil	*should*	*ought to* + base verbale

Reproche	*shouldn't*	*reproach someone with* + base verbale
Volonté	*will* *won't*	*want to* + base verble *don't want to* + base verbale

- Les équivalents permettent d'exprimer **certaines nuances** :

*I **must do** my homework.* → l'obligation vient de l'énonciateur lui-même.
*You **have to drive** at 30 mph in this area.* → l'obligation vient de l'extérieur.

3 Exprimer une probabilité

- Les modaux permettent aussi à l'énonciateur d'indiquer la probabilité qu'une action se réalise.
- Selon que cette probabilité est plus ou moins forte, on choisira un auxiliaire modal différent.

remarque
On peut aussi exprimer une probabilité avec des adverbes : *surely, certainly, probably, maybe, perhaps...*
*She will **probably** get a dog for her birthday.*

Probabilité	Modalité	Exemple
Très forte probabilité	*will*	*She is kissing him. That will be her husband.*
Forte probabilité	*must/should*	*She looks relieved, she must have passed her exam.* *Don't worry, he should be sleeping by now.* → c'est très probable, car c'est habituel.
Moyenne probabilité	*may*	*We may go, it'll depend on the weather.*
Faible probabilité	*might/could*	*He might join her if he can find a taxi.* *You never know, he could be a prince!* → on peut l'imaginer.
Probabilité nulle	*can't*	*They can't have left without us!*

Mémo'Quiz

Choisissez l'auxiliaire de modalité qui convient.

1. *The film isn't out yet, you .... have seen it.*
2. *They .... have left the door open, now the cat's gone.*
3. *I heard you are getting married, you .... be so happy!*
4. *I really don't like fish. Oh, but you .... really try the salmon!*

→ corrigés p. 478

Exprimer le souhait, le regret, la préférence • *Should/would*

126

Lue Relue Apprise

Lorsque l'énonciateur exprime un souhait ou un regret, il se place sur le plan de l'irréel.

1 Exprimer un souhait

A Avec *would like*

Pour exprimer le souhait, on utilise *like* au conditionnel.

***Would** you **like** to see the film?*

B Avec *If… ou If only…*

- *If…* ou *If only…* est suivi d'un prétérit modal.
- La phrase se construit avec : *If* ou *If only* + sujet + verbe au prétérit + complément.

***If only** I **could** lie in tomorrow!*
***If** I **were** rich, I would travel the world.*

> **remarque**
> On utilise le **prétérit modal** pour exprimer le souhait, car il indique que l'action n'est pas réalisée ou réalisable au moment où l'on parle.

C Avec *wish*

- *Wish* + groupe nominal et *wish to* + verbe expriment un souhait.

*We **wish you** a Merry Christmas. They **wish to be seated** next to each other.*
→ ils aimeraient être assis l'un à côté de l'autre.

- On utilise *wish* + sujet + *would* lorsqu'on désire une chose sur laquelle on n'a pas de contrôle.

*I **wish they would** stop laughing at me!* → je ne peux pas agir, c'est eux qui décident s'ils continuent ou non à se moquer.

D Avec *It's time/It's high time*

Ces expressions sont suivies du prétérit.

***It's time** the children **went** to bed. **It's high time** you **learnt** to use a computer.*

2 Exprimer la préférence

> **attention**
> ***I'd** like = I **would** like*
> ***I'd** rather = I **had** rather*

- **Sujet + *'d rather* + prétérit modal** exprime une préférence entre deux solutions envisageables.

I'd rather you left. → tu pourrais rester, mais je préférerais que tu t'en ailles.

- *Rather than* est la traduction de « plutôt que » et exprime une préférence.

*They travelled by boat **rather than** by plane.* → ils ont préféré le bateau.

● On utilise *prefer* dans un registre soutenu : *They **prefer** France **to** Italy.*

piège à éviter

En français, on regrette une action, mais en anglais, on souhaite qu'elle se soit déroulée.

Je regrette de ne pas avoir lu *1984*. → ***I wish I had** read 1984.*

3 Exprimer le regret

● Par rapport à une situation actuelle : *wish* + prétérit.

I wish I had my umbrella.

● Par rapport à une situation passée ou jamais arrivée : *wish* + *past perfect*.

*I **wish** I **hadn't yelled** at her.*

4 *Should* ou *would* ?

A Quand faut-il utiliser *should* ?

● Pour exprimer un conseil : *should* + verbe (voir Fiche 13).

● Pour formuler un reproche : *should have* + participe passé.

*You **shouldn't have driven** so fast.*

● Pour exprimer une quasi-certitude : *This **should** be the place* → normalement, c'est ici.

B Quand faut-il utiliser *would* ?

● Pour un **souhait**, une **suggestion** : ***Would you come** with me to the zoo?*

● Dans une phrase en *if...* dont le verbe est au *past perfect* :

***If you had listened** to me, you would be safe now.*

● Dans le discours indirect si l'auxiliaire d'origine est *will* :

*She said: "I **will** be late."* → *She told me she **would** be late.*

● Pour évoquer une **habitude passée** dans une phrase au prétérit :

*When I was a child, we **would visit** my grandparents every Sunday.*

Mémo'Quiz

Quelle est la bonne traduction des expressions en gras ?

1. Je préférerais aller au cinéma plutôt qu'en discothèque.
a. *I'd rather go* **b.** *I wish I go* **c.** *I wish I went*

2. Je regrette d'avoir menti.
a. *I wish I lied* **b.** *I wish I hadn't lied* **c.** *I wish I had lied*

3. Enfant, **je jouais** au tennis tous les samedis.
a. *I would play* **b.** *I should play* **c.** *I'd rather play*

→ corrigés p. 478

Exprimer la condition

Lue Relue Apprise

Pour exprimer la condition, on utilise des propositions subordonnées.

1 La proposition conditionnelle

La proposition conditionnelle peut être introduite par une conjonction.

- ***as long as*** : tant que, pourvu que

__As long as__ he lives with me, nothing can happen to him.

- ***for fear/lest*** : de peur que

They locked her up __for fear__ she would denounce them.

> **attention**
> *lest* est une expression très littéraire. On ne l'emploie pas dans le langage courant.

- ***if*** : si

I will come __if__ Dex isn't invited.

- ***in case*** : au cas où

Pull the alarm __in case__ you are in danger.

- ***on condition that*** : à condition que

She can pass the test __on condition that__ she is present to all the classes.

- ***provided*** : à la condition que

You can stay __provided__ you are quiet.

- ***unless*** : à moins que

You can't buy liquor __unless__ you are 21.

2 La concordance des temps dans une proposition conditionnelle

- Pour savoir comment accorder les temps dans la conditionnelle, il faut savoir si l'action pourrait se réaliser ou non, dans le présent ou dans le passé.
- Si l'action n'est pas réalisable, on est dans l'irréel.

A Si l'action est réalisable, dans le présent

- On n'est pas dans l'irréel : l'action peut se réaliser.
- Dans ce cas, la conditionnelle se construit avec :

If + verbe au présent, *will* + base verbale.
***If you work** hard, **you will** succeed.* → si tu travailles dur, tu peux réussir : cela peut se produire.

B Si l'action n'est pas réalisable, dans le présent

- Il s'agit de l'**irréel du présent**, c'est-à-dire d'une situation qui n'est pas réalisée au présent.
- Dans ce cas, la conditionnelle se construit avec :

If + verbe au prétérit, *would* + base verbale

***If you were** nice, **you would talk** to her.* → si tu étais sympa... mais tu ne l'es pas : la situation ne peut donc pas se produire.

C Si l'action n'est pas réalisable dans le passé

- Il s'agit de l'**irréel du passé**, c'est-à-dire d'une action qui n'a pas été réalisée au passé.
- Dans ce cas, la conditionnelle se construit avec :

If + verbe au *past perfect*, *would have* + participe passé

If you had** phoned me, **we would have dated.

→ si tu l'avais fait... mais tu ne l'as pas fait.

piège à éviter

Dans le cas d'une action non réalisable, on utilise l'auxiliaire *were* à toutes le personnes, même avec *I* :

***If I were** rich...*

***If they were** rich...*

Mémo'Quiz

Traduisez les énoncés suivants.

1. Si je vivais en Australie, j'irais à la plage tous les jours.

2. Tu ne peux pas conduire si tu n'as pas de permis.

3. Si le téléphone n'avait pas sonné, je n'aurais pas brûlé le dîner.

4. Viens si tu veux.

5. Ils ont acheté un chien de peur d'être cambriolés.

6. Si je gagnais au loto, je ferais le tour du monde.

→ **corrigés p. 478**

Dénombrables, indénombrables et pluriel

128

☐ Lue ☐ Relue ☐ Apprise

Pour comprendre l'emploi du singulier et du pluriel ainsi que des articles, il faut savoir si un nom est dénombrable ou indénombrable.

1 Dénombrables et indénombrables

A Les dénombrables (*countables*)

- Ce sont les objets dont **on peut décompter les unités.**
- On peut donc mettre au pluriel les noms qui les désignent et les faire précéder des articles *a/an*.
- La plupart des noms concrets sont dénombrables : *table*, *job*, *dog*, *girl*, *house*...

B Les indénombrables (*uncountables*)

- Ce sont les éléments qui **ne peuvent être dénombrés.**
- On ne peut donc pas mettre au pluriel les mots qui les désignent, ni les faire précéder de l'article indéfini.
- Les indénombrables comprennent :
  - certains aliments : *bread, water, tea* ;
  - des matériaux : *wood, paper, concrete* ;
  - des mots au sens collectif, qui regroupent plusieurs objets : *furniture, luggage* ;
  - la plupart des notions abstraites : *information, progress*...

piège à éviter

Certains noms abstraits sont considérés comme dénombrables :
idea, journey, joke, mistake...

C Parfois dénombrables, parfois indénombrables

Certains mots sont dénombrables dans leur sens concret et indénombrables dans leur sens abstrait :

a room : une pièce → dénombrable / *room* : de la place → indénombrable
a glass : un verre → dénombrable / *glass* : du verre → indénombrable
a hair : un cheveu, un poil → dénombrable / *hair* : les cheveux, la chevelure → indénombrable

2 Pluriel des noms dénombrables

A Pluriel régulier : nom + -*s*

- La plupart du temps, le pluriel d'un nom se construit en ajoutant un -*s* final à ce nom.

- Pour les noms se terminant en *-ch* et *-sh*, on ajoute *-es* au pluriel : *a church* → *church**es*** ; *a smash* → *smash**es***.
- Le *-s* final au pluriel peut se pronocer de trois façons différentes.

Singulier	Pluriel	Prononciation
cat	*cats*	[s]
tree	*trees*	[z]
sense	*senses*	[iz]

B Pluriels irréguliers

- Les mots se terminant en *-f* font leur pluriel en *-ves* :

a thief → *thieves ;*
half → *halves.*

- Les mots d'origine latine ou grecque ont des pluriels irréguliers :

medium → *media ;*
phenomenon → *phenomena ;*
crisis → *crises...*

C Pluriels semblables au singulier

- Certains mots sont invariables : *sheep, fish...*
- Certains mots n'ont pas de singulier : *trousers, scissors, jeans...*
- Certains mots ne s'emploient pas au singulier quand ils ont un sens collectif : *clothes, goods* (marchandise).
- Les indénombrables n'ont pas de pluriel, car ils ne peuvent être comptés. Ils sont donc toujours au singulier, même s'ils finissent par *-s*, comme *news*.

remarque

Les noms indénombrables n'ont pas de pluriel. Pour extraire un élément, on utilise ***a piece of.***
un conseil : *a piece of advic*
une information : *a piece of news*

Mémo'Quiz

Indiquez le pluriel de ces mots et entourez leur prononciation.

1. *fox* .... [s] [z] [iz]
2. *birth* .... [s] [z] [iz]
3. *wolf* .... [s] [z] [iz]
4. *analysis* .... [s] [z] [iz]
5. *hero* .... [s] [z] [iz]
6. *enemy* .... [s] [z] [iz]

→ corrigés p. 478

La détermination : *the, a/an, Ø*

129

Lue Relue Apprise

Le choix de l'article dépend des noms à déterminer. Sont-ils dénombrables ou indénombrables ? Parle-t-on en général ou en particulier ?

1 L'article défini *the*

- *The* s'utilise devant :
  - les noms dénombrables ;
  - les noms indénombrables qui sont **déterminés**, c'est-à-dire connus par ceux qui parlent ou définis par le contexte.

- On utilise *the* quand le contexte fait que l'élément est connu par les personnes concernées :

*Give me **the keys** please.*

attention

Devant une voyelle, le *e* de *the* se prononce [ɪ] :

***the** origin, **the** atmosphere...*

- On utilise *the* pour un élément unique, pour lequel il ne peut y avoir de confusion (les éléments, les planètes) :

*The moon has risen in **the sky**.*

- On utilise *the* si la nature de l'élément est précisée dans la suite de la phrase :

***The luggage** I carried this morning is Charlotte's.*
(on sait donc à qui appartiennent les bagages)

- *The* + adjectif indique qu'on parle d'une catégorie :

***The British** usually have supper earlier than **the French**.*

- *The* sert à introduire le superlatif :

*It's **the best band** I have ever heard.*

- *The* introduit les instruments de musique :

*I have always wanted to play **the piano**.*

2 L'article indéfini *a/an*

- *A* et *an* ne s'appliquent qu'aux noms **dénombrables singuliers**, puisqu'ils désignent un seul élément. On l'utilise dans les situations suivantes.
- Pour parler d'un élément représentatif d'une catégorie :

*I am looking for **a blue ribbon**.*

- Pour mentionner un élément nouveau dans la conversation :

*Would you like **a doughnut**?*

- Pour introduire les noms de métier ou une occupation :

*My son is **a heart surgeon**.*

- Devant une unité :

*You should eat 5 vegetables **a day**.* (par jour)

3 L'article Ø (absence d'article)

- L'article Ø s'utilise avec
  - les noms dénombrables pluriels ;
  - les noms indénombrables.

Il permet de faire référence à un ensemble d'éléments.

- Pour faire référence à l'ensemble d'une catégorie :

*I am afraid of **Ø dogs**.*

- Devant un nom propre, un pays au singulier, une langue, une fonction :

*He is **Ø British** but he lives in **Ø India**.*

- Pour désigner une généralité :

***Ø Practice** makes perfect.*
***Ø Reading** is my favourite hobby.*

- Devant les noms de jours, de mois, de saisons :

*I play squash on **Ø Saturday**. I hate **Ø winter**.*

attention

Devant les pays regroupant des **états fédérés**, on utilise *the* :
***The** United States*
***The** United Kingdom*
Mais : ***Ø** Scotland*, ***Ø** Wales.*

Mémo'Quiz

Complétez par *the, a, an* ou Ø.

1. .... *President Obama governs* .... *United States.*
2. *I want to become* .... *fashion designer.*
3. *This is* .... *worst film I've ever seen.*
4. *As* .... *child she would go to church on* .... *Sunday.*
5. .... *apple* .... *day keeps* .... *doctor away.*

→ corrigés p. 478

Exprimer la quantité : *some, any* et *no*

130

Lue Relue Apprise

Some, *any* et *no* permettent de préciser la quantité d'un nom. Ils peuvent être adjectifs ou pronoms.

1 *Some*

A Pour désigner une quantité indéfinie

- Devant des noms indénombrables. On le traduit par « du », « de la ».

*Don't forget to buy **some bread**.* → du pain.

- Devant des noms dénombrables pluriels. On le traduit par « un certain nombre de », « quelques ».

*There are **some** messages for you.* → quelques messages.

B Quand on sait qu'il y a ce dont on parle

- On utilise *some* lorsqu'on sait que l'élément existe. On le traduit par « certains ».

***Some** people have no decency.* → certaines personnes, il y a des gens qui...

- Dans les énoncés interrogatifs, on utilise *some* quand on attend une réponse affirmative :

*Can I have **some** tea?* → on sait qu'il y en a et on en demande.

2 *Any*

- On utilise *any* quand **on n'est pas sûr qu'il y a ce dont on parle**, que cet élément existe.
- *Any* s'utilise donc dans des questions :

*Are there **any** sweets left?* → je ne sais pas s'il en reste.

- ***not... any*** exprime une **quantité nulle** :

*He hasn't got **any** money in his wallet.* → il n'y en a plus.

3 *No, none of, no one*

A *No*

- *No* exprime une **quantité nulle**. Il peut être placé devant un dénombrable ou un indénombrable.
- On utilise ***no*** dans une phrase affirmative :

*There are **no** clients in this restaurant.*

attention

Avec *no*, il faut **garder le verbe à la forme affirmative** (on ne peut pas avoir deux négations dans la phrase).

*I **have no** patience today.*

B *None of/no one*

- ***None of* + nom/pronom** permet de désigner une quantité nulle au sein d'un groupe défini. On le traduit par « aucun de ».

***None of them** could speak Spanish.* → aucun d'entre eux.
***None of the beds** were made.* → aucun des lits.

- ***No one*** désigne une quantité nulle d'humains. On le traduit par « personne ».

***No one** helped me.*

4 *Some* et *any* : cas particuliers

Some et *any* peuvent indiquer le **caractère indéfini d'un élément** : l'incertitude ne porte alors pas sur la quantité de l'élément, mais sur l'élément lui-même.

*You can visit her **any day**.* → n'importe quel jour.
***Some madman** ran my dog over.* → il y a un fou qui..., je ne sais pas qui il est.

Mémo'Quiz

Complétez avec l'article qui convient.

1. *I sent .... Christmas cards.*
2. *............. crazy woman yelled at me in the street.*
3. *They didn't give us .... information.*
4. *I have some chocolate. Do you want ....?*
5. *I'm so happy we have .... homework for tomorrow!*

→ corrigés p. 478

Exprimer la quantité : *little, few, much, many...*

131

Lue Relue Apprise

L'utilisation de ces quantifieurs dépend du nom qu'ils précèdent, et du fait que celui-ci est dénombrable ou indénombrable.

1 Quantité faible

A *Little/few*

- La quantité faible (peu de, un peu de, quelques) se traduit en anglais par *little* et *few*.
- ***Little*** s'emploie avec les noms **indénombrables** (donc toujours au singulier), ***few*** avec les nom **dénombrables au pluriel**.

B Noms indénombrables : *(a) little* + singulier

	Traduction	Exemple
little	peu de	*She has **little** furniture in her flat.*
a little	un peu de	*She felt **a little** compassion for him.*

C Noms dénombrables pluriels : *few* + pluriel

	Traduction	Exemple
few	peu de	*He had **few** friends at college.*
a few	quelques	*She hid **a few** eggs in the garden.*

2 Quantité forte

A *Much/many, a lot of/plenty of*

- La quantité forte (beaucoup de) se traduit en anglais par *much* et *many*.
- ***Much*** s'emploie avec les noms **indénombrables** (donc toujours au singulier), ***many*** avec les noms **dénombrables au pluriel**.

B Noms indénombrables : *much* + singulier

- *much* + singulier :

*He received **much support** from his relatives.*

C Noms dénombrables : *many, a lot of/plenty of* + pluriel

- *many* + pluriel :

*He has **many friends** on Facebook.*

- ***a lot of*** + pluriel et ***plenty of*** + pluriel sont des équivalents plus familiers que *many* :

*He ate **a lot of** chips.*

3 Pour exprimer une quantité précise

Quantité	Sens	Exemple
one	un (seul)	*She had **one** cat in her life.*
both	tous les 2	***Both** celebrated their birthday.*
each + nom singulier	chaque	***Each** guest got a present.*
every + nom singulier	tous	***Every** student passed the test.*
most + nom pluriel	la plupart	***Most** girls wear make-up.*
all	tous	***All** stories have a happy ending.*
either... or	soit... soit...	***Either** John **or** Lisa can sit at the front.*
neither... nor	ni... ni...	***Neither** my father **nor** my mother can speak German.*

Mémo'Quiz

Choisissez le quantifieur qui convient.

1. *He was the .... love of her life.*
a. *one* **b.** *all* **c.** *most*

2. *................. he nor she had a clue.*
a. *Either* **b.** *Each* **c.** *Neither*

3. *I didn't make .... mistakes in my essay.*
a. *much* **b.** *many* **c.** *plenty*

4. *How .... money do you need?*
a. *many* **b.** *few* **c.** *much*

5. *They're twins and they .... dress in black.*
a. *both* **b.** *all* **c.** *neither*

→ corrigés p. 478

L'adjectif et les noms composés

132

Lue Relue Apprise

En anglais, l'adjectif détermine le nom qui se trouve à sa droite.

1 L'adjectif

A Règles générales

- L'adjectif est **invariable** en anglais.

*I have a **beautiful** house. I have **beautiful** houses.*

- L'adjectif se place toujours **à gauche du nom qu'il qualifie**.

*They have **long** shirts.*

- L'ordre des adjectifs va **du moins objectif au plus objectif** : jugement, taille, âge, couleur, nationalité.

She is a beautiful tall British woman.

B Adjectifs en *-ed* et en *-ing*

- Certains adjectifs sont des participes passés à sens passif. Ils se terminent par *-ed*.

*I am disappoint**ed** in you.* → je suis déçu : sens passif.

- Certains adjectifs sont des participes présent à sens actif. Ils se terminent par *-ing*.

*This trip was really tir**ing**.* → ce voyage m'a épuisé : sens actif.

2 Les adjectifs suivis d'une préposition

Prépositions	Adjectifs	Exemples
about	*crazy, happy, wrong*	*He is **crazy about** her.*
at	*bad, good, surprised*	*I'm so **bad at** math!*
for	*responsible, sorry*	*I'm **sorry for** your loss.*
from	*different, separate*	*The twins are **different from** their sister.*
in	*interested, disappointed*	*I'll never be **disappointed in** you.*
of	*afraid, ashamed, tired*	*He is **ashamed of** his shoes.*
on	*dependent, keen*	*He is **dependent on** his parents for food.*
to	*contrary, important, inferior, new*	*This subject is **important to** me.*
with	*pleased, concerned, angry*	*I'm **pleased with** the news.*

3 Les noms composés

A L'ordre et le sens des mots composés

- Dans un nom composé, le premier élément précise le sens du second.
- Le second élément est donc le mot le plus important. C'est la **caractéristique principale de l'objet** ou de l'élément désigné.

*a train **station*** une gare
*a tea**cup*** une tasse à thé
*a horse **race*** une course de chevaux
*a race**horse*** un cheval de course

remarque
Le trait d'union est de moins en moins utilisé en anglais.

B Le pluriel des noms composés

- Au pluriel, c'est **l'élément le plus important** qui prend la marque du pluriel. Ce n'est pas forcément le dernier mot.

*brother**s**-in-law, apple pie**s**, teacup**s**.*

Mémo'Quiz

Comment traduire les expressions en gras ?

1. C'est une **jolie petite ville.**
a. *nice little town* b. *little nice town* c. *little town nice*

2. Elle a **de grand yeux bleux et brillants.**
a. *shiny blue big eyes* b. *blue big shiny eyes* c. *shiny big blue eyes*

3. Je suis intéressé **par cet emploi.**
a. *by this job* b. *about this job* c. *in this job*

4. Quelle **jolie tasse à café** !
a. *pretty cup coffee* b. *pretty coffee cup* c. *coffee pretty cup*

5. Elle a deux parents et deux **beaux-parents.**
a. *parents-in-law* b. *parents-in-laws* c. *parent-in-laws*

→ corrigés p. 478

La comparaison

Lue Relue Apprise

133

En anglais, l'adjectif peut être mis au comparatif et au superlatif.

1 Le comparatif

A Pour comparer deux éléments

- **Comparatif d'infériorité** : *less* + adjectif (+ *than*).

*John is **less handsome than** his brother.*

- **Comparatif d'égalité** : *as* + adjectif + *as*.

*Cats are **as faithful as** dogs.*

- **Comparatif de supériorité** : il se construit différemment selon que l'adjectif est considéré comme court ou long.

Type d'adjectifs	Comparatif de supériorité	Exemple
Adjectifs courts (1 ou 2 syllabes)	adjectif + *-er* (+ *than*)	*It is **hotter** in Australia **than** in France.*
Adjectifs courts se terminant en *-y*	Adjectif sans *y* + *-ier* (+ *than*)	*I am much **happier** now.*
Adjectifs longs (2 syllabes et plus)	*more* + adjectif (+ *than*)	*Flying first class is **more comfortable than** flying economy.*

B Pour exprimer une amplification

- Pour exprimer une **amplification**, on utilise l'adjectif au comparatif.

Type d'ajectif	Formation	Exemple
De plus en plus (adjectif court)	adj. + *-er* + *and* + adj. + *-er*	*The plane is flying **higher and higher**.*
De plus en plus (adjectif long)	*more and more* + adj.	*Studies get **more and more expensive**.*
De moins en moins	*less and less* + adj.	*Becoming rich gets **less and less easy**.*

- Pour exprimer un **effet d'entraînement**, on peut également utiliser le comparatif : *the more..., the more... ; the less..., the less...*

***The less** nice you are, **the fewer** friends you have.*

Moins tu es sympa, moins tu as d'amis.

2 Le superlatif

A Formation du superlatif

- **Superlatif d'infériorité** : *the least* + adjectif.

*He is **the least generous** man I have ever met.*

- **Superlatif de supériorité :**

Type d'adjectifs	Superlatif de supériorité	Exemple
Adjectifs courts (1 ou 2 syllabes)	*the* + adjectif + *-est*	*Superman is **the bravest** of all superheroes.*
Adjectifs se terminant par *-y*	*the* + adj. sans *y* + *-iest*	*She is the luck**iest** girl I have met.*
Adjectifs longs (2 syllabes et plus)	*the most* + adjectif	*Uluru is **the most beautiful** site I've ever seen.*

B Utiliser le superlatif dans une phrase

- On utilise le superlatif lorsqu'on situe la comparaison dans un lieu :

*He is the best doctor **in town**.*

- Dans les autres cas, on peut utiliser la préposition ***in*** ou ***of*** :

*She is the most talented painter **of/in the family.***

3 Cas particuliers

- **Adjectifs irréguliers** :

good → *better than* → *the best*
bad → *worse than* → *the worst*
far → *further than/farther than* → *the furthest/the farthest*

- ***rather than*** (plutôt que) est une expression construite comme du comparatif : *He wants to go to bed **rather than** watch TV.*

Mémo'Quiz

Choisissez la bonne forme de comparatif.

1. *I bought .... phone available. (**new**)*
2. *This is .... news I've heard! (**incredible**)*
3. *.............................. I work (**good**), ... it gets. (**easy**)*

→ corrigés p. 478

Les pronoms

☐ Lue ☐ Relue ☐ Apprise

Les pronoms sont des éléments essentiels du groupe nominal. Ils peuvent être sujet ou complément.

1 Les pronoms personnels sujets et compléments

- Un pronom remplace un nom.

Sheila *won the first prize.* → ***She*** *won the first prize.*

- **Un pronom sujet n'est jamais omis en anglais.**
- **Un pronom complément** se place après le verbe.

I like ***chocolate****.* → *I like* ***it****.*

Sujet	Complément
I	*me*
you	*you*
he	*him*
she	*her*
it	*it*
we	*us*
they	*them*

remarque

Bien connaître les pronoms est essentiel lors du passage au **discours indirect** (voir Fiche 28).

"Give ***me*** *the key",* ***she*** *asked.*
→ *She asked me to give* ***her*** *the key.*

2 Les pronoms personnels réfléchis

- Les pronoms personnels réfléchis s'utilisent quand **une même personne** ou une même chose est **à la fois sujet et complément du verbe.**

I am looking at ***myself****.* → c'est moi, sujet de la phrase, que je regarde.
They *are enjoying* ***themselves****.* → c'est eux-mêmes, sujets de la phrase, qu'ils amusent.

Pronoms personnels réfléchis	
Sujet	**Complément**
I	*myself*
you	*yourself/yourselves*
he	*himself*
she	*herself*
it	*itself*
we	*ourselves*
they	*themselves*

3 Les pronoms réciproques : *each other/one another*

- Les **pronoms réciproques** servent à exprimer l'**échange entre deux sujets** au moins.
- Ils renvoient donc à un sujet au pluriel.

They kissed ***each other***. → ils se sont embrassés.
They lied to ***one another***. → ils se sont menti l'un à l'autre.

piège à éviter

Ne pas confondre :
They killed ***themselves***.
Ils se sont suicidés.
≠ *They killed* ***each other***.
Ils se sont entretués.

4 Les pronoms démonstratifs : *this/these, that/those*

- ***This*** et ***that*** s'emploient **en remplacement d'un nom, d'une situation** et peuvent se mettre au pluriel : ***these*** et ***those***.
- ***This/these*** exprime la **proximité** temporelle ou spatiale, alors que ***that/those*** exprime l'**éloignement**.

Is ***this*** *your coat?* → ce manteau-ci, que l'on montre : proximité.
Now ***that*** *was stupid!* → c'était vraiment idiot, je ne suis pas d'accord : éloignement.
These *shoes are really nice!* → ces chaussures, je les vois : proximité.

remarque

That/those, puisqu'ils expriment l'éloignement, peuvent être **péjoratifs**.
I don't want you to talk to ***those*** *boys.*

Mémo'Quiz

Choisissez le pronom approprié.

1. Ils aiment bien s'écouter parler.
a. *themselves* b. *each other* c. *one another*

2. Je l'ai vu moi-même.
a. *me* b. *myselves* c. *myself*

3. Je ne veux pas que tu fréquentes cette fille.
a. *this* b. *that* c. *those*

4. Aimons-nous les uns les autres.
a. *ourselves* b. *each other* c. *one another*

→ corrigés p. 478

La possession

Lue Relue Apprise

135

Pour exprimer la possession en anglais, l'énonciateur dispose du génitif et des adjectifs et pronoms possessifs.

1 Le génitif

A Quand et comment utiliser le génitif ?

- Le génitif marque un **lien de possession ou de parenté** entre deux éléments grâce à **'s** ou **'**. Le premier élément détermine le second.
- On met ***'s*** pour tous les noms, sauf pour les noms pluriels se terminant par *-**s*** où l'on met l'apostrophe seul :
  - nom singulier : *The boy**'s** cap is cute* ;
  - nom singulier se terminant en *-s* : *James**'s** shoes are muddy* ;
  - nom pluriel : *My brothers**'** clothes are on the floor* ;
  - nom pluriel irrégulier : *The children**'s** room is messy.*
- Le génitif ne s'emploie que si le premier élément est un animé (humain ou animal) :

*the dog**'s** tail*

- Si le premier élément n'est pas animé, on peut employer ***of*** ou un **mot composé** (voir Fiche 20) pour traduire le lien entre les deux :

*the window **of** my bedroom* la fenêtre de ma chambre
a garage door une porte de garage

remarque

C'est *whose* qui sert à interroger sur la possession.
Whose dog is it? À qui appartient ce chien ?

attention

Quand on parle de l'**œuvre d'un auteur**, on utilise la préposition *by* :
un film d'Hitchcock
→ *a film **by** Hitchcock*
une chanson de Madonna
→ *a song **by** Madonna*

B Le génitif avec plusieurs possesseurs

- Avec **plusieurs possesseurs pour un seul élément**, on met la marque du génitif sur le dernier possesseur :

*John and Bart**'s** cat* le chat de John et de Bart

- Avec **plusieurs possesseurs pour plusieurs éléments**, on met la marque du génitif sur tous les possesseurs :

*Mark**'s** and Peter**'s** desks* les bureaux de Mark et Peter → le bureau de Mark et le bureau de Peter.

2 Les adjectifs et pronoms possessifs

- Les **adjectifs possessifs** se mettent devant un nom. Ils s'accordent en genre et en nombre avec le possesseur (et pas avec le nom qu'ils précèdent).

Sophie*'s husband* → ***her*** *husband*
Paul*'s pets* → ***his*** *pets*

- Les **pronoms possessifs** sont formés sur les adjectifs possessifs et **remplacent le nom**. Ils permettent donc d'éviter les répétitions.

These books are ***my books****.* → *These books are* ***mine****.*
Take the ball, it's ***your ball****.* → *Take the ball, it's* ***yours****.*

remarque

On emploie fréquemment les adjectifs possessifs devant les **parties du corps** et les **vêtements.**

He broke ***his*** *leg.*
I always wash ***my*** *hands before eating.*

Sujet	Adjectif possessif (+ nom)	Pronom possessif
I	*my*	*mine*
you	*your*	*yours*
he	*his*	*his*
she	*her*	*hers*
it	*its*	*its*
we	*our*	*ours*
they	*their*	*theirs*

Mémo'Quiz

Complétez les phrases en exprimant correctement la possession.

1. *John .... house is at the end of the street.*
2. *..................... dog is more aggressive than ....*
3. *The twins .... bedroom is a real mess.*
4. *We made this cake, it's ....!*
5. *Louis .... father is a scientist.*

→ corrigés p. 478

Poser une question

136

Lue Relue Apprise

Pour poser une question en anglais, il faut être attentif à l'ordre des mots et au choix du pronom interrogatif.

1 Les phrases interrogatives

- En principe, une question en anglais se compose ainsi :

(Pronom interrogatif +) auxiliaire + sujet + base verbale (+ complément) + ?

- L'ordre sujet/auxiliaire ou sujet/verbe est **inversé.**

*Where **did you** go last night?*

- **L'auxiliaire porte le temps de la question.** Il peut s'agir des auxiliaires *be* et *have*, mais aussi des auxiliaires de modalité.

***Can** you **tell** me where to find the cathedral?*
***Had** you already **seen** this play when we attended it?*

- Les questions qui commencent par un pronom interrogatif peuvent être en *Wh-* ou en *How* + adjectif.

conseil

Pour passer une phrase interrogative au **discours indirect**, voir Fiche 28.

2 Les questions en *Wh-*

- Les **questions en *Wh-*** sont des questions ouvertes qui demandent une **précision**.
- Le choix du pronom interrogatif dépend de ce sur quoi porte la question.

attention

Avec ***who***, il n'y a **pas d'inversion sujet/verbe**.
***Who invented** the engine?*

Mot interrogatif	Objet de la question	Exemple
What	objet	*What did you get for Christmas?*
When	moment	*When were you born?*
Where	lieu	*Where do you go to school?*
Who	personne	*Who is she married to?*
Which	choix restreint	*Which tie do you prefer: the blue one or the red one?*
Why	raison	*Why is she missing today?*
Whose	possession	*Whose car is this?*
What ... like	apparence	*What does his brother look like?*
What ... for	but	*What did you buy this book for?*

3 Les questions en *How* + adjectif

- Les **questions en *How* + adjectif** sont des questions ouvertes qui portent sur une **quantité** (de temps, de distance, d'argent...).
- Le choix du pronom dépend de la nature de la quantité demandée.

Mot interrogatif	Objet de la question	Exemple
How long	durée	*How long does the flight last?*
How far	distance	*How far is the Statue of Liberty from the hotel?*
How much	prix	*How much are these glasses?*
How high	hauteur	*How high is the Empire State Building?*
How old	âge	*How old is your sister?*
How often	fréquence	*How often do you go to soccer practise?*
How tall	taille	*How tall are you?*

4 Les *question tags*

- Les *tags* sont très utilisés dans les dialogues en anglais. Il n'y a pas réellement d'équivalent en français.
- Les *tags* se construisent avec une reprise de l'auxiliaire + pronom.
- On utilise les *tags* :
  - pour s'assurer que l'interlocuteur est d'accord avec nous :
  *These flowers are beautiful, **aren't they?***
  - pour vérifier qu'on a raison :
  *He left the country, **didn't he?***
  - pour exprimer la surprise dans un énoncé séparé :
  *I love English football. –**Do you?***

Mémo'Quiz

Posez la question sur l'élément souligné.

1. *I went out to fetch some butter.*

2. *I go to the cinema once a month.*

3. *I prefer the blue colour on the rainbow.*

4. *I will stay in London for 3 weeks.*

5. *Jay Atkins leaves here.*

→ corrigés p. 479

La proposition relative

137

Lue Relue Apprise

La proposition relative est une proposition qui vient compléter la principale.

1 Les pronoms relatifs

A Comment choisir le bon pronom ?

- Un pronom relatif **remplace un nom ou un groupe nominal antécédent**. Il introduit la proposition relative.
- Le choix du pronom relatif dépend de deux éléments :
  - si l'antécédent est un **humain** ou un **non humain** ;
  - si le pronom est **sujet** ou **complément** de la relative.

B Pronoms sujets : *who* et *which*

- *Who* et *which* sont les pronoms relatifs sujets. Ils désignent le **sujet** de la proposition relative.
- **On ne peut pas supprimer les pronoms sujets** dans la phrase.
- ***Who*** s'utilise **pour un humain.**

He is the actor ***who*** *won the Oscar last year.* → *who* est le sujet de *won*.

- ***Which*** s'utilise **pour un non humain** (animal, objet, situation).

This is the book ***which*** *costs so much.* → *which* est le sujet de *costs*.

C Pronoms compléments : *whom, that, Ø, which*

- *Whom*, *which* et *that* désignent le complément de la proposition relative.
- **On peut supprimer le pronom relatif complément**. En général, on le conserve dans un énoncé au registre soutenu.
- ***Whom, that* ou *Ø*** (absence de pronom) s'utilisent pour un **humain** :

The man ***whom*** *I married is called Sebastian.* = *The man* **Ø** *I married is called Sebastian.* → *whom* est complément de *marry*.

- ***Which, that* ou *Ø*** (absence de pronom) s'utilisent pour un **non humain** :

The cat ***that*** *I found escaped again* = *The cat* **Ø** *I found escaped again.*

D *Whose*

On utilise le pronom relatif *whose* dans une relative qui marque la **possession**, la parenté.

The little boy ***whose*** *pacifier fell is crying.*
→ c'est la sucette du petit garçon.

remarque

La relative peut aussi être introduite par un **adverbe relatif** : *The school* ***where*** *I study was built in 1925.*

2 Relative déterminative et relative appositive

A Relative déterminative : *that* ou Ø

- Lorsque la relative **permet d'identifier l'antécédent**, on dit qu'elle est **déterminative**. Elle est nécessaire pour la compréhension de la phrase.
- Elle est introduite par *that* ou Ø (absence de pronom).

*The film **that I saw yesterday** was really moving.* → sans la relative, on ne peut pas savoir de quel film il s'agit.

B Relative appositive : *who, which, whom, whose*

- Lorsque la relative apporte une **information complémentaire** sur l'antécédent, on dit qu'elle est **appositive**. Elle n'est pas essentielle pour comprendre la phrase. Elle est placée entre virgules.
- On choisit le pronom relatif selon que l'antécédent est un **humain ou non**, et selon la **fonction du pronom** dans la relative.

*The children, **who** were dirty, were playing in the street.* (pronom sujet, antécédent humain)

remarque

What peut aussi être un démonstratif relatif :
***What surprised me** was the dirty streets there.*
→ ce qui m'a surpris.

	Type d'antécédent	
Fonction du pronom	**Antécédent humain**	**Antécédent non humain**
Sujet	*who*	*which*
Complément	*whom*	*which*
Possession, parenté	*whose*	*whose*

Mémo'Quiz

Choisissez le pronom relatif qui convient.

1. .... *was scary, was that it was totally dark in there.*
a. *what* b. *which* c. Ø

2. *This is the horse* .... *has won many competitions.*
a. Ø b. *which* c. *whose*

3. *The girl* .... *I bumped into is Mary's sister.*
a. *that* b. *whom* c. Ø

→ corrigés p. 479

Les structures résultatives
Le passif

138

Lue Relue Apprise

En anglais, le rapport entre le moyen et le résultat s'exprime de façon inverse du français. La voix passive sert à mettre en lumière l'objet de l'action.

1 Les structures résultatives

A Pour traduire la manière de se déplacer

- En anglais, **le verbe indique de quelle façon on se déplace** et le déplacement est indiqué à l'aide d'une préposition.
- L'ordre des mots est donc différent du français, où c'est le déplacement qui est exprimé à l'aide du verbe.

*He **swam** across the river.* Il traversa la rivière **à la nage**.
→ le verbe anglais (*swam*) traduit le moyen (à la nage) et *across* traduit le déplacement (traverser).

*He **flew** around the world.* Il a fait le tour du monde **en avion**.

*She **ran** out.* Elle est sortie **en courant**. (et non « elle a couru dehors »)

B Pour traduire le résultat d'une action

- L'ordre des termes est **chronologique** en anglais : **l'action précède le résultat**.
- C'est l'inverse du français où l'on indique d'abord le résultat, puis comment il a été obtenu.

*The noise **scared** him stiff.* → On exprime d'abord l'effroi (*scared*), puis le résultat : cela le paralyse (*stiff*).

Le bruit le paralysa **de frayeur**. → On indique d'abord le résultat avec le verbe (« le paralysa ») puis ce qui l'a provoqué (la frayeur).

*They **starved** to death.* Ils moururent **de faim**.

2 Le passif

A Formation de la voix passive

- Le passif se forme avec : **auxiliaire *be* conjugué + participe passé** du verbe. L'auxiliaire *be* peut être conjugué à tous les temps.
- Avec un **auxiliaire de modalité**, la construction est :
auxiliaire de modalité + *be* + participe passé du verbe.

*I **can clean** the attic.* → *The attic **can be cleaned**.*

- Le **complément d'agent** (celui qui fait l'action) est introduit par ***by***.

Temps	Forme active	Forme passive
Présent	*John **eats** an apple.*	*The apple **is eaten** by John.*
Prétérit	*Kate **kidnapped** the dog.*	*The dog **was kidnapped** by Kate.*
Futur	*Mary **will read** the book.*	*The book **will be read** by Mary.*
Present perfect	*Mark **has emptied** the dishwasher.*	*The dishwasher **has been emptied** by Mark.*

B Quand et comment utiliser le passif ?

- Pour **mettre en avant l'objet de l'action** :

***The speech** was made by the chairman.*

→ *the speech* est en début de phrase, donc considéré comme le mot important du message.

- **Quand on ignore qui fait l'action, ou quand cette information n'est pas importante** :

*Denzel Washington **was awarded** an Oscar.*

→ ce qui est important ici, ce n'est pas qui a donné l'Oscar, mais le nom de l'acteur qui l'a reçu.

- ***by* introduit la personne qui fait l'action** lorsque cette personne présente un intérêt (elle est célèbre, a une fonction particulière...).

*He was honoured **by the President**.* Il a été décoré **par le Président**.

remarque

Le passif est souvent tradui[t] par « On » en français.

***He was handed** a leaflet in the street.* **On lui a tend[u]** un prospectus dans la rue.

Mémo'Quiz

Traduisez les phrases suivantes avec les expressions appropriées.

1. Il s'est endormi en pleurant. *He* .... *himself* ....

2. Elle a ouvert la porte d'un coup de pied. *She* .... *the door* ....

3. Nous nous ennuyons à mourir. *We are* ....

Mettez le verbe à la voix passive.

1. *Meg drives the car today. The car* .... *Meg.*

2. *They have taken the red file. The red file* .... *them.*

3. *Will Sam clean the house?* .... *the house* .... *Sam?*

→ corrigés p. 479

L'infinitif
Les propositions infinitives

139

Lue Relue Apprise

L'infinitif existe sous deux formes : avec ou sans *to*. On l'utilise entre autres dans les propositions infinitives, très courantes en anglais.

1 L'infinitif

A L'infinitif complet (avec *to*)

- L'infinitif avec *to* introduit les **propositions infinitives**.
- **L'infinitif avec *to*** s'emploie après de nombreux verbes qui impliquent qu'on se réfère à des actions à venir : verbes exprimant l'attente, un ordre, une volonté, une préférence, un but, une invitation à l'action...

*They **want** us to leave sooner.* Ils veulent qu'on parte plus tôt.

B L'infinitif sans *to* (ou base verbale)

- On l'utilise après les auxiliaires de modalité :

*Can you **come** with me?*
*They must **open** the store at 8.*

- On l'utilise dans des questions commençant par *why*, et qui n'ont pas de sujet.

Why not go to the cinema tonight?
Why wait?

- On l'utilise avec les verbes *make* et *let* :

*They **made** me **wear** this ridiculous hat.* Ils m'ont fait porter ce chapeau ridicule.
*They **let** me **stay** out until midnight.* Ils m'ont laissé sortir jusqu'à minuit.

2 La proposition infinitive

A Formation d'une proposition infinitive

- La proposition infinitive se construit avec :

sujet + verbe + complément d'objet + infinitif avec *to*.

- À la forme négative, on utilise ***not to* + base verbale :**

*He asked me **not to repeat his secret.***

- Elle peut être introduite par les prépositions de but : *to, in order to, so as to* (dans le but de) :

*I learnt the dates **so as not to fail the test.***

B Pour exprimer un ordre, une volonté, une préférence

La proposition infinitive s'emploie après les verbes exprimant un ordre, une volonté, une interdiction, une préférence.

She told me ***to wait****. She'd prefer me* ***to sit somewhere else****.*
The teachers don't allow us ***to chew gum in class****.*

C Pour inviter à agir, exprimer une attente ou un but

- Pour inviter à accomplir une action :

The teacher taught us ***to sing****.*
He asked us ***to come****.*

- Après des verbes exprimant l'attente :

He was expected ***to succeed****.*

- Pour exprimer le but. Elle peut alors être introduite par une préposition :

They worked all night ***so as to be ready on time****.* → dans le but d'être prêts.

D La préposition *for*

On utilise *for* dans une proposition infinitive qui exprime l'attente ou le but lorsque la phrase a **deux sujets différents**.

I was waiting ***for her to answer my question****.* → *I* = sujet de la principale, *her* = sujet de l'infinitive. J'attendais qu'elle réponde à ma question.

I brought this record ***for you to listen****.* → *I* = sujet de la principale, *you* = sujet de l'infinitive. J'ai apporté ce disque pour que tu l'écoutes.

Mémo'Quiz

Traduisez avec une proposition infinitive.

1. On s'attend à ce qu'il gagne. *He* ....

2. Elle m'a demandé de revenir. *She asked me* ....

3. Ils m'ont conseillé d'essayer à nouveau.
They advised me ....

4. Il m'a suppliée de ne pas abandonner.
He begged me ....

5. J'ai emprunté ce livre pour que tu le lises.
I borrowed this book ....

→ corrigés p. 479

Le discours indirect

140

Lue Relue Apprise

Le discours indirect permet de rapporter des paroles dans une subordonnée introduite par un verbe de discours.

1 La concordance des temps

- **Le verbe introducteur est au passé** (*he asked..., they told me...*), puisqu'on rapporte des paroles déjà prononcées. Il faut donc modifier le temps de tous les verbes de la phrase.
- Lors du passage du style direct au style indirect, il faut **respecter la concordance des temps**.

attention

Les **auxiliaires de modalité** sont invariables : au discours indirect, il faut **utiliser leurs équivalents** (voir Fiche 13).

*You **must** leave now.*

→ *He told her she **had to** leave now.*

Temps au discours direct	Temps au discours indirect	Exemple	
		Discours direct	**Discours indirect**
présent	prétérit	*"I **love** her."*	*He said he **loved** her.*
futur	conditionnel	*"I **will go** to the cinema with you."*	*He said he **would go** to the cinema with him.*
present perfect	*past perfect*	*"I **have been** to Egypt three times."*	*He said he **had been** to Egypt three times.*

2 Changements à effectuer dans la phrase

A Les pronoms

		Discours direct	Discours indirect
Pronoms sujets		*I, you* (sing.)	*she / he*
		we, you (pluriel)	*they*
Pronoms compléments		*me, you* (sing.)	*her / him*
		us, you (pluriel), *them*	*them*
Adjectifs possessifs		*my, your* (sing.)	*her / his*
		our, your (pluriel), *their*	*their*

*She said: « **I** really like **my** new car. **I'm** so happy **you** bought it for **me,** John! »*

→ ***She** said **she** really liked **her** new car and that **she** was really happy **he** had bought it for **her**.*

B Les informations spatiales et temporelles

● Au discours indirect, on **prend de la distance** par rapport à l'énoncé au discours direct : *here* devient *there*, *this* devient *that*, *come* devient *go*.

*« We live in London now. **Come** visit us **here**! »*

➜ *They said they lived in London now and he should **go** visit them **there**.*

● Les informations temporelles doivent être adaptées :

Discours direct	Discours indirect
yesterday	*the day before*
ago	*before*
last day / last year	*the day before / the year before*
today	*on that day*
now	*then*
tomorrow	*the next day*
next day / next year	*the following day / the following year*

exemple

*"I ate pizza **yesterday**"*
➜ *She reminded him she had eaten pizza **the day before**.*

3 Les interrogatives indirectes, les ordres

● **Lorsqu'on rapporte une interrogation**, il n'y a **pas d'inversion sujet/verbe** (contrairement à une question dans le style direct).

*« Where is Brian? » ➜ He wondered **where Brian was.***

● Pour rapporter **un ordre**, le verbe introducteur doit exprimer un ordre ou un conseil.

*« Wait. » ➜ He **told** me to wait.*

attention

Say et ***tell*** (dire) s'utilisent différemment en anglais :
– ***say that*** + subordonnée ;
– ***tell someone that*** + subordonnée.

*He **said that** he was hungry.*
*He **told her that** she was fired.*

Mémo'Quiz

Complétez les phrases au discours indirect. Attention à la concordance des temps !

1. *"I have never visited the Costwolds".*
He told me he .... the Cotswolds.

2. *"They love chocolate". He said they .... chocolate.*

3. *"Where have they been?". She wondered where ....*

➜ corrigés p. 479

Verbes à particules ou prépositions / Verbes + *V-ing*

141

Lue Relue Apprise

Certains verbes sont suivis d'une préposition ou de la forme en *-ing*. Les verbes à particules (*phrasal verbs*) ont un sens particulier.

1 Verbes à particules (*phrasal verbs*)

A Caractéristiques

- Ces verbes sont **inséparables de leur particule**, car la particule modifie le sens du verbe :

To put : mettre, mais *to put off* : remettre à plus tard

- **Dans une phrase avec complément**, la particule peut se mettre soit avant, soit après :

*Please **switch off** the television. Please **switch** the television **off**.*

- **Avec un pronom**, la particule se place obligatoirement après :

*Please **switch** it **off**.*

B Principaux verbes à particules

bring about provoquer
come across rencontrer par hasard
walk across traverser
get along bien s'entendre
take away emporter
get away s'échapper
give away trahir
put away ranger
call back rappeler
hold back retenir
break down tomber en panne/faire une dépression
calm down se calmer
let down décevoir
look down on mépriser
get in entrer/monter en voiture
carry on, go on continuer
take off enlever/décoller (avion)
turn off, switch off éteindre
put off remettre à plus tard
turn on, switch on allumer
get on bien s'entendre avec quelqu'un
break out se déclencher (guerre)
carry out réussir
make out comprendre
stand out se détacher
get over se remettre
run over écraser
turn over retourner
take over prendre la main
look round se retourner
go through parcourir (un document)/traverser
sit through rester jusqu'au bout
break up séparer
give up renoncer
look up vérifier dans le dictionnaire

2 Verbes suivis de prépositions

A Caractéristique

La préposition se place toujours **après le verbe**, même avec un complément.

*She looked **after** her brother. She looked **after** him.*

B Principaux verbes suivis de prépositions

to look after s'occuper de
to look at regarder
to ask for demander
to account for expliquer
to ask for demander
to pay for payer
to suffer from souffrir de
to accuse of accuser
to approve of approuver
to think of penser
to agree with être d'accord avec
to reproach with reprocher de

3 Verbes suivis de *V-ing*

A Caractéristique

La forme *V+-ing* contient une action déjà connue de l'énonciateur : *There is no point **denying.***
➜ pas besoin de nier, car je connais la vérité.

> **ne pas confondre**
>
> ***used to*** **+ base verbale**
> *They **used to live** here.*
> ➜ ils vivaient ici, avant.
>
> ≠
>
> ***be used to*** **+ *V-ing***
> *We **are used to living** here.*
> ➜ on est habitués à vivre ici

B Principaux verbes suivis de *V-ing*

avoid éviter
can't bear/stand ne pas supporter
can't help ne pas pouvoir s'empêcher
enjoy aimer
feel like avoir envie de
hate détester
like, love aimer
not to mind ne pas être gêné par
remember se souvenir
stop arrêter

Mémo'Quiz

Remplacez le complément souligné par un pronom, en effectuant les changements nécessaires.

1. *Put the magazine away.* ....
2. *Get off this bike.* ....
3. *He couldn't hold back his tears.* ....
4. *You need to get over this boy.* ....

➜ corrigés p. 479

Fictions et réalités

142

Lue Relue Apprise

A Heroism – L'héroïsme

• *a hero, a heroine*	un héros, une héroïne
• *an icon*	une idole, une icône
• *a superman*	un surhomme
• *a feat*	un exploit, une prouesse
• *an achievement*	un exploit, une réussite
• *a personality trait*	un trait de caractère
• *a character*	un personnage
• *a vocation, a mission*	une vocation, une mission
• *ability*	la capacité
• *exceptional*	exceptionnel
• *well-known*	connu
• *famous*	célèbre
• *successfully*	avec succès
• *to praise* (syn : *to rave over*)	louer, faire l'éloge
• *to admire*	admirer
• *to contribute to*	contribuer à quelque chose
• *to pretend to be*	se faire passer pour
• *to support*	soutenir

B War – La guerre

• *a full-scale operation*	une opération d'envergure
• *a full scale offensive*	une offensive de grande envergure
• *a resistance fighter, a partisan*	un résistant
• *a resistance movement*	un mouvement de résistance
• *a warring country*	un pays en guerre
• *to fight a battle*	livrer une bataille
• *a counterattack*	une contre-attaque
• *a shoot-out*	une fusillade
• *a sniper*	un sniper
• *a suicide bomber*	un kamikaze
• *to ambush*	tendre une embuscade
• *to launch a strike*	déclencher une attaque
• *to raise an army*	lever une armée
• *the allies*	les alliés

• *to ally oneself to*	s'allier à
• *to stand by one's allies*	se tenir aux côtés de ses alliés
• *to declare war on*	déclarer la guerre à
• *war breaks out*	la guerre éclate
• *to take up arms*	prendre les armes
• *to make war on*	faire la guerre à
• *to be at war with*	être en guerre contre
• *to defeat an army*	vaincre une armée
• *to suffer a defeat*	subir une défaite
• *to vanquish*	vaincre
• *to win the war*	gagner la guerre
• *to rescue*	sauver quelqu'un
• *to confront*	affronter, confronter
• *to overcome (an obstacle)*	surmonter (un obstacle)
• *to win a battle*	emporter, gagner une bataille
• *to surrender*	se rendre
• *to capitulate*	capituler

C Ethics, morals – La morale

• *evil*	le mal (au sens moral)
• *good*	le bien
• *a moral stance*	une position morale
• *a tenet*	un principe, une doctrine
• *a lapse of judgement*	un écart de jugement
• *an error of judgement*	une erreur de jugement
• *a misdemeanour*	un écart de conduite
• *a misdemeanour*	un délit mineur
• *professional misconduct*	une faute professionnelle
• *unethical conduct*	une conduite immorale
• *to get involved with*	s'impliquer dans
• *to condemn*	condamner (moralement)
• *to convict*	condamner (juridiquement)
• *to stand up for (a principle)*	défendre (un principe)
• *to stick to one's principles*	rester fidèle à ses principes
• *to speak out on behalf of*	parler au nom de
• *to preach justice*	prêcher la justice
• *to circumvent the law*	contourner la loi
• *to clean up*	purifier, mettre de l'ordre

Espace privé et espace public 143

Lue Relue Apprise

A Urban life – L'environnement urbain

• *to urbanise*	urbaniser
• *urbanisation*	l'urbanisation
• *a dormitory, a bedroom community*	une ville-dortoir
• *a slum, a shanty town*	un bidonville
• *the inner city, the ghetto*	les quartiers défavorisés du centre-ville
• *suburbs*	la banlieue souvent plutôt riche dans les pays anglophones
• *outskirts*	la périphérie
• *council flats* (UK), *the projects* (US)	des HLM
• *a hovel*	un taudis
• *squalid*	sordide
• *to crumble*	tomber en ruines
• *decrepit*	délabré
• *to fall into decay*	se délabrer
• *a vacant land*	un terrain vague
• *to erect, to put up a building*	construire un bâtiment
• *to refurbish, to rehabilitate*	rénover
• *slum upgrading*	la réhabilitation des ghettos
• *suburbanisation*	l'extension des banlieues
• *urban migration*	l'exode rural

B Politics – La politique

• *politician*	un homme/une femme politique
• *a policy*	une politique
• *foreign policy*	la politique étrangère
• *domestic policy*	la politique intérieure
• *to go into politics*	entrer en politique
• *a public servant, state employee*	un fonctionnaire
• *an office holder*	un élu
• *a statesman*	un homme d'État
• *a head of state*	un chef d'État
• *a mayor*	un maire

• *town hall, city hall*	la mairie
• *to rise to the top*	accéder au sommet
• *to be thrust into prominence*	être projeté sur le devant de la scène
• *to be power-hungry*	avoir soif de pouvoir
• *to seize power*	s'emparer du pouvoir

C Government – Le gouvernement

• *the head of government*	le chef du gouvernement
• *the Prime Minister*	le premier ministre
• *a ministry* (UK), *a department* (US)	un ministère
• *a minister*	un ministre
• *a junior minister*	un secrétaire d'État
• *to set up a government*	former un gouvernement
• *to appoint a minister*	nommer un ministre
• *to vest power in*	investir d'un pouvoir
• *to rule*	diriger
• *to take a course of action*	choisir une ligne de conduite

D Dictatorship – La dictature

• *a dictator*	un dictateur
• *a tyrant*	un tyran
• *totalitarian*	totalitaire
• *to oppress*	opprimer
• *to be downtrodden*	être opprimé
• *to be under the sway of*	être sous le joug de
• *the rule of terror*	le règne de la terreur
• *censorship*	la censure
• *to censor*	censurer
• *to indoctrinate*	endoctriner
• *to lead the country astray*	amener le pays dans une mauvaise direction
• *propaganda*	la propagande
• *abuse of power*	l'abus de pouvoir
• *to overthrow (a government, dictatorship, etc.)*	renverser (un gouvernement, une dictature, etc.)

Lue Relue Apprise

A Robotics and Internet – Robotique et Internet

• *a network*	un réseau
• *a software*	un logiciel
• *a mobile phone* (UK), *a cell phone* (US)	un téléphone portable
• *a robot-run industry*	une industrie robotisée
• *a robotic device*	un engin robotisé
• *to automate a factory*	automatiser une usine
• *an automaton*	un automate
• *to be hazard-free, to be risk-free*	être sans danger
• *to give people more leisure time*	donner aux gens plus de loisir
• *to relieve humanity*	soulager l'homme
• *to lighten mankind's burden*	soulager le fardeau de l'homme
• *to set people free*	affranchir les gens
• *two-dimensional*	en 2D
• *three-dimensional*	en 3D
• *achievement*	succès
• *add-on*	module complémentaire
• *bootleg*	copie piratée d'un jeu
• *casual gamer*	joueur occasionnel
• *easter egg*	œuf de Pâques, partie de programme caché
• *gamer*	joueur régulier
• *geek*	as de l'informatique
• *hardcore gamer*	joueur accro
• *joypad, joystick*	manette de jeu
• *newbie, noob*	débutant dans un jeu
• *pro gamer*	joueur professionnel
• *update*	mise à jour

B The Ethics of Progress – Progrès et éthique

• *web censorship*	la censure sur le web
• *technological progress*	les progrès technologiques
• *a surveillance camera*	une caméra de surveillance

• *a threat*	une menace
• *to threaten*	menacer
• *privacy*	la vie privée
• *to launch a cyberattack*	lancer une cyberattaque
• *to monitor*	surveiller
• *to spy on*	espionner
• *hacking*	piratage informatique
• *a fake news, a hoax*	une fausse information
• *a conspiracy theory*	une théorie du complot
• *alarming*	inquiétant
• *disingenuous*	fallacieux
• *personal data*	données personnelles
• *data protection*	protection des données
• *to debunk*	discréditer
• *to warn public opinion*	alerter l'opinion publique
• *an ethical issue*	une question éthique
• *a breach*	une intrusion

Lue Relue Apprise

A Conflictual exchanges – Les échanges conflictuels

• *fraught with danger*	rempli de dangers
• *to stir up violence*	susciter, provoquer la violence
• *to spark*	provoquer
• *to trigger off, to set off*	déclencher
• *to ignite*	mettre le feu aux poudres
• *an outbreak of violence*	une vague de violence
• *an upsurge of violence*	un regain de violence
• *unrest*	de l'agitation, des troubles
• *a protest movement*	un mouvement de protestation
• *to set off protests*	provoquer des manifestations
• *a riot / to riot*	une émeute, manifester violemment
• *an uprising*	un soulèvement, une révolte
• *a demonstration*	une manifestation
• *to demonstrate*	manifester
• *a demonstrator*	un manifestant
• *to hold a demonstration*	organiser une manifestation
• *to call a demonstration*	appeler à manifester
• *a gathering*	un rassemblement
• *to gather*	rassembler
• *a mob*	une foule
• *to mob*	assiéger, assaillir
• *mob rule*	la loi de la rue
• *to denounce*	dénoncer
• *to fear sth*	craindre qqch
• *to loot, to plunder*	piller
• *to ransack, to wreck, to vandalise*	saccager
• *to lead a country into war*	plonger un pays dans la guerre
• *armed struggle*	un conflit armé
• *to rise up against*	se soulever contre
• *to start a rebellion*	déclencher une rébellion
• *to set fire to...*	mettre le feu à...

B Trade – Les échanges commerciaux

• *to trade in sth*	faire commerce de
• *to do trade with*	faire commerce avec
• *to do business*	faire des affaires
• *trade ties*	les liens commerciaux
• *to export*	exporter
• *exportation*	l'exportation, le fait d'exporter
• *an exporting country*	un pays exportateur
• *to import*	importer
• *import (trade)*	l'importation
• *to compete with*	être en concurrence avec
• *a competitor*	un concurrent
• *free trade*	le libre-échange
• *protectionism, managed trade*	le protectionnisme
• *a tariff barrier, a customs barrier*	barrière douanière
• *to erect trade barriers*	ériger des barrières douanières
• *a trade dispute*	un conflit commercial
• *a trade embargo*	un embargo commercial
• *to blockade*	faire le blocus
• *a blockade*	un blocus
• *fair trade*	le commerce équitable
• *to forge trading links*	établir des liens commerciaux

C Travelling – Les voyages

• *a crossing*	une traversée
• *to set out*	se mettre en route
• *to hit the road*	prendre la route
• *exoticism*	le dépaysement
• *travel gear*	l'équipement de voyage
• *to broaden your horizons*	élargir son point de vue
• *to change your horizons*	changer d'horizon, « les voyages forment la jeunesse »
• *to head (off) for...*	se mettre en route pour...
• *to stray off the beaten track*	s'aventurer hors des sentiers battus
• *to travel*	voyager
• *a journey*	un voyage
• *a trip*	une excursion, un voyage
• *a route*	un itinéraire

Innovations scientifiques et responsabilité

146

Lue Relue Apprise

A Discovery, Learning, Research – La découverte, la recherche

• *proof* (généralement indénombrable)	une preuve
• *evidence* (indénombrable)	des preuves
• *a piece of evidence*	une preuve
• *a patent*	un brevet
• *to perform an experiment*	faire une expérience
• *to proceed by trial and error*	tâtonner
• *to progress, to make headway*	progresser
• *to improve, to upgrade*	améliorer
• *to build a theory*	élaborer une théorie
• *to test/to put to the test*	mettre à l'essai
• *to fund*	financer
• *public funding*	financement public
• *private funding*	financement privé
• *a research facility, a research lab*	un laboratoire de recherche
• *a field of research*	un domaine de recherche
• *the benefits of science*	les bienfaits de la science
• *to pioneer a technique*	innover une technique
• *to do pioneer work in*	faire œuvre de pionnier en
• *to tinker (with)*	bricoler
• *to develop a vaccine*	mettre au point un vaccin
• *to vaccinate*	vacciner
• *the drug / pharmaceutical industry*	l'industrie pharmaceutique
• *animal testing*	l'expérimentation animale
• *to devise a treatment*	mettre au point un traitement
• *to eradicate a disease*	faire disparaître une maladie
• *an ethics commission*	une commission d'éthique
• *a controversial topic*	un sujet de controverse
• *a matter of conscience*	un problème de conscience
• *to legislate*	légiférer
• *to misuse a technique*	mal utiliser une technique
• *to tamper with*	manipuler (de façon malveillante)
• *to launch an awareness campaign*	lancer une campagne de sensibilisation

B Robotics and Internet – Robotique et Internet

• *a network*	un réseau
• *a software*	un logiciel
• *web censorship*	la censure sur le web
• *technological progress*	les progrès technologiques
• *a threat*	une menace
• *to threaten*	menacer
• *privacy*	la vie privée
• *to launch a cyberattack*	lancer une cyberattaque
• *to monitor*	surveiller
• *to spy on*	espionner
• *a robot-run industry*	une industrie robotisée
• *a robotic device*	un engin robotisé
• *to automate a factory*	automatiser une usine
• *to be hazard-free, to be risk-free*	être sans danger
• *to give people more leisure time*	donner aux gens plus de loisir
• *to lighten mankind's burden*	soulager le fardeau de l'homme
• *an achievement*	un succès
• *a geek*	un as de l'informatique
• *hacking*	piratage informatique
• *an update*	une mise à jour

C Space Conquest – La conquête de l'espace

• *an astronaut*	un astronaute
• *a space station*	une station spatiale
• *a space lab*	un laboratoire spatial
• *a manned spacecraft*	un engin spatial habité
• *a roving robot, rover*	un robot autonome
• *to go into orbit*	se mettre en orbite
• *put a satellite into orbit*	mettre un satellite en orbite
• *a flight into space*	un vol spatial
• *weightlessness*	l'apesanteur
• *a space probe*	une sonde spatiale
• *one million light years away*	distant d'un million d'années-lumière
• *to peer through a telescope*	regarder à travers un télescope
• *to peer deep into space*	fouiller l'espace

A Poverty – La pauvreté, ma misère

• *the poor (extremely poor = destitute)*	les pauvres
• *the underprivileged*	les démunis
• *the haves and have-nots*	les riches et les pauvres
• *the throwaways*	les exclus
• *the downtrodden*	les opprimés
• *the poverty line, the poverty threshold*	le seuil de pauvreté
• *to live below the poverty line*	vivre en dessous du seuil de pauvreté
• *deprivation, hardship*	la privation
• *to be in dire straits*	être aux abois
• *to be penniless*	être sans le sou
• *to work one's way out of poverty*	s'efforcer de sortir de la pauvreté
• *to tighten one's belt*	se serrer la ceinture
• *to pull yourself up by your bootstraps*	litt. : se tirer soi-même par les languettes de ses chaussures ; mét. : se hisser hors de la misère tout seul
• *a self-made man*	un homme riche qui vient d'une famille sans argent
• *to be driven off the land*	être expulsé de ses terres
• *substandard housing*	logement insalubre
• *to starve*	être affamé
• *to scavenge for food*	fouiller dans les poubelles pour de la nourriture

B Emigrating – L'émigration

• *a native*	un autochtone, indigène
• *a national*	un ressortissant
• *a legal (an illegal) alien*	un ressortissant étranger avec (ou sans) papiers
• *a host country*	un pays d'accueil
• *mass migration*	l'émigration massive
• *large-scale immigration*	l'immigration de grande envergure
• *a citizen*	un citoyen
• *citizenship*	la citoyenneté, la nationalité

• *to grant citizenship*	accorder la nationalité
• *to contemplate leaving*	envisager de partir
• *to improve living conditions*	améliorer les conditions d'existence
• *to go west*	aller vers l'Ouest
• *to be uprooted*	être déraciné
• *tyranny*	la tyrannie
• *oppression*	l'oppression
• *to provide a (safe) haven*	offrir un refuge (sûr)
• *a language barrier*	une barrière linguistique
• *to face hardships*	affronter les épreuves
• *a surge of immigration*	une vague d'immigration
• *to open one's borders*	ouvrir ses frontières

C Illegal Immigration – L'immigration clandestine

• *undocumented immigrant*	un sans-papiers
• *an undocumented worker*	un travailleur clandestin
• *to smuggle in*	faire entrer de façon clandestine
• *a people-smuggling network*	un réseau de passeurs
• *a smuggler*	un passeur
• *to cross the border*	passer la frontière
• *to try one's luck*	tenter sa chance
• *a border guard*	un garde-frontière
• *to police a border*	surveiller une frontière
• *a round up*	une rafle
• *to make a round*	effectuer une patrouille
• *a refugee camp*	un camp de réfugiés
• *a holding centre*	un centre de détention
• *to be warehoused, to be held in a warehouse*	être détenu dans un lieu inapproprié/sans confort
• *to be sent back to one's country of origin*	être renvoyé dans son pays d'origine
• *to deport*	expulser
• *to deter from immigrating*	dissuader d'immigrer
• *a deterrent*	un moyen de dissuasion

Art et pouvoir

148

☐ Lue ☐ Relue ☐ Apprise

A Art – Art

• *a work of art*	une œuvre d'art
• *the Old Masters*	les grands peintres
• *an antique*	une antiquité
• *to paint*	peindre
• *a painter*	un peintre
• *to sketch*	esquisser
• *a drawing*	un dessin
• *a pencil drawing*	un dessin au crayon
• *an engraving*	une gravure
• *a mural*	une peinture murale
• *a fresco*	une fresque
• *a hue*	une nuance
• *a tint*	une teinte
• *to carve*	sculpter
• *to shape*	façonner
• *a fine arts museum*	un musée des beaux-arts
• *to house a collection*	abriter une collection
• *to exhibit one's work*	exposer ses œuvres
• *a curator*	un conservateur de musée
• *a donator*	un donateur
• *a patron*	un mécène
• *an art critic*	un critique d'art
• *an art gallery*	une galerie d'art
• *a daub*	une croûte
• *a fake*	un faux
• *an auction house*	maison des ventes
• *an auction room*	salle des ventes
• *an auction sale*	vente aux enchères
• *an auctioneer*	un commissaire-priseur

B Cinema – Cinéma

• *a talkie*	un film parlant
• *a full-length film*	un long-métrage
• *a short*	un court-métrage

Art et pouvoir

• *a trailer*	une bande-annonce
• *a blockbuster*	une superproduction
• *a flop*	un échec
• *a dud*	une nullité
• *a lousy film*	un navet
• *censorship*	la censure
• *a movie-goer*	un cinéphile
• *to watch a film*	voir un film
• *to produce a film*	produire un film
• *the majors*	les grands studios
• *to release a film*	sortir un film
• *to feature in a film*	jouer dans un film
• *a starring role*	un rôle principal
• *a supporting actor*	un second rôle
• *an extra*	un figurant
• *a stand-in*	une doublure
• *a stuntman*	un cascadeur
• *a stunt*	une cascade
• *to impersonate a character*	incarner un personnage
• *to play the villain*	jouer le rôle du méchant
• *a film director*	un metteur en scène
• *a film maker*	un cinéaste
• *to shoot on location*	tourner en extérieur
• *to shoot in the studio*	tourner en studio
• *a take*	une prise de vue
• *a pan shot*	un plan panoramique
• *a long shot*	un plan d'ensemble
• *a close shot*	un plan rapproché
• *a distance shot*	un plan éloigné
• *a freeze shot*	un arrêt sur image
• *to assemble a film*	faire le montage
• *a film editor*	un monteur
• *the soundtrack*	la bande sonore
• *an opening night*	une première
• *a film award*	une récompense cinématographique
• *a prize winner*	un film primé

Diversité et inclusion

☐ Lue ☐ Relue ☐ Apprise

A Jobs and Production – Emploi et production

• *the labour market*	le marché de l'emploi
• *the working population*	la population active
• *job creation*	la création d'emplois
• *labour*	la main-d'œuvre
• *employment*	l'emploi
• *underemployment*	le sous-emploi
• *full employment*	le plein emploi
• *unemployment*	le chômage
• *to create jobs, to generate jobs*	créer des emplois
• *to create job opportunities*	créer des débouchés
• *workload*	la charge de travail
• *flexitime*	horaires flexibles
• *to change jobs, to switch jobs*	changer d'emploi
• *livelihood*	les moyens d'existence
• *to make a living, to earn one's living*	gagner sa vie
• *a position*	un poste
• *a seasonal job*	un travail saisonnier
• *a menial job*	un travail subalterne
• *an odd job*	un petit boulot
• *full-time work*	un travail à temps plein
• *to work full time*	travailler à temps plein
• *a steady job*	un emploi stable, un CDI
• *to apply for a job*	postuler à un emploi
• *an applicant*	un postulant
• *an application*	une candidature
• *a vacancy, a vacant position*	un poste vacant
• *to work overtime*	faire des heures supplémentaires
• *mass production*	production en série
• *a factory*	une usine
• *an executive*	un cadre
• *the CEO (chief executive officer)*	le PDG
• *profitability*	la rentabilité
• *efficiency*	l'efficacité

• *to enhance productivity*	améliorer la productivité
• *a yield*	un rendement
• *a struggling industry*	une industrie en difficulté
• *an ailing industry*	une industrie en déclin
• *to turn things around*	redresser la situation
• *to adjust to changing times*	évoluer avec son temps
• *to keep pace with technological progress*	suivre le progrès technologique
• *a craftsman*	un artisan
• *to work on the line*	travailler à la chaîne
• *thankless*	ingrat
• *dull*	monotone

B The oppressed – Les opprimés

• *discrimination*	la discrimination
• *positive discrimination*	la discrimination positive
• *feminism*	le féminisme
• *sexism, racism*	le sexisme, le racisme
• *emancipation*	l'émancipation
• *to emancipate*	affranchir
• *a patriarchal society*	une société patriarcale
• *a visible minority*	une minorité visible
• *a person of colour*	une personne de couleur
• *demeaning work*	un travail avilissant
• *self-realisation*	l'accomplissement de soi
• *self-fulfillment*	l'épanouissement personnel
• *salary disparities*	les inégalités de salaire
• *underprivileged*	défavorisé
• *to awaken somebody to*	sensibiliser quelqu'un à
• *to battle bias*	lutter contre les préjugés
• *to earn the respect of*	gagner le respect de
• *to be judged on merit*	être jugé sur le mérite
• *to work one's way up*	partir du bas de l'échelle
• *to strike out on one's own*	se lancer seul

☐ Lue ☐ Relue ☐ Apprise

Myths are a reference for all of us. They help build a collective identity and a sense of cohesion in a group or a society. Myths allude to the human condition. They may be entirely imaginary or be based on real people or events.

1 Role Models

A Men and Women who Changed the World

- **Winston Churchill** (1874-1965). After a long and controversial political career, he became Prime Minister of Great Britain in May 1940, shortly after Nazi Germany had invaded France. His speeches were a great inspiration to the nation.
- **Eleanor Roosevelt** (1884-1962), the wife of US President Franklin D. Roosevelt, was a hero in her own right. She supported working women and defended civil rights for African Americans and for Asian Americans, who were persecuted during World War II.

B Men and Women who Use their Fame to Change the World

- **Bono** (1960-). Paul David Hewson is extremely active in humanitarian work, particularly in favour of Africa. He uses his fame to gain access to influential people like presidents, Prime Ministers, and wealthy philanthropists like Bill Gates.
- **Lady Diana**, Princess of Wales (1961 – 1997) married Prince Charles, the son of Queen Elizabeth II, in 1981. She worked hard to protect children in need and to raise awareness about Aids, leprosy and other serious illnesses. Her tragic death in a car accident in Paris at age 36 made her a legend in her own time.

C Everyday Heroes

- **Everyday heroes** aren't famous, and they don't have any superpowers. But they do have many good qualities, like common sense, decency, concern for others and determination. They may be anonymous to the public, but they are heroes to the individuals they work to protect and serve every day.
- **Activists** can be heroes because they promote or prevent social, political or environmental change.
- **Volunteers** for charity organisations (health, housing, education and more) are also "hidden heroes" because they generally act in the shadows.

2 Fictional Heroes

A Superheroes in Literature

- **Superhero** comics first appeared in the USA in the 1930s. Their adventures were particularly popular during World War II and the Great Depression.
- People instinctively appreciate superheroes, because thanks to them, justice and right always triumph over evil.
- **Antiheroes** began appearing in comics in the late 1980s. Their stories were darker and more complex.

B Superheroes in Films and Series

- Superheroes in films or series are often based on comic books, but the film versions often feature even more action, fantasy and science fiction.
- Gradually, more and more characters in film series are being created directly for the screen. Advances in special-effects technology help make them more visually dramatic and realistic. A sense of insecurity in the future has created a demand for films whose noble heroes and happy endings are reassuring for movie-goers.

3 Myths and Culture

- According to the dictionary, a myth is a **traditional story explaining a natural or social phenomenon** and involving supernatural gods, demigods or human beings and events. They are closely linked to religion and spirituality and they may be mixed with legends and history.
- **The United States is full of great myths**, such as the myth of happiness, the myth of progress and the myth of liberty. Historically those myths originated from the different waves of immigration.

Espace privé et espace public

Lue Relue Apprise

Roles are now less related to gender. Teleworking is developing and the home is becoming the new work-base. Private sphere and public sphere are intermingling.

1 Evolution of the Family

A Evolution of the Family

- Young people used to look up to their parents and other relatives (aunts and uncles, grandparents or even great-grandparents) as examples to follow.
- But the nuclear family has evolved and a family may also be a single parent family, an extended family or a stepfamily.

B Role of the Woman at Home and at Word

- The private sphere was long considered as women's proper place whereas men were supposed to belong to the public sphere. Women were in charge of the family and the home while men were responsible for politics or the economic world.
- **The role of women has changed significantly and for better.** They have attained success in every field, whether it is sports, politics or academics. With the encouragement of coeducation, women are now marching side by side with men.

C The Home

- A person's home can be an important facet of their identity and sense of belonging. Sometimes, people choose to live near people who share a similar cultural identity. Other times, where you are from may define your identity. Your home can be in an urban, suburban or rural area.
- With the development of virtual workplaces, the home is becoming a public space for many workers. In the UK, almost 10% of workers are teleworkers. It means that they work from home at least one day a week.

2 Emblematic Institutions of Power

A Institutions of Power in the United Kingdom

- The United Kingdom is a constitutional monarchy. That means the kingdom is ruled by a monarch whose powers are controlled by constitutional laws. The monarch is essentially a ceremonial figurehead, the person who symbolises the nation's history.

- The United Kingdom is actually governed by a bicameral Parliament, composed of the House of Lords and the House of Commons. Nevertheless, the British armed forces swear allegiance to the monarch and not to the Government.

B The Government of the USA

- The USA is a federal republic of 50 states. The Government is made up of various institutions that share powers to prevent any individual or group from gaining too much control. Power is divided into three tiers of local, state and national government.
- At the national level, the Government is composed of three branches: the legislative, executive and judicial branches. These divisions were established to create a system of checks and balances.

3 The Media and Public Opinion

A The Fourth Estate: The Press

- Like in the USA today, societies and governments have often been organised into three parts, which can also be called estates. When a group that is outside of the three official divisions acquires a lot of influence, it can be referred to as the "Fourth Estate".
- Nowadays, the term usually refers to the press or the media.

B Public Opinion and Citizenship

- **Public opinion** plays an important role in many societies today, because it favours democracy. The press can have an important role in influencing public opinion.
- **Civil disobedience** is non-violent political action that involves breaking or refusing to obey certain laws (by forming a peaceful blockade or entering a public place illegally) for example. Civil disobedience actions performed to influence public opinion and lead to a change in the laws.

Citoyenneté et mondes virtuels 152

Lue Relue Apprise

The concept of citizenship in the nineteenth and twentieth centuries was linked to the building of the nation. Nowadays, young people are developing their personal identities through family, friends and cultural and religious inheritance. However, in a world that increasingly operates online, their physical territories or roots are transformed into virtual territories.

1 Means of Communication

A Mobile phones and the Internet

- Mobile phones and the Internet have transformed communication and information sharing in the past twenty years. We can now communicate and share or search for images and information almost instantly.
- Mobile phones, laptop computers and tablets have increased access to Internet services like Skype and social networks such as Facebook, Twitter and WhatsApp by allowing people to have internet-connected devices available at all times.

B Future means of communication

- Massachusetts Institute of Technology (MIT), a prestigious research institution that has made many important contributions to technical progress, is currently working on **3D video calls**.

2 The Power of Digital transformation

A The real life/The virtual world

- Digital plays a major role in our everyday life. People's lives are split into two components: the real life and the virtual world. Little by little, the virtual world is substituting elements from our real life.
- New citizens. Citizens are now digital citizens of a global digital country where communities are populated by virtual personalities and see identities and nationalities gradually disappear.

B What is Real/What is Fake

- Instagram's virtual celebrities are gorgeous, popular and sought-after by brands. But they aren't real. They are digitally created.
- As virtual creations are becoming more and more real, distinction between what is real and what is fake will become harder to discern.

3 A Computer-Based Online Community

A Virtual worlds

- In a virtual world, users interact with each other in a simulated world. They use and control two-dimensional or three-dimensional avatars.

B School-education virtual worlds

- The virtual classroom is an online space designed for learning. It helps live teaching, either one-to-one or for a group. One advantage of the virtual classroom is that it fulfills the needs of teachers and pupils. They can explore a wide range of learning materials and videos.

4 Evolution of the Behaviour

A From Fiction to Internet

- The development of virtual worlds has started with the text-based, offline role playing games, created on the basis of the different works of fiction, such as Tolkien's books and ideas of world building for instance.
- Virtual worlds fascinate people because they manage to create states of the human existence which do not exist, that is to say are not real but do appear to be real from the point of view of the player.

B Ethical Behaviour

- Unlike other forms of media, virtual reality can create a world in which the user's environment is only determined by the creators of the virtual world. The creators are able to make players feel fake social links induced by advanced avatar technology.
- Today, virtual worlds enable realistic, interactive experiences that do not exist in the real world. Virtual worlds may have positive effects – for example, combating anxiety, reduce fears and possibly depression, promoting aid and environmental behaviours.

☐ Lue ☐ Relue ☐ Apprise

The world is undergoing a period of rapid technological change. Instant communication and improved transportation means many developing countries are becoming rapidly industrialised, and goods and people are moving around the world more than ever before. So society must consider and prepare for the future.

1 New Forms of Exchanges

A Exchanges are Developing at an International Level

- Business relations are more numerous than in the past, and are also faster. In **international trade**, imports and exports can be subjected to trade agreements between nations.
- In most countries, international trade represents a significant part of the GNP. International trade is governed by the **World Trade Organization**, and it is restricted by tariff and non-tariff barriers.
- **Fair trade** allows producers in developing countries to improve their working and living conditions. Fair-trade producers get a better price for their goods. That allows them to invest some of their earnings in improving housing, health care and education.

B Advantages and Disadvantages of Globalisation

- Globalisation is the system of international exchange as well as the integration of products, ideas and cultures. Globalisation can have a negative impact, such as contributing to the disappearance of some languages. Inversely, dialects such as “Hinglish” and “Spanglish” contribute to the evolution of the English language by incorporating vocabulary and grammar from other languages.
- To produce at lower cost, companies delocalise their factories to developing countries where they can hire a labour force at more competitive wages. This can be positive for local workers since it creates jobs. But working conditions in those factories where keeping costs low is the main priority, are often not good.

C A More Global World

- Living in harmony with the natural environment means we must make both individual and collective efforts to preserve the planet. These efforts include recycling, reusing things, car-pooling, and sharing.
- Governments can encourage sustainable-development policies and projects that also reinforce people's sense of belonging in

their community, like educate pupils to help them to become more environmentally conscious, or eco-aware.

- Living together in a more global world means trying to decrease inequality between nations. Many people in the developed nations have launched projects intended to help people in developing nations.

2 The Notion of Citizenship in this Changing World

A Definitions

- Being granted the citizenship of a state means being a member of a particular country and having rights because of it.
- As a citizen, a person has political rights as well as civil and social rights. Nationals are persons with the nationality of the country. It means that there were born in the country but it doesn't make them full citizens.
- Nationalism or a global world? On the one hand, some citizens are withdrawing into themselves and it brings back a strong sense of nationalism. On the other hand, other citizens see the world as a global community.

B Global Citizenship

- As the world is becoming more and more global, some people feel they are global citizens rather than citizens of a particular state. The notion of identity is evolving. Identity is not related to borders and territories.
- Global citizens do not reject their nationalities or local identities. Being a member of the world ranks first while local identities are given second place.

Innovations scientifiques et responsabilité

154

Lue Relue Apprise

Scientific innovations play an important part in our society. Recent scientific discoveries are part of our daily lives, and their goals is to improve it.

1 Technological Breakthroughs

A From the Industrial Revolution to Robots

- **The Industrial Revolution** was a period of transition that began in Britain in the late 18th century. Thanks to the Industrial Revolution, the standard of living of the British population improved dramatically.
- **Cybernetics** is the study of mechanical, physical, biological and other systems. A **cyborg** is a "cybernetic organism", part human, part machine. Some functions have been restored or some abilities enhanced thanks to the integration of artificial components or technology.

B Space exploration

- Space exploration has always fascinated mankind, and is now conducted both by robots and by manned spaceflights.
- **The International Space Station** is a space research environment laboratory in which astronauts carry out experiments in biology, physics, astronomy, meteorology and other fields.

2 Medical Breakthroughs

A Medical Breakthroughs and their Consequences

- **Antibiotics and vaccines** have contributed to improved health and increased longevity.
- Since 2001, developing nations have been allowed to produce generic medications to combat **public-health crises**, like HIV/Aids. This has been very important to increasing life expectancy and decreasing the spread of the disease.
- **In Vitro Fertilization** (IVF) is the process by which a woman's egg is fertilised by a man's sperm outside the body.

B Ethical Issues

- **Cloning** is the process of producing genetically identical individuals.
- **Human therapeutic cloning**, which involves cloning human cells for medical use, enables patients who cannot obtain transplants to be

treated. It generates tissues or even whole organs. **Human reproductive cloning**, which is not allowed, would involve duplicating a person to create a second individual with the exact same genes. It could help parents who cannot procreate to have a child, or to replace a child who died. But it also raises many ethical issues.

- **Sex selection** allows couples to choose the sex of their offspring.
- **Surrogate motherhood** is legal in some countries, and in some American states, and banned in others. Surrogacy is a complicated ethical issue, because on the one hand, it enables some people to have children, but on the other, in certain contexts, it reduces other women to the status of "baby-making machines."

3 Impact of Scientific Innovations on the Globe

A Pollution and Agreements

- **The United Nations (UN) Environment Programme** was established in 1972, after the first United Nations Conference on the Human Environment.
- The United Nations established the **World Commission on Environment and Development** in 1983.
- The **Kyoto Protocol** was adopted at COP3, in 1997, but it didn't enter into effect until 2005.
- At **COP21**, in Paris in late 2015, 195 member states signed an agreement promising to reduce their carbon output "as soon as possible" and to do their best to keep global warming to "well below 2 degrees Celcius".

B Using Up Resources

- **Agriculture** can contribute to soil and water depletion, deforestation, pollution and loss of biodiversity in crops, livestock or wild species.
- **Industrial pollution** can affect the air, water and soil. It can kill animals and plants, damage buildings, and adversely affect human health.
- **Transportation**. Modern people's taste for travelling ever farther and faster involves means of transportation such as cars and planes that contribute to increasing the rate of CO_2 emissions in the atmosphere.

C Alternatives

- **Organic food** is produced thanks to practices that protect the environment and preserve biodiversity.
- **The slow-food movement** is a reaction to fast-food (like McDonald's) and to the industrialisation of food in general.

The borders of the English-speaking countries have regularly evolved over time. Immigration and colonisation have built new borders. Motivations were varied: religion, political persecution, American Dream or economical motives.

1 Evolution of Territories

A From Independence to Expansion

- The signing of the Declaration of Independence in Philadelphia on July 4, 1776 was a turning point in the American Revolution. The document stated that the thirteen British colonies then at war with Great Britain considered themselves an independent nation composed of thirteen states. Americans celebrate **The Fourth of July** (also known as "Independence Day") as their national holiday, the anniversary of the founding of their nation.
- The 1783 Treaty of Paris, which ended the War of Independence, established the new nation's borders, but the country continued to expand both south and west. In the early 19th century, President Thomas Jefferson asked **Captains Lewis and Clark** to explore the continent's interior.
- For more than 200 years, the economy of the southern states in the USA depended on slave labour. Most slaves were brought from West Africa as part of the "**triangle trade**": European merchants traded manufactured goods for slaves, who were sold as property in the New World. The merchants brought agricultural products like sugar, molasses and tobacco back to Europe, completing the triangle.

B Australia as a Penal Colony

- After the American colonies achieved independence, Britain wanted to find a new colony, and so they began to settle in New South Wales (present-day Australia). Cheap labour was needed to develop agriculture and infrastructure there, so Britain began to send convicts, sentenced to seven or fourteen years of labour. At the end of their sentence, they were given a parcel of land to farm.
- On **January 26, 1788**, the First Fleet arrived at Botany Bay, in what would become the city of Sydney. This date later became **Australia's National Day**, called Australia Day.
- In 1793, the first free British immigrant settlers went to Australia. They were given parcels of land to farm, agricultural tools and convicts for free labour.

C Ireland: from a Dominion to a Republic

- In 1542, the Crown of Ireland Act established Henry VIII and his successors as the rulers of Ireland. But the Irish resisted, and their rebellion lasted for several centuries.
- Between 1845 and 1849 more than one million people died from **the Great Famine**, and another million emigrated to the USA. On April 24, 1916, seven members of the Irish Republican Brotherhood (IRB) mounted an insurrection called the Easter Rising. But the British Army quickly suppressed the rising.
- The **Irish War of Independence** began in January 1919 and ended in December 1921, when a peace treaty established Irish independence. One month later, Northern Ireland, which had a majority Protestant population, voted to leave the Free State, which had a majority Catholic one, and be reattached to Britain. In 1969, “The Troubles”, a period of violence between Catholics and Protestants, began. The violence ended in 1997, and the country has been at peace since.

D Immigration waves in the United States

- First Immigration Wave 1609-1775: Europeans who fled religious persecutions and hoped for better economic futures; Black Africans to be used as slaves.
- Second Immigration Wave 1820-1870: Germans who ran away from wars; Irish immigrants who left their country because of the potato famine; Chinese immigrants who came to work on the railroad companies.
- Third Immigration Wave 1881-1920: Europeans who immigrated to live their American Dream.

2 Memory: Continuity and Breaks

A Immigrants' Cultural Heritage

- In the English-speaking world and elsewhere, immigrants aim at building a new life based on their **parents' cultural heritage**. This cultural heritage can create cohesiveness within immigrant families and communities, but children who are the first or second generation in a new country may feel divided between their parents' expectations and those of the country where they live. This can lead to cultural conflicts or a "generation gap".
- With the growth of multiculturalism, everyone, both immigrants and locals, is becoming more aware of the importance of preserving immigrants' cultural heritage. One way to do this is to share immigrant culture in festivals, parades and other events that are open to everyone. An example is the Notting Hill Carnival in London which was started by immigrants from Jamaica, the Bahamas, etc.
- Music, film, fashion and other arts are an expression of a community's culture. They can also be a way for cultures to be globalised, to penetrate new places and to blend with the cultures they encounter there.
- There is an expression: "History is written by the victors". It means that it is difficult for oppressed minority to defend their point of view. The dominant culture often tries to impose its interpretation of history. Nowadays, many oppressed groups are demanding a chance to express their side of the story. In America, this has led to events like Black History Month (February) and Women's History Month (March). During that time, events in schools, on TV and elsewhere, present the important contributions that Black people and women have made to American culture.
- Education can be an important tool in helping minority communities preserve their cultural inheritance. However, education is sometimes also used against certain cultures. In many countries, certain languages were forbidden, like Native American languages in North America and Aboriginal languages in Australia.

B Cultural Heritage

- Cultural heritage is a legacy from past generations for future generations. A society's cultural heritage can be composed of buildings, monuments and/or works of art that are vivid testimonies of the past. They reflect a particular period of time, and the historical events that took place then. They often have a positive image, as reminders of periods of peace and prosperity, or of victory in wars and other military conflicts (like the Churchill Museum in London). But some monuments, like the 9/11 Memorial in New York, can have sad or negative images. They memorialise the dead, and remind visitors about events that we hope will never be repeated.
- Languages, folklore and other intangibles are also important parts of ethnic groups' cultural heritage.
- Natural sites and native plants and animals can also be considered as part of communities' cultural heritage. Present generations have a responsibility to protect and preserve landscapes that are important to their cultural history.

C Preservation of Sites and Monuments

- **Heritage preservation or conservation** protects and preserves buildings, monuments and landscapes. For example, by the 1870s, Stonehenge, a pre-historic site in southern England, was threatened by tourists, who were chipping off parts of the stones and carving their initials into the rock. This led to the creation of the Society for the Protection of Ancient Buildings in 1877. In 1895, the National Trust was founded to help preserve historic buildings.

Art et pouvoir

☐ Lue ☐ Relue ☐ Apprise

Art is considered as a form of power as artists don't depend on governments or other forms of power to create. When they aren't affected by censorship, they can say what they want through their works.

1 Architectural Buildings as a Duty of Remembrance

- **The Statue of Liberty**, a monument located on Liberty Island, south of Ellis Island in New York City, played a major role in history as it served as an icon of freedom to all immigrants arriving in America.
- **The Canadian National Vimy Memorial**, a Canadian monument site in France, was built to honour the memory of Canadian Expeditionary Force members killed during World War I.
- **The National September 11 Memorial & Museum** commemorates the September 11, 2001 attacks and honours the memories of the 2,977 civilians and rescue operators who were killed.

2 Propaganda and Patriotism

A Art and Propaganda

- As people are usually suspicious of propaganda, some governments, such as Hitler's government for instance **used art to coerce people into following them**.
- Artists used their works to convey a message or push a **political ideology**. In that case, art is subordinate to **brainwashing**.

B Patriotic Works in American Art

- War propaganda posters were usually used as a way to manipulate human emotions by displaying facts selectively. However, it was also a means to change the attitude of the target audience toward a subject.
- **Norman Rockwell** magazine covers highlighted the human aspect of the American war effort during World War II. His illustrations promoted war bonds and encouraged people to finance military expeditions and called for women to work and men to enlist.

C Censorship

- Initially the concept of censorship was to protect the viewers from disturbing images and videos, which could psychologically be damaging for both children and adults.

- For artists, censoring art is the equivalent of censoring a person's own mind and preventing them to freely express themselves. Moreover, destroying a work permanently removes it from future generations.

3 Art as a Form to Express Political Ideas

A Engaged Artists During the Vietnam War

- The **war in Vietnam** influenced the shift from ideals of aesthetic purity toward a realm of shared conscience and civic action.
- Artists also chose to sing to express their opinions and numerous singers composed and sang anti-war songs because they considered protest songs provided a window into the mood of the 1960s.

B Woodstock Festival against Imperialism

- **Woodstock Festival** (1969) is still considered as a defining event for the **counterculture** (a way of life and attitudes opposed to the prevailing norms and standards) generation. It was an opportunity for people to escape into music and spread a message of unity and peace.

C Protest songs against Apartheid in South Africa

- Opposition to **Apartheid in South Africa** (a system of racial segregation and white supremacy, which placed all political powers in the hands of a white minority) took different forms, including boycotts, nonviolent protests and armed resistance. Music was a means to **raise awareness**, build a unity within the movement.

4 Art as a Form of Counter-Power

A Street Art

- Street art is a form of visual art created in public locations. It is usually displayed on buildings, walls and fences, trains and other publicly viewed surfaces.
- **Bansky** is an anonymous English-based street artist who expresses his political ideas on streets, walls and bridges of cities throughout the world. His works have dealt with various political and social subjects, such as anti-war, anti-consumerism, anti-imperialism...

B Underground Culture

- Underground culture is a movement depicting various alternative cultures. The expression uses the word "underground" because it refers to the resistance movements who were compelled to respect the secrecy of their members.

Lue Relue Apprise

Class, race and gender bring about discrimination and inequalities. Irreversible damage and death are the consequences of discrimination. Minority groups are most likely to suffer from discrimination and difficulties to integrate into the society.

1 Various Forms of Discrimination

A Classes and Inequalities

- In Britain during the Industrial Revolution, there were three main social classes: the upper class, the middle class and the lower class (also called the working class).
- Between 1860 and 1920, the British segregated Indians by caste, granting administrative jobs and responsibilities only to Christians and people belonging to certain castes. Social unrest during the 1920s led to a change in this policy, but the system continues to be practiced in India with devastating social effects.

B Gender Discrimination

- Gender discrimination kills 240,000 girls under the age of five every year in India. It concerns their limited access to education, employment or political representation. But it also concerns lacks as regards care, vaccination, and nutrition of girls.
- The reasons for the deaths are mostly due to unwanted female child bearing in a society that has a preference for sons. Families prefer delivering boys and the availability of sex-selective operations, although illegal in India, mean there's a gender gap.

C Racial Discrimination in the United States

- When the Europeans arrived on North America's shores, they were convinced that the original inhabitants of America needed to be civilised through Christianity. They forced assimilation through institutions like residential schools and the establishment of "Indian reservations".
- When Japan ordered the bombing of Pearl Harbor in Hawaii in December 1941, racism against Japanese-Americans soared. Japanese-Americans were targets of harassment, discrimination, and government surveillance. It got worse in 1942 when President Franklin D. Roosevelt ordered the internment of Japanese-Americans (more than 60,000 were sent to the camps).

2 Fighting against Inequality

A In the USA

- Slavery existed in the USA from before independence to the end of the American Civil War. After the Civil War ended, the 13th Amendment to the Constitution formally and definitively abolished slavery in the USA in December, 1865. In 1868, Congress ratified the 14th Amendment, which granted full citizenship to former slaves, who did not have the rights of citizens before.
- In the 1880s, white segregationists began to impose a set of racist rules known as Jim Crow laws. White supremacist organisations like the **Ku Klux Klan** lynched people who didn't respect them.
- By the 1950s, **the Civil Rights movement**, which was fighting against Jim Crow and for equal rights for Black people, was getting stronger. Inspired by Gandhi's non-violent protests, the civil-rights leader **Martin Luther King** became the spokesperson for non-violent civil disobedience.

B In Canada

- Canada is now the most multicultural country in the world, with immigrants from every country, ethnic group and religion in the world.
- The French and British first established colonies in Canada in the 17th century. But the Aboriginal, or indigenous peoples of Canada arrived from Asia over 12,000 years ago.

C In South Africa

- Racial segregation started in colonial times under the Dutch empire and continued under the British, who took over the region in 1795. **Apartheid**, a legal system of racial segregation, was established in 1948.
- In the 1950s, the African National Congress (ANC), the main anti-Apartheid organisation, used only non-violent means to protest Apartheid. But after the Sharpeville Massacre, where 69 anti-Apartheid protestors were killed by the police, **Nelson Mandela** and other ANC leaders announced that it could no longer limit itself to non-violence. In 1962, Mandela was arrested and sentenced to life in prison.
- In 1990, President de Klerk released Nelson Mandela and several other political prisoners, and started negotiations to end Apartheid. The nation's first truly democratic elections were held in 1994. Nelson Mandela became the first Black President of South Africa.

Espagnol

Sommaire

Espagnol

Lue Relue Apprise

Vocabulaire

Grammaire

Fictions et réalités

Lue Relue Apprise

1 Noms

la fantasía, la imaginación	l'imagination
el misterio	le mystère
el héroe	le héros
el valor	le courage
la alegoría	l'allégorie
la proeza, la hazaña	la prouesse
un acontecimiento	un événement
un ámbito	un domaine
el traje	le costume
la fama	la renommée
un famoso	une célébrité
el idolo	l'idole
la mirada	le regard
la realidad	la réalité
la verdad	la vérité
el mundo real	le vrai monde
un afán	un désir
el novelista	le romancier
la novela	le roman
la publicidad	la publicité
un cartel	une affiche
la película	le film
el director	le réalisateur
el guion	le scénario
un retrato	un portrait

2 Adjectifs

ficticio	fictif
legendario	légendaire
realista	réaliste

3 Verbes

crear	créer
idear	concevoir
intuir	deviner
ambientar	situer
cambiar	changer
vencer	vaincre
convertirse en	devenir
basarse en	se fonder sur
narrar, contar(ue)	raconter
renovar	renouveler
rescatar	sauver
inspirarse en	s'inspirer de
enfrentarse a	affronter
triunfar	réussir (dans la vie)
convertirse(ie) en, llegar a ser	devenir
desempeñar un papel	jouer un rôle
cuestionar	s'interroger sur
matizar	nuancer

4 Expressions

a la vez	en même temps
en el transcurso de la historia	au cours de l'histoire

Mémo'Quiz

1. ***La fantasía*** **peut se traduire par :**
a. le fantastique b. la sagesse c. l'imagination

2. ***Un événement*** **peut se traduire par :**
a. un àmbito b. una hazaña c. un acontecimiento

3. ***Vaincre*** **peut se traduire par :**
a. matizar b. triunfar c. vencer

4. ***Enfrentarse*** **signifie :**
a. affronter b. rayer c. confronter

→ corrigés p. 479

Espace privé et espace public

Lue Relue Apprise

1 Noms

el espacio privado	l' espace privé
el espacio público	l' espace public
el derecho familiar	le droit de la famille
el papel	le rôle
la convivencia	le fait de vivre ensemble
un ama de casa	une femme au foyer
la igualdad de género	l'égalité homme-femme
la igualdad	la parité
la desigualdad	l'inégalité
el feminismo	le féminisme
el machismo	le machisme
la violencia de género	la violence de genre, conjugale
el teletrabajo	le télétravail
la cultura	la culture
la educación	l'éducation
la emancipación	l'émancipation
la libre circulación	la liberté de mouvement
la mestizaje cultural	la mixité culturelle
un activista	un militant
un cambio	une mutation, un changement
un lugar, un sitio	un lieu
la vivienda	le logement
un perjuicio	un préjudice
una creencia	une croyance
una multitud, un muchedumbre	une foule
una tradición	une tradition

2 Adjectifs

desfavorecido, pobre	défavorisé
despectivo,	méprisant
harmonioso	harmonieux
íntimo	intime

3 Verbes

formar parte de	faire partie de
sentirse avergonzado	avoir honte
sentirse incómodo	être mal à l'aise
superar	surmonter, dépasser
trabajar	travailler
alcanzar	atteindre
apoyar	soutenir
atraer	attirer
atreverse a	oser
disfrutar	profiter
fundirse en	se fondre dans
lograr, llegar a ser	réussir
luchar	se battre
mezclarse con	se mélanger à
seguir + ger.	continuer de
soler + inf.	avoir l'habitude de
viajar a	voyager

4 Expressions

de todo tipo	en tout genre
la mayoría	la plupart
por lo general, en general	en général

Mémo'Quiz

1. ***Un lugar*** **peut avoir comme synonyme :**
a. un loco b. un asiento c. un sitio

2. ***Le changement*** **peut se traduire par :**
a. el activista b. el tamaño c. el cambio

3. ***Oser*** **peut se traduire par :**
a. atraer b. atreverse a c. superar

4. ***Alcanzar*** **signifie :**
a. atteindre b. soutenir c. réussir

→ corrigés p. 479

Citoyenneté et mondes virtuels

161

Lue Relue Apprise

1 Noms

el auge	l'essor
la inteligencia artificial	l'intelligence artificielle
los medios	les médias
el mundo digital	le monde numérique
el sitio digital	le site web
la página web	la page web
las redes sociales	les réseaux sociaux
los datos personales	les données personnelles
el uso	l'utilisation
el móvil (Esp), el celular(Amer)	le téléphone portable
los mensajes	les messages
los emoticonos	les émoticônes
un foro	un forum
la inseguridad	l'insécurité
la libre expresión	la liberté d'expression
el riesgo	le risque
el robo de identidad	l'usurpation d'identité
las noticias falsas	les « fake news », fausses nouvelles
el ciberacoso	le cyber harcèlement
el logro	la réussite
la víctima	la victime
los acontecimientos	les événements

2 Adjectifs

ansioso	anxieux
prudente	prudent
imprudente	imprudent
digital	numérique
impresionado	impressioné
peligroso	dangereux
preocupado	inquiet

3 Adverbe

actualmente, hoy en día	actuellement
antes, antiguamente	autrefois

4 Verbes

acosar	harceler
aprovechar	profiter de
aumentar	augmenter
avisar	prévenir
colgar en la red	poster sur le net
subir a las redes sociales	poster sur les réseaux sociaux
conocerse	faire connaissance
darse cuenta de que	se rendre compte que
dedicar tiempo a	consacrer du temps à
descargar	télécharger
desconfiar	se méfier
mandar	envoyer
ponerse al corriente	se mettre au courant de
relacionar(se)	se faire des relations
vigilar	surveiller

5 Expressions

cada vez menos	de moins en moins
en cambio	en revanche
mientras que	alors que

Mémo'Quiz

1. *El logro* peut avoir le sens de :
a. l'essor b. la réussite c. l'état d'esprit

2. *Los médios* se traduira par :
a. les moyennes b. les médias c. les intermédiaires

3. Le verbe *acosar* signifie :
a. accuser b. accéder c. harceler

→ corrigés p. 479

Identités et échanges

Lue Relue Apprise

162

1 Noms

las fronteras	les frontières
las raíces (la raíz)	les racines, les origines
el proteccionismo	le protectionnisme
la movilidad	la mobilité
la globalización	la mondialisation
el choque cultural	le choc des cultures
el derecho de asilo	le droit d'asile
el exilio	l'exil
la mano de obra	la main d'œuvre
la aculturación	l'acculturation
la diversidad	la diversité
el diálogo	le dialogue
la migración	la migration
la miseria	la misère
la probreza	la pauvreté
el hambre	la faim
la guerra	la guerre
un conflicto	un conflit
un gueto	un ghetto
la hospitalidad	l'hospitalité
la solidaridad	la solidarité
el turismo	le tourisme
un barrio	un quartier
un intercambio	un échange
un viaje	un voyage
una colaboración	un partenariat

2 Adjectifs

distinto, diferente	différent
multicultural	multiculturel
abierto, tolerante	ouvert, tolérant
acogedor	accueillant

atractivo	attirant, attractif
infeliz, desdichado	malheureux
poblado	peuplé

3 Verbes

acabar de + inf.	venir de + inf.
alcanzar	atteindre
alojarse	se loger
atraer	attirer
convivir	vivre avec, cohabiter
dar a conocer	faire connaître
desembarcar	débarquer
huir	fuir
involucrarse	s'impliquer
probar fortuna	tenter sa chance
quedarse	rester
salir adelante	s'en sortir
superar con creces	être bien au-dessus de
valorizar	valoriser

4 Expressions

en busca de	en quête de
el apego a la tierra	l'attachement à la terre

Mémo'Quiz

1. *Acogedor* a le sens de :
a. ouvert b. accueillant c. malheureux

2. *Le quartier* c'est :
a. el gueto b. el hambre c. el barrio

3. *Salir adelante* signifie :
a. s'en sortir b. sortir vite c. devancer

4. *Desembarcar*, c'est :
a. débarquer b. s'impliquer c. se débarasser

→ corrigés p. 479

Innovations scientifiques et responsabilité

Lue Relue Apprise

1 Noms

el planeta	la planète
el recurso	la ressource
el consumo	la consommation
una innovación	une innovation
la ciencia	la science
la donación de órganos	le don d'organe
un trasplante	une greffe
una malformación	une malformation
la cirugía	la chirurgie
la investigación genética	la recherche génétique
una vacuna	un vaccin
la clonación	le clonage
las nanotecnologías	les nanotechnologies
una campaña de sensibilización	une campagne de sensibilisation
la concienciación	la prise de conscience
un beneficio	un bénéfice, un profit
un robot	un robot
las cosechas transgénicas	les cultures OGM
el medio ambiente	l'environnement
la biodiversidad	la biodiversité
la contaminación	la pollution
el cultivo	la culture
la escasez	le manque
las energías renovables	les énergies renouvelables
los transportes	les transports
una organización no gubernamental	Une ONG
el reciclaje de desechos	le recyclage des déchets
el hacinamiento	la surpopulation
la carrera armamentística	la course à l'armement
una movilización	une mobilisation
la conquista espacial	la conquête spatiale

2 Adjectifs

sostenible	durable
minucioso	minutieux
medioambiental	environnemental
valioso	qui a de la valeur
ecológico	écologique
ético	éthique

3 Verbes

alterar	modifier, altérer
poner en peligro	mettre en danger
salvar la vida	sauver la vie
mejorar	améliorer
competir	rivaliser
desarrollar	développer
investigar	faire des recherches
producir	produire
impedir	empêcher
abastecer en	fournir en
agotar(se)	(s')épuiser
tener cuidado con	faire attention à
actuar	agir
ahorrar	économiser

Mémo'Quiz

1. ***La vacuna*** **peut se traduire par :**
a. le vaccin b. la culture c. la chirurgie

2. ***Los recursos*** **ce sont :**
a. les biens de consommation b. les ressorts c. les ressources

3. ***Développer*** **peut se traduire par :**
a. desarrollar b. mejorar c. impedir

4. ***Competir*** **peut se traduire par :**
a. concilier b. produir c. rivaliser

➜ corrigés p. 479

Territoire et mémoire

164

Lue Relue Apprise

1 Noms

la historia	l'histoire
la identidad	l'identité
la memoria	la mémoire
el pasado	le passé
el patrimonio cultural	le patrimoine culturel
el descubrimiento	la découverte
la herencia, el legado	l'héritage
el campo de batalla	le champ de bataille
la estrategia	la stratégie
la mezcla	le mélange
la riqueza cultural	la richesse culturelle
la verdad	la vérité
las cumbres internacionales	les sommets internationaux
las huellas del pasado	les traces du passé
los acuerdos	les accords
los antepasados	les ancêtres
la esclavitud	l'esclavage
los lazos	les liens
un acontecimiento	un événement
un monumento de guerra	un monument aux morts
una amnesia	une amnésie
una amnistía	une amnistie
una guerra	une guerre
una mentira	un mensonge

2 Adjectifs

antiguo	ancien
colectivo	collectif
emblemático	emblématique
extranjero	étranger
fronterizo	frontalier (se dit des frontières mouvantes du Moyen Âge)

histórico	historique
opuesto	opposé
orgulloso	fier
valiente	courageux

3 Verbes

apoyar	soutenir
celebrar	célébrer
compartir	partager
conmemorar	commémorer
conquistar	conquérir
conservar tradiciones	conserver les traditions
enfrentar	opposer
entenderse	se comprendre
estar equivocado	être dans l'erreur
trahicionar	trahir
resisitir	résister
fracasar	échouer
integrar	intégrer
intercambiar	échanger
luchar	lutter
rechazar	rejeter
ser, formar parte de	faire partie de
unificar	unifier

Mémo'Quiz

1. *El legado* peut se traduire par :
a. le passé b. le légataire c. l'héritage

2. *Les liens* peut se traduire par :
a. los antepasados b. los lazos c. los acontecimientos

3. *Antiguo* signifie :
a. antique b. opposé c. ancien

4. *Échouer* peut se traduire par :
a. fracasar b. enfrentar c. apoyar

→ corrigés p. 479

Art et pouvoir

165

Lue Relue Apprise

1 Noms

la cultura	la culture
el arte	l'art
el poder	le pouvoir
el prestigio	le prestige
la censura	la censure
la contracultura	la contre-culture
la influencia	l'influence
la resistencia	la résistance
la riqueza	la richesse
la arquitectura	l'architecture
el edificio	le bâtiment
una caricatura	une caricature
la música	la musique
la escultura	la sculpture
la pintura	la peinture
el arte religioso	l'art religieux
el muralismo	le muralisme
un encargo	une commande
un lienzo	un tableau
un retrato	un portrait
el mecenazgo	le mécénat
el cartel	l'affiche
la música	la musique

2 Adjectifs

abstracto	abstrait
realista	réaliste
atrevido	audacieux
comprometido	engagé
desproporcionado	disproportionné
famoso	célèbre
inconformista	non-conformiste

poderoso	puissant
vanguardista	avant-gardiste

3 Verbes

construir	construire
dar a conocer	faire connaître
dejar su huella	laisser son empreinte
denunciar abusos	dénoncer des abus
expresar una opinión	exprimer une opinion
hacer propaganda	faire de la propagande
invertir	investir
llamar la atención	attirer l'attention
manipular	manipuler
perseguir	poursuivre, persécuter
pintar	peindre
prohibir	interdire
recaudar fondos	récolter des fonds
reivindicar	revendiquer
respetar	respecter

4 Expressions

en apoyo a	en soutien à
en protesta por	pour protester contre

Mémo'Quiz

1. ***El encargo*** **peut se traduire par :**
a. la charge   b. le bâtiment   c. la commande

2. ***Atrevido*** **signifie :**
a.attiré   b. attrapé   c.audacieux

3. ***Comprometido*** **c'est :**
a. engagé   b. compromis   c. compris

4. ***Revendiquer*** **peut se traduire par :**
a. reivindicar   b. invertir   c. recaudar

→ corrigés p. 479

Diversité et inclusion

166

Lue Relue Apprise

1 Noms

el origen	l'origine
las raíces (la raíz)	les racines
las generaciones	les générations
la integración	l'intégration
el idioma oficial	la langue officielle
la cohesión social	la cohésion sociale
la tolerancia	la tolérance
la variedad	la diversité
la superación	le dépassement
la discriminación	la discrimination
las minorías	les minorités
la emancipación	l'émancipation
el rechazo	le rejet
la indiferencia	l'indifférence
la indignación	l'indignation
el odio	la haine
el prejuicio	le préjudice
la vergüenza	la honte
la discapacidad	le handicap
una silla de ruedas	un fauteuil roulant
la igualdad	l'égalité

2 Adjectifs

extranjero	étranger
numeroso	nombreux
bilingüe	bilingue
afortunado	chanceux
altruista	altruiste
colaborativo	collaboratif
cosmopolita	cosmopolite
intercultural	interculturel
racista	raciste

3 Verbes

comunicarse en	communiquer
mezclar	mélanger
convivir	vivre ensemble, cohabiter
entender	comprendre
negarse a	refuser de
agredir	agresser
denunciar	dénoncer
discriminar	discriminer
influir en	influencer
sensibilizar	sensibiliser
concienciar	faire prendre conscience
padecer	souffrir (d'une maladie)
integrar	intégrer
superar	surmonter
evolucionar	évoluer
animar	encourager
alcanzar una meta	atteindre un objectif

4 Expressions

a pesar de	malgré
además	de plus
sin embargo	cependant

Mémo'Quiz

1. ***El rechazo*** **peut se traduire par :**
a. l'origine b. la haine c. le rejet

2. ***La vergüenza*** **c'est :**
a. le handicap b. la honte c. le dépassement

3. ***Encourager*** **peut se traduire par :**
a. rendirse b. padecer c. animar

4. ***Surmonter*** **peut se traduire par :**
a. animar b. alcanzar c. superar

→ corrigés p. 479

Maîtriser les prépositions

☐ Lue ☐ Relue ☐ Apprise

L'emploi des prépositions en langue espagnole exige une grande précision : il s'agit, par exemple, d'éviter les oublis (*A* devant le complément de personne) ou les confusions (*POR* et *PARA*).

1 Les prépositions *a* et *en*

A Les principaux emplois de la préposition A :

- Devant un COD de personne ou animal familier :

*¿Conoces **a** su hermano ?* Connais-tu son frère ?

- Pour indiquer le lieu où l'on va :

*Vamos **a** Andalucía.* Nous allons en Andalousie.

- ***ir a*** + infinitif traduit un futur immédiat.

*Van **a** descubrir otro país* Ils vont découvrir un autre pays.

Attention

On dit *llegar a* pour traduire arriver à ou arriver en.
Llegaron a España. Ils arrivèrent en Espagne.

- Dans certaines expressions temporelles :

*Hoy, estamos **a** 20 de julio.* Aujourd'hui, nous sommes le 20 Juillet.

*Tres veces **al** día.* Trois fois par jour.

B Les principaux emplois de la préposition EN :

- Pour traduire le lieu où l'on est.

*Están **en** Barcelona.* Ils sont à Barcelone.

- Pour traduire aussi « sur » ou « dans »

*Siéntate **en** una silla.* Assieds-toi sur une chaise.

- Devant un complément de manière, de moyen :

*Llegaron **en** barco* Ils sont arrivés en bateau.

2 Les prépositions *por* et *para*

A Les principaux emplois de la préposition POR :

- Pour exprimer **la cause**.

*Gracias **por** tu visita.* Merci de ta visite.

- Pour introduire certains **compléments de temps**.

***Por** la mañana, **por** la tarde* le matin, l'après-midi

- Pour introduire un **complément d'agent**.

*Un monumento construido **por** Gaudí.* Un monument construit par Gaudí.

- Pour exprimer l'action qui reste à faire.

*Queda mucho trabajo **por** hacer* Il reste beaucoup de travail à faire.

Attention

¿por qué ? interrogatif en **deux** mots, signifie pourquoi ?

Porque, affirmatif en **un** mot, signifie parce que.

B Les principaux emplois de la préposition PARA :

- Dans l'expression du point de vue.

***Para** mí, es un tema esencial en la actualidad.* Pour moi, c'est un thème essentiel de l'actualité.

- Pour exprimer **le but**.

*Es útil **para** los estudiantes.* C'est utile pour les étudiants.

- Devant un complément de lieu, **pour exprimer l'endroit vers lequel on se dirige**.

*Me voy **para** Buenos Aires.* Je pars pour Buenos Aires.

Attention

N'oubliez pas les pronoms après les prépositions !

para... mí, ti, él, ella, usted, nosostros, as, vosotros, as ellos, ellas, ustedes.

Mémo'Quiz

1. Lo hace .... él.
a. por b. para

2. Lo hizo .... un momento.
a. a b. en

3. Llegaron .... aquella región sin nada.
a. a b. en

4. Los niños juegan .... el parque.
a. por b. para

→ corrigés p. 479

Les emplois de *ser* et *estar* 168

Lue Relue Apprise

Ces deux auxiliaires ne sont pas interchangeables : ser = définition, qualités physiques et morales, caractéristiques ; estar = situation dans l'espace et le temps.

1 Emploi de *ser*

- Avec **un nom attribut** (nature, profession, désignation sociale, signalement, nom propre...).

Su primo es Rodrigo, es médico. Son cousin, c'est Rodrigue, il est médecin.

- Avec **un pronom** (personnel sujet, possessif, démonstratif).

Mi casa es esta. Ma maison c'est celle-ci.

Soy yo. C'est moi.

Este documento es suyo. Ce document est à lui.

- N'oubliez pas *ser* + pronom sujet.

Soy yo. C'est moi. *Es él.* C'est lui.

- Avec un nombre.

Serán veinte. Ils seront vingt.

- Avec un nombre, dans l'expression de l'heure.

Son las tres y media. Il est trois heures et demie.

- Avec un infinitif.

Lo que puedes hacer es marcharte. Ce que tu peux faire, c'est t'en aller.

- *Ser de* traduit l'origine, la matière ou l'appartenance

Esta mesa es de Galicia, es de madera y es de su amigo. Cette table est de Galice, elle est en bois et est à son ami.

Astuce

Pour rendre la tournure « c'est », on emploie toujours *ser* dans les tournures impersonnelles :

Es evidente, fácil, frecuente, imposible, interesante, necesario, probable...

2 Emploi de *estar*

- Pour se situer dans l'**espace** ou dans le **temps**.

Estamos en España en 1936 y estamos en 1936. Nous sommes en Espagne et nous sommes en 1936.

Remarque

→ *Estar por :* rester à faire.

La habitación está por limpiar.

La chambre reste à nettoyer.

→ *Estar sin :* n'est pas encore fait.

El misterio está sin resolver.

Le mystère reste à résoudre.

- *Estar* + gérondif : être en train de.

Están leyendo el periódico. Ils sont en train de lire le journal.

3 *Ser + estar* + adjectif

- ***Ser* + adjectif** : traduit les qualités essentielles, la nationalité, la nature, la couleur, la forme, la définition...

Es catalán, es moreno, es tímido. Il est Catalan, il est brun, il est timide.

Remarque

→ *Estar* + participe passé : résultat d'une action.

La puerta está abierta.

La porte est ouverte.

- ***Ser*** s'emploie ***toujours devant les adjectifs suivants*** qui n'admettent qu'une seule construction :

Ser feliz, être heureux, *ser capaz*, être capable, *ser cierto*, être certain.

- Avec toutes les tournures impersonnelles, on emploie toujours ***ser*** : *ser evidente*, être évident, *ser fácil, ser difícil* être facile, être difficile.

Es difícil acostumbrarse. C'est difficile de s'habituer.

- ***Estar* + adjectif** : traduit un état passager, momentané, une situation exceptionnelle.

Estoy contento, el cielo está azul. Je suis content, le ciel est bleu (aujourd'hui).

Mémo'Quiz

1. La contaminación .... un problema cadente.

a. es b. está

2. Francia y España .... dos países europeos.

a. son b. estan

3. .... difficil hacerlo.

a. son b. estan

4. .... las tres de la tarde.

a. es b. está

→ corrigés p. 479

Le mode dans la proposition complétive

169

Lue Relue Apprise

En observant bien si le fait annoncé est un fait réel (mode indicatif) ou un fait éventuel et non réalisé (mode subjonctif, en espagnol mode de l'hypothèse), vous éviterez les erreurs de mode.

1 L'indicatif

- Quand le verbe de la principale est déclaratif et rapporte un fait réel, la subordonnée est à l'indicatif : j'affirme, je ne laisse pas de place à l'hypothèse ou à l'éventualité.

Pienso que el periodista tiene razón. Je pense que le journaliste a raison.

2 Le subjonctif

La proposition complétive est au subjonctif dans les cas suivants :

- Après un verbe de volonté, d'ordre, de conseil, de demande ou de prière :

Quiere que le diga la verdad. Il veut qu'il lui dise la vérité.

Exige que callen. Il exige qu'ils se taisent.

Le pide que venga temprano. Il lui demande de venir tôt.

Ruega que le enseñe su país. Il lui demande de lui montrer son pays.

- Après un verbe de sentiment.

No me gusta que me digas eso. Je n'aime pas que tu me dises cela.

- Après un verbe d'opinion à la forme négative.

No pienso que sea frecuente. Je ne pense pas que ce soit fréquent.

- Après *quizás, tal vez* (peut-être), pour exprimer le **doute**.

Quizás no lo sepan. Peut-être ne le savent-ils pas.

- Dans certaines expressions exprimant l'obligation

Es necesario que pensemos en el planeta. Il faut que l'on pense à la planète.

- Dans l'expression de l'hypothèse.

Puede que no lo sepan. Il se peut qu'ils ne le sachent pas.

Remarque

N'oubliez pas non plus d'employer le subjonctif après *ojalá* pourvu que *Ojalá llegue a tiempo.* Pourvu qu'il arrive à temps.

3 La concordance des temps

- Si la principale est au présent, à l'impératif, au futur ou au passé composé, la complétive sera au subjonctif présent.
- Si la principale est à l'imparfait, au plus que parfait, au passé simple ou au conditionnel, la complétive sera au subjonctif imparfait ou au plus que parfait.
- Le temps de la complétive dépend du temps de la principale, n'oubliez pas de rétablir l'équilibre en cas de changement de temps de la principale !

Quiero que venga. Je veux qu'il vienne.

Quería que viniera. Je voulais qu'il vienne.

Remarque

Attention à la construction de certains verbes qui diffère en français et en espagnol !

Pedir que + subjonctif : demander de

Le pide que hable Il lui demande de parler

Mémo'Quiz

1. No pienso que el periodista .... razón.

a. tiene b. tenga

2. Quiero que .... conmigo.

a. vienes b. vengas

3. Te .... que Pedro es ingeniero.

a. digo b. diga

4. Es posible que aquí .... tarjetas de crédito.

a. aceptan b. acepten

→ corrigés p. 480

Les subordonnées circonstancielles

☐ Lue ☐ Relue ☐ Apprise

Enrichissez facilement votre expression écrite ou orale et la nuancer grâce à une bonne maîtrise des conjonctions et du mode.

1 La subordonnée de temps

- Les mots introducteurs tels que : *cuando,* quand, *en cuanto* dès que, *mientras,* pendant que, *hasta que,* jusqu'à ce que sont suivis de l'indicatif ou du subjonctif, mais *antes de que* avant que est toujours suivi du subjonctif.

Remarque

Ne mélangez pas : *mientras* pendant que (temps) et *mientras que* tandis que (opposition).

- Si la principale est **au futur** ou à l'impératif, **le verbe de la subordonnée se met au subjonctif** (au lieu du futur en français).

Ven cuando puedas. Viens quand tu pourras.

Vendrá cuando pueda. Il viendra quand il pourra.

- *Al* + infinitif traduit la simultanéité.
- *Al verlo, lo reconoció.* En le voyant, il le reconnut.

2 La subordonnée de cause

- Les mots introducteurs tels que : *porque,* parce que, *ya que, puesto que,* puisque sont suivis de l'indicatif.
- *Por* est suivi de l'infinitif et exprime aussi la cause.

Por tener un acento diferente, no lo entendían. Ils ne le comprenaient pas parce qu'il avait un accent différent.

3 La subordonnée de but

- Les conjonctions *para que* pour que et *a fin de que* afin de sont suivies du subjonctif, comme en français. Pensez à appliquer la concordance des temps.

Repite para que entiendan. Répète pour qu'ils comprennent.

Repitió para que entendieran. Il répéta pour qu'ils comprennent.

4 La subordonnée de concession

- Ne confondez pas *aunque* suivi de l'indicatif, qui veut dire bien que et *aunque* suivi du subjonctif, qui signifie même si.

No te lo diré aunque lo sé. Je ne le dirai pas bien que je le sache.

No te lo diré aunque lo sepa. Je ne te le dirai pas même si je le sais.

5 La subordonnée conditionnelle

- *Si*, suivi de l'indicatif évoque une condition possible.

Si puedo vendré. Si je peux je viendrai.

- *Si*, suivi de l'imparfait du subjonctif ou du plus que parfait du subjonctif traduit une condition hypothétique ou irréalisable.

Si pudiera, vendría (pero no lo puedo). Si je pouvais je viendrais.

Remarque

De + infinitif présent ou passé exprime la condition.
De entenderlo,¡ te lo explicaría ! Si je comprenais, je te l'expliquerais !

Mémo'Quiz

1. *Antes de* **que est toujours suivi :**
a. de l'indicatif. b. du subjonctif.

2. *Puesto que* **est toujours suivi :**
a. de l'indicatif. b. du subjonctif.

3. *A fin de* **est toujours suivi :**
a. de l'indicatif. b. du subjonctif.

4. *Dunque* **+ indicatif signifie :**
a. bien que. b. même si.

→ corrigés p. 480

Allemand

Sommaire

Allemand

Lue | Relue | Apprise

Fictions et réalités

171

Lue Relue Apprise

1 Noms

die Allegorie	une allégorie
der Erfolg	le succès , la réussite
die Ikone	l'icône
die Fiktion	la fiction
die Gottheit	une divinité
das Idol	l'idole
die Verkörperung	une incarnation
das Abenteuer	l'aventure
der Nationalheld	le héros national
die Heldentat	l'acte héroïque
der Mut	le courage
die Phantasie	l'imagination
der Stolz	la fierté
die Rebellion	la rebellion
der Ruf	la réputation, la renommée
die Eigenschaft	la qualité
die übermenschliche Kraft	le pouvoir surhumain
die Tugend	la vertu
das Vorbild	un modèle
die Dystopie	la dystopie
die Weisheit	la sagesse
die Wirklichkeit	la réalité
der Wunsch	le désir, le souhait

2 Adjectifs

außergewöhnlich	exceptionnel
berühmt	célèbre
mutig	courageux
mythisch	mythique, légendaire
realistisch	réaliste
umstritten	controversé, polémique

3 Verbes

als ... betrachten	considérer comme
ändern	changer
widerstand leisten	résister
bekämpfen	lutter, combattre
bewundern	admirer
erneuern	renouveler
erzählen	raconter
etwas vollbringen (a,a)	accomplir
sich identifizieren mit	s'identifier à
gelingen (a,u)	réussir
kritisieren	critiquer
retten	sauver
sich etwas widmen	se consacrer à
als ... gelten (a,o)	passer pour, être considéré comme
überwinden (a,u)	surmonter
verbessern	améliorer
loben	louer, faire l'éloge
werden	devenir
widersprechen (a,o)	contredire

Mémo'Quiz

1. *die Eigenschaft* peut se traduire par :
a. la vertu **b.** la qualité **c.** la valeur

2. exeptionnel peut se traduire par :
a. mutig **b.** *außergewöhnlich* **c.** umstritten

3. *betrachten als* peut se traduire par :
a. considérer comme **b.** accomplir **c.** surmonter

→ corrigés p. 480

Espace privé et espace public

Lue Relue Apprise

1 Noms

die Öffentlichkeit	l'espace public
die Privatsphäre	l'espace privé
die Veränderung	le changement, la transformation
die Bewegungsfreiheit	la liberté de mouvement
die Erziehung	l'éducation
der Einwohner	l'habitant
die Emanzipation	l'émancipation
die vertraute Umgebung	l'entourage familier
der Feminismus	le féminisme
die Gleichberechtigung	l'égalité homme-femme
die Chancengleichheit	l'égalité des chances
das Frauenwahlrecht	le droit de vote des femmes
die Hausfrau	la femme au foyer
die Wohnung	l'appartement
das Stadtviertel	le quartier dans la ville
die Stadt	la ville
die Stadtverschönerung	l'embellissement de la ville
die Nachbarschaft	le voisinage
der Ort	le lieu
die Überwachung	la télésurveillance
das Privatleben	la vie privée
das Heim	le foyer
das Geheimnis	le secret
der Stadtbewohner	le citadin
der digitale Nomade	le télétravailleur, le nomade digital
die Tradition	la tradition

2 Adjectifs

neugierig	curieux
öffentlich	public
unabhängig	indépendant

berufstätig	actif professionnellement
erfolgreich	qui a du succès
verborgen	caché
emanzipiert	émancipé
religiös	religieux

3 Verbes

über sich selbst bestimmen	disposer de soi
sich gegen etwas auf/lehnen	se rebeller contre quelque chose
Karriere machen	faire carrière
etwas erreichen	atteindre quelque chose
sich um etwas kümmern	s'occuper de
sich vertedigen	se défendre
zu etwas gehören	faire partie de
gelingen	réussir
kämpfen	se battre
dürfen	avoir le droit de
wagen	oser
erlaubt sein	être autorisé
respektieren	respecter
überwinden (a,u)	surmonter, dépasser
unterstützen	soutenir
etwas verbergen (a,o)	cacher quelque chose

Mémo'Quiz

1. *die Privatsphäre* est le contraire de :
a. *die Überwachung* **b.** *die Öffentlichkeit* **c.** *die Veränderung*

2. *erfolgreich* peut se traduire par :
a. curieux **b.** caché **c.** qui a du succès

3. *gelingen* peut se traduire par :
a. surmonter **b.** réussir **c.** se battre

→ corrigés p. 480

Citoyenneté et mondes virtuels

173

Lue Relue Apprise

1 Noms

die Nachricht (-en)	le message
die persönlichen Daten	les données personnelles
der Datenschutz	la protection des données
die digitale Welt	le monde numérique
das soziale Netzwerk	le réseau social
das Profilbild	le profil sur internet
der Erfolg	la réussite
die Falschmeldung	la fausse nouvelle
die Gefahr	le danger
der Hacker	le hacker
der Identitätsdiebstahl	l'usurpation d'identité
die künstliche Intelligenz	l'intelligence artificielle
die Medien	les médias
die Meinungsfreiheit	la liberté d'expression
das Handy	le téléphone portable
die Nutzung	l'utilisation
das Opfer	la victime
das Passwort	le mot de passe
das Cybermobbing	le harcèlement sur internet
das Risiko	le risque
der Bürger	le citoyen
die Aufmerksamkeit	la vigilance
die Unsicherheit	l'insécurité
die Webseite	la page web
die Sicherheit	la sécurité
der Zeitverlust	la perte de temps
die Zensur	la censure

2 Adjectifs

aufmerksam	attentif
beeindruckt	impressioné
besorgt	inquiet
digital	numérique
gefährlich	dangereux
verantwortlich	responsable
vorsichtig	prudent

3 Verbes

überwachen	surveiller
etwas ab/lehnen	rejeter quelque chose
recherchieren	rechercher des informations
vor etwas warnen	avertir
erkennen	se rendre compte
kennen lernen	faire connaissance
herunter/laden (u,a)	télécharger
modernisieren	moderniser
genießen	profiter de
misstrauen	se méfier de
senden	envoyer
preis/geben (a,e)	révéler, livrer des informations
speichern	sauvegarder
verhindern	empêcher
verstecken	cacher

Mémo'Quiz

1. *die persönlichen Daten* signifie :
a. les dates de naissance **b.** les données **c.** les amis personnels

2. *der Bürger* se traduit par :
a. le Hamburger **b.** le bourgeois **c.** le citoyen

3. *gefährlich* peut se traduire par :
a. prudent **b.** dangereux **c.** responsable

→ corrigés p. 480

Identités et échanges

174

Lue Relue Apprise

1 Noms

(keine) Angst haben	(ne pas) avoir peur
das Asylrecht	le droit d'asile
der (Auslands)aufenthalt(e)	le séjour à l'étranger
der Austausch	l'échange
die Auswanderung	l'émigration
die (Bildungs)reise	le voyage de formation
der Brauch (¨e)	la coutume, la tradition
das Erbe	l'héritage
die Erinnerung an	le souvenir de
das Exil	l'exil
die Flucht	la fuite
die Fremdsprache (n)	la langue étrangère
die Gewohnheit(en)	l'habitude
die Globalisierung	la mondialisation
die Grenze (n)	les frontières
das Heimweh	le mal du pays
die Herkunft	l'origine
die Mobilität	la mobilité
der Ort (e)	le lieu
der Kulturschock	le choc des cultures
die Sehenswürdigkeit(en)	l'endroit à visiter
der (nachhaltige) Tourismus	le tourisme (durable)
die Vielfalt	la diversité
die Wurzel (n)	les racines, les origines
das Zusammengehörigkeitsgefühl	le sentiment d'appartenance

2 Adjectifs

auf sich allein gestellt sein	être livré à soi-même
fremd	étranger
gastfreundlich	hospitalier
sich geborgen fühlen	se sentir en sécurité
gemeinsam	commun

von jdm getrennt sein	être séparé de qqun
grenzenlos	sans limite
offen	ouvert
sicher	en sûreté
unabhängig	indépendant
sehnsüchtig	nostalgique
verloren	perdu
weh tun	faire mal

3 Verbes

sich an/freunden	se lier d'amitié
auf/wachsen (a,a)	grandir
besichtigen	visiter
bleiben (ie,ie)	rester
etwas erleben	vivre une expérience
etwas erfahren (u,a)	expérimenter qqch
empfinden (a,u)	ressentir
entdecken	découvrir
aus einem Land fliehen (o,o)	fuir un pays
sich zu Hause fühlen	se sentir chez soi
hin/gehören	avoir sa place quelque part
sich (in...) integrieren	s'intégrer (dans...)
jdn kennen/lernen	faire la connaissance de
Identität stiften	forger l'identité
(seine Ferien) verbringen (a,a)	passer (ses vacances)
jdn oder etwas vermissen	regretter l'absence de qqch ou de qqun
zusammen/leben	vivre avec, cohabiter

Mémo'Quiz

1. Quel adjectif décrit le sentiment éprouvé dans l'exil ?
a. *geborgen* **b.** *erstaunlich* **c.** *fremd* **d.** *offen*

2. *Nach jemandem Sehnsucht haben* est synonyme de :
a. *jdm weh tun* **b.** *jdn kennen lernen* **c.** *jdn vermissen*

→ corrigés p. 480

Innovations scientifiques et responsabilité

Lue Relue Apprise

1 Noms

die Abfallverwertung	le recyclage des déchets
die Biodiversität	la biodiversité
der Treibhauseffekt	l'effet de serre
die erneuerbaren Energien	les énergies renouvelables
die Energiewende	le tournant énergétique
die bedrohten Tierarten	les espèces menacées
die Genforschung	la recherche génétique
der Gewinn	le bénéfice, le profit
die Gen-Pfanzen	les cultures OGM
der Impfstoff	le vaccin
die Innovation	une innovation
das Klonen	le clonage
der Konsum	la consommation
die künstliche Intelligenz	l'intelligence artificielle
der Mangel	le manque
die Verantwortung	la responsabilité
die Nanotechnologien	les nanotechnologies
die Nnichtregierungsorganisation	l'ONG
die Organspende	le don d'organe
der Planet	la planète
der Roboter	le robot
die Rohstoffe	les ressources
der Schmetterlingseffekt	l'effet papillon
die Sensibilisierungskampagne	une campagne de sensibilisation
die Transplantation	la greffe
die Überbevölkerung	la surpopulation
die Umwelt	l'environnement
die Verkehrsmittel	les transports
die Verschmutzung	la pollution
die Weltraumforschung	l'exploration spatiale
das Wettrüsten	la course à l'armement
die Wissenschaft	la science

2 Adjectifs

erneuerbar	durable
vorsehbar	prévisible
ethisch	éthique
genetisch	génétique
ökologisch	écologique
wertvoll	qui a de la valeur
übertrieben	excessif

3 Verbes

gefahr laufen	courir un risque
entfernen	éliminer
entwickeln	développer
gefährden	mettre en danger
handeln	agir
in Einklang bringen (a,a)	concilier
sich vor ... fürchten	avoir peur de
konkurrieren	rivaliser
unterschätzen	sous-estimer
produzieren	produire
etwas schaden	être néfaste à
ersetzen	remplacer
das Leben retten	sauver la vie
sparen	économiser
verbessern	améliorer
verhindern	empêcher
verwandeln	transformer

Mémo'Quiz

1. *die Abfallverwertung* signifie :
a. les ressources **b.** l'environnement **c.** le recyclage des déchets

2. *erneubar* peut se traduire par :
a. prévisible **b.** durable **c.** responsable

3. *etwas* schaden peut être synonyme de :
a. *verbessern* **b.** *gefährden* **c.** *verwandeln*

➜ corrigés p. 480

Territoire et mémoire

176

Lue Relue Apprise

1 Noms

das Bundesland (¨er)	l'État fédéré, le land
der Bürger (-)	le citoyen
der Einwohner (-)	l'habitant
der Frieden	la paix
das Denkmal (¨er)	le monument commémoratif
das Gebiet (e)	le territoire
der Grenzgänger (-)	le frontalier
das Ereignis	l'événement
der National feiertag	la fête nationale
das Gedächtnis	la mémoire
die Gegenwart	le présent
die Geschichte	l'histoire
der Herrscher(in)	le souverain
der Kaiser (in)	l'empereur
der Kanzler (in)	le chancelier
das Mitglied (er)	le membre
der Nationalismus	le nationalisme
der (Vielvölker)staat	l'État pluriethnique
die Staatsbürgerschaft	la nationalité
die Vergangenheit	le passé
der Verlust	la perte
der Vertrag (¨e)	le traité, le contrat
die Vorfahren	les ancêtres
der (erste, zweite) Weltkrieg	la (première, deuxième) guerre mondiale
die Zukunft	l'avenir

2 Adjectifs

ausländisch	étranger
eigen	à soi, propre
einflussreich	influent
geteilt	divisé

gleichberechtigt	égal en droit
mächtig	puissant
schwach	faible
stark	fort
verschieden	différent
wirtschaftlich	économique

3 Verbes

(der EU) angehören	appartenir (à l'UE)
aus/lösen	déclencher
die Traditionen aufrecht/erhalten (ie,a)	conserver les traditions
zu etwas bei/tragen (u,a)	contribuer à
bekämpfen	combattre
(sich) an etwas erinnern	rappeler qqch
erobern	conquérir
feiern	célébrer
e-r S. gedenken	commémorer qqch
(Spuren) hinterlassen (ie,a)	laisser (des traces)
regieren	gouverner
prägen	marquer
statt/finden (a,u)	avoir lieu
unterdrücken	soutenir
verdrängen	refouler
vergessen (a,e)	oublier
verlassen (ie,a)	quitter
vermitteln	transmettre
vertreiben (ie,ie)	chasser
wieder/vereinigen	réunifier
wählen	choisir, élire, voter

Mémo'Quiz

1. Chercher l'intrus :
a. *vergessen* **b.** *verdrängen* **c.** *gedenken* **d.** *unterdrücken*

2. Deux chefs d'État peuvent signer :
a. *einen Verlust* **b.** *einen Vertrag* **c.** *eine Vergangenheit*

→ corrigés p. 480

Art et pouvoir

☐ Lue ☐ Relue ☐ Apprise

1 Noms

der Appell zum Frieden	l'appel à la paix
das Auftrittsverbot	l'interdiction de se produire
die Ausstellung	l'exposition
die Bewegung	le mouvement
die Botschaft	le message
das Gemälde (-)	le tableau
die Gewalt	la violence
die Goldenen Zwanziger	les années folles
das Benefizkonzert (e)	le concert de bienfaisance
die (engagierte/entartete) Kunst	l'art (engagé/dégénéré)
der Künstler (-)	l'artiste
das Kunstwerk (e)	l'oeuvre d'art
die Propaganda	la propagande
der Rechtsextremismus	l'extrémisme de droite
der Schauspieler (in)	l'acteur
die Schrecken (des Krieges)	les horreurs (de la guerre)
der Schriftsteller (in)	l'écrivain
die Verantwortung	la responsabilité
die Zensur	la censure

2 Adjectifs

angepasst	conformiste
aussdrucksstark	expressif
avantgardistisch	avant-gardiste
bereichernd	enrichissant
berühmt	célèbre
erfolgreich	qui a du succès
friedlich	pacifique
frei	libre
provozierend	provocant
nützlich	utile
rebellisch	rebelle
sozialkritisch	qui exprime une critique de la société

umstritten	controversé, polémique
unkonventionell	qui sort des conventions

3 Verbes

an/prangern	dénoncer
aufmerksam machen	attirer l'attention
aus/drücken	exprimer
bauen	construire
jdn zum Nachdenken bringen	faire réfléchir qqun
dar/stellen	représenter
sich für etwas ein/setzen	s'engager pour qqch
fördern	encourager, soutenir
hinterfragen	remettre en question
malen	peindre
manipulieren	manipuler
zu etwas Stellung nehmen	prendre position sur qqch
protestieren	protester
(Geld) sammeln	faire une collecte (d'argent)
Trost spenden	donner du réconfort
(die Gesellschaft) verändern	changer (la société)
verbieten (o,o)	interdire
verfolgen	persécuter
Werte vermitteln	transmettre des valeurs
verteidigen	défendre
vor etwas warnen	mettre en garde contre
wirken	agir
zensieren	censurer

Mémo'Quiz

1. Quel est le contraire de fördern ?
a. *ausdrücken* **b.** *verbieten* **c.** *sammeln*

2. Hinterfragen pourrait se reformuler par :
a. *befürworten* **b.** *widersprechen* **c.** *in Frage stellen*

3. Les artistes ont besoin d'exposer leur œuvre. On parle alors de :
a. *Kunstausstellung* **b.** *Kunstbewegung* **c.** *Kunstwarnung*

→ corrigés p. 480

Diversité et inclusion

178

☐ Lue ☐ Relue ☐ Apprise

1 Noms

die Aufgabe (n)	la mission, la tâche
die Ausgrenzung	l'exclusion
der (soziale, kulturelle) Bereich	le domaine social, culturel
die Bereicherung	l'enrichissement
der Bufdi	la personne qui accomplit un service civil
die Diskriminierung	la discrimination
der Flüchtling (e)	le réfugié
der Freiwillige (n)	le bénévole
das freiwillige soziale Jahr	l'année de service social
die Geschlechtsidentität	l'identité sexuelle
die Gleichheit	l'égalité
die Hautfarbe	la couleur de la peau
die Herkunft	l'origine
die Minderheit (en)	la minorité
der Obdachlose (n)	le sans-abri
im Rollstuhl	un fauteuil roulant
der Senior (en)	la personne âgée, le sénior
die Spendeaktion (en)	une collecte de dons
der Unterschied (e)	la différence
das Vorurteil (e)	le préjugé

2 Adjectifs

anders als	différent de
arm	pauvre
ausgeschlossen / ausgegrenzt	exclu
behindert	handicapé
benachteiligt	défavorisé
einsam	solitaire
gleichberechtigt	égal en droit
integriert	intégré
krank	malade
solidarisch	solidaire

3 Verbes

jdm bei etwas assistieren	assister qqun dans
jdn begleiten	accompagner qqun
jdm etwas bei/bringen (a,a)	enseigner qqch à qqun
sich um (eine Stelle) bewerben (a,o,i)	postuler pour un emploi
sich um etwas bewerben (a,o,i)	postuler pour qqch
jdn, etwas brauchen	avoir besoin de qqun, de qqch
Nachhilfe geben	faire du soutien scolaire
vor dem Krieg / der Armut fliehen (o,o)	fuir la guerre / la pauvreté
die gleichen Möglichkeiten haben	avoir les mêmes possibilités
sich um jdn kümmern	s'occuper de
auf der Straße / in der Not leben	vivre dans la rue / dans le besoin
jdm Hilfe leisten	apporter de l'aide à qqun
pflegen	soigner
vor ... schützen	protéger
für etwas sensibilisieren	sensibiliser à qcch
etwas Gutes tun	faire qqch de bien
mit jdm Zeit vebringen (a,a)	passer du temps avec qqun
(Essen, Decken) verteilen	distribuer des repas, des couvertures

Mémo'Quiz

1. Quel adjectif est connoté positivement ?
a. *ausgegrenzt* **b.** *einsam* **c.** *gleichberechtigt*
d. *behindert*

2. Verschieden est le contraire de :
a. *arm* **b.** *benachteiligt* **c.** *gleich*

3. Chercher l'intrus :
a. *Armut* **b.** *Frieden* **c.** *Not* **d.** *Krieg*

→ corrigés p. 480

Corrigés des Mémo'Quiz

Philosophie

p. 123

L'art

1. Faux **2.** Qu'elle est elle-même sa propre fin **3.** Kant **4.** Une copie de copie **5.** Rationnel

p. 124

Le bonheur

1. Le plaisir **2.** Le bonheur dépend du destin **3.** Que le bonheur est le souverain bien **4.** Kant **5.** L'ataraxie **6.** Une tendance vers un objet considéré comme source de satisfaction **7.** Le désir de persévérer dans son être **8.** Une maladie de l'âme **9.** Hegel **10.** De Rousseau

p. 125

La conscience

1. La conscience réfléchie **2.** Vrai **3.** La réflexion sur soi-même **4.** Marx **5.** Synonyme de choix **6.** Du langage **7.** Une substance **8.** L'unité du moi **9.** Freud **10.** Une personne

p. 126

Le devoir

1. Que l'on agit conformément au devoir par intérêt **2.** Faux **3.** C'est par ignorance **4.** Des impératifs hypothétiques **5.** Faux **6.** Des obligations **7.** Amorale **8.** Une fin en soi **9.** En dévoiler les origines **10.** Qu'elle exclut le choix

p. 127

L'État

1. Ses membres partagent une histoire, des valeurs et une tradition communes **2.** Naturelle **3.** La liberté **4.** Faux, dans la société civile chacun recherche son propre intérêt alors que l'État vise l'intérêt collectif **5.** Hobbes **6.** Cité **7.** Machiavel **8.** Un art **9.** Platon **10.** La politique relève du domaine privé, l'économie du domaine public

p. 128

L'inconscient

1. Freud **2.** L'histoire telle qu'on l'a rêvée **3.** L'homme n'est pas maître de lui-même **4.** N'est pas scientifique parce qu'elle n'est pas falsifiable **5.** Une partie de notre esprit inaccessible à la conscience, active et incontrôlée

La justice

1. Faux **2.** Du droit naturel **3.** Les lois de la nature **4.** La doctrine qui refuse l'existence du droit naturel **5.** Faire preuve d'équité

Corrigés des Mémo'Quiz

p. 129

Le langage

1. Qu'il est par nature un animal sociable **2.** Est trop conceptuel pour exprimer la singularité du réel **3.** La forme phonique ou graphique du signe **4.** Un code de signaux **5.** Ils n'ont pas de pensée

La liberté

1. Le fait de participer activement à la vie de la cité **2.** Est une illusion **3.** La capacité à choisir entre deux partis équivalents **4.** Rousseau

p. 130

La nature

1. Rousseau **2.** Nasci **3.** La prohibition de l'inceste **4.** L'état de l'homme sans culture **5.** La tendance à considérer son peuple et sa culture comme supérieurs à tout autre

La raison

1. Calcul **2.** S'intéresse à l'action **3.** L'esprit scientifique **4.** Faux **5.** Ce que nous saisissons du réel par la mise en ordre qu'opère notre esprit

p. 131

La religion

1. L'opposition entre le sacré et le profane **2.** Confiance **3.** La religion statique et la religion dynamique **4.** Marx **5.** Que seule la foi permet d'accéder aux vérités religieuses

La science

1. L'empirisme **2.** Éprouver **3.** Falsifiable **4.** Par induction **5.** Est toujours empreinte de théories

p. 132

La technique

1. Descartes **2.** Le mythe de Prométhée **3.** De l'intelligence **4.** L'utilité **5.** La technique affaiblit l'homme

Le temps

1. Du temps objectif **2.** Une forme a priori de la sensibilité **3.** Sartre **4.** Que l'essence prime sur l'existence **5.** Le monde supralunaire et le monde sublunaire

p. 133

Le travail

1. Un instrument de torture **2.** Parce qu'il est une activité liée aux besoins qui rapproche l'homme de l'animal **3.** Le travail produit des biens consommables alors que l'œuvre produit des biens durables **4.** La forme capitaliste du travail **5.** Le travail est un moyen de prendre conscience de soi

p. 134

La vérité
1. Immuable **2.** Nécessaire d'un point de vue politique **3.** Un obstacle à la connaissance **4.** Il y a de bonnes illusions

Histoire

p. 166

L'impact de la crise de 1929 : déséquilibres économiques et sociaux
1. La spéculation boursière et la surproduction

Les régimes totalitaires
2. De manière légale avec le soutien de certains groupes

La Seconde Guerre mondiale
3. L'invasion de la Pologne par l'Allemagne nazie **4.** En 1941, avec l'entrée en guerre des États-Unis et de l'URSS **5.** En 1941, avec l'invasion de l'URSS par l'Allemagne nazie **6.** Autoritaire, xénophobe et antisémite

p. 178

Fin de la Seconde Guerre mondiale et début d'un nouvel ordre mondial
1. Plus de 60 millions de victimes **2.** San Francisco

Bipolarisation et émergence du tiers monde
3. Du bloc américain **4.** Les Américains et les Soviétiques, en octobre 1962

La France : une nouvelle place dans le monde
5. Le peuple français **6.** L'armée française et le FLN **7.** L'OTAN

p. 188

La modification des grands équilibres mondiaux
1. Faux **2.** Vrai **3.** Faux **4.** Faux **5.** Faux **6.** Vrai

Un tournant social, politique et culturel, la France de 1974 à 1988
7. Faux **8.** Vrai **9.** Faux **10.** Vrai

p. 198

Nouveaux rapports de puissance et enjeux mondiaux
1. L'ONU **2.** Une guerre entre un État et un groupe armé

La construction européenne
3. 2016 **4.** Pour assurer la stabilité monétaire de la zone euro et pour développer le commerce entre les pays européens

La République française

5. Nicolas Sarkozy **6.** L'égale représentation politique des femmes et des hommes

Géographie

p. 214

Mers et océans, vecteurs de la mondialisation

1. Vrai **2.** Vrai **3.** Vrai **4.** Faux **5.** Faux

Mers et océans : entre appropriation, protection et liberté de circulation

6. Vrai **7.** Vrai **8.** Vrai **9.** Faux **10.** Faux

La France, puissance maritime ?

11. Faux **12.** Faux **13.** Vrai

p. 228

Des territoires inégalement intégrés dans la mondialisation

1. Connaissent une très forte croissance économique **2.** Dépassera sans doute celui des États-Unis dans les années 2020 **3.** Parviennent à réduire les écarts entre riches et pauvres **4.** Peuvent être fragilisés par l'instabilité des cours **5.** Voient leurs indicateurs de santé s'améliorer

La France : rayonnement international différencié et inégale attractivité

6. Une institution rassemblant des pays francophones

p. 240

Des politiques européennes entre compétitivité et cohésion des territoires

1. 5 **2.** Sécurité

L'Union européenne, un espace plus ou moins ouvert sur le monde

3. Suisse **4.** 15 %

La France : les dynamiques différenciées des territoires transfrontaliers

5. La Suisse **6.** 14

Études de cas

7. 5 **8.** Paris CDG **9.** 1962

p. 248

Les lignes de force du territoire français

1. Faux **2.** Vrai **3.** Vrai **4.** Vrai

Corrigés des Mémo'Quiz

Les recompositions du territoire français

5. Vrai **6.** Faux **7.** Faux **8.** Vrai

Exemples

9. Vrai **10.** Faux **11.** Vrai **12.** Faux

Enseignement scientifique

p. 287

L'atmosphère terrestre et la vie

1. Vrai **2.** Faux **3.** Faux **4.** Faux **5.** Vrai **6.** Faux

La complexité du système climatique

1. Vrai **2.** Vrai **3.** Faux **4.** Faux **5.** Vrai **6.** Faux

Le climat du futur

1. Vrai **2.** Faux **3.** Faux **4.** Vrai **5.** Faux

Énergie, choix de développement et futur climatique

1. Vrai **2.** Vrai **3.** Vrai **4.** Faux **5.** Faux **6.** Vrai

p. 307

Deux siècles d'énergie électrique

1. Vrai **2.** Faux **3.** Vrai **4.** Vrai **5.** Faux **6.** Faux

Les atouts de l'électricité

1. Vrai **2.** Faux **3.** Faux **4.** Vrai **5.** Vrai **6.** Vrai

L'optimisation du transport de l'électricité

1. Faux **2.** Vrai **3.** Vrai **4.** Vrai **5.** Vrai **6.** Faux

Choix énergétiques et impacts sur les sociétés

1. Faux **2.** Faux **3.** Faux **4.** Vrai **5.** Faux

p. 346

La biodiversité et son évolution

1. Vrai **2.** Faux **3.** Faux **4.** Vrai **5.** Vrai

L'évolution comme grille de lecture du monde

1. Faux **2.** Vrai **3.** Faux **4.** Vrai **5.** Vrai

L'évolution humaine

1. Vrai **2.** Faux **3.** Vrai **4.** Vrai **5.** Faux

Les modèles démographiques

1. Vrai **2.** Faux **3.** Vrai **4.** Vrai **5.** Faux **6.** Faux

L'intelligence artificielle

1. Vrai **2.** Vrai **3.** Faux **4.** Faux **5.** Faux **6.** Vrai

Corrigés des Mémo'Quiz

Anglais

p. 354

1. *are waiting* **2.** *go* **3.** *don't like* **4.** *Does walk* **5.** *Is rehearsing*

p. 356

1. *was born* **2.** *Did see* **3.** *Did leave* **4.** *knocked ; was listening*

p. 358

1. *has never drunk* **2.** *Have finished* **3.** *realised ; had lost*

p. 360

1. *am going to go* **2.** *is visiting* **3.** *arrives* **4.** *am going to dive*

p. 362

1. *can't* **2.** *shouldn't* **3.** *must* **4.** *might*

p. 364

1. a. *I'd rather go* **2. b.** *I wish I hadn't lied* **3. a.** *I would play*

p. 366

1. *If I lived in Australia, I would go to the beach every day.* **2.** *You can't drive unless you have a driving licence.* **3.** *If the phone hadn't rung, I wouldn't have burnt the dinner.* **4.** *Come if you want.* **5.** *They bought a dog for fear of being burglered.* **6.** *If I won at the lottery, I would travel round the world.*

p. 368

1. *foxes* [iz] **2.** *births* [s] **3.** *wolves* [z] **4.** *analyses* [s] **5.** *heroes* [z] **6.** *enemies* [iz]

p. 370

1. *Ø – the* **2.** *a* **3.** *the* **4.** *a child – Ø* **5.** *An – a – the*

p. 372

1. *some* **2.** *Some* **3.** *any* **4.** *some* **5.** *no*

p. 374

1. a. *one* **2. c.** *Neither* **3. b.** *many* **4. c.** *much* **5. a.** *both*

p. 376

1. a. *nice little town* **2. c.** *shiny big blue eyes* **3. c.** *in this job* **4. b.** *pretty coffee cup* **5. a.** *parents-in-law*

p. 378

1. *the newest* **2.** *the most incredible* **3.** *The better – the easier*

p. 380

1. a. *themselves* **2. c.** *myself* **3. b.** *that* **4. c.** *one another*

p. 382

1. *John's house* **2.** *Your/My – mine/yours* **3.** *The twins' bedroom* **4.** *ours* **5.** *Louis's father*

Corrigés des Mémo'Quiz

p. 384

1. *What did you go out for ?* **2.** *How often do you go to the cinema ?* **3.** *Which colour of the rainbow do you prefer ?* **4.** *How long will you stay in London ?* **5.** *Who lives here ?*

p. 386

1. a. *What* **2. b.** *which* **3. a., b. ou c.** *that/whom/Ø*

p. 388

1. *cried to sleep* **2.** *kicked open* **3.** *bored stiff/to death*

1. *is driven by* **2.** *have been taken by* **3.** *Will / be cleaned by*

p. 390

1. *is expected to win* **2.** *to come back* **3.** *to try again* **4.** *not to give up* **5.** *for you to read*

p. 392

1. *had never visited* **2.** *loved* **3.** *they had been*

p. 394

1. *Put* ***it*** *away.* **2.** *Get off* ***it****.* **3.** *He couldn't hold* ***them*** *back.* **4.** *You need to get over* ***him****.*

Espagnol

p. 432

1. l'imagination **2.** *un acontecimiento* **3.** *vencer* **4.** affronter

p. 434

1. *un sitio* **2.** *el cambio* **3.** *atreverse a* **4.** atteindre

p. 436

1. la réussite **2.** les médias **3.** harceler

p. 438

1. accueillant **2.** *el barrio* **3.** s'en sortir **4.** débarquer

p. 440

1. le vaccin **2.** les ressources **3.** *desarrollar* **4.** rivaliser

p. 442

1. l'héritage **2.** *los lazos* **3.** ancien **4.** *fracasar*

p. 444

1. la commande **2.** audacieux **3.** engagé **4.** *reivindicar*

p. 446

1. le rejet **2.** la honte **3.** *animar* **4.** *superar*

p. 448

1. *por* **2.** *en* **3.** *a* **4.** *por*

p. 450

1. *es* **2.** *son* **3.** *es* **4.** *son*

Corrigés des Mémo'Quiz

p. 452
1. *tenga* 2. *vengas* 3. *digo* 4. *acepten*

p. 454
1. du subjonctif 2. de l'indicatif 3. du subjonctif 4. bien que

Allemand

p. 458
1. la qualité 2. *außergewöhnlich* 3. considérer comme

p. 460
1. *die Öffentlichkeit* 2. qui a du succès 3. réussir

p. 462
1. les données personnelles 2. le citoyen 3. dangereux

p. 464
1. *fremd* 2. *jdn vermissen*

p. 466
1. le recyclage des déchets 2. durable 3. *gefährden*

p. 468
1. *unterdrücken* 2. *einen Vertrag*

p. 470
1. *verbieten* 2. *in Frage stellen* 3. *kunstausstellung*

p. 472
1. *gleichberechtigt* 2. *benachteiligt* 3. *Frieden*

MIXTE
Papier issu de sources responsables
FSC® C022030
www.fsc.org

Nathan est un éditeur qui s'engage pour la préservation de son environnement et qui utilise du papier composé de fibres naturelles, renouvelables, fabriquées à partir de bois provenant de forêts gérées de manière responsable et contrôlée.

Achevé d'imprimer en décembre 2020 par Macrolibros à Valladolid en Espagne
Dépôt légal : décembre 2020 - N° project : 10266469